Ulrike Renk
Lohn des Todes



atb aufbau taschenbuch

Dieser Roman ist fiktiv. Ähnlichkeiten mit lebenden und verstorbenen Personen sind zufällig und nicht von mir beabsichtigt.

Die Bewohner von Aremberg werden ihre Jugendherberge wieder erkennen. Die Handlung ist jedoch von mir ausgedacht und hat nie stattgefunden.

ULRIKE RENK, Jahrgang 1967, studierte Literatur- und Medienwissenschaften und lebt in Krefeld. Als Aufbau Taschenbuch liegen von ihr »Echo des Todes. Eifelthriller« sowie der historische Roman »Die Frau des Seidenwebers« vor.

Constanze van Aken, Jugendpsychiaterin in Aachen, macht eine schwere Zeit durch. In ihrer Beziehung zu einem Rechtsmediziner kriselt es, und dann wird auch noch in der Nähe ihres Hauses in der Eifel eine Tote gefunden – eine ehemalige Patientin. Die junge Frau wurde offenbar missbraucht. Wie bei zwei weiteren Opfern zuvor fand man ein altes Fünfmarkstück bei ihrer Leiche. Constanze beginnt sich im Umfeld der Toten umzusehen. Wo ist das Motiv für den Mord? Dann macht sie eine ungewöhnliche Entdeckung.

Ulrike Renk

# Lohn des Todes

Eifelthriller

atb aufbau taschenbuch

ISBN 978-3-7466-2665-9

Aufbau Taschenbuch ist eine Marke der
Aufbau Verlag GmbH & Co. KG

1. Auflage 2010

Umschlaggestaltung morgen, Kai Dieterich
unter Verwendung dreier Bilder von iStockphoto
© Diane Labombarbe, © domi8nic, © Michelle Hillmer
Satz LVD GmbH, Berlin
Druck und Binden CPI – Clausen & Bosse, Leck
Printed in Germany

www.aufbau-verlag.de

Für Christian, den besten Bruder der Welt

»Das Leben besteht aus vielen kleinen Münzen,
und wer sie aufzuheben versteht, hat ein Vermögen.«

*Jean Anouilh*

# Kapitel 1

»Das Opfer, vermutlich ein über achtzigjähriger Mann, starb durch einen Stich in den Brustkorb zwischen der zweiten und dritten Rippe rechts. Zudem wurde ihm die Kehle durchgeschnitten. Auffällig ist, dass nur wenig Blut austrat.« Martin räusperte sich. »Das lag daran, dass ihm zuvor mehrere Schnittwunden zugefügt wurden.«

»Man hat ihn quasi ausbluten lassen, bevor er starb?« Die Stimme des Mannes klang entsetzt.

»Richtig. Die Wunden waren nicht tödlich, führten jedoch zu einem hohen Blutverlust. Spuren an den Hand- und Fußgelenken deuten auf Fesselungen hin. Der Mann war unbekleidet. An Brustkorb, Rücken und Gesäß wurden ihm Brandwunden zugefügt, ich vermute durch Zigaretten. Außerdem sind unterblutete Striemen auf dem Gesäß und den Fingern zu sehen.« Martin klang wie immer ruhig und sachlich.

»Er wurde gequält und misshandelt, und zwar, bevor ihm die Schnittwunden zugefügt wurden«, sagte Maria, Martins Assistentin. Ich zuckte zusammen. Was machte sie hier? Was machten alle hier?

Es war Freitagnachmittag, das erste schöne Wochenende im April. Martin sagte mir, dass er noch arbeiten müsse. Deshalb hatte ich mich spontan entschieden, zu unserem Wochenendhaus in Hechelscheid, einem kleinen Ort am Rursee, zu fahren. Doch nun war Martin auch hier und obendrein nicht alleine.

Ich war die »Himmelsleiter« bis zu »Haus Frings« gefahren. Die Straße führt dort schnurgerade, aber mit einer Steigung von zehn Prozent von Aachen in die Eifel, daher ihr Name. Jedes Wochenende fuhren Hunderte von Motorradfahrern diese Strecke, um zu den kurvigen Straßen der Eifel zu gelangen, so auch heute. Bei »Haus Frings« bog ich links ab und fuhr langsam in Richtung Simmerath.

Vor zwei Jahren hatten Martin und ich das kleine Haus auf der Rückseite des Friedhofs in Hechelscheid gekauft. Martin arbeitete im Institut der Rechtsmedizin in Köln, und ich hatte eine Praxis für Kinder- und Jugendpsychiatrie in Aachen. Wir suchten einen Ort zwischen unseren Arbeitsstätten, an dem wir unsere freie Zeit abseits von Stress und Hektik miteinander verbringen konnten. Das alte Haus aus dickem Sandstein schien ideal zu sein. In mühevoller Kleinarbeit entkernten wir das heruntergekommene Haus und begannen, es zu renovieren. Nach einem Jahr verließ uns die Begeisterung, und wir beschlossen, uns Hilfe durch Handwerker zu holen.

Die Sonne stand hoch am Himmel, der Raps schien zu glühen. Ich kurbelte das Seitenfenster hinunter und sog die klare Luft tief ein. Mein Herz pochte.

Es war das erste Mal seit dem vergangenen Herbst, dass ich alleine in die Eifel fuhr. Damals hatte es eine Mordserie gegeben. Martin war an den polizeilichen Untersuchungen beteiligt gewesen, und ich war bedroht worden.

Meine Hände wurden schweißfeucht, als ich daran dachte. Ich wischte sie an meiner Jeans ab, versuchte tief und ruhig zu atmen. Charlie, mein Hund, bemerkte meine Unruhe. Er hob den Kopf und sah mich mit seinen treuen Augen an.

»Ist ja schon gut«, murmelte ich. »Ich bin ein wenig nervös, aber das darf ich sein.«

Seitdem war ich nicht mehr alleine in der Eifel gewesen. An diesem Wochenende wollten Martin und ich zusammen nach Hechelscheid fahren. Doch gegen Mittag hatte er angerufen und mir mitgeteilt, dass er durch einen Mordfall aufgehalten wurde.

Ich hatte mich sehr auf das gemeinsame Wochenende gefreut, zumal unsere Beziehung seit einiger Zeit kriselte. Durch die Mordserie hatte ich mich verändert und mich eine Zeitlang in mich zurückgezogen. Mir wurde bewusst, dass ich so keine

Probleme löste, sondern nur noch mehr schuf. Dem wollte ich entgegenwirken. Ich hatte gehofft, an diesem Wochenende Zeit für einige fällige Gespräche zu finden. Doch Martins Arbeitszeiten waren nicht immer planbar, Tote hielten sich nicht an Termine. Dafür konnte er nichts, das war mir bewusst, und trotzdem war ich wütend. Ich nutzte meine Wut, wandelte sie in positive Energie um und beschloss, alleine in die Eifel zu fahren, das erste Mal seit »damals«.

Aber schon bei Kornelimünster fing ich an zu zweifeln. Hinter Roetgen bereute ich meinen Entschluss und überlegte umzukehren. Trotzdem fuhr ich weiter. Aus den Lautsprechern erklang »Where is my mind« von den Pixies. Ich spielte das Lied wieder und wieder, eine Art Mantra, das mich vorwärtsbrachte.

Als ich die Serpentinen verließ und auf die kleine Straße zu unserem Haus einbog, war der Rücken meines T-Shirts schweißnass. Meine Hände zitterten, ich umklammerte das Lenkrad so fest, dass meine Knöchel weiß wurden.

Überrascht trat ich auf die Bremse. In der Einfahrt standen mehrere Wagen, darunter auch Martins Touran. Ich parkte meinen Golf dahinter, nahm den Hund an die Leine und stieg aus. Ich brauchte einen Moment, um mich zu sammeln.

Das Haus lag am Hang, und die Mauer, die den Friedhof abfing, bildete die Rückwand. Aus dem rückwärtigen Fenster im ersten Stock konnte man auf die Grabsteine schauen; wenn man vor der Wohnzimmerwand stand, befand man sich quasi Auge in Auge mit den Toten, nur durch zwei Meter Sandstein getrennt. Martin faszinierte dieser Gedanke. Das Haus war L-förmig gebaut. Zwischen den Schenkeln waren der Hof und die Terrasse, von der man einen atemberaubenden Blick auf den Rursee hatte. Die Eingangstür lag auf der Außenseite des längeren Schenkels, aber wir benutzten meist die Terrassentür im Hof, um ins Haus zu gelangen.

Ich war um das Haus herumgegangen und stand an der Ecke zum Hof, als ich Martins dozierende Stimme hörte. Wem gehörten die Wagen, und was taten sie hier? Hatte Martin nicht gesagt, dass er mit einem Mordfall beschäftigt war? Weshalb war er entgegen seiner Aussage in die Eifel gefahren, und warum hatte er mir das nicht gesagt?

»Woher weißt du, dass er erst gequält worden ist, Maria?«, fragte eine mir fremde, männliche Stimme.

»Die Quetschungen und Striemen sind unterblutet. Die Hämatome haben sich schon verfärbt, schillern grünlich. Zu dem Zeitpunkt, als ihm diese Verletzungen zugeführt wurden, war er noch gut durchblutet.«

»Alles deutet darauf hin, dass er längere Zeit gefangen gehalten und misshandelt worden ist. Ich schätze mehrere Tage bis zu einer Woche«, sagte Martin. »Sein Magen war leer und geschrumpft, er hatte einige Tage keine Nahrung zu sich genommen. Außerdem war er dehydriert.« Wieder räusperte er sich. Papier raschelte, vermutlich schlug er eine Seite um. Ich lehnte mich an die kühle Hauswand, immer noch nicht bereit, in den Hof zu gehen, und schloss die Augen.

»Er wurde anal und oral vergewaltigt. Sowohl im After wie auch in der Mundhöhle haben wir Spermaspuren gefunden. Die Gebissprothese befand sich nicht bei der Leiche. Der After weist deutliche Fissuren auf, der Täter ist brutal und ohne Rücksicht vorgegangen.«

Jemand hustete.

»Am Hinterkopf der Leiche befindet sich eine Schlagwunde. Sie ist verkrustet und fast verheilt. Ich vermute, dass das Opfer niedergeschlagen und so überwältigt wurde. Außerdem nehme ich an, dass es in einem Kellerraum gefangen gehalten wurde. Unter den Nägeln befinden sich Schmutzspuren, die darauf hindeuten.«

»In einer Hautfalte des Opfers haben wir eine Mehlmotte gefunden, das ist ein weiteres Indiz für Martins Theorie. Mehlmotten sind kälteempfindlich, und in den vergangenen Wochen war es zu kühl, als dass sie draußen hätte überleben können.«

Ich öffnete überrascht die Augen. Die Stimme gehörte Andreas, Martins bestem Freund, mit dem er sich eine Wohnung in Köln teilte. Andreas war Biologe, forensischer Entomologe. Ein Insektenforscher. Hin und wieder wurde er bei schwierigen Fällen als Experte von der Polizei hinzugezogen.

Wieso bearbeiteten sie den Fall hier? Wer waren die anderen, und um welchen Toten ging es? Ich würde keine Antwort erhalten, wenn ich nicht nachfragte.

Ich hatte einige Zeit in der Rechtsmedizin gelernt, aber schnell festgestellt, dass der ständige Umgang mit Toten nichts für mich war. Deshalb wechselte ich zur Psychiatrie und spezialisierte mich schließlich auf Kinder und Jugendliche. Während meiner Zeit in der Rechtsmedizin lernte ich Martin kennen und lieben. Da ich mit der grundsätzlichen Arbeit vertraut war, besprach er häufig Fälle mit mir. Nicht immer konnte ich das ertragen. Für ihn waren die Leichen Forschungsobjekte. Sie zeigten Spuren auf, die auf die Umstände ihres Todes hinwiesen. Diese Rätsel zu lösen und damit den Täter zu überführen war Martins Passion.

Mich beschäftigten eher Fragen wie: War der Täter wirklich fähig, die Tat als solche zu erkennen, und weshalb hatte er sie begangen? Deshalb fertigte ich seit meiner Zeit im Alexianer hin und wieder Schuldfähigkeitsgutachten für die Staatsanwaltschaft an.

Charlies feuchte Nase bohrte sich in meine Hand und riss mich aus meinen Gedanken. Auch er hatte Martins Stimme erkannt und wollte nun zu ihm.

»Ist ja schon gut, mein Freund«, murmelte ich und löste die Leine. Sofort sprang der Hund um die Ecke. Ich hörte seine Pfoten auf dem Kies knirschen. Er bellte einmal kurz und freudig.

»Charlie?«

Ich gab mir einen Ruck und ging um die Hauswand, betrat den Hof. Überrascht stellte ich fest, dass die Terrasse mit Holzdielen belegt war.

Nach dem Ereignis im Herbst hatte Martin einen Bauunternehmer beauftragt, das Haus zu renovieren. Mehrfach waren wir nach Hechelscheid gefahren, um den Fortschritt zu begutachten und weitere Anweisungen zu geben. Lange hatte ich es jedoch nicht ausgehalten. Nun war das Haus fertig, ich hatte es allerdings noch nicht im vollendeten Zustand gesehen.

Martin schaute mich überrascht an. Er und vier weitere Männer saßen auf den Bistrostühlen aus Aluminium, die ich letztes Jahr für den Hof gekauft hatte. Maria saß auf einem meiner bunten, großen Kissen aus dem Wohnzimmer vor Martin auf dem Boden. Seine Hand lag auf ihrer Schulter, eine intime Geste. Nun ließ er sie los, es wirkte schuldbewusst, und stand auf.

»Conny? Was machst du hier?«

Dasselbe hätte ich auch fragen können, doch ich schluckte die Frage hinunter.

»Wir wollten doch das Wochenende hier verbringen.« Ich zwang mich zu lächeln. »Da du nicht konntest, habe ich mich spontan entschlossen, alleine zu fahren.«

»Das ist ja eine Überraschung.« Er kam auf mich zu, blieb jedoch einen Meter vor mir stehen. »Wir arbeiten an einer Fallanalyse.«

»Hier?« Ich zog die Augenbrauen hoch.

»Nun, die beiden Fälle sind komplex, wir brauchten einen Ortswechsel, einen Bruch, um neu anzufangen, neue Impulse zu bekommen. Ich dachte, das Haus würde sich anbieten.«

»Tatsächlich?« Ich hörte den sarkastischen Ton in meiner Stimme.

»Ja, wir wollten bis morgen oder übermorgen bleiben.« Er warf einen schnellen Blick über seine Schulter zu den anderen, musterte mich dann wieder nachdenklich. »Aber das Haus ist ja groß genug, es ist kein Problem, dass du auch hier bist.«

Ich schluckte hart. Wie gnädig von ihm, er schickte mich nicht direkt nach Hause. Trotzdem kam ich mir wie ein Eindringling in meinem eigenen Haus vor, ein seltsames Gefühl.

Martin wandte sich zu den anderen. »Dies ist Constanze van Aken, meine Lebensgefährtin.« Er lachte leise, es klang nicht heiter. »Ich habe gar nicht mit ihr gerechnet.«

Eine spöttische Antwort lag mir auf der Zunge, doch ich biss die Zähne zusammen, nickte den anderen zu. Außer Maria und Andreas kannte ich niemanden. Maria war seit einiger Zeit Martins Assistentin. Sie war jünger als ich, kleiner, weiblicher und hatte lockige, dunkle Haare, die ihr herzförmiges Gesicht wie eine Wolke umgaben. Ich war groß, eher hager und hatte glatte Haare in einem gewöhnlichen Straßenköterblond. Irgendwie kam ich mir ihr gegenüber benachteiligt vor, was auch daran liegen mochte, dass Martin wesentlich mehr Zeit mit ihr verbrachte als mit mir.

Vor einigen Jahren war das gerichtsmedizinische Institut in Aachen geschlossen worden, alle Bereiche hatte man in Köln zusammengefasst. Seitdem führten wir eine Wochenendbeziehung. Um die verbleibende Zeit intensiver nutzen zu können, hatten wir das Haus in der Eifel gekauft. Und nun war er hier mit ihr, mit Maria. Es fühlte sich wie ein Verrat an.

Ich schalt mich eine dumme Gans und zwang mich, alle freundlich zu begrüßen. Bevor ich jedoch die Terrasse erreicht hatte, war Maria schon aufgestanden und zur Terrassentür gegangen.

»Möchte jemand einen Kaffee?«, fragte sie. Die anderen murmelten zustimmend.

Ein Mann stand auf und trat auf mich zu. Er überragte mich, musste also mindestens ein Meter und fünfundachtzig groß sein. Seine dichten, blonden Haare wirbelten sich über seiner Stirn zu einer Tolle. Ich schätzte ihn auf Mitte vierzig, etwa so alt wie Martin. Er war massig, aber nicht dick, wirkte durchtrainiert. Sein Händedruck war fest und warm.

»Robert Kemper, BKA. Wir arbeiten an einer OFA, einer operativen Fallanalyse. Es freut mich, Sie kennenzulernen, Frau van Aken.«

Operative Fallanalyse des BKA? Überrascht zog ich die Augenbrauen hoch. Das war die deutsche Art des Profiling. Anders als in amerikanischen Fernsehfilmen arbeitete man in Deutschland in einem Team aus verschiedenen Spezialisten, um das Profil eines Serientäters zu ermitteln.

»Es geht um eine Mordserie?«, fragte ich leise.

»Wir sind uns nicht ganz sicher. Sie sind Psychologin, nicht wahr? Ich habe letztes Jahr mit Werner Bromkes zusammengearbeitet, er hat sie sehr lobend erwähnt.«

Bromkes war Staatsanwalt in Aachen und mit uns befreundet.

»Er hat mich lobend erwähnt? Wahrscheinlich, weil ich meine Gutachten schnell einreiche.« Ich lachte leise. »Die Rechnungen übrigens auch.«

»Er hält Sie für hervorragend. Ich wollte Sie schon angerufen haben, aber dann kam diese Sache dazwischen ...« Kemper stockte.

Für einen Moment überlegte ich verwirrt, welche Sache er wohl meinte, doch dann ging mir auf, dass er von der Mordserie im Herbst sprach. Seitdem hatte ich keine Gutachten mehr angefertigt. Auch etwas, was ich wieder ändern musste.

»Natürlich hält er mich für hervorragend. Er schätzt mein Lamm in Rosmarinsirup.« Wieder lachte ich, versuchte vom Thema abzulenken.

»Über Ihre Kochkünste haben wir uns nicht unterhalten.« Kemper blieb ernst. »Wir suchen immer Spezialisten für die Espe.«

Espe – die Datei von Experten und Spezialisten des BKA, in der auch Andreas geführt wurde. Ich spürte, wie eine leichte Röte meinen Hals hochstieg, meine Wangen wurden warm.

»Ich bin Kinder- und Jugendpsychiaterin. Die Täter, die Sie suchen, sind aus der Altersklasse heraus. Ich fürchte, ich kann Ihnen nicht helfen.«

Bevor er noch etwas sagen konnte, begrüßte ich die anderen flüchtig, dann ging ich ins Haus.

# Kapitel 2

In der Tür zum Wohnzimmer blieb ich stehen. Ich ließ den nun fertigen Raum auf mich wirken. Die frisch abgeschliffenen Dielen hatten die satte Farbe von Honig. Die Wände waren in einem sanften Apricot gestrichen. Der Raum wirkte warm und gemütlich. Das lag auch an dem alten gusseisernen Ofen, der auf einer Edelstahlplatte in der Ecke stand, davor ein Ledersofa, das ich noch nicht kannte. Martin musste es in den letzten Wochen gekauft haben, ohne mir davon zu berichten.

Langsam ging ich in den Flur, öffnete die nächste Tür. Hier stand der alte Esstisch. An der Wand war eine Anrichte aus Weichholz, darin das Geschirr. Halb abgebrannte Duftkerzen verströmten einen intensiven Geruch nach Vanille.

Auf dem Tisch lagen Aktenordner und Spurenmappen. Vermutlich hatten sie hier gesessen, bis die Sonne sie auf die Terrasse gelockt hatte. Ich strich mit den Fingerspitzen über das schrundige Holz des Tisches.

Aus der Küche hörte ich das Klappern von Geschirr, das Gluckern der Kaffeemaschine. Leise schloss ich die Tür des Esszimmers hinter mir, ging weiter durch den Flur. Ich warf einen Blick in die Küche. Maria hatte mir den Rücken zugewandt. Sie öffnete und schloss Schranktüren, nahm Becher, Zuckerdose und Milchkännchen heraus, arrangierte alles auf einem Tablett. Die Selbstverständlichkeit, mit der sie sich in meiner Küche zurechtfand, ärgerte mich.

Ich überließ ihr die Arbeit und ging die steile Treppe nach oben. Links lag das Bad. Ich schaute nur kurz hinein. Hier hatte sich nichts verändert. Das Badezimmer war nach dem Schlafzimmer der zweite Raum gewesen, den wir renoviert hatten. Die alte Emaillewanne auf ihren Klauenfüßen lud zu einem ausgiebigen Schaumbad ein, etwas, was mir immer gut getan hatte. Später, versprach ich mir. Das Zimmer neben dem Bad sollte irgendwann mal ein Arbeitszimmer werden. Vielleicht auch ein Kinderzimmer, doch diese Möglichkeit lag weit entfernt, schien immer unwahrscheinlicher zu werden. Ich erwartete staubige, abgestandene Luft, aber meine Erwartung erfüllte sich wieder nicht. Auch dieser Raum war neu verputzt und gestrichen worden. Die Wände waren weiß, so als wartete das Zimmer noch auf seine endgültige Farbe und Bestimmung. Auf dem Holzboden lag ein bunter Flickenteppich. Auch das Bett war neu, jemand hatte es frisch bezogen. In einer Ecke lag ein Rucksack. Ich zog die Tür wieder hinter mir zu, fühlte mich, als sei ich in fremdes Territorium eingedrungen. Die Tür zum zweiten Zimmer, eigentlich war es nur eine Abstellkammer mit Fenster, ließ ich aus. Noch mehr Überraschungen würde ich nicht verkraften.

Vor unserem Schlafzimmer zögerte ich. Was, wenn Martin auch dort Veränderungen vorgenommen hatte, ohne es mir zu sagen? Schließlich drückte ich die Klinke. Mit dem vertrauten Knarren öffnete sich die Tür. Das Fenster stand auf, und der Duft sonnengewärmter Luft füllte den Raum.

Charlie war mir auf meinem Erkundungsgang durchs Haus gefolgt. Misstrauisch hatte er in jedem Raum geschnüffelt, die Ohren leicht nach hinten gelegt und vermutlich verwirrt von all den fremden und neuen Gerüchen. Auch in diesem Raum ging er langsam von einer Seite zur anderen, schnüffelte. Seine Krallen erzeugten ein leichtes Scharren auf dem Holzboden, ein vertrautes Geräusch. Schließlich sah er mich an, drehte sich zweimal im Kreis und legte sich vor dem Bett auf den Boden, so als wolle er mir zu verstehen geben, dass alles in Ordnung war.

Ich setzte mich auf die Bettkante, vergrub das Gesicht in meinen Händen. Das Haus hatte nichts von der Bedrohlichkeit meiner Albträume. Es war ein schönes Wochenendhaus geworden, behaglich, in warmen Tönen gestrichen, mit gemütlichen Möbeln ausgestattet. Ich ließ mich zurückfallen, atmete tief durch.

Ich musste eingeschlafen sein, eine Art des Bewusstseins, mit Problemen fertig zu werden. Als ich die Augen wieder aufschlug, stand die Sonne tief am Himmel, die Luft war kühler geworden, es roch würzig nach dem Tannenwald, der hinunter zum See führte. Irgendwo muhten Kühe, warteten ungeduldig darauf, zum Melken von der Weide geholt zu werden.

Von unten konnte ich Stimmen hören. Wahrscheinlich befassten sie sich wieder mit der Fallanalyse.

Bei operativen Fallanalysen handelte es sich nicht um Verbrecherjagd, so wie es oft im Fernsehen dargestellt wird. Meist befasst sich eine Gruppe von Experten mit einem Fall, beschreibt den Tathergang, die Opferpersönlichkeit, den Modus Operandi des Täters, das Motiv und forensische Daten, um einen Eindruck vom Täter zu bekommen. Gibt es mehrere Fälle, die ähnlich gelagert sind, werden sie unabhängig voneinander analysiert und dann erst verglichen. So kann man eine Vermutung über das Profil, Alter und die Herkunft des Täters bekommen.

Diese Art zu arbeiten war langwierig und schwierig. Sie lief parallel zur herkömmlichen Ermittlungsarbeit der Polizei, meist jedoch Hand in Hand mit ihr.

Ich hatte mich mit dieser Art von Fallanalyse beschäftigt, da mich die forensische Psychologie interessierte. Das war »davor« gewesen. Jetzt schreckte mich jeder Bezug zu Verbrechen ab. Selbst Gutachten zu Scheidungsverfahren schienen mir im Moment zu schwierig zu sein. Stattdessen hatte ich wieder Kontakte zum Kinderhospiz aufgenommen und betreute dort einen Jungen, der in absehbarer Zeit an einem Tumor in seinem Kopf sterben würde.

»Ablehnung der Realität«, nannte es Miriam Nebel. Sie war meine Mentorin.

»Ich wüsste nichts, was reeller wäre als der Tod eines Kindes«, hatte ich erwidert, ein wenig Trotz in der Stimme.

»Du befasst dich mit einem schrecklichen Schicksal eines anderen, einem der furchtbarsten Schicksale überhaupt – dem Tod eines Kindes –, um dich nicht mit dir selbst auseinandersetzen zu müssen.«

»Was ist daran falsch, sich auf die Probleme anderer zu konzentrieren? Du tust es doch auch. Hier. Jetzt. Mit mir.« Ich schnaufte. »Zu viel Introspektion kann einen verrückt machen.«

»Von verrückt bist du meilenweit entfernt, Conny. Von Introspektion allerdings auch. Du weißt doch, wie es läuft.« Sie lächelte freundlich.

»Es zu wissen und es auf mich selbst anzuwenden sind zwei verschiedene Paar Schuhe.« Ich senkte den Kopf.

Mein Magen knurrte. Seit heute Morgen hatte ich nichts mehr gegessen. Meine Sachen und auch die Vorräte, die ich eingepackt hatte, befanden sich noch in meinem Wagen in der Auffahrt. Ich konnte zwei Dinge tun, wurde mir klar, sie holen und hier bleiben oder einsteigen und wieder nach Aachen fahren.

In dem frisch renovierten und neu gestalteten Haus erinnerte kaum noch etwas an »damals«. Stattdessen hatten sich die Schatten verlagert. Unten saß eine Gruppe Kriminalisten und beschäftigte sich mit einem grausamen Mord. Die Ruhe, die ich meinte, zu brauchen, um mit meinen Ängsten fertig zu werden, war hier nicht gegeben. Wenn ich hier blieb, würde ich mich mit fremden Menschen abgeben müssen, die Themen behandelten, vor denen ich davonlief.

Schocktherapie, kam mir in den Sinn. Hatte Martin das etwa eingefädelt? Wollte er mich mit aller Macht wieder in mein altes Leben und früheres Ich zurückzwingen? Blödsinn, Constanze, er konnte nie im Leben ahnen, dass du ohne ihn hierher kommst. Es schien ihn noch nicht einmal zu freuen, im Gegenteil. Ich störte ihn vermutlich genauso, wie seine Kollegen mich, wenn nicht sogar noch mehr. Das Gefühl, ein unwillkommener Eindringling in einem Bereich seines Lebens zu sein, in dem ich nichts mehr zu suchen hatte, verstärkte sich.

Charlie hob den Kopf, seine Rute klopfte auf den Boden. Er sah mich bittend an.

»Natürlich, du hast Hunger, und raus musst du auch.« Ich reckte mich, erhob mich dann. Im Schrank standen meine Laufschuhe, schlammverkrustet noch vom letzten Herbst.

Seitdem war ich nicht mehr laufen gewesen. Körperliche Bewegung würde mir gut tun, mich auf andere Gedanken bringen.

Ich ging nach unten, blieb am Treppenabsatz stehen, lauschte. Die Stimmen kamen nun aus dem Wohnzimmer.

»Wir haben überhaupt keinen Anhaltspunkt, wer der Tote ist, deshalb können wir noch keine Aussagen zur Opferpersönlichkeit machen. Möglicherweise war der Mann im Strichermilieu unterwegs, auf der Suche nach einem jungen Freier. Er ist an den Falschen geraten, hat sich willig fesseln und schlagen lassen und dann erst bemerkt, dass die Falle tödlich ist«, sagte Martin energisch. »Ich meine, wir diskutieren hier doch nur Möglichkeiten durch. Hypothesen.«

»Ich verstehe nicht, dass ein etwa achtzigjähriger Mann immer noch nicht identifiziert ist.« Andreas schnaubte. »Ein alter Mann in Deutschland, der nicht zu identifizieren ist? Was ist mit der Polizei los?«

»Ich denke, du bist bei der Espe und weißt, wie es läuft.« Die Stimme kannte ich nicht, aber sie klang ein wenig höhnisch. »Der Mann war erwachsen, konnte gehen, wohin er wollte. Keine Vermisstenanzeige würde gespeichert werden, solange niemand Gefahr im Verzug sieht, ein drohendes Verbrechen. Jeder Erwachsene in Deutschland hat das Recht, sich frei zu bewegen.«

»Aber«, fiel ihm jemand ins Wort, den ich auch nicht kannte, »wenn er tatsächlich homosexuell war und alleinstehend, kann es auch sein, dass er überhaupt noch nicht vermisst wird. Dann ist er auch in keiner Kartei. Da er ein Gebiss hatte, welches nicht bei der Leiche anhängig war, können wir ihn auch über die Zähne nicht identifizieren.«

»Es kann doch nicht sein, dass ein alter Mann einfach so verschwindet und nicht vermisst wird. Dass sich Verwandte, Nachbarn oder Freunde keine Gedanken machen.«

»Aber sicher. Wer würde dich vermissen, Andreas? Und nach welchem Zeitraum? Von Martin jetzt mal abgesehen.«

»Meine Mutter. Nach zwei Tagen, schätze ich.«

»Die Mutter des Toten ist schon lange Staub, die vermisst niemanden mehr.«

»Uff. Ja. Stimmt.«

Ich atmete tief ein. Das waren alles Dinge, die ich nicht hören wollte. Die Haustür war nicht abgeschlossen, ich ging langsam die Einfahrt hinunter zu meinem Wagen. Dort griff ich nach dem Hundefutter und der Kühltasche mit den Lebensmitteln. Ich hatte nur wenige Sachen eingepackt, nicht mit einem Überfallkommando von sechs Leuten gerechnet. Nun war die Eifel nicht jenseits jeder Zivilisation, und wir würden sicherlich an Lebensmittel kommen. Zur Not könnte man Pizza in Simmerath oder Rurberg bestellen.

Typisch Conny, dachte ich, denkst immer ans Essen. Endlich löste sich ein Teil meiner Verspannung. Ich lächelte, räumte die Lebensmittel in den Kühlschrank, klopfte vor dem Haus die Schuhe aus und begann langsam und sorgfältig mit ein paar Dehnübungen. Dann trabte ich, Charlie an meiner Seite, Richtung Wald.

## Kapitel 3

Im Wald roch es nach Harz und Laub, der Boden federte unter meinen Füßen. Charlie blieb konstant an meiner Seite, auch wenn ich ihn ohne Leine laufen ließ. Er war ein ausgebildeter Polizeihund und trotz seiner erst fünf Jahre schon im Ruhestand. Vor einigen Monaten hatten wir ihn zu uns genommen, und obwohl ich erst zweifelte, konnte ich mir nun ein Leben ohne ihn nicht mehr vorstellen. Er bildete eine Konstante, zwang mich aufzustehen und mit ihm spazieren zu gehen. Routine war wichtig, wenn ansonsten zu viele Schatten im Leben drohten.

Nach einer Weile tauchten immer wieder Wörter in meinem Kopf auf. *Ausgeblutet. Geschlagen. Vergewaltigt. Spuren von Fesseln an den Handgelenken.*

Ich versuchte diese Worte zu verdrängen, dachte angestrengt darüber nach, welche Vorräte ich mitgebracht hatte und was ich daraus zu essen machen könnte.

»Vielleicht eine Quiche? Ich habe Speck. Porree bekommen wir beim Bauern. Frische Eier auch. Sahne habe ich mitgebracht«, sagte ich leise zu Charlie. Wie immer schien er mir aufmerksam zu lauschen.

*Anale Fissuren. Schnittverletzungen in der Lende und an den Beinen. Ausgeblutet.*

Hatte der Mann gewusst, dass er sterben würde? Wer tat so etwas einem anderen an? Es war keine Tat im Affekt gewesen. Oder vielleicht doch? Vielleicht gehörten die Fesseln und einige der Blessuren zu den sexuellen Spielchen, die sie im Einvernehmen miteinander gespielt hatten, und dann war es eskaliert, umgeschlagen. Vielleicht war der Mann bei einer Domina gewesen und fand Befriedigung in devotem Verhalten?

Es gab Menschen, die höchste Lust durch Qualen erfuhren, die sich gerne schlagen und verletzen ließen. Aber wie passten dann die Spermaspuren dazu? Homoerotische Spiele, Constanze, das wäre auch eine Möglichkeit, dachte ich. Und dann: Verdammt, du machst es schon wieder. Du denkst darüber nach.

»Für eine Quiche brauche ich Blätter- oder Mürbeteig. Mehl habe ich nicht da«, sagte ich laut.

Vielleicht war aber Mehl in der Küche. Zucker und Kaffeesahne waren auch dort gewesen, Maria hatte die Sachen mühelos in den Schränken gefunden. In den Schränken, die ich noch nicht geöffnet hatte. Wer hatte das Geschirr eingeräumt? Martin? Aber wann?

Es waren zu viele Sätze mit einem Fragezeichen dahinter in meinem Kopf.

»Nicht alles ist immer so kompliziert, nicht wahr, Charlie? Sicher gibt es eine einfache und logische Erklärung für alles.« Ich versuchte meiner Stimme einen überzeugenden Klang zu geben, doch es klang eher gepresst.

Das liegt daran, dass ich keine Kondition mehr habe. Die

Spaziergänge mit Charlie rund um die Frankenberger Burg waren alles, was ich in den letzten Monaten an körperlicher Ertüchtigung gehabt hatte. Viel zu wenig. An einer Weggabelung blieb Charlie stehen und blickte sehnsüchtig auf den Pfad, der hinunter zum See führte.

»Nein, Charlie. Nicht zum See. Nicht alles auf einmal. Schritt für Schritt. Einen Schritt nach dem anderen.« Ich nahm den anderen Pfad, der zurück nach Hechelscheid führte.

Wann hatte der alte Mann gewusst, dass er sterben würde? Als der Täter ihm die Schnittwunden beibrachte und das Blut und sein Leben langsam aus ihm herausflossen? Oder schon vorher, nach zwei, drei Tagen ohne Nahrung und Flüssigkeit?

Ein Spiel, das Hunger und Durst beinhaltete? Möglich war das. Sexuelle Vorlieben konnten so ziemlich alles beinhalten, was man sich vorstellen konnte, und auch manches, was jenseits meiner Vorstellung lag.

Und doch, es schien mir abwegig zu sein, dass jemand so etwas gerne mit sich machen ließ. Wie war die Leiche gefunden worden? Und wo? Ich tat es schon wieder.

»Ich könnte Brathähnchen in Rurberg kaufen und Salat. Dazu Brot. Was meinst du, Charlie?« Ich sah ihn an, doch diesmal hielt er seine Nase schnuppernd in den Wind.

Es knackte im Gebüsch, und plötzlich sprang ein Hase auf den Weg. Er sah uns und schien für einen Moment zu erstarren, dann sprang er weiter, schlug einen Haken und verschwand im Unterholz. Charlie schaute ihm sehnsüchtig hinterher, besann sich dann, streckte sich und sah stoisch nach vorne.

»Guter Hund«, murmelte ich.

Meine Muskeln schmerzten, mein Atem ging stoßweise, als wir endlich den knirschenden Kies des Hofes erreichten.

Noch schien die Sonne auf den Hof. Ich ließ mich erschöpft auf das Holzdeck der Terrasse sinken. Charlie stand neben mir, wedelte auffordernd mit der Rute, hechelte. Er brauchte Wasser. Ich auch. Trotzdem schaffte ich es nicht aufzustehen. Wie festgeklebt blieb ich sitzen, die Beine leicht gespreizt, die

Ellenbogen auf die Knie gestützt und den Kopf gesenkt. Schweiß lief mir über den Rücken.

Die Terrassentür ging auf. Martin reichte mir eine Flasche Mineralwasser, setzte sich neben mich auf die Holzplanken der Terrasse.

»Hey du«, sagte er leise.

»Hmm.«

Zwischen uns standen viele Worte, aber keiner von uns traute sich, sie auszusprechen.

Ich trank gierig, griff dann hinter mich. Dort stand immer noch das Kaffeegedeck auf einem Tablett auf dem Boden. In eine der Untertassen goss ich ein wenig Wasser, stellte sie vor Charlie. Er krauste die Nase, schnaufte, die Kohlesäurebläschen kribbelten ihm in der Nase, schließlich überwand er sich und schleckte die Flüssigkeit auf. Dann legte er sich zu meinen Füßen hin.

»Ich bin sehr überrascht, dass du hier bist.« Martin sah mich nicht an, knetete seine Hände.

»Tut mir leid, wenn ich störe.« Ich klang trotzig wie eine Vierjährige. Vorsichtig berührte ich seinen Arm, eigentlich war es keine wirkliche Berührung, eher ein Lufthauch.

Martin schüttelte den Kopf. »Warum machst du das? Warum ist es so geworden zwischen uns?«

Grundgütiger, dachte ich, eine Grundsatzdiskussion über uns und alles. Das war für den Moment zu viel für mich. Ich stand auf.

»Ich weiß nicht, was du meinst. ›Zwischen uns‹ ... Himmel, weißt du eigentlich, wie viel Überwindung es mich gekostet hat, überhaupt hierher zu fahren? Wie viel Kraft ich gebraucht habe, um meine Ängste einigermaßen in den Griff zu bekommen und mich dazu zu bringen, in die Eifel zu fahren. Weißt du das eigentlich? Nein, das weißt du nicht.« Ich spuckte die Worte heraus.

»Doch, Conny, das weiß ich.«

»Du kannst es nicht wissen, du hast nicht das erlebt, was ich erlebt habe. Hier.« Wütend sah ich ihn an. »Für dich ist Hechelscheid, unser Haus, immer noch ein ganz normales Wochenendhaus. Ein friedlicher Rückzugsort.«

»Es ist ein ganz normales Wochenendhaus. Und es ist fertig. Gefällt es dir?«

»Ob es mir gefällt? Ich weiß es nicht. Es ist schön, ohne Frage. Du hast eine neue, saubere Realität geschaffen. Wir streichen einfach die Wände, und schon ist es gut. Wenn es wirklich so einfach wäre, dann würden alle Malergeschäfte florieren, und kein Psychiater hätte mehr Kundschaft.«

»Conny, tu das nicht.«

»Was tu ich denn? Ich habe gar nichts getan. Du hast gehandelt. Du hast verputzt, gestrichen und eingeräumt.«

Martin schüttelte den Kopf und wischte sich mit beiden Händen über das Gesicht. »Conny, warum machst du das? Bestimmt habe ich dich zehnmal gefragt, was mit dem Haus werden soll. Du hast nie eine klare Antwort gegeben.« Er stand auf, sah mich endlich an. »Ich gestehe dir zu, dass die Erlebnisse, die du hattest, schrecklich waren. Unvorstellbar grauenvoll. Für mich und niemanden sonst nachvollziehbar. Aber das Leben hört nicht auf. Die Uhr tickt weiter.« Seine Stimme war ruhig geblieben, doch nun wurde sie lauter, klang ärgerlich. »Ich bin nicht gefangen in Ängsten. Mein Leben lief weiter, während du dich verkrochen hast. Und es gefällt mir, mein Leben und auch das Haus. Wenn es dir nicht gefällt, können wir alles ändern, du musst es nur sagen. Aber dann sag es auch. Steh nicht hier und schau mich beleidigt an.«

Er hatte recht, wurde mir klar. Ich hatte kein Recht, gekränkt zu sein und ihn zu verletzen.

Er kam auf mich zu, nahm mich in die Arme, hielt mich fest. »Schon gut.«

»Nein, nichts ist gut«, murmelte ich an seiner Schulter, in den Stoff seines Hemdes, das nach gesundem Schweiß roch, seinem Aftershave und dem Waschmittel. »Ich benehme mich wie einer dieser schizoiden Grenzfälle, dem Albtraum eines jeden Therapeuten, unberechenbar.«

»Das ist nichts Neues.« Martin lachte leise und schob mich

ein Stück von sich weg, schaute mich an. »So warst du schon immer. So habe ich dich kennengelernt, und so liebe ich dich. So und nicht anders.« Er holte tief Luft. »Trotzdem arbeiten wir an diesem Mordfall. Wir müssen daran arbeiten.«

Peng. Seine Worte waren wie eine Ohrfeige und holten mich in die Realität zurück.

»Der Fall?«

»Wir arbeiten an einer operativen Fallanalyse. Es ist wichtig. Da draußen ist ein Killer unterwegs. Die Polizei hat keinen Schimmer eines Ansatzpunktes. Die Details sind verwirrend. Das alles muss dich nicht interessieren.« Der letzte Satz klang abwertend.

»Wie bitte?«

»Ich finde es sehr mutig von dir, dass du hierher gefahren bist. Alleine. Wirklich, das war toll von dir, Conny. Ich schätze es sehr, dass du an dir arbeitest. Das ist großartig.«

»Es ist nicht einfach.«

»Nein, das glaube ich dir.« Er zog mich an sich, küsste meinen Scheitel. Martin war einer der wenigen Männer, die wirklich größer waren als ich. Ich hatte das immer genossen.

»Du hast bewiesen, dass du hierhin fahren kannst. Du warst sogar laufen. Im Wald?« Wieder schob er sich von mir, schaute mich an. Ich nickte. »Im Wald. Das ist toll, das ist wirklich großartig.«

»Das ist flexibel.« Ich lachte leise. »Flexibilität ist ein Zeichen von Reife.« Nun löste ich mich aus seiner Umarmung, sah ihn an. »Was soll das werden, Martin?«

Er breitete die Arme aus, machte eine weite Bewegung mit den Armen. Spatzen hätte er damit nicht verscheuchen können.

»Ich könnte dich nach Hause fahren, Constanze.« Nun senkte er den Blick. »Ich fahre dich nach Hause, und nächstes Wochenende verbringen wir hier gemeinsam. Den ersten Schritt hast du getan. Der zweite wird leichter werden. Beim dritten Mal ist es gar kein Schritt mehr, dann gehst du wieder zur Normalität über.« Martin lächelte.

»Scheiße, willst du mich verarschen?«

»Wie bitte?« Er riss die Augen auf, aber sein Blick traf nicht meinen. Stattdessen fixierte er irgendeinen Punkt weit hinter mir bei den Kuhweiden. Ich war versucht, mich umzudrehen und zu schauen, was er dort so Interessantes sah, widerstand aber der Versuchung. »Du willst mich loswerden?«

Noch vor einer Stunde hatte ich überlegt, nach dem Laufen wieder zurück nach Aachen zu fahren. Doch nun war der Gedanke indiskutabel, eigentlich undenkbar. Ich ließ mich nicht einfach wegschicken.

»Aber nein, Conny. Ich will dir helfen. Ich will für dich da sein.« Er klang tatsächlich ernsthaft.

»Ich in Aachen und du hier? Wie willst du dann für mich da sein?« Ich lachte spröde.

»Ich würde dich fahren, Conny. Das war mein Angebot. Ich fahre dich zurück in deine Wohnung und komme dann wieder hierher, um mit den Kollegen an der Fallanalyse zu arbeiten. Ein scheußlicher Fall voller Gewalt. Etwas, mit dem du dich nicht beschäftigen willst.«

»Wer sagt das?« Ich sah ihn herausfordernd an.

»Niemand. Ich dachte nur … ach komm. Du willst das nicht, Conny. Du willst das seit Monaten nicht. Selbst Scheidungsfälle sind dir zu gewalttätig. In deiner Gegenwart darf man noch nicht mal ›todsicher‹ sagen, ohne dass du durchdrehst. Jetzt spiel nicht die Coole. Du willst damit nichts zu tun haben, nichts davon hören.« Nun klang er nicht mehr defensiv.

»Das Haus ist groß genug – deine Worte.«

»Richtig. Das Haus mag groß genug sein, aber wir arbeiten an dem Fall eines Serienkillers, jemand, der ohne Skrupel tötet. Es ist wichtig, dass wir sein Profil erstellen. Schnell erstellen, bevor er wieder zuschlägt. Wir diskutieren unappetitliche Fakten, beschäftigen uns mit grässlichen Details. Das ist sicher zu viel für dich, auch wenn du es nur am Rande mitbekommen würdest. Für dich wäre es besser, das Wochenende in Aachen zu verbringen und uns unsere Arbeit tun zu lassen. Ich meine es nur gut mit dir, Conny.«

Ich drehte mich um, sah den blassen Mond am Himmel stehen. Es war nur ein Schatten, wie ein Fleck auf einem Negativ. Inzwischen waren die Kühe gemolken worden, Grillen zirpten in der Böschung, der Wind strich durch die Gräser. Irgendjemand hatte ein Feuer angezündet, es roch nach Holzkohle und seltsamerweise metallisch nach Schnee.

»Ich bleibe, Martin. Zumindest bis Morgen.«

Für einen Moment verharrte er schweigend hinter mir. Dann sagte er leise: »Na gut, deine Entscheidung. Schön, dass du wieder Entscheidungen triffst, Conny. Auch wenn ich nicht mit ihnen übereinstimme.« Er klang resigniert, drehte sich um und ging zurück zum Haus. »Wir wollen Pizza bestellen. Möchtest du auch?«

## Kapitel 4

Nachdem ich den Hund gefüttert hatte, duschte ich lange. Das heiße Wasser prasselte in einem harten Strahl auf meine Haut. Ich hielt die Luft an, atmete flach, gewöhnte mich an die Hitze. Doch statt meine Muskeln aufzulockern, verkrampfte ich immer mehr. Schließlich stellte ich das Wasser ab, rubbelte mich trocken. Dampfschwaden waberten durch den Raum und ließen alles unwirklich erscheinen. Das passte zu meinen Gefühlen. War ich wirklich in Hechelscheid, in der Eifel, in unserem Haus? War dies tatsächlich noch unser Haus? Wo stand ich in meinem Leben? War das eine der unzähligen Weggabelungen des Lebens, an der man eine Entscheidung treffen musste?

Rechts oder links? Geradeaus oder um die Kurve?

Sollte ich weitermachen, mein Leben wieder aufnehmen, oder sollte ich neu anfangen? Ich wusste es nicht.

»Schön, dass du wieder Entscheidungen triffst, Conny«, hatte Martin gesagt. Tat ich das denn wirklich, oder war ich einfach nur unentschlossen und zu müde, um nach Aachen zurückzukehren?

Ich wickelte mich in das Handtuch, schlich über den Flur zu unserem Schlafzimmer. Von unten klang lautes Gelächter zu mir herauf. Wie konnten sie lachen, wenn sie doch an einer so scheußlichen Fallanalyse arbeiteten?

Conny, sei kein Idiot. Sie arbeiten, aber sie sind auch Menschen. Es ist eine Fallanalyse und betrifft sie nicht persönlich. Es ist ihr Job, die Fakten zusammenzutragen und zu bewerten, und hat nichts mit ihnen und ihrem Leben zu tun.

Das war mein größtes Problem. Ich zog mir in letzter Zeit jeden Schuh an, der mir in den Weg kam. Vor allem solche, die mir gar nicht passten. In der Theorie war die Lösung ganz einfach, ich musste nur damit aufhören, musste es schaffen, wieder die Grenze zwischen mir und allen Grausamkeiten zu ziehen.

»Where is my mind?«, summte ich leise. Wo ist mein Verstand?

Plötzlich sehnte ich mich nach Gesellschaft, nach Lachen, Wärme, freundlichen Gesichtern und Pizza. Ich zog mich an und ging zur Treppe.

Du kannst das, Conny, sagte ich mir. Du kannst wieder am Leben teilnehmen, lachen, Witze machen und dich mit anderen unterhalten. Dass du es monatelang nicht getan hast, bedeutet nicht, dass du es nicht mehr kannst. Ich ging hinunter.

Sie saßen im Wohnzimmer, hatten zwei Korbstühle geholt, das Sofa nach hinten geschoben und so die Runde vor dem Ofen vergrößert. Obwohl der Nachmittag fast sommerlich warm gewesen war, hatte sich inzwischen die nächtliche Kühle wie eine Decke über die Landschaft gelegt. Nebelschwaden zogen geisterhaft über den Rursee. Die Klappe des Ofens stand auf. Es roch nach Feuer und Harz.

Ich blieb in der Tür stehen, biss mir auf die Lippen, wusste plötzlich nicht mehr, was ich sagen sollte.

»Conny!« Es war Andreas, der mich rettete. »Wie schön, dass du geblieben bist.« Es klang so, als ob er es ehrlich meinte.

Hatte Martin ihnen von mir erzählt? Von meinen Problemen? Was mochten sie von mir denken?

»Es war bestimmt ein ganz schöner Schock, uns alle hier vorzufinden. Eine unerwartete Hausbesetzung. Wie können wir das wiedergutmachen? Möchtest du Wein?«

»Ja.« Ich nickte und versuchte ein vorsichtiges Lächeln. »Sofern ihr einen gekühlten Weißwein da habt.«

Martin stand auf. »Haben wir. Einen Chardonnay. Ich hole ihn dir.«

Er berührte mich leicht, als er an mir vorbeiging. Am liebsten hätte ich ihn in die Arme genommen und an mich gepresst, ihn festgehalten und mich für alles, was ich ihm zumutete, entschuldigt.

»In der Küche ist noch ein Stuhl.« Robert Kemper rückte ein wenig zur Seite, machte Platz für mich. Jemand stand auf, holte den Stuhl und stellte ihn in die entstandene Lücke. Mit einem Ploppen öffnete Martin die Weinflasche, schenkte mir ein Glas ein. Er lächelte zaghaft. »Möchte noch jemand Weißwein, oder bleibt ihr bei Bier?«

»Hast du auch einen Roten?«

»Merlot. Aber damit sind unsere bescheidenen Vorräte erschöpft. Einen Cocktail kann ich nicht bieten.« Martin ging wieder in die Küche, Maria folgte ihm, brachte Gläser und Besteck.

»Die Pizza müsste gleich kommen«, sagte sie, nachdem sie einen Blick auf die Uhr geworfen hatte.

Ich setzte mich, nippte an meinem Wein, betrachtete verstohlen die anderen, spürte ihre neugierigen Blicke auf mir. Für einen Moment versickerte die Unterhaltung.

»Wir haben uns zwar heute Nachmittag schon kurz vorgestellt, aber ich weiß nicht, ob Sie sich an unsere Namen erinnern«, sagte einer der Männer. Er hatte kurze, lockige Haare, graue Augen und einen Kinnbart. »Ich bin Julius Hartfeld, Kripo Köln.« Er nickte mir freundlich zu.

»Thorsten Schneider, ebenfalls Kripo Köln.« Thorsten trug die glatten, braunen Haare zu einem Pferdeschwanz. Sein Gesicht war rund und freundlich, ein verschmitztes Lächeln umspielte seine Lippen. Auf den ersten Blick hätte ich ihn für einen Sozialpädagogen oder Erzieher gehalten.

»Robert Kemper, BKA Wiesbaden.« Kemper hob sein Glas, prostete mir zu. »Ein wunderschönes Haus haben Sie hier. Es war eine gute Idee von Martin, uns hierher zu bringen.«

»Eine ungewöhnliche Idee, oder?«

»Schon, aber manchmal hilft ein Ortswechsel, um neue Impulse zu bekommen. Wir haben uns zu sehr in unwichtige Details verrannt, liefen im Kreis.«

Andreas und Maria hatten sich nicht vorgestellt, was entweder niemandem auffiel, oder alle wussten, dass wir uns kannten.

»Und nun laufen Sie nicht mehr im Kreis?«

Kemper lachte. »Nein, jetzt bewegen wir uns in Schlangenlinien.«

»Ich weiß nicht, Robert. Vielleicht ist es gar nicht so abwegig, was Martin gesagt hat«, meinte Julius Hartfeld und zog die Stirn kraus. »Wir haben nicht den Schimmer einer Ahnung, was das Motiv angeht. Möglicherweise gibt es keines. Ein Psychopath, der mordet, was ihm in den Weg kommt.«

»Du meinst, es ist ihm egal, wer es ist, Hauptsache, er kann jemanden umbringen? Zufällige Opfer, wahllos?«

»Das ist ziemlich ungewöhnlich. Ein Schlachter, ein Verrückter, der mordet um des Mordens willen?«

Ich lehnte mich zurück, lauschte dem Gespräch. Sie schienen meine Anwesenheit vergessen zu haben. Neben mir knisterte das Feuer, hin und wieder knackte ein Ast, zersprang. Kleine Funken stoben auf. Martin hatte die Scheibe aus feuerfestem Glas vor die Ofentür geschoben. Er hatte die Glasscheibe gekauft, damit ich bei geöffneter Ofentür den tanzenden Lichtschein betrachten konnte. Den Ofen hatten wir in einem kleinen Antikladen in Belgien entdeckt und uns in ihn verliebt. Wir ließen den gusseisernen Kamin sandstrahlen, so dass die feine Ziselierung wieder deutlich zu Tage trat. Auf den dicken, bunten Kissen vor dem Kamin hatte ich am liebsten gesessen. Ich verlor mich in meinen Erinnerungen, hörte das Gespräch nur am Rande. Das Klingeln des Pizzadienstes riss mich aus meinen Gedanken. Plötzlich merkte ich, wie hungrig ich war.

Gegen zehn waren sie mit ihren Überlegungen immer noch nicht weitergekommen. Ich brachte die Teller und das Besteck in die Küche, schaute mich nachdenklich um. Die Küche war einfach, aber zweckmäßig, die weißen Schränke schlicht. Nur der sechsflammige Gasherd und der Dampfgarer zeugten von meiner Leidenschaft zu kochen. Auch das hatte ich viel zu lange vernachlässigt.

Charlie sah mich erwartungsvoll an, die Ohren gespitzt. Er wollte raus. Schritt für Schritt, dachte ich und fühlte in mich hinein. War ich bereit dazu, hier nachts mit ihm spazieren zu gehen? Mein Herz schlug heftig, und doch zog ich meine Schuhe an, nahm die Jacke von der Garderobe. In diesem Moment öffnete sich die Wohnzimmertür, der Mann vom BKA trat in den Flur. Da ich im Dunkeln an der Treppe stand, sah er mich nicht. Er streckte sich, gähnte. Sein Name wollte mir nicht einfallen. Dann bewegte Charlie sich.

»Oh.« Erschrocken sah der Mann mich an, lächelte dann. »Sie wollen mit dem Hund raus?« Er trat zu uns, bückte sich und ließ Charlie an seiner Hand schnuppern.

»Ja.«

»Darf ich mitkommen? Ein wenig frische Luft würde mir gut tun.«

»Hier im Ort gibt es nichts zu sehen. Nachts ist es wie ausgestorben.«

»Wunderbar. Um zehn Uhr abends bin ich nicht auf Sehenswürdigkeiten aus.« Er nahm seine Jacke, folgte mir.

Robert Kemper, fiel mir ein, hieß er. Schweigend gingen wir über den Hof, dann zögerte ich. Rechts führte der Weg entlang an den Weiden und Feldern in den Wald und hinunter zum Rursee. Links ging es in das Dorf. Charlie nahm mir die Entscheidung ab, er wandte sich nach links.

»Das ist ein wunderbarer Hund.«

»Charlie? Ja. Ich bin froh, dass wir ihn haben.«

»Ein Mischling, nicht wahr?«

»Ein reinrassiger Schäflador.« Ich lachte leise, als Robert mich überrascht ansah. »Eine Mischung zwischen Schäferhund und Labrador. Er hat eine ausgezeichnete Nase.«

»Ich hatte früher auch Hunde.« Eine gewisse Sehnsucht klang in seiner Stimme mit, etwas, was ich kannte und was uns Hundeliebhaber verband.

»Disraeli verurteilte Hundefreunde als Machtmenschen«, murmelte ich. »Er hatte keine Ahnung von Treue und Liebe.«

»Benjamin Disraeli? Nun ja, in seiner Zeit gab es durchaus Machtmenschen, die Hunde einsetzten und missbrauchten. Katzenliebhaber können das nicht. Insofern hatte er recht. Er stand für Freiheit und Demokratie.«

»Machtmenschen gab es zu jeder Zeit. Auch Menschen, die Tiere missbrauchen. Jemand der Hunde liebt, muss kein Machtmensch sein.«

Für einen Augenblick erwiderte Kemper nichts.

»Ihr Hund ist sehr gut erzogen«, sagte er dann. Ein leises Schmunzeln schwang in seiner Stimme mit.

»O ja. Charlie ist ein pensionierter Polizeihund. Er ist durch und durch gedrillt, gut erzogen und folgsam. Der Traumhund eines Machtmenschen.«

»Dann passt er aber gar nicht zu Ihnen.«

Ich warf ihm einen kurzen Blick zu. »Woher wollen Sie das wissen? Sie kennen mich doch gar nicht. Möglicherweise liebe ich es, Macht auszuüben, andere zu kommandieren.«

Kemper ging nicht darauf ein. »Pensioniert? Er macht noch keinen so alten Eindruck. Höchsten drei oder vier Jahre.«

»Charlie ist fünf. Er war Leichenspürhund, hatte einen Unfall. Er wurde verschüttet und verletzt. Seitdem ist er traumatisiert und nicht mehr dienstfähig.«

»Spürhunde sind oft besonders sensibel. Ich habe auch schon solche Fälle erlebt. Nicht nur bei Hunden, auch bei Kollegen. Manche Dinge sind einfach zu viel.«

Ich wartete, ob er noch etwas hinzufügen mochte, doch

Kemper schwieg. Seine ruhige und sachliche Art war mir sympathisch. Er wollte nicht, wie viele andere, auf Teufel-komm-raus punkten.

»Es tut mir leid, das wir so einfach in Ihr Privatleben eingedrungen sind«, sagte er dann.

»Das Haus gehört Martin genauso wie mir. Er konnte nicht wissen, dass ich hochfahre. Es ist nicht Ihre Schuld.«

»Trotzdem. Ich habe das Gefühl, als würden Sie sich unwohl fühlen, Frau van Aken. Das sollte nicht so sein. Nicht in Ihrem Haus.«

»Conny.«

Überrascht sah er mich an.

»Nennen Sie mich Conny. Constanze.«

Kemper schwieg.

»Ihr duzt euch doch alle. Es kommt mir komisch vor, hier ›Frau van Aken‹ genannt zu werden.«

Noch immer erwiderte er nichts. War ich zu weit gegangen? Ich biss mir auf die Innenseite der Wange.

»Was ich heute Mittag gesagt habe, habe ich durchaus ernst gemeint«, murmelte er schließlich. »Bromkes hat Sie … dich empfohlen. Wir brauchen geschulte Leute. Fachleute, die mit der Polizeiarbeit vertraut, aber dennoch außerhalb des Systems sind. Sie haben oft einen klareren, einen anderen Blick.«

»Das schmeichelt mir, aber ich glaube nicht, dass ich dafür die Richtige bin. Zumindest im Moment nicht.«

»Das ist schade. Der Psychologe dieser OFA hat sich das Bein gebrochen und liegt im Krankenhaus. Trümmerbruch. Wird sich wohl eine Weile hinziehen.«

Trümmerbruch, so etwas hatte ich auch erlitten, nur dass nicht einer meiner Knochen, sondern meine Seele betroffen war. Doch das sagte ich nicht.

»Wir drehen uns wieder im Kreis. Ich glaube, da gibt es eine Verbindung, eine Spur zwischen den Fällen, aber wir sehen es nicht. Dieser Täter ist nicht greifbar.«

»Fälle?«

*Gefesselt. Geschlagen. Vergewaltigt. Ausgehungert. Ausgeblutet.* Wieder tauchten die Worte in meinem Kopf auf.

»Ja, zwei bisher. Jeweils ähnliche Vorgehensweise. Übereinstimmende Täter-DNS. Keine Verbindung zwischen den Opfern. Kein Motiv.«

»Kein für euch erkennbares Motiv. Das bedeutet nur, dass ihr es noch nicht kennt«, sagte ich leise. Irgendwo schrie ein Nachtvogel, ein Hund schlug an. Charlie hob den Kopf, schnupperte. Auch ich sog die Luft ein. Es roch nach Tannen und Holzfeuer.

Auch Robert atmete hörbar ein. »Ein wenig wie Weihnachten. Tanne und Feuer. Außerdem kann man den Nebel riechen.«

»Nebel hat einen Geruch?«

»Manchmal. Findest du nicht? Es riecht moderig und gleichzeitig nach Gras. Wahrscheinlich die Düfte, die die Nebelschwaden annehmen, wenn sie aufsteigen.«

»Möglich.« Ich blieb stehen, spürte die kalte Nachtluft an meinem Kopf und Nacken und horchte auf die undeutlichen Laute, die durch die Dunkelheit zu mir drangen. Hier auf dem Land, weitab von Leuchtreklame und Straßenlaternen, war es ungleich dunkler als in der Stadt. Dafür sah man mehr Sterne. Je länger man schaute, um so mehr schienen es zu werden. Ich hielt mich an den Sternbildern fest, der Große Wagen, der Kleine.

Kemper sah mich an, folgte dann meinem Blick.

»Beeindruckend«, flüsterte er und brach damit den Zauber des Augenblicks.

»Ja.« Ich zog Charlie enger zu mir, setzte den Weg mit großen Schritten fort. Auf einmal schien es mir das Wichtigste zu sein, schnell das Haus zu erreichen. Wieder spürte ich den Schweiß an meinem Rückgrat nach unten rinnen, meine Schultern waren verspannt und meine Zähne so fest aufeinander gebissen, dass es weh tat. Kemper versuchte nicht, die Unterhaltung wieder aufzunehmen, dafür war ich ihm dankbar.

Im Haus hing der Geruch von fettigem Pizzakäse, war fast

schon greifbar. Plötzlich wurde mir schlecht, ich atmete hastig durch den Mund.

»Wir haben keine Verbindung zum zweiten Fall«, hörte ich jemanden im Wohnzimmer sagen.

»Aber immerhin wissen wir, wer das Opfer war. Sonja Kluge, zweiundzwanzig Jahre alt.«

Ich schüttelte den Kopf, wollte nicht noch mehr über diese grausamen Taten erfahren. Der Mann vom BKA sah mich nachdenklich an. Ich nickte ihm zu, ging nach oben, ohne meine Jacke oder die Schuhe ausgezogen zu haben und ohne ein weiteres Wort zu sagen.

Durch die Ritzen der Schlafzimmertür fiel Licht wie Tropfen auf den Dielenboden. Hatte ich vergessen, die Lampe auszuschalten? Vorsichtig öffnete ich die Tür. Martin saß auf dem Bett, die Beine angezogen, die Arme um sie geschlungen. Er legte den Kopf schief, sah mich fragend an.

»Du hättest nicht mit dem Hund gehen müssen. Nicht hier, nicht alleine.«

»Ich weiß.«

»Mutest du dir nicht zu viel auf einmal zu?«

»Ich war nicht alleine, Kemper hat mich begleitet.«

»Robert?«

»Ich habe ihn nicht darum gebeten, es war seine Idee. Wie viel weiß er?« Ich war in der Tür stehen geblieben und hatte die Arme verschränkt.

»Genug.«

»Das ist keine Antwort auf meine Frage, Martin.«

»Er weiß, was hier passiert ist. In groben Zügen, nehme ich an, Conny. Spielt es eine Rolle?«

Ich seufzte, ging endlich zu ihm, ließ mich schwer auf das Bett fallen. »Ich weiß nicht, ob es eine Rolle spielt. Einerseits schon, andererseits …« Ich zuckte mit den Schultern. »Ich komme mir vor wie ein exotisches Wesen, dass von allen staunend betrachtet wird. So als wäre ich nicht von dieser Welt.«

»Das bildest du dir ein«, sagte er leise. »Warum sollten sie dich staunend betrachten?«

»Vielleicht als eine Art Forschungsobjekt. Ihr befasst euch mit Morden und Tätern. Ich war auf der anderen Seite, ein Opfer.«

»Ja. Das ist natürlich interessant. Aber eigentlich ist es unwichtig. Für uns hier und jetzt zumindest. Dein Fall ist erledigt, die Akte geschlossen. Wir arbeiten nun an einem anderen, einem neuen Fall. Ein anderer Täter und andere Opfer.«

»Ja. Ein grausamer Fall.« Ich schloss die Augen. *Gefesselt. Gequält. Geschlagen. Ausgeblutet.*

Martin schwieg. Dann drehte er sich zu mir. »Weshalb bist du hier, Conny?«

»Um endlich mit den Dämonen zu kämpfen. Um wieder zurückzukommen in das wirkliche Leben. Um weiterzumachen. Oder um neu anzufangen.« Ich überlegte. »All das stimmt nur zum Teil, aber von jedem ist ein bisschen wahr. Vielleicht bin ich auch nur hierher gekommen, um dir zu zeigen, dass ich es kann. Dass ich es ohne dich kann.«

»Um mir zu zeigen, dass du mich nicht brauchst?« Er stöhnte leise auf. »Das weiß ich doch schon längst. Du brauchst mich nicht. Vermutlich hast du mich nie gebraucht.«

Ich setzte mich auf, zog die Jacke aus, die Schuhe, streifte die Hose von den Beinen. Dann hob ich die Decke und verkroch mich darunter, rollte mich ganz eng zusammen, schloss die Augen. Nach wenigen Sekunden war ich eingeschlafen.

## Kapitel 5

Als ich wach wurde, stand der Mond hoch am Himmel. Sein Licht schien in das Schlafzimmer wie ein Suchscheinwerfer. Ich konnte nur eine, höchstens zwei Stunden geschlafen haben. Neben mir atmete Martin tief und ruhig. Für einen Moment lauschte ich seinen Atemzügen. Er schlief.

Meine Zunge wirkte pelzig, ich hatte einen schlechten Geschmack im Mund. Natürlich, ich hatte mir die Zähne nicht geputzt. Langsam und vorsichtig stand ich auf, bemüht darum, ihn nicht zu wecken. Ich tastete mich zur Tür, wäre beinahe auf den Hund getreten, der vor meinem Bett lag. Charlie hob nur kurz den Kopf.

Erst im Flur machte ich Licht. Im Badezimmer standen mehrere Zahnbürsten in einem Glas, sie gehörten wohl den Leuten des OFA-Teams. Mir war kalt, aber ein Gedanke saß in meinem Kopf, den ich nicht greifen konnte, der mich aber unruhig machte. Vielleicht würde eine Tasse Tee mir gut tun.

Leise ging ich nach unten. Im Flur roch es nach kaltem Rauch und Asche. Ich öffnete die Küchentür, machte Licht. Auf der Arbeitsplatte standen Weingläser und Bierflaschen, gestapelte Pizzakartons. Ein überquellender Aschenbecher. Ich rümpfte die Nase, zögerte. Da ich keine Ahnung hatte, wo Teebeutel sein könnten, und ich keine Lust verspürte, danach zu suchen, löschte ich das Licht wieder und schloss die Tür hinter mir.

Mit etwas Glück war noch ein wenig Glut im Ofen, die ich entfachen könnte. Jemand hatte das Fenster im Wohnzimmer auf Kippe gestellt. Es war kalt, aber die Luft roch frisch und nicht abgestanden, wie ich befürchtet hatte. Ich zerknüllte eine Zeitung, legte sie und ein paar Holzspäne in die Glut, blies sacht. Das Feuer flackerte auf. Auf der Truhe standen die angebrochene Weißweinflasche und mein Glas. Ich schenkte mir ein, trank einen Schluck, setzte mich auf eines der großen Kissen vor dem Ofen.

Welcher Gedankenfetzen saß da in meinem Kopf und ließ mir keine Ruhe? Es war wie ein Splitter unter der Haut, den man nicht erreichen konnte, der nicht wirklich schmerzte, aber doch spürbar war. Ich schloss die Augen, genoss die Wärme, die das Feuer ausstrahlte.

*Gefangen. Gequält. Geschlagen. Mit glühenden Zigaretten gebrandmarkt. Vergewaltigt. Geschnitten. Ausgeblutet. Die Kehle durchgeschnitten. Erstochen. Overkill.*

Waren es diese Worte, die mich nicht losließen? Die mich

bis in den Schlaf verfolgten? Oder war es die Erinnerung an damals?

Nein, obwohl die Furcht immer noch tief in meinen Knochen saß, den größten Schrecken hatte »damals« verloren. Ich war hier, ich war hierher gefahren, hatte es überlebt. Ich war gelaufen, spazieren gegangen, hatte diese Hürden gemeistert, ohne, wie von mir befürchtet, gelähmt zusammenzubrechen.

Manche Menschen überwinden ihre Phobie vor Spinnen dadurch, dass sie eine in die Hand nehmen und feststellen, dass das Insekt sie nicht umbringt und sie auch nicht vor Angst sterben. Der Ekel mochte bleiben. Genauso würde ich meine Erinnerungen und die Angst immer in mir tragen, doch die alles verzehrende Furcht schien überwunden zu sein. Erleichtert stieß ich die Luft aus.

*Gefangen. Gequält. Unbekanntes Opfer. Leichnam positioniert. Overkill.*

Ich schluckte. Dort lag mein Unbehagen, es hatte etwas mit dem Fall zu tun. Mit diesem Fall, der nicht meiner war, mit dem ich nicht verbunden war.

»Conny?«

Erschrocken zuckte ich zusammen. Ich hatte nicht gehört, dass er die Treppe hinuntergekommen war, die Tür geöffnet hatte.

»Martin! Wie kannst du mich so erschrecken?«

»Es tut mir leid. Kannst du nicht schlafen?«

»Doch. Ich habe mir nur ein neues Hobby zugelegt: Schlafwandeln. Eigentlich aber liege ich oben im Bett und träume selig.« Ich schnaubte.

Zögernd blieb er an der Tür stehen. Vermutlich wusste er nicht, wie er sich mir gegenüber verhalten sollte. Wie auch, ich wusste es ja selbst nicht.

»Ich glaube, es ist der Fall. Ich habe einige Dinge gehört und sie beschäftigen mich nun«, sagte ich versöhnlich. »Ich weiß nur nicht, was genau mich so beunruhigt.«

Dann fiel es mir ein. Sonja Kluge. Das zweite Opfer. Ich

schnappte nach Luft, schlug meine Hand vor den Mund. »O Gott!«

»Conny?« Martin kam zu mir, kniete sich neben mich, legte mir den Arm um die Schulter. Ich roch den vertrauten Duft nach Seife, Schlaf und seiner Haut, fühlte mich für einen Moment geborgen. »Es war eine saublöde Idee von mir, mit den anderen hierher zu kommen, ohne es dir zu sagen. Du bist hier reingerannt wie in ein offenes Messer. Wirst hier mit grauenvollen Sachen konfrontiert. Es ist unverzeihlich von mir.«

»Martin.« Ich drängte ihn zurück, sah ihn eindringlich an. »Das zweite Opfer, es war eine junge Frau?«

Er zögerte, nickte dann.

»Kluge, Sonja Kluge?«

»Ja. Sie wurde vor einigen Tagen auf einem Rastplatz an der A 61 gefunden. Ihre Leiche war so drapiert worden, dass sie gefunden werden musste, genauso wie das erste Opfer, das noch nicht identifiziert ist.«

»Es gibt Übereinstimmungen zwischen den Fällen?«

»Ja. Wieso?«

»Und weshalb jetzt die OFA?«

»Warum willst du das wissen, Conny?«

»Beantworte einfach meine Frage.«

»Die beiden Morde waren grausam, bestialisch. Ein Täter. Zwei Opfer. Aber wir finden keine Verbindung. Eigentlich analysieren wir den ersten Fall, den alten Mann. Ein zweites Team und auch die aktuellen Ermittlungen befassen sich mit der jungen Frau. Die Opfer haben keine Verbindung zueinander, sind so unterschiedlich, wie sie nur sein können. Und doch ist der Täter derselbe. Warum willst du das wissen, Conny?«

»Sonja Kluge.«

»Ja, so hieß sie.«

»Ich kannte sie.«

»Was?«

»Wie viele junge Frauen mit dem Namen und in dem Alter mag es hier in der Gegend geben? Ich kannte eine Sonja

Kluge. Ich habe sie behandelt während meines AIP im Alexianer, und später war sie noch einmal bei mir, als ich schon meine Praxis hatte. Es war ein schwieriger Fall, und wirklich geheilt war sie nicht. Heute Abend fiel der Name einmal. Ich werde ihn in meinem Unterbewusstsein gespeichert haben. Es hat eine Weile gedauert, bis die richtigen Synapsen die entsprechenden Verbindungen geknüpft hatten. Aber es hat mich nicht losgelassen, und nun weiß ich warum. Sie war meine Patientin.« Ich holte tief Luft. Schwieg dann. Holte wieder Luft, fast krampfhaft. »Und nun ist sie tot. Ermordet.«

»Du kanntest sie?«, sagte Robert Kemper. Erschrocken fuhr ich herum, starrte ihn an. Er stand in der Tür, die Haare vom Schlaf zerzaust, das Gesicht verknittert, aber mit hellwachen Augen. »Entschuldigung. Ich wollte mir einen Schluck Wasser holen, habe dann Stimmen gehört.« Er ging einen Schritt zurück.

»Ja, ich kannte sie. Falls es diese Sonja Kluge ist. Ein schwieriges Mädchen. Voller Phobien, Verlassensängste. Ein leichter Ansatz zur Schizophrenie.«

Kemper trat wieder vor, hörte mir interessiert zu. »Was weißt du von ihr?«

Ich räusperte mich. »Sie ist eine Patientin. Ihre Akte ist vertraulich. Privat. Mein Wissen über sie auch.«

»Nein.« Er schüttelte den Kopf. »Der Tod hat ihr die Privatsphäre geraubt. Alles, was wir über das Opfer herausfinden, kann uns zum Täter führen.«

Ich nahm die Worte in mich auf, wog sie ab. »Ich weiß ja noch nicht einmal, ob meine ehemalige Patientin tatsächlich identisch mit eurem Opfer ist.«

»Dann finden wir es heraus.« Er klang nun sehr wach, fast schon euphorisch.

Plötzlich war mir sehr kalt. Ich stand auf. »Ich glaube nicht, dass ich euch helfen kann. Nein, wirklich nicht. Selbst wenn sie es ist, was soll ihre Krankheit mit ihrem Mord zu tun haben?«

»Möglicherweise nichts. Vielleicht aber doch. Dass du hier

bist, ist ein Wink des Schicksals. Vielleicht der Impuls, der uns den Durchbruch bringt.«

»Schicksal? Schicksal ist eins von den zwanzig Dingen, an die ich nicht glaube.« Ich ging an ihm vorbei, Kemper hielt mich an der Schulter fest.

»Conny«, bat er eindringlich, »Conny, du musst uns helfen. Du musst uns erzählen, wer sie war, wie sie war. Warum war sie in Behandlung? Was machte ihr Angst?«

Ich schüttelte seine Hand ab, eilte zur Treppe. »Nein!«

Im Schlafzimmer schlug ich die Tür zu, blieb stehen. Ich zitterte, aber nicht vor Kälte, sondern vor Wut. Welcher Teufel hatte mich geritten, gerade an diesem Wochenende hierherzufahren? Und wieso war Martin mit seiner Truppe hierher gekommen? Nur deshalb hatte ich von dem Mord erfahren. Von den Morden und ihren grausamen Details. Schicksal, so ein Humbug. Es war purer Zufall, ein sehr unglücklicher Zufall.

Gerade an dem Wochenende, an dem ich meine Bilder von grausamen Quälereien und toten Menschen loswerden wollte, die Bilder in meinem Kopf klein und gefügig machen wollte, da kamen Menschen und ersetzten die Bilder durch andere, wohlmöglich schlimmere. Nun begannen die Bilder in meinem Kopf sich zu überlagern. Sonja Kluge, ein junges, verhuschtes Mädchen, mehr Knochen und Gelenke als Substanz, dunkle Haare, immer streng in einem Zopf oder Knoten zusammengefasst. An ihr war nie etwas weich oder geschmeidig gewesen, immer war sie hart und kantig. Auch ihre Aussprache war so, ganz anders als die ihrer Mutter. Die Erinnerungen stürzten sich auf mich, nahmen mich ein.

Ich ließ mich auf das tiefe Fensterbrett sinken, lehnte meine Stirn an die kühle Scheibe des Glases.

*Gefangen. Gefesselt. Gequält. Vergewaltigt. Ausgeblutet.*

Jemand kam die Treppe hoch. Vermutlich war es Martin, der mir folgte. Eine Tür wurde mit dem so typischen Knarren alter Häuser geöffnet. Ich hob den Kopf, lauschte.

»Martin?« Es war Maria. »Ich habe Stimmen gehört. Ist etwas passiert?«

Herrgott, dachte ich, wer alles in diesem Haus Stimmen hört. Das wuchs sich ja fast zu einem übernatürlichen Phänomen aus.

»Conny kennt die Tote.« Er klang resigniert.

»Was?«

»Du hast schon richtig gehört. Sie kennt, nein, kannte Sonja Kluge. Sie war eine ihrer Patientinnen vor einigen Jahren.«

»Zufälle gibt es.«

Da hast du ausnahmsweise einmal recht, Schätzchen, dachte ich missmutig.

»Robert möchte sie in unserem Team haben.«

»Das ist nicht dein Ernst.« Maria lachte leise, es klang bitter. »Conny bei einer OFA? Weiß er ... davon?«

Langsam stieg Missmut in mir auf. Was ging Maria das an? Und warum sprach Martin überhaupt mit ihr über mich?

»Natürlich weiß er das. Er wollte sie schon länger bei der Espe haben. Und nun hält er es für unerlässlich, dass sie mitarbeitet. Sie kannte das Opfer, hat es behandelt, weiß vielleicht Dinge, die uns auf die Spur des Täters führen können.«

»Das ist doch Blödsinn, Martin. Sie kannte das Opfer als Patientin, das macht Conny befangen. Und in dem Zustand, in dem sie momentan ist, kann sie unmöglich bei einer OFA mitarbeiten. Sie ist doch total labil.« Maria klang so empört, wie ich mich fühlte. Ich wollte aufstehen, die Tür aufreißen und ihr ordentlich die Meinung sagen, doch irgendetwas hielt mich zurück.

»Nicht so laut, Maria. Du täuschst dich, was Conny angeht. So labil ist sie nicht mehr.«

»Ach? Auf einmal? Letzte Woche hast du aber noch ganz anders geklungen.«

»Sie macht große Fortschritte, scheint mir.«

»Naja, ich bin trotzdem der Meinung, dass sie mal die Seiten wechseln und sich auf die Couch begeben sollte. Würde ihr sicher nicht schaden.« Maria schnaubte.

»Sie nimmt therapeutische Hilfe in Anspruch, bei Miriam, ihrer Mentorin.«

»Immerhin. Das macht sie aber trotzdem nicht geeignet für eine OFA. Und andere Dinge ja wohl auch nicht. Hast du mit ihr gesprochen?«

»Noch nicht. Komm, lass uns ins Zimmer gehen.« Martin hörte sich auf einmal seltsam zerknirscht an. Wieder wurde eine Tür geöffnet, dann geschlossen. Maria schlief anscheinend in der kleinen Kammer. In den Raum hatte ich nicht geschaut, nun bereute ich es. Was meinte sie mit: »Hast du schon mit ihr gesprochen?« Worüber sollte Martin mit mir reden? Was ging hier vor? Ich hatte das sichere Gefühl, dass Maria mehr für Martin war als nur seine Assistentin. Warum sprach er mit ihr über mich? Und weshalb war sie mir so feindlich gesonnen?

Diese Gedanken beschäftigten mich. Schließlich wurde ich müde und legte mich ins Bett. Charlie brummte einmal laut und wohlig, streckte sich aus und schnarchte sanft. Martin war immer noch mit Maria in dem kleinen Zimmer nebenan. Die Wände waren so dick, dass kein Geräusch zu hören war. Über meinen Grübeleien schlief ich ein.

Am nächsten Morgen verkündeten die Vögel mit lautem Trällern den neuen Tag. Ich wachte wie gerädert auf, mein Nacken war steif, vermutlich hatte ich falsch gelegen. Martin lag im Bett, den Rücken mir zugewandt und schlief tief und fest. Ich hatte nicht bemerkt, dass er ins Bett gekommen war.

Der Blick auf den Wecker zeigte mir, dass es noch viel zu früh war, um an einem Samstag aufzustehen, erst kurz vor sechs. Doch an weiteren Schlaf war nicht zu denken. Langsam wich die Dunkelheit dem ersten Licht des Tages. Nur eine Ahnung, wie ein Versprechen, zuerst. Dann wurde der Himmel rosa, so als würde er sanft erröten.

Ich lag auf dem Rücken, lauschte den tiefen Atemzügen neben mir und dem kurzen Schnaufen vor dem Bett. Charlie träumte intensiv, seine Pfoten bewegten sich, und immer wieder rannen kurze Schauer durch seinen Körper. Vermutlich traute er sich wenigstens im Traum, einen Hasen zu jagen.

Ich sah zu Martin, sah, wie sich seine Schulter bei jedem Atemzug hob und senkte. Am liebsten hätte ich ihn angefasst, wollte ihn jedoch nicht wecken. Das Schlafzimmer war nach dem Bad der erste Raum gewesen, den wir renoviert hatten. Wir kauften ein altes Holzbett mit gewundenen Pfosten und stellten es hier auf. Und dann liebten wir uns, noch bevor wir es bezogen hatten. Damals waren wir glücklich und sehr leidenschaftlich. Ich erinnerte mich daran, wie er mir hastig die Sachen vom Leib riss, mich auf die neue Matratze drängte, die noch mit Folie überzogen war. Ich hatte das kalte Plastik auf meiner Haut gespürt, nur für einen Moment, dann wurden andere Empfindungen wichtiger. Seine Hände, die mich zärtlich und fordernd berührten, sein Mund, der an mir saugte. Ungeduldig hatte ich den Reißverschluss seiner Hose geöffnet, seine heiße Erregung gefühlt. Er drängte sich zwischen meine Schenkel, aufgeregt wie ein Teenager, drang in mich ein. Wir liebten uns, geschmeidig wie Öl, ertasteten einander, schmeckten uns, tranken uns aneinander satt. Und dann trug uns der Rhythmus fort. Später war der Samstagmorgen immer der Zeitpunkt gewesen, an dem wir uns hier geliebt hatten. Weit ab von unserer Arbeit und dem Stress, von Nachbarn und hellhörigen Häusern. Der, der als Erster wach wurde, machte den Anfang. Jedes Mal war es zärtlich und leidenschaftlich zugleich. Doch nun konnte ich mich nicht überwinden, ihn zu berühren, fürchtete eine Zurückweisung. Wann hatten wir uns das letzte Mal geliebt? Ich konnte mich nicht daran erinnern, es musste Monate her sein.

Seufzend drehte ich mich auf die Seite, starrte in den Sonnenaufgang. Charlie hob den Kopf, kam zu mir und stupste mich an. Ich kraulte seine weichen Ohren, die sich wie Plüsch anfühlten, zwinkerte die Tränen weg.

Es liegt an dir, Conny, die Situation zu ändern. Fass Martin an, verführe ihn. Das ist dir früher immer gelungen, sagte ich mir.

Früher. Früher war nicht jetzt. Ich hob die Decke an, stand

leise auf. Meine Laufsachen lagen auf dem Boden vor dem Fenster. Ich nahm sie und schlich mich ins Bad. Zehn Minuten später joggte ich mit Charlie durch die Felder. Über den Wiesen hing der Nebel so dicht, dass es so aussah, als ob die Köpfe der Kühe körperlos darin schwebten. Im Laufe des Tages, das kündigte die aufziehende Sonne an, würde sich der Dunst verziehen.

In meinem Kopf waren Bilder von der kleinen, zierlichen, weiblichen Maria mit der Wolke aus dunklen Locken um den Kopf und Martin. Die Bilder waren sinnlich und taten mir weh. Krampfhaft versuchte ich, an etwas anderes zu denken. Wann würde der Bäcker öffnen? Um sieben? Wie viele Brötchen brauchte ich für alle? War genug Kaffee da, und hatten wir Milch und Butter?

Und dann plötzlich war das Bild von Sonja in meinem Kopf. Sonja Kluge, als knapp Zehnjährige, als Kind. Voller Ängste und ohne Worte. Ihr war es immer schon schwergefallen, ihre Gedanken in Worte zu fassen. Nur mühsam war ich damals an sie herangekommen. Ein stilles, aber doch aufgewecktes Kind. Die Tests ergaben, dass sie normal intelligent war, keine großen Schwächen zeigte. Etwas machte ihr Angst, soviel Angst, dass sie sich total zurückzog, depressive Anzeichen aufzeigte, kaum noch soziale Kontakte pflegte. Ihre Mimik und Gestik waren gehemmt und eingeschränkt. Inwieweit sie das steuerte, konnte ich damals nicht ausmachen. Ich ging allerdings von einem krankheitsbedingten Verhalten aus. Ein paar Jahre später tauchte sie von sich aus in meiner Praxis auf. Damals war sie schon ein Teenager. Ich überlegte, wie alt sie gewesen sein mochte, sechzehn oder siebzehn? Mindestens. Es musste fünf oder sechs Jahre her sein. Vielleicht auch nur vier, ich war mir nicht sicher. Sie kam nur dreimal, vereinbarte einen neuen Termin, nahm ihn aber nicht wahr. Da hatte ich meine Praxis gerade erst aufgebaut, und dank vieler Kontakte boomte sie. Kollegen und auch meine Freundin Stephanie, eine Kinderärztin, mit der ich mir die Praxisräume teilte, überwiesen mir Patienten.

Sonja kam von sich aus. Deshalb erinnerte ich mich an sie. Kaum ein Jugendlicher tat das, konnte sich zu so einem Schritt überwinden. Aber sie stand in meiner Tür und bat mich um Hilfe. Ungewöhnlich. Und dann tauchte sie nie wieder auf, nahm den nächsten Termin nicht mehr wahr, den sie so gewissenhaft ausgemacht hatte. Sie war weder in einer akuten Situation gewesen noch von einem Kollegen überwiesen worden, sondern kam aus freien Stücken, sonst hätte ich nachgeforscht, warum sie mich nicht mehr aufsuchte. Aber so waren mir die Hände gebunden. In den Wochen danach erkundigte ich mich unter der Hand in der Psychiatrie, im Alexianer, wo ich meine Ausbildung gemacht und sie getroffen hatte. Aber dort tauchte Sonja auch nicht auf. Und auch nicht in den Todesanzeigen, die ich las.

Nach einer Weile vergaß ich das Mädchen. Eine von vielen Fällen, die mir in den Jahren vor den Schreibtisch kamen. Ein interessanter Fall wegen ihrer Eigenständigkeit, aber wissenschaftlich nicht außergewöhnlich. Und nun hatte ich sie wieder getroffen. Nur ihren Namen. In einer Mordakte. Bei einer OFA.

*Gefesselt. Gequält. Gefoltert. Vergewaltigt. Ausgeblutet. Ermordet. Overkill.*

Ich schüttelte den Kopf, versuchte die Gedanken loszuwerden. Es wollte mir nicht gelingen. Ich wusste nicht sicher, ob Sonja auch so gequält worden war wie der alte Mann, vermutete es nur. »Es gibt einen Zusammenhang zwischen den Fällen, die Vorgehensweise ist ähnlich.« Ich wollte nichts damit zu tun haben, mich nicht damit beschäftigen.

Sechs Leute von der OFA plus mich, macht sieben, mindestens vierzehn Brötchen, besser zwanzig. Oder lieber gleich fünfundzwanzig. War Aufschnitt im Haus? Marmelade? An Nutella hatte ich gedacht, und zehn Eier hatte ich mitgebracht. Martin liebte gekochte Eier zum Frühstück, weich und noch warm. Zehn würden nicht wirklich reichen. Ich hatte auch Speckwürfel dabei. Rührei und Speck …

*Ausgeblutet. Verhungert*. Scheiße, die Gedanken ließen mich nicht los. Inzwischen war aus der vagen, rosigen Ahnung ein Morgenlicht geworden. Die Kühe auf den Weiden muhten, verlangten gemolken zu werden. Ich hörte die ersten Wagen fahren, der Tag hatte endgültig begonnen. Für mich, für Martin und Maria, aber nie mehr für Sonja Kluge und auch nie mehr für den alten Mann. Ich blieb stehen, verschwitzt und außer Atem, war vor mir selbst und meinen Gedanken davongelaufen, schneller, als es gut für meinen Körper war. Alles tat mir weh, sogar das Luftholen. Mit letzter Kraft beugte ich mich vor, stützte meine Hände auf die Knie, versuchte meinen Atem zu bezwingen. Ein – Aus – Ein – Sonja … ich hatte ihr nicht helfen können. Sie hatte mir nicht genug Vertrauen geschenkt, um wiederzukommen. Ich war ihr etwas schuldig.

## Kapitel 6

Der Bäcker hatte zwar noch geschlossen, aber er sah mich vor der Tür und gab mir die ersten, noch heißen Brötchen. Auch Milch hatte er da. Als wir das Haus kauften, waren wir als Fremde misstrauisch betrachtet worden. Doch durch das Ereignis im Herbst gehörten wir nun zum Dorf. Wenigstens eine positive Folge, dachte ich.

Ich kochte Kaffee. Im Esszimmer schliefen die beiden Kripobeamten aus Köln auf Luftmatratzen. Ich schloss die Tür sacht, wollte sie nicht wecken. Mit meinem dampfenden Becher setzte ich mich auf die Terrasse, sah zu, wie der Tag langsam erwachte. Das auf- und abschwellende Summen der Bienen, die sich über das Rapsfeld hermachten, füllte die Luft. Es duftete intensiv nach Honig.

»Guten Morgen.« Robert Kemper rieb sich mit beiden Händen über die Wangen. Ich meinte, das Knistern seiner Bartstoppeln hören zu können.

»So früh schon wach?«

»Ich habe kaum geschlafen.« Er gähnte herzhaft, schlug sich dann verschämt die Hand vor den Mund. »Verzeihung.«

»Lag es am Bett?« Ich grinste.

»Nein, nein, das Bett ist wunderbar. Es lag an meinen Gedanken. Wo finde ich so was?« Er deutet auf meinen Kaffeebecher.

»In der Küche steht eine Thermoskanne.«

Er holte sich Kaffee, setzte sich neben mich und hielt sich die Tasse vor sein Gesicht. »Es ist wunderschön hier, so friedlich.«

Das habe ich auch immer gemeint und mich getäuscht, dachte ich, sprach es aber nicht aus.

Robert warf mir einen nachdenklichen Blick zu. »Hast du dich entschieden? Ich bin mir sicher, du könntest uns eine große Hilfe sein.«

»Ich habe darüber nachgedacht, aber um ehrlich zu sein, glaube ich nicht, dass ich etwas Wesentliches zu dem Fall beitragen kann. Ich kannte Sonja noch nicht einmal richtig.«

»Sie war bei dir in Behandlung?«

»Nur kurz, drei- oder viermal höchstens. Sie litt unter großen Verlustängsten, hatte Phobien. Es ist aber schon Jahre her. Ich müsste mir die Akte raussuchen.«

»Verlustängsten?«

»Ja, schon als Kind. Da habe ich sie zum ersten Mal getroffen. Sie war stationär in der Psychiatrie. Wir konnten die Ursache ihrer Ängste nicht finden. Sie wuchs in einer normalen, netten Familie auf. Einzelkind. Daran glaube ich, mich zumindest zu erinnern. Aber wie gesagt, ich müsste das nachschauen.«

»Die Unterlagen hast du in Aachen?« Er trank von dem Kaffee, verzog das Gesicht. Offensichtlich war das Getränk noch zu heiß.

Ich nickte.

»Das ist natürlich dumm. Du bist hier, um das Wochenende zu genießen …«

Ich lächelte. Er versuchte, nicht ganz ungeschickt, mich zu

manipulieren und mich dazu zu bringen, nach Aachen zu fahren. Immer noch war ich mir nicht sicher, was ich wollte. Aber eines war mir klar – an diesem Wochenende würde ich nicht viel mit Martin klären können. Doch wenn ich jetzt wegfuhr, würde ich Maria kampflos das Feld überlassen. Das war mir auch nicht recht.

»Vielleicht hilft es dir, eine Entscheidung zu treffen, wenn du dich mit der Akte befasst.«

»Wenn ich all die Grausamkeiten sehe, die der Täter ihr angetan hat? Möglicherweise wäre dann der Impuls stark, etwas dagegen unternehmen zu wollen. Andererseits …«, ich stockte, atmete tief ein. »Andererseits habe ich im Moment noch ein starkes Problem mit Gewalt. Und dass ich das Opfer kannte, macht es nicht einfacher für mich. Ich würde mich eventuell zu stark identifizieren und hätte nicht die nötige Objektivität.«

Diesmal pustete Robert in die Tasse, bevor er vorsichtig an dem Kaffee nippte. »Du klingst sehr reflektiert. Danke, für deine Offenheit. Ich weiß das zu schätzen.«

»Gestern habe ich einiges über den alten Mann gehört. Ist das Mädchen genauso gequält worden?« Ich biss mir auf die Lippe. Wollte ich das wirklich wissen?

»Die Vorgehensweise war ähnlich. Sehr brutal. Aber vor allem die DNS-Spuren des Täters sind identisch. Was uns allerdings verblüfft, ist, dass es zwei derartig unterschiedliche Opfer sind. Das Motiv ist absolut unklar.«

»Und wenn er einfach nur leicht an die Opfer herangekommen ist? Den alten Mann beim Spazierengehen überfallen, dem Mädchen nach einem Diskobesuch aufgelauert hat? Situationen, die einsam und nicht beobachtet waren? Da hätte jeder Opfer sein können. Das Motiv liegt dann in der Tat an sich und nicht in dem Opfer-Täter-Verhältnis.«

»Eine unpersonifizierte Tat? Gewalt um der Gewalt willen? Das haben wir uns auch schon gedacht. Trotzdem, ein solch brutaler Täter, der seine Opfer über Tage quält, hat doch auch gewisse Opferschemata. Jemand, der vergewaltigt, tut das nur bedingt aus körperlicher Lust. Macht und Wut sind eine stärkere Triebfeder.«

»Ja, das ist richtig. Natürlich ist das schon seltsam. Ein Täter, der sich wahllos Opfer in für ihn günstigen Momenten greift, begeht meistens sehr schnell danach seine Tat. Jemanden gefangen zu halten und zu quälen deutet schon auf eine persönliche Rache hin.«

»Zumal die Gefahr, dass das Opfer doch entwischen könnte, ja immer gegeben ist. Befürchten würde ich das auf jeden Fall, auch wenn ich das Opfer rund um die Uhr bewache.«

»Du ja, aber du bist beim BKA und kein potenzieller Mörder.« Ich lachte leise, obwohl ich gar nicht heiter war.

»Gut«, sagte Robert nachdenklich. »Vermutlich hast du recht. Trotzdem. Das sind Gedanken, die uns beschäftigen. Solche Gespräche, wie hier mit dir, bringen die OFA weiter. Keiner von uns hat den Täter vor sich sitzen, alles ist hypothetisch. Und du hast klare Gedankengänge, du bringst neue Impulse.«

Und ich kannte das Opfer, dachte ich. Ja, ich kannte Sonja, aber das war früher, damals. Damals hatte ich anders empfunden, und es war eine lange Zeit her. In sechs Jahren tat sich viel für Jugendliche, junge Erwachsene. Sie schließen die Schule ab, wählen einen Beruf, gehen neue Wege, treffen neue Leute, entwickeln sich. Alles Dinge, die ich bei Sonja weder miterlebt hatte, noch beurteilen konnte. Ich seufzte.

»Ich würde keine Hilfe sein, Robert. Wirklich nicht«, sagte ich leise. »Dazu weiß ich zu wenig. Aber das Wenige, was ich weiß, macht mich befangen.«

»Ich bin offen für alles, Constanze. Vielleicht musst du es nur zulassen«, beschwor er mich.

»Guten Morgen.« Martin betrat die Terrasse. Ich hatte ihn nicht kommen hören. Er wischte sich über den Kopf und sah über die Felder. »Scheint ein schöner Tag zu werden.«

Mich beachtete er nicht. Keine Hand auf die Schulter, keine Umarmung, kein Kuss. Ich wurde steif, und mich fror auf einmal.

»Ich habe gesehen, dass du Brötchen geholt hast, Constanze. Danke. Wollen wir frühstücken? Hier draußen ist es zu frisch. Maria hat drinnen den Tisch gedeckt.« Er schenkte uns ein flüchtiges Lächeln, ging wieder hinein.

Robert sah in seine inzwischen leere Kaffeetasse. »Frühstück klingt gut. Wollen wir?«

»Ich komme gleich.«

Als alle beide gegangen waren, lehnte ich mich zurück. Was passierte hier? Ich konnte es nicht greifen. Roberts Wunsch, dass ich in der OFA mitarbeiten, ihnen wenigstens zuarbeiten sollte, war spürbar. Ebenso Martins Distanz. Was wollte ich? Es war mir nicht klar. Zumindest hier bleiben und innerlich frieren wollte ich nicht. Ich wollte nach Hause, und Zuhause war im Moment Aachen. Dort konnte ich zumindest die Akten suchen. Was ich dann tun würde, läge in meiner Hand. Ich stand auf, nahm meine Tasse, straffte die Schultern.

»Ich fahre mit dir.« Überrascht sah ich Martin an. Damit hatte ich nicht gerechnet.

»Wieso?«

»Das Fax ist kaputt. Internet geht noch, aber sie wollen uns Berichte schicken. Dafür brauchen wir ein Fax oder zumindest einen Drucker. Wenn wir alle vor dem kleinen Laptop hängen, brauchen wir Stunden, um die Daten zu analysieren. Ich nehme das Fax und den Drucker aus Aachen mit. Dann brauchst du auch nicht alleine zu fahren.« Er schenkte mir ein Lächeln, ohne mich anzusehen.

Ich schluckte hart. »Ja, dann packe ich mal.«

Zehn Minuten später hatte ich meine Sachen beisammen und Charlie an der Leine. Er sah mich an, schien befremdet. So als wollte er sagen: Warum fahren wir schon wieder?

Ich kraulte ihn hinter den Ohren, da wo sein Fell am weichsten war.

»Bist du fertig?« Wieder sah Martin mir nicht in die Augen. »Wir nehmen den Touran.«

»Warum?«

»Weil ich gleich wieder zurückfahren werde.«

»Dann habe ich keinen Wagen.«

»Ich lasse dir den Golf bringen. Heute oder morgen.«

»Na, vielen Dank«, murmelte ich und stieg ein.

Die erste Strecke fuhren wir schweigend. Dann endlich brach Martin die Stille.

»Es gibt etwas, was ich dir sagen muss.«

»Ach ja?« Ich biss mir auf die Lippe. Auf dem Rücksitz lag Charlie und hechelte leise.

»Ja, Conny. Ich fand es so mutig von dir, alleine in die Eifel zu fahren. Wirklich. Mein Respekt.«

»Zu blöd aber, dass du mit deinen Freunden da warst.« Ich grinste hämisch, fühlte mich jedoch schwach. Irgendetwas war im Busch.

»Es sind Arbeitskollegen, keine Freunde. Bis auf Andreas, natürlich.«

»Und Maria.« Die Worte schoben sich zwischen uns, schufen eine Grube.

»Maria ist meine Assistentin.« Seine Stimme klang gepresst.

»Ist klar. Mehr nicht? Und warum sprichst du mit ihr so detailliert über mich?« Ich holte hörbar Luft. »Ich habe euch gestern Nacht gehört.«

»Was?« Er sah mich erschrocken an, verriss das Lenkrad.

»Martin!«, keuchte ich. »Um Himmels willen, pass auf!«

»Ja, ja.«

Für einen Moment schwiegen wir, fuhren weiter, erreichten die Himmelsleiter bei »Haus Frings«. Schon jetzt staute sich der Verkehr dort in Richtung Eifel.

»Es ist nicht so, wie du denkst«, sagte Martin leise.

Ich dachte nach, fand keinen Bezug. »Was?«

»Was auch immer du gehört hast gestern Nacht, es gibt dafür eine Erklärung.« Er räusperte sich.

Ich habe euch reden gehört, wollte ich sagen, über mich reden gehört und fand das unschön. Doch dann fiel die Klappe, und ich verstand. Er war mit Maria zusammen in ihr Zimmer gegangen, und sie hatten sich geliebt. Ihm war nicht klar, wie dick die Wände waren und dass ich das nicht gehört hatte.

»Eine Erklärung? Dann schieß mal los.« Ich verschränkte die Arme, fühlte mich so hilflos und verletzt wie selten zuvor.

»Maria und ich ... wir sind Freunde. Sie ist ... meine Vertraute, meine Freundin, meine Assistentin ... Herrgott, Conny ...«

»Deine Assistentin. Wobei genau assistiert sie dir denn?« Ich lachte bitter.

»Nun werd nicht vulgär.«

»Ich soll nicht vulgär werden? So wie du? Du hast mit ihr geschlafen.«

Martin hustete. »So einfach ist das nicht.«

»Was?« Ich spuckte das Wort. »Was ist daran nicht einfach? Martin? Willst du mich jetzt auch noch verarschen? Du hast eine Affäre mit Maria. Punkt.«

»So einfach ist das nicht«, wiederholte er.

»Du warst nicht mit ihr im Bett?«

»Doch.« Er schluckte. »Aber es bedeutet nichts. Nicht wirklich.«

»Ich möchte aussteigen, jetzt.« Meine Stimme klang beherrscht, aber ich war es nicht.

»Conny, mach keine Dummheit, lass uns reden. Bitte.«

»Ich soll keine Dummheit machen? Ich? Wie, bitte schön, meinst du das, Martin? Und komm mir nicht mit – es bedeutet nichts.«

Er schwieg. Wir erreichten Kornelimünster, fuhren durch den schönen Ort mit den Fachwerkhäusern. So malerisch. Ich schloss die Augen.

»Ich habe mich einsam gefühlt, allein. Du warst im letzten halben Jahr nur mit dir beschäftigt. Es tat mir weh.«

»Und deshalb hast du eine Affäre mit Maria angefangen? Aus Einsamkeit? Mir kommen die Tränen.«

»Ich kann mir vorstellen, dass es für dich schwierig zu verstehen ist. Aber ich habe das nicht gemacht, um dich zu verletzen.«

»Da bin ich ja froh, Martin.« Ich schluckte, zwinkerte die Tränen weg. »Vermutlich hast du mir nicht einen Gedanken geschenkt, sondern bist nur deiner Lust gefolgt.«

Martin holte tief Luft. »Nein, so war das nicht. Wir sind befreundet. Ich war verzweifelt, konnte nicht mit dir reden. Maria hat mir zugehört. Sie war für mich da, du warst es nicht.«

Martin schob mir den Schwarzen Peter zu und hatte ja auch irgendwie recht. Ich war nicht für ihn da gewesen.

»Und dann führte eines zum anderen?« Mein Mund war plötzlich sehr trocken.

»Ich liebe dich, Conny.«

Martin fuhr auf die Oppenhoffallee. Überraschenderweise war ein Parkplatz direkt vor dem Haus frei.

»Du liebst mich? Und Maria nicht?«

Martin parkte ein, der Motor erstarb. Plötzlich war es sehr still. Ich konnte den Hund hecheln hören. In meinen Ohren rauschte das Blut. Mein Lebensgefährte hielt das Lenkrad umklammert, sah stur nach vorne.

»Das weiß ich nicht so genau. Ich empfinde viel für sie.«

»Mehr als für mich?« Ich wollte die Frage nicht stellen, die Antwort nicht hören. Die Worte kamen einfach so heraus.

Er zuckte mit den Schultern. »Ich weiß es nicht«, murmelte er.

»Aha. Und warum findest du es nicht in aller Ruhe heraus? Was versprichst du dir von deinem Geständnis, außer dass ich nun wirklich verletzt bin? Ganz ehrlich, du hast mich tief getroffen.« Ich stieg aus, öffnete die Heckklappe, Charlie sprang heraus, ich griff nach seiner Leine. Dann ging ich in Richtung Neumarkt.

»Conny!«, rief Martin mir hinterher. Ich schaute mich nicht um, winkte nur ab. Im Moment konnte und wollte ich ihn nicht ansehen. Am liebsten wäre ich auf die Knie gefallen und hätte haltlos geweint, doch die Blöße gab ich mir nicht.

»Conny! Constanze!«, rief er wieder. Laut, verzweifelt. »Bitte, geh nicht. Bitte lass uns reden.«

Nun drehte ich mich doch um. Er klammerte sich an der Wagentür fest, sah mir hinterher.

»Reden? Worüber? Du musst eine Entscheidung treffen und ich vermutlich auch. Sag Kemper, dass ich auf keinen Fall bei der OFA mitarbeite. Falls ich etwas Wichtiges finde, setze ich mich mit ihm in Verbindung.« Ich schluckte, zögerte, sprach dann weiter. »Tu mir einen Gefallen, bevor nicht alles entschieden ist, sollte unser Schlafzimmer in Hechelscheid tabu für dich und Maria sein, ja?«

»O Gott, Conny, was denkst du von mir? Du verstehst mich völlig falsch.«

»Möglich.« Dann drehte ich mich wieder um und ging, so gradlinig und sicher, wie es mir möglich war, davon.

## Kapitel 7

»Du fühlst dich schuldig?«

Ich war von der Oppenhoffallee direkt zum Neumarkt, zu meiner Praxis gegangen. Dort wühlte ich zehn Minuten erfolglos in alten Akten, fand Sonjas nicht. Das mochte daran liegen, dass ich mit den Gedanken ganz woanders war. Ich fühlte mich elend, wollte mich am liebsten verkriechen oder irgendwem meine Wut, meine Ohnmacht und meine Verzweiflung entgegenschleudern. Martin! Doch Martin war nicht da. Und zu ihm zu gehen brachte ich nicht fertig.

Also ging ich zu Miriam Nebel. Obwohl Samstag war, traf ich sie zuhause an. Ich hatte zwar überlegt, sie vorher anzurufen, dies aber verworfen.

Miriam wohnte in einer großzügigen Wohnung in der Nähe des Theaters. Die Wohnung hatte ihrem zweiten Mann gehört. Dem Zweiten von inzwischen Dreien. Mit keinem der Ehemänner lebte sie noch zusammen. Mit Mitte fünfzig hatte sie feste Beziehungen aufgegeben. Es hielte ja doch niemand mit ihr aus, sagte sie kämpferisch. Ich war solange davon überzeugt, bis der Nächste auftauchen würde.

Miriam Nebel kam aus einer multikulturellen Familie. »Wir sprechen acht Sprachen gleichzeitig«, sagte sie immer lachend, »aber keine korrekt.« Ihr Vater war Jude und Geschäftsmann, ihre Mutter kam vom Balkan. Wenn sie schimpfte oder tobte, maß sie ihre Wut immer daran, wie weit man ihr Geschrei würde hören können. Bis Italien war eher harmlos, bis nach Haifa die äußerste Grenze.

Vor Jahren war sie meine Mentorin gewesen und dann zu meiner Freundin geworden. Nun hatte sie auch den Part der Therapeutin übernommen.

»Du fühlst dich schuldig, Conny?« Miriam reichte mir ein großes Glas Rotwein. »Das ist ein Roche Mazet, ein südfranzösischer Landwein. Eigentlich ein ganz einfacher Wein, aber er hat ein herrliches Bouquet. Absolut überraschend. Ich habe ihn aus meinem letzten Urlaub mitgebracht. Leider nur zwei Kartons.«

»Machen wir jetzt eine Degustation?«, fragte ich und lächelte müde. »Möchtest du mir einen Vortrag über Landweine halten?«

»Darin wäre ich zumindest fit.« Sie ging zurück in die Küche, kam mit Brot, Käse und Oliven zurück, ließ sich in den Sessel fallen und seufzte. »Er hat sie also gevögelt, und du hast ein schlechtes Gewissen. Glückwunsch, Martin, gut gemacht.«

»Ich habe ihn im Stich gelassen, habe mich mit mir beschäftigt, war verschlossen. Mit Maria konnte er reden.«

»Ja, klar, Conny. Er konnte mit ihr reden. Aber muss er deshalb mit ihr ins Bett gehen? Sie vögeln? Noch dazu in eurem Haus? Und du liegst nebenan? Ich bitte dich, wo ist dein Verstand geblieben, weit kann er nicht sein. Sollen wir ihn suchen gehen?«

»Vögeln klingt so hässlich.« Ich vergrub das Gesicht in den Händen.

»Wäre es dir lieber, wenn ich sagte: Er hat sie geliebt? Geherzelt? Es gibt Tausende Ausdrücke dafür, manch einer trifft besser, der andere weniger. Martin hat Maria gebumst, gevögelt, gefickt. Welches Wort willst du hören?«

Ich trank einen großen Schluck Wein. »Ach, Miriam.«

»Das ist ein wahrer Schlamassel. Aber es ist Nebbich, sich im Gram zu vergraben, Herzchen.«

»Was würdest du tun?« Ich sah sie zaghaft an.

Miriam warf den Kopf zurück und lachte. »Was möchtest du tun?«

»Am liebsten würde ich Maria den Hals umdrehen«, gestand ich.

»Maria?«

»Ja, sicher, wem sonst?«

»Martin vielleicht? Was ist dir Maria an Loyalität schuldig? Was hättest du in ihrer Situation gemacht? Eine Präambel zu den Rechten der Erstfrau verfasst oder deine Chance genutzt?«

Die Tränen ließen sich nun nicht mehr zurückhalten. »Ich bin selbst schuld, Miriam. Ich habe Martin weggestoßen.«

»Das hast du.«

»Also habe ich es mir selbst zuzuschreiben.«

»Conny? Hallo? Jemand zuhause? Dämlichkeit statt Vorsatz? Ich bitte dich, wäre Martin in deiner Situation gewesen, hättest du ihn betrogen? Innerhalb weniger Wochen? Denk nach, hättest du?«

Ich dachte nach, trank noch einen Schluck Wein. »Ich weiß es nicht«, gab ich zu. »Ich habe keinen attraktiven Kollegen, der mich anhimmelt. Falls ich ihn hätte, vielleicht wäre ich schwach geworden. Möglicherweise.«

Miriam stöhnte auf, ließ sich in den Sessel zurückfallen. »Du verdienst mindestens einen Heiligenschein, wenn nicht zwei. Ich würde gerade brüllen, so dass man es bis hinter Mailand hört, wenn ich dich nicht zu sehr mögen würde.«

»Ich sehe es falsch?«

»Constanze, denk nach. Du gehörst nicht zu den europäischen Nutztieren, du hast Grips.«

»Ich weiß nicht, was ich gemacht hätte.« Langsam wischte ich mir über die Wangen, verrieb die Tränen. »Vielleicht hätte ich genau wie er die Flucht ergriffen. Im Moment fühle ich mich leer, wie ausgehöhlt. Und verletzt.«

»Verletzt?«

»Ja, ist das falsch?« Hilflos sah ich sie an. Sie antwortete nicht. Therapeutisches Schweigen. Miriam wollte mich dazu bringen, nachzudenken und mir selbst Antworten zu geben. »Nein, es ist nicht falsch. Kein Gefühl, das man hat, ist im Grunde falsch. Martin hat mich verletzt, und ich sollte wütend sein, aber dazu fehlt mir die Kraft.«

»Die Verletzung ist ja auch noch nicht so besonders alt.« Miriam verschränkte die Arme vor der Brust.

»Nein, stimmt. Er braucht Zeit und muss eine Entscheidung fällen. Er muss sich entscheiden, wen er mehr liebt, sie oder mich.« Die Verzweiflung ballte sich in meinem Magen zusammen und tat weh. »Oh, mein Gott. Was mach ich denn nun?«

»Wie wäre es damit, wenn du dir deine Wut, Verzweiflung, Hilflosigkeit und den Schmerz zugestehst? Meinst du nicht, diese Gefühle sind berechtigt?«

Ich strich mir durch die Haare. »Ich habe alles falsch gemacht. Ich habe es kaputt gemacht.«

»Womit?«

»Mit meinem Kummer und meiner Angst.«

»Und dein Kummer und deine Angst waren nicht berechtigt?« Miriam zog die Augenbrauen hoch.

»Martin hat sich von mir im Stich gelassen gefühlt.«

»Dann weiß er jetzt sicher genau, wie es dir im Moment geht.«

Ich versuchte ein Lächeln, putzte mir die Nase. »Sag mir als Freundin und nicht als Mentorin – kann das jemals wieder gut werden?«

Miriam schnaufte. »Schwer zu sagen. Das kommt auf euch an, nicht wahr?«

»Ja, erstmal muss er sich entscheiden und dann …«

»Was machst du, wenn er sich tatsächlich für dich entscheidet?«

Ich drehte das Weinglas in meinen Händen. »Ich weiß es nicht. Kämpfen?«

»Kämpfen?«

»Ja, um die Beziehung kämpfen.«

»Und wie?«

»Keine Ahnung, sag du es mir.«

Miriam lachte. »Dass ich nach drei gescheiterten Ehen dafür die richtige Ansprechpartnerin sein soll, will sich mir nicht wirklich erschließen. Ich fand es immer sinnlos, um etwas zu kämpfen. Vor allem um eine Beziehung. Das heißt aber nicht, dass es tatsächlich sinnlos ist. Aber etwas anderes, wie gehst du nun weiter vor?«

Ich schüttelte mutlos den Kopf. »Keine Ahnung. Vermutlich werde ich nach Hause gehen und Charlie füttern. Und dann … nachdenken. Warten. Was bleibt mir anderes übrig?«

»Warten ist immer schlecht. Das macht doch nur mürbe.«

Sie hatte recht, jetzt schon verdrängte ich mühsam all die dunklen Gedanken an Martin und Maria und was sie jetzt wohl zusammen machten. Hielten sie Händchen und sprachen über mich? Über sich? Schliefen sie befreit miteinander? Wovon würde Martin seine Entscheidung abhängig machen, und was konnte ich tun, um ihn zu überzeugen, dass ich mich wirklich geändert und aus meinem dunklen Loch herausgekommen war? Ich hatte zwar meine gröbsten Ängste überwunden, doch die Eifel und unser kleines Haus beinhalteten jetzt ganz andere Gefahren. Das nächste Loch tat sich vor mir auf.

»Ich meinte eigentlich, was die OFA angeht. Wirst du mitarbeiten?«

Ich sah meine Freundin mit großen Augen an. »Nein!«

»Warum nicht?«

»Das kann ich nicht, Miriam. Ich kann doch jetzt nicht mit Martin und ihr zusammenarbeiten.«

»Nein? Wieso nicht? Was machst du stattdessen?«

Ich schluckte. »Vermutlich werde ich mich in meine Wohnung verziehen. Mit dem Hund rausgehen, mich um meine Arbeit kümmern. Aber ich kann auf keinen Fall bei der OFA mitarbeiten.«

»Das ist schade. Es wäre doch ein guter Anfang.« Sie lächelte.

»Wofür?«

»Zu kämpfen.«

Wir redeten noch eine Weile, leerten die Weinflasche. Irgendwann ging ich nach Hause, auch als Miriam mir ein Nachtquartier anbot. Ich wollte in Ruhe über alles nachdenken und fühlte mich durch den Rotwein auch stark genug. Außerdem verlangte Charlie Futter. Ich machte den Hund glücklich und sah mich dann in der Altbauwohnung an der Oppenhoffallee um. Vor Jahren hatten Martin und ich diese Wohnung über Freunde bekommen. Wohn-, Ess- und Arbeitszimmer wiesen zur Straße hinaus, Küche und Schlafzimmer nach hinten. Die Wohnung im ersten Stock hatte einen langgestreckten Balkon über die ganze Hausbreite, von wo aus man einen malerischen Blick in den verwilderten Garten hatte. Ich liebte diese Wohnung mit den hohen Stuckdecken und dem knarrenden Parkett. Doch nun ging ich unruhig von einem Raum zum anderen. Hier hatten wir unser gemeinsames Leben begonnen. Hier hatten wir zusammengelebt, uns geliebt, gestritten und wieder versöhnt. Als die Rechtsmedizin von Aachen nach Köln verlegt wurde, war Martin das erste Jahr jeden Tag gependelt. Doch dann wurde es ihm zu anstrengend, und er nahm das Angebot von Andreas an, sich mit ihm in Köln eine Wohnung zu teilen.

Dort war ich nur selten gewesen. Entweder kam Martin hierher, oder wir trafen uns in Hechelscheid.

Hechelscheid. Das Wort summte bedrohlich in meinem Kopf. Was passierte dort nun? Der Schreibtisch im Arbeitszimmer glich einem Schlachtfeld. Martin hatte den Drucker und das Fax mitgenommen. Eine Nachricht hatte er nicht hinterlassen.

Was glaubst du denn, Conny, dachte ich, dass er dir einen Liebesschwur schreibt? Angerufen hatte er auch nicht, ich kontrollierte mein Handy in Minutenabständen.

So geht das nicht weiter, du machst dich nur verrückt. Hier zu sitzen und Trübsaal zu blasen ist der falsche Weg.

Ich nahm Charlie an die Leine und ging wieder zu meiner Praxis am Neumarkt.

Mit meiner Freundin Stephanie zusammen hatte ich die Praxisräume angemietet. Sie hatte eine Kinderarztpraxis auf der linken Seite, ich meine Räume auf der rechten Seite. Hin und wieder lieh ich mir ihre Sprechstundenhilfe aus, aber für gewöhnlich kam ich gut alleine zurecht. Für Charlie hatten wir in dem kleinen Hinterhof eine Hütte aufgestellt. Manche Kinder hatten Angst vor dem Hund, bei anderen war er ein gutes Einstiegsthema und hatte schon fast einen therapeutischen Nutzen.

Im Anbau hinter der Teeküche lagerten wir die Akten. Diesmal kochte ich mir erst einen Kaffee und nahm mir dann mehr Zeit, um nach der dünnen Akte von Sonja zu suchen. Schließlich fand ich sie.

Ich hatte eine Zusammenfassung ihres Berichtes aus dem Alexianer angefordert, als sie bei mir in der Praxis aufgetaucht war. Diesen las ich nun noch einmal. Die Mutter war sehr besorgt um das Kind gewesen. Die Zehnjährige hatte große Verlassensängste, mochte weder alleine bleiben, im Dunkeln schlafen noch irgendwelchen außerhäuslichen Aktivitäten nachgehen. Sport war ihr verhasst, ebenso kreative Arbeiten oder Jugendgruppen. Ihre Mimik und Gestik sowie der aktive Wortschatz wurden immer eingeschränkter. Sie verharrte in ihrer Angst, der nichts zugrunde zu liegen schien. Normales, unauffälliges Elternhaus, besorgte Eltern, die das Mädchen ermunterten, Kontakte zu schließen und aus sich herauszugehen. Doch statt dies zu tun, schottete Sonja sich mehr und mehr ab. Schließlich blieb sie einige Wochen stationär in der Kinderpsychiatrie. Dann verbesserte sich das Verhalten zusehends, und nach einiger Zeit konnte das Kind wieder entlassen werden. Wir überwiesen sie zum Sozial-Pädagogischen Zentrum. Dort ging sie aber laut Unterlagen nie hin.

Als sie zu mir in die Praxis kam, war sie ein Wrack. Ich erinnerte mich plötzlich wieder ganz genau an das Mädchen. Die Haare strähnig, die Kleidung ungepflegt und schmuddelig. Sie fiel auf dem Sessel in sich zusammen, ein Häufchen Elend. Damals war sie noch keine achtzehn, es war knappe fünf Jahre her.

In der ersten Stunde brachte sie kaum ein Wort heraus. Deutlich war nur, dass sie große Angst hatte. Immerzu schaute sie über die Schulter, bei jedem Geräusch zuckte sie zusammen. In der Zeitung hatte sie meinen Namen gelesen, die Praxis rausgesucht und war zu mir gekommen, obwohl ich im Alexianer nur einige Tests mit ihr gemacht hatte. Doch sie schien positive Erinnerungen an mich zu haben und vertraute mir.

Das war merkwürdig, denn ansonsten schien sie niemandem zu vertrauen und witterte hinter allem ein Komplott. Ihre Ängste, die sie mir schließlich unter Tränen gestand, waren nicht wirklich greifbar für mich. Ihre Mutter, an der sie sehr gehangen hatte, war wenige Wochen zuvor bei einem Autounfall ums Leben gekommen. Sonja hielt es für keinen Unfall, sondern für Mord. Und sie war sich sicher, dass der Anschlag eigentlich ihr gegolten hatte.

Ich holte tief Luft, als mir diese Details nun wieder bewusst wurden, und lehnte mich zurück. Fünf Jahre danach war Sonja wirklich ermordet worden. Sollten ihre Ängste von einer tatsächlichen Bedrohung ausgelöst worden sein? War es keine schizophrene Erscheinung, kein Krankheitsbild, sondern eine echte Gefahr, die sie so verwirrt und geängstigt hatte? War der Mörder ihr schon damals auf den Fersen gewesen? Das konnte nicht sein, das schien mir zu absurd. Und doch war sie nun tot, bestialisch gemordet, gefoltert. Ihre Ängste waren wahr geworden.

Wie in Trance griff ich nach meinem Handy, wählte die Nummer von Robert Kemper, die er mir aufgedrängt hatte, bevor ich gefahren war.

»Kemper?« Seine Stimme klang kühl, fragend. Natürlich, er kannte ja meine Nummer nicht.

»Conny hier. Ich habe Sonjas Akten gefunden.«

Er schwieg, schien zu überlegen.

»Constanze van Aken. Die Kinderpsychiaterin«, erklärte ich etwas atemlos. »Es geht um das zweite Opfer des Serientäters, Sonja Kluge. Sie war meine Patientin.«

»Du hast dir ihre Akte angesehen?«

»Ja, und mir ist so einiges eingefallen. Sonja hat damals ihre Mutter verloren. Also vor fünf Jahren ... es ist etwas kompliziert.« Ich schluckte. »Sie meinte, ihre Mutter sei ermordet worden und der Anschlag hätte eigentlich ihr gegolten.«

»Bitte was?«

»Sie fühlte sich verfolgt, hatte Angst.«

»Conny, weißt du das ganz sicher?«

»Ja.«

Wir schwiegen beide. Dann brach er das Schweigen. »Bist du dabei? Beim Team? Vielleicht hatte sie ja tatsächlich damals schon Kontakt zum Täter.«

Ich überlegte fieberhaft. Beim Team dabei sein bedeutete, wieder in die Eifel zu fahren, Martin und Maria zu begegnen. Ich war mir nicht sicher, ob ich das schaffte.

»Willst du kämpfen?«, fragte Miriams Stimme in meinem Kopf. »Dann kämpfe.«

»Ja, ich denke schon. Ich bin dabei.«

## Kapitel 8

Natürlich hatte ich nicht bedacht, dass mein Wagen noch in der Eifel stand. Robert Kemper beschloss, mich abzuholen.

»Es ist mindestens eine Stunde Fahrt, zurück nach Hechelscheid vermutlich mehr. Samstagabend ...«, gab ich zu bedenken.

»Kein Problem, das gibt mir ein wenig Zeit nachzudenken.«

Ich packte die Akte ein, nahm den Hund und ging langsam durch das Frankenberger Viertel zurück zur Oppenhoffallee. Bei meinem Lieblingstürken kaufte ich schnell noch etwas Obst und Gemüse ein.

Fahrig wartete ich am Fenster. Es war viel zu früh, so schnell konnte Robert gar nicht hier sein. Ich versuchte alle Gedanken an Martin zu verdrängen, und doch fragte ich mich, ob er sauer sein würde, wenn ich wieder in der Eifel auftauchte. Schließlich hatte er um Zeit gebeten, um eine Entscheidung zu treffen.

Machte ich das Richtige, oder war dies ein riesiger Fehler? Aber es ging ja nicht um mich, versuchte ich mich zu beruhigen, sondern um eine Mordserie.

Charlie spürte meine Unruhe, er stupste mich mehrfach mit der Schnauze an, leckte meine Hand. Ich schickte ihn auf seine Decke.

Konnte ich der OFA wirklich helfen? Gerade als ich beschlossen hatte, doch in Aachen zu bleiben und mich zu einem Volltrottel ernennen wollte, schellte es. Ich drückte den Türöffner, lehnte meinen Kopf gegen die Tür, atmete tief durch, dann öffnete ich, zog ein Lächeln über mein Gesicht. Robert Kemper begrüßte mich flüchtig, er schien genauso in Gedanken zu sein wie ich. Ohne große Worte packten wir meine Sachen und den Hund in seinen Wagen und fuhren los. Bis nach Kornilimünster brauchten wir gut eine Dreiviertelstunde, die Straßen waren dicht vom Wochenendverkehr, und eine Baustelle tat das Übrige.

Als wir den malerischen Ort erreichten, schloss ich die Augen und seufzte leise. Hoffentlich hat er das nicht gehört, dachte ich, von mir entsetzt.

»Das ist nicht einfach für dich, Conny.« Roberts Stimme klang leise und dunkel. Er schluckte. »Ich bewundere dich, dass du es trotzdem tust.«

»Bitte?«

»Nun ja, es ist sicher nicht einfach für dich, bei der OFA mitzuarbeiten.«

»Nein.«

»Du machst es trotzdem.«

»Ich bin es Sonja schuldig. Vermutlich bin ich noch nicht mal eine große Hilfe. Sie hatte Ängste, aber konnte sie nicht begründen, nicht benennen. Sie hatte Angst, alleine zu sein, schon lange vor dem Tod ihrer Mutter. Das könnte tatsächlich ein Hinweis auf eine schizophrene Störung sein. Bitter ist nur, dass sie nach all dem wirklich ermordet wurde. So als hätte sie es vorhergesehen, geahnt.«

»Vielleicht gab es eine Bedrohung. Ich habe den Unfallbericht angefordert. Der Tod ihrer Mutter galt als Unfall. Es wurde nie von Mord oder Totschlag ausgegangen, es scheint ein schlichter Verkehrsunfall gewesen zu sein.«

»Hmm.«

Er warf mir einen schnellen Blick zu. »Was aber nicht heißt, dass sie nicht wirklich eine begründete Angst hatte. Hat sie mal irgendwann Geld erwähnt? Münzen?«

»Münzen?«

»Ja, Geldmünzen? Fünfmarkstücke. Es gibt Sammlerstücke. Hat sie Geld gesammelt? Ihre Eltern?«

Ich dachte angestrengt nach. »Keine Ahnung. Von Münzen war meiner Erinnerung nach nie die Rede. Sonja hat bestimmt keine Münzen gesammelt. Sie hat nichts gemacht. Keine Aktivitäten. Und ganz bestimmt nicht so etwas Außergewöhnliches wie Münzen sammeln.«

»Sicher?«

»Sicher kann ich mir da nie sein. Ich bekomme nur die Informationen, die meine Patienten gewillt sind, mir mitzuteilen. Sonja gehörte keinem Club an, keiner Gruppe, hatte keine Hobbys. Sie war verschlossen und eigenbrötlerisch. Münzen sammeln wäre schon fast exotisch gewesen für ein Mädchen in ihrem Alter. Sie mochte noch nicht mal Pferde.«

»Ein Mädchen, das keine Pferde mag? Sie war ganz sicher krank.« Er lächelte kurz.

»Hast du Kinder?« Ein sensibles Thema, die Frage war mir herausgerutscht.

»Ja.« Er verzog den Mund, kaute kurz auf der Lippe. »Eine Tochter. Sie ist sechzehn. Von ihrer Mutter bin ich schon lange getrennt. Ich versuche, soviel Kontakt wie möglich zu meiner Tochter zu halten. Sie liebt Pferde. Und Hunde. Charlie würde sie adoptieren wollen, sofort.«

Ich warf einen Blick zurück, der Hund lag friedlich auf der Ladefläche, sah mich an. Sein Blick schien jedoch zu sagen: Muss das sein? Müssen wir jetzt ständig hin und her fahren?

»Die meisten Kinder mögen Tiere. Tiere, Gleichaltrige, Boy- oder Girlgroups. Die meisten Kinder haben Hobbys, treiben Sport, beschäftigen sich. Sonja war am liebsten alleine und hat nichts getan.«

»Das ist ungewöhnlich.«

»Ja, das war es. Ich bin auch nicht dahintergekommen, was sie gehemmt hat. Ihre Mutter war ihr heilig. Ob als Achtjährige, als Zehnjährige, immer wollte sie nur eines, bei ihrer Mutter sein. Permanent. Der stationäre Aufenthalt im Alex war eine Qual für das Kind.«

»Und wie hat die Mutter das gesehen … halt, stopp, bevor du die Frage beantwortest, sei dir im Klaren darüber, dass du sie vermutlich noch vier, fünf Mal dem Team gegenüber beantworten musst. Wir als OFA sind Wiederkäuer, wir mahlen viele Mühlen mehrmals, immer und immer wieder.«

»Mit Sprichwörtern hast du es nicht so, oder?« Ich lachte leise. »Nein, aber das ist okay, in einer Konsultation ist das nicht anders. Man kaut Fakten wieder und wieder, entwirft Hypothesen, verwirft sie, liest in Fachliteratur nach und macht Tests.«

»Eure Tests sind an lebenden Personen, unsere nicht.« Robert klang auf einmal sehr ernst.

»Richtig, aber manche unserer Probanden sind hirntot. Oder psychotisch, das ist noch schlimmer.« Ich holte hörbar Luft.

»Und trotzdem schreibst du die Strafgutachten.«

Nun lachte ich laut. »Du bist doch vom BKA, vom Fach. Ich schreibe Schuldfähigkeitsgutachten, wenn überhaupt.« Prompt wurde ich wieder ernst.

»In der letzten Zeit nicht mehr, oder?«

»Nein.«

»Warum?«

»Es ist so schwer, zwischen Schuld und Unschuld zu unterscheiden. Eine Geschichte steckt immer dahinter. Früher hatte ich feste Parameter, die sind aber zusammengerückt. Gegen den Täter, für das Opfer.«

»Weil du ein Opfer warst?«

Ich nickte stumm.

»Allein diese Eigeneinsicht macht dich grandios, finde ich. Du reflektierst dich. Vermutlich würdest du jetzt eher im Sinne des Täters entscheiden als des Opfers, nur um nicht als parteiisch zu gelten und um keinen Fehler zu machen.«

Inzwischen waren wir hinter »Haus Frings«, der Verkehr hatte nachgelassen. Immer wieder sagte die Navi-Dame zuverlässig den Weg an.

»Wenn du hier gleich links fährst, sind wir schneller. Mindestens zehn Minuten«, sagte ich.

»Der Navi sagt etwas anderes.«

»Sie lügt, Robert, glaub mir.«

Er lachte und setzte den Blinker.

»Was ist mit dir und Martin?«, fragte er dann.

Ich schluckte. »Wieso?«

»Eigentlich macht mir das mehr Bedenken als deine Vorgeschichte. Du warst Opfer, okay, du bist verletzt und denkst viel nach – gut. In unserem Team gibt es zwei Personen, mit denen du nicht grün bist. Wird das Probleme schaffen?« Er sah mich fragend an, schaute dann wieder auf die steilen Kurven, lenkte den Wagen bedächtig.

Ich schnaufte, hielt den Atem an, schnaufte wieder. »Ich weiß es nicht.«

»Okay. Ich habe ein Auge darauf. Kannst du damit leben?«

»Das heißt, du sagst, wenn einer aussteigt?«

»So ist es. Ich habe die Verantwortung für die OFA. Ich hole die Leute nach ihrer Fachkenntnis, und ich schicke sie auch nach Hause, falls nötig. Wir sind ein Team und sollten so funktionieren. Ich habe bei dir wenig Zweifel, Constanze.«

»Danke.« Der Raps glühte wieder im Abendlicht. War es wirklich erst einen Tag her, seit ich den Weg gefahren war? Es schien mir ein Leben entfernt zu sein. »Wieso bist du dir so sicher, was mich angeht?«

»Ich kenne Staatsanwalt Werner Bromkes. Und er hält viel von dir. Sehr viel.«

»Und von Martin?« Wo kam das her? Ich biss mir auf die Lippe.

Kemper schwieg. Fuhr die Kurven, konzentrierte sich auf die enger werdenden Straßen. »Martin ist okay«, sagte er schließlich, ohne mich anzusehen. »Aber er ist verwirrt. Emotional. Als Fachmann möchte ich ihn nicht missen. Dies ist nicht seine erste OFA.«

»Ich weiß«, flüsterte ich.

»Er ist gut, sehr gut. Ich kenne keinen besseren Rechtsmediziner. Er ist jemand, der jeden auch noch so schrägen Gedanken nachverfolgt, manches Mal auch nachvollziehen kann. Er hat gute forensische Aspekte und einen psychologischen Blick. Wie lange seid ihr zusammen?« Robert wartete nicht auf die Antwort. »Das hat er wohl von dir. Ein guter Mann. Leider gerade etwas verwirrt.«

»Es ist meine Schuld. Ich hatte Probleme, habe sie an ihm ausgelassen.« Ich strich mir über die Stirn.

»Sei's drum, wir sind da.« Robert parkte den Wagen in der Einfahrt. »Eure persönlichen Probleme gehören euch. Wenn du es hier nicht mehr erträgst oder irgendetwas schwierig wird, wende dich an mich. Ansonsten mache dir bitte klar, dass es um einen grausamen Mörder geht und darum, ihn zu finden. Schnell. Darum geht es und nicht um Ressentiments und Empfindlichkeiten. Okay?« Er sah mir in die Augen, prüfte meinen Blick. Ich hielt stand. Dann nickte Robert, stieg aus.

Ich öffnete die Wagentür, kaum acht Stunden nach meiner

Abreise war ich wieder da. In Hechelscheid. Langsam ging die Sonne unter.

Im Esszimmer roch es nach Fritierfett und Mayonnaise. Ich rümpfte die Nase, doch mein Magen knurrte. Zum Glück hatte ich das Obst mitgebracht. Ich nahm einen Apfel aus der Tüte, rieb ihn an meinem Ärmel blank. Das Team saß um den Tisch, über Unterlagen gebeugt. Sie blickten nur kurz auf, bis auf Martin. Er sah mir in die Augen, wirkte blass und fahrig. Maria war nicht im Raum. Ich stieß erleichtert die Luft aus. Vor der Begegnung mit ihr bangte mir ein wenig. Aber vermutlich geht es Maria nicht anders, dachte ich und biss in den Apfel.

»Wir haben den Bericht bekommen«, sagte Julius Hartfeld mit leiser Stimme. Martin hatte schon früh dafür gesorgt, dass wir einen Internetanschluss bekamen. Er hatte vorgehabt, seine Berichte hier zu schreiben und trotzdem ständig in Verbindung mit dem Institut zu stehen.

»Und?« Robert zog sich einen Stuhl heran, nahm den Bericht, den Hartfeld ihm reichte. Ich zögerte noch einen Moment, setzte mich dann auch.

»Die Tat wurde vor vier Jahren begangen. Der Modus Operandi ist ein völlig anderer. Das Opfer wurde in ihrer Wohnung getötet und auch da belassen. Anscheinend ist der Täter schnell vorgegangen. Er hat sie laut Rechtsmedizin erst getötet – ein Schnitt durch die Kehle – und dann vergewaltigt. Nur vaginal, nicht anal oder oral. Sie war nicht gefesselt und weist auch keine Spuren der Quälerei auf.«

»Und trotzdem ist es derselbe Täter?« Robert sah hoch.

»Die DNS-Spuren stimmen überein. Und außerdem hat man ein Fünfmarkstück in ihrer Mundhöhle gefunden.«

Da war es wieder, das Fünfmarkstück. Noch wusste ich nicht, was es damit auf sich hatte. Gespannt lauschte ich dem weiteren Bericht.

»Und das Opfer?«

»Es passt wieder in kein Schema. Eine Frau, siebenundsechzig Jahre, verwitwet. Der Mord geschah in Flensburg.«

»Flensburg? Vor vier Jahren. Ist die Datei überprüft worden? Möglicherweise hat der Täter noch weitere Morde im Norden begangen und arbeitet sich jetzt langsam Richtung Süden vor.« Robert überflog den Bericht, reichte ihn mir dann. Zuoberst waren drei Tatortfotos. Ich warf einen flüchtigen Blick darauf, kniff dann die Augen zusammen. Die Leiche lag auf dem Boden, vermutlich in der Küche. Die Kehle klaffte auseinander, ein See von Blut bedeckte den Boden. Der Täter hatte dem Opfer den Rock hochgeschoben und es missbraucht. Er musste, dachte ich, blutbesudelt gewesen sein. Das nächste Foto war eine Detailaufnahme der tödlichen Wunde. Auf dem dritten Bild erkannte man das Geldstück, das auf der Zunge der Toten lag. Der Täter musste es zum Schluss dort positioniert haben. Ich legte die Bilder beiseite.

»Noch werden die Dateien überprüft. Aber nicht jeder ungeklärte Mordfall ist bisher in der Datenbank in Wiesbaden erfasst. Selbst wenn, wonach soll man suchen? Dass wir diesen Fall gefunden haben, war purer Zufall. Ein Kripobeamter aus Flensburg hatte zufällig von unseren Fällen und den Geldstücken gehört und sich an diesen Mord erinnert. Ansonsten können wir weder über das Opferschema noch über die Tathergangsanalyse suchen. Zumindest jetzt nicht mehr. In Flensburg hat der Täter völlig anders gemordet. Schneller, schlichter.«

»Seine Wut hat sich gesteigert, und er hat gelernt«, sagte ich leise.

Hartfeld sah mich an und nickte. »Das könnte sein, es sieht zumindest danach aus. Wir können den Computer nach Mordfällen durchsuchen, bei denen Geldstücke gefunden wurden. Das ist bisher das Einzige, was die Fälle verbindet.«

»Und die DNS«, warf Martin ein. Seine Stimme klang heiser.

»Was hat es mit dem Geld auf sich?«, fragte ich.

»Bei Sonja sowie bei dem alten Mann sind Fünfmarkstücke gefunden worden. Keine Sammlerstücke, sondern schlichte Münzen. Sonja hatte jeweils eine Münze auf den Augen liegen. Die Augen waren nicht geschlossen worden.«

Jemand schob mir ein Bild zu. Ich nahm es, erkannte das Gesicht des Mädchens, die zu einer Fratze verzogenen Züge des Todeskampfes.

»Bei unserem unidentifizierten Opfer befand sich das Geldstück im Enddarm.« Martin räusperte sich.

»Bitte wo?«

»Du hast das schon richtig gehört«, bestätigte Robert Martins Aussage. »Das Geldstück befand sich ziemlich tief im Enddarm.«

»Es sieht sehr danach aus, als wäre es hineingeschoben und nicht geschluckt worden.«

»Wie ist die Reihenfolge der Taten? Die Frau in Flensburg, dann der alte Mann, dann das Mädchen?«

»Ja. Vor vier Jahren der erste uns nun bekannte Fall, dann vor fünf Wochen und letzte Woche.«

»Kann ich die Beschreibung der Verletzungen der jüngsten Fälle lesen?« Thorsten reichte sie mir.

»Tja, ich denke, wir brauchen alle eine kurze Pause, um nachzulesen, etwas zu trinken und uns zu sammeln.« Robert stand auf.

»Pinkelpause«, frotzelte Julius.

»Endlich.« Andreas lachte.

Ich nahm die Berichte und ging auf die Terrasse. Die Dämmerung fiel ein, es wurde merklich kühler, aber die dicken Sandsteinwände des Hauses hatten die Sonnenwärme gespeichert und gaben sie nun wieder ab. Es fiel mir schwer, die Berichte und detailgetreuen Schilderungen zu lesen. Aber tatsächlich war es so, wie ich es vermutet hatte. Bei dem Mädchen war er deutlich heftiger und brutaler vorgegangen als bei dem alten Mann. Das konnte mehrere Gründe haben. Möglicherweise war der alte Mann senil und hinfällig gewesen, so dass sein Leidensweg schneller zu Ende ging als der des vitalen, jungen Mädchens. Oder er hatte lauter gelitten, gejammert und das Mädchen nicht. Sonja hatte ich als stoisch und gefühlsarm erlebt. Vielleicht musste der Täter härter vorgehen, um das von ihm gewünschte Resultat zu erreichen.

Möglicherweise aber wuchs auch die Wut des Täters. Rache kam mir in den Sinn, er übte Rache. Aber wieso? Was verband die Opfer? Irgendetwas war da, und sei es auch nur im Kopf des Täters. Die Münzen waren die Konstante, welche die von Mal zu Mal exzessivere Ausprägung der Mordtat verband.

Münzen. Ich legte den Kopf in den Nacken, schloss die Augen, spürte die letzten Sonnenstrahlen auf meiner Haut. Was mochten die Münzen bedeuten?

»Kann ich dich kurz sprechen.« Ich hörte Andreas, schrak hoch. Doch die Stimme kam aus dem Wohnzimmer, das Fenster stand auf Kippe.

»Ich habe einen Unfallbericht angefordert und muss ihn durchgehen, Andreas.« Robert klang unwirsch.

»Ich will dich gar nicht lange stören. Im Grunde genommen wollte ich dich nur fragen, ob du mich noch brauchst? Viele Insekten haben wir auf den Opfern ja nicht gefunden, und alles, was wichtig war, haben wir abgehandelt. Ich fürchte, ich kann euch nicht weiterhelfen.«

»Du willst fahren?«

»Wenn das möglich wäre? Wenn du meinst, dass ich noch hilfreich sein kann, dann bleibe ich. Aber es ist Samstagabend, ich kann nicht viel machen und sitze hier in der Eifel fest …«

Robert lachte leise, ein warmes, angenehmes Lachen. »Hast du was am Start? Na ja, geht mich nichts an. Du hast recht, eigentlich brauchen wir dich im Moment nicht. Wenn du fahren willst, dann fahr.«

»Okay, mach ich. Maria nehme ich gleich mit.«

»Besser ist das wahrscheinlich.«

Ich zuckte zusammen. Maria nahm er mit? Nicht, dass ich etwas dagegen hätte, aber es überraschte mich. Irgendwie machte es mich auch sprachlos. Sie floh, ohne sich einer Begegnung zu stellen? Wie einfach. Aber vielleicht hatte Martin sie auch weggeschickt – der Gedanke gefiel mir.

»Ich werde noch mal die Proben überprüfen und mit dem Bericht aus Flensburg vergleichen. Viel kann ich mir nicht davon versprechen.«

»Mach das. Andreas. Schönes Wochenende.«

Wieder schloss ich die Augen, zur Ruhe fand ich nicht. Meine Gedanken rasten. Warum war Maria nicht bei der Besprechung dabei gewesen? Wie würde Martin sich mir gegenüber verhalten? Würden wir den Fall aufklären können? Wer war der Täter? Irgendetwas musste die Opfer verbinden, nur was?

## Kapitel 9

»Conny? Kommst du, wir wollen weitermachen«, sagte Robert Kemper leise. Ich schreckte hoch, öffnete die Augen. »Hast du geschlafen?«

»Nein, nur intensiv nachgedacht. Ich komme gleich.«

Er nickte mir zu, ging zurück ins Haus. Irgendwo heulte eine Motorsäge auf, ein Traktor fuhr über das Feld vor unserem Haus, versprühte Gülle.

»Sei nicht böse, Maria.« Martins Stimme klang immer noch heiser. Sie standen wohl in der Auffahrt auf der anderen Seite des Anbaus.

»Ich bin nicht böse, nur überrascht.«

»Es ist nicht meine, sondern Roberts Idee gewesen, das weißt du. Ich weiß auch nicht, was sie hier macht und wieso sie zurückgekommen ist.«

Sie, damit war ich wohl gemeint. Ich musste mich zwingen, mich zurückzuhalten.

»Nun ja, sie ist da und ich soll fahren.« Maria hob wütend ihre Stimme.

»Auch das ist nicht meine Entscheidung. Aber Robert hat natürlich recht. Wir haben alle forensischen Details besprochen. Du verschwendest hier nur deine Zeit.«

»Ich verschwende meine Zeit? Wirklich? Oder bin ich im Weg?«

»Sei nicht albern, Maria. Es ist auch für mich nicht einfach.«

Für mich auch nicht, wollte ich schreien, biss mir aber auf die Lippe. Lauscher an der Wand hört seine eigene Schand. Es wäre besser ins Haus zurückzugehen, aber ich blieb wie gelähmt sitzen.

»Es ist nicht einfach für dich?« Maria lachte hämisch. »Das glaube ich dir aufs Wort. Aber du wirst sicher mit der schwierigen Situation fertig.«

»Ich muss eine Entscheidung treffen, Maria.«

»Und ich dachte, das hättest du schon längst. Dann triff mal deine Entscheidung, hoffentlich machst du dabei keinen Fehler.«

Ich hörte, dass eine Wagentür geöffnet und dann mit einem lauten Knall wieder geschlossen wurde. Die Frau war wirklich wütend. Ein wenig konnte ich sie verstehen. Sie hatte gehofft, Punkt, Satz und Sieg mit einem Mal erhalten zu haben. Das war ein Fehler, denn offenbar war sich Martin gar nicht so sicher.

Der Wagen fuhr davon. Ich stand auf und ging ins Haus.

»Unsere Gruppe hat sich etwas verändert. Constanze ist zu uns gestoßen, was ich sehr begrüße, und Andreas und Maria sind gefahren.« Robert nickte mir zu. »Constanze könnte möglicherweise einige wichtige Informationen haben.«

Gespannt blickten alle zu mir, bis auf Martin. Er hielt den Kopf gesenkt.

»Ich weiß nicht, ob ich wirklich helfen kann. Erst mal die Fakten. Sonja Kluge war das Kind sehr liebevoller und besorgter Eltern. Im Alter von etwa zehn Jahren wurde sie immer introvertierter und verschlossener. Sie litt unter großen Ängsten, klammerte sich an die Mutter. Die Ursache hierfür konnte nie gefunden werden. Es wurde ein leichter, vorpubertärer schizophrener Schub vermutet. Dazu passten auch ihre immer steifer werdende Mimik und die sinkende Ausdrucksweise. Ein paar Wochen lang wurde sie stationär behandelt.« Ich nahm mir ein Glas Wasser. »Vor fünf Jahren starb ihre Mutter bei einem Autounfall. Sonjas Paranoia trat wieder zutage. Sie kam zu mir in die Praxis, fühlte sich verfolgt und war der Meinung, ihre Mutter sei umgebracht worden.« Ich warf einen Blick in die Runde. Julius zog die Augenbrauen hoch. »Sie war auch der Ansicht, dass der Anschlag eigentlich ihr gegolten hatte. Sie kam drei Mal zu mir. Den vierten Termin nahm sie nicht mehr wahr.«

»Ich habe mir den Unfallbericht schicken lassen«, fügte Robert hinzu. »Es deutet nichts auf einen Anschlag hin. Die Mutter hatte eines Nachts bei Regen die Kontrolle über das Fahrzeug verloren und verunglückte tödlich. Es wurden keinerlei Manipulationen am Auto festgestellt.«

»Und doch macht es nachdenklich.« Julius sah mich an. »Was für einen Eindruck hattest du von ihr, als sie zu dir kam?«

Ich lehnte mich zurück. »Es ist fünf Jahre her. Ich muss mich zum größten Teil auf meine Notizen verlassen. Sie wirkte verängstigt, verwirrt. Sie trauerte um ihre Mutter, aber nicht in dem Maß, wie ich es erwartet hätte. Sie suchte ganz offensichtlich Hilfe, fühlte sich verfolgt. Ich hielt es für eine Neurose, vielleicht ein zweiter schizophrener Schub. Das konnte ich aber nie abklären. Es hat mich verwundert, dass sie von einem Tag auf den anderen nicht mehr kam.«

»Du hattest jedoch den Eindruck, es wäre Verfolgungswahn und keine echte Bedrohung?«

»Für den Patienten ist die Bedrohung echt. Angstschweiß, Schlaflosigkeit, Unruhe, all das können Symptome sein. Sie konnte mir nicht erklären, wer sie verfolgte, vor wem sie Angst hatte. Möglicherweise war das alles nur Einbildung und ein Zeichen ihres psychischen Zustands. Da sie aber nun ermordet wurde, frage ich mich, ob nicht doch eine reale Bedrohung dahintersteckte.«

»Vor fünf Jahren starb ihre Mutter, zu der sie eine enge Bindung hatte, könnte das nicht eine Psychose auslösen?«

»Ja, das habe ich auch angenommen. Möglicherweise eben auch den schizophrenen Schub.«

»Und doch ist es merkwürdig. Sie fühlte sich verfolgt, bedroht. Ein paar Jahre später wird sie ermordet.« Robert Kemper strich sich über den Hinterkopf.

»Wann wurde sie zuletzt gesehen? Wo hat der Täter ihr aufgelauert?«, fragte ich nachdenklich. Was ich eigentlich wissen wollte, fragte ich nicht. Wie lange war sie gefangen gehalten worden?

»Das ist völlig unklar. Sie lebte bei ihrem Vater. Er war zu der Zeit auf Dienstreise und weiß nicht, wann sie das Haus verlassen hat. Freunde hat sie keine gehabt, und auch die Nachbarn haben sie nicht gesehen.«

Das passte zu dem Mädchen, das ich kennengelernt hatte. Meine Hoffnung, dass sie sich gefangen und verändert hätte, zu einem ganz normalen Mädchen herangewachsen war, hatte sich nicht erfüllt.

»Was machte sie denn beruflich?«

»Sie holte das Abitur nach. Aber in der Schule war sie schon seit einigen Wochen nicht mehr gesehen worden.«

»Also ist völlig unklar, wann und wo der Täter sie traf?«

»Ja. Das macht unsere Aufgabe nicht einfacher. Hat er sie gezielt ausgewählt, oder war sie nur zu einem schlechten Zeitpunkt an einem schlechten Ort.« Robert Kemper streckte sich müde. »Nach deiner Auffassung war sie kein kontaktfreudiger Mensch?«

Ich schüttelte den Kopf. »Es war erstaunlich, dass sie damals von sich aus und ganz alleine zu mir gekommen ist. Sie muss sehr verzweifelt gewesen sein, um diesen Schritt zu tun.«

»Was ist eigentlich mit dem Vater?«, fragte Thorsten Schneider.

»Er arbeitet für ein großes Unternehmen und ist viel im Ausland unterwegs.« Robert wühlte in den Unterlagen. »Ich habe nur kurz mit ihm gesprochen.«

Ich erinnerte mich nicht wirklich an den Vater. Er war schon damals meistens auf Dienstreisen gewesen. Zu ein oder zwei Gesprächen kam er wohl ins Alexianer, aber der Hauptansprechpartner der Ärzte war die Mutter. Das war nichts Ungewöhnliches, mich wunderte nur, dass er den Job nicht gewechselt hatte, nachdem seine Frau verunglückt war. Demnach war das verängstigte Mädchen auch als Teenager oft alleine gewesen.

»Also kommen wir auch hier nicht weiter.« Robert seufzte. »Was haben wir, was können wir zu dem Tathergang sagen, hilft uns der Fall aus Flensburg weiter, wenn wir uns mit ihm intensiver befassen? Sollten wir mal eine Tabelle zu den vier Phasen der Verbrechen machen?«

»Vier Phasen?« Ich sah ihn fragend an.

»Erstens – der Tat vorausgehendes Verhalten. Zweitens – die Tötungshandlung. Drittens – Beseitigung der Leiche. Viertens – Verhalten nach der Tat. Was wissen wir dazu?«

Martin stand auf, ging hinaus, ohne ein Wort zu sagen. Verblüfft sahen wir ihm hinterher. Kurz darauf kam er wieder, stellte ein großes Whiteboard, eine weiße Kunststofftafel, auf die Anrichte. Er nahm einen schwarzen Stift und unterteilte die Fläche in drei Sektionen.

»Sektion eins – die tote Frau in Flensburg, Sektion zwei – der unbekannte Mann, Sektion drei – Sonja Kluge. Was haben wir an Informationen? Die Details der Tötungen lassen wir außen vor.«

»Wir haben nichts zu dem der Tat vorausgehenden Verhalten«, sagte Thorsten.

»Das stimmt nicht. Bei Fall zwei und drei muss er einiges an Planung unternommen haben. Die Opfer wurden überwältigt, gefangen gehalten, gefesselt. Entweder waren es zufällige Opfer, oder er hat sie vorher ausspioniert. In beiden Fällen ist es erstaunlich, dass niemand etwas mitbekommen hat.« Ich sah in die Runde, die anderen nickten.

»Er muss ein Versteck haben, das abseits liegt oder gedämmt ist. Denn die Opfer wurden über Tage gefangen gehalten. Wenigstens am Anfang werden sie geschrien oder um Hilfe gerufen haben. Später waren sie vielleicht zu geschwächt.«

»Nicht unbedingt«, warf Martin ein. »Vielleicht waren sie auch geknebelt. Das würde dann auch erklären, warum sie weder Nahrung und nur wenig Flüssigkeit zu sich nehmen konnten.«

»Waren denn Spuren von Knebeln an den Leichen zu erkennen?«

»Keine Klebereste, keine Hautverletzungen. Aber für Bondage gibt es Latexknebel, die sehr gut sitzen und kaum Spuren hinterlassen. Bei Sonja waren drei Schneidezähne gelockert, das könnte ein Zeichen dafür sein, muss es aber nicht. Er hat sie auch oral vergewaltigt und eventuell auch ins Gesicht geschlagen.«

»Sie wurden gefangen gehalten. Über Tage. Das wird er vermutlich nicht in einer Erdgeschosswohnung an einer belebten Straße gemacht haben. Also hat er ein Versteck. Ein Haus, das ihm gehört oder das er angemietet hat, einen Schuppen, eine Garage in einer entlegenen Gegend. Es war also eine gewisse Vorbereitung notwendig. Fesselmaterial musste bereitgelegt werden, eventuell Messer oder Rasierklingen.«

Martin trug ein paar Stichworte in die Tabelle ein.

»Bei dem Fall aus Flensburg sieht es anders aus. Es ist natürlich schwierig zu beurteilen, weil es so lange her ist, wir nur die Berichte haben, niemand das Opfer und den Tatort gesehen hat.« Robert strich sich wieder über den Hinterkopf. »Aber in meinen Augen scheint es so, als sei die Tat deutlich schlechter geplant gewesen.«

»Das Gefühl habe ich auch. Er ist in die Wohnung eingedrungen, das Fenster neben der Haustür war eingeschlagen. Dabei hat er Fingerabdrücke hinterlassen. Er hat die Frau überfallen, vermutlich niedergeschlagen, aber sie hat sich gewehrt.« Martin zog den Bericht heran, tippte mit dem Finger darauf. »Sie hatte Verletzungen an den Händen und Unterarmen, Blut und Hautspuren unter den Fingernägeln.«

»Die Kollegen gingen davon aus, dass er das Opfer gepackt hatte, sie wehrte sich entschieden, hat vermutlich auch geschrien. Daraufhin hat er ihr die Kehle durchgeschnitten. Auf sehr brutale Art. Dann hat er ihr den Rock hochgeschoben und sie vergewaltigt. Er hat sich im Bad gesäubert und die Wohnung verlassen. Geraubt wurde nichts.«

»Er muss doch entsetzt gewesen sein«, sagte ich leise.

»Wieso?«, wollte Julius wissen.

»Wegen des Blutes. Es war arterielles Blut, es ist durch die ganze Küche gespritzt, vermutlich war er ziemlich besudelt«, erklärte Martin. »Das erklärt auch die riesige Lache um die Tote. Das Herz pumpt noch, pumpt das Blut in großen Strömen aus dem Körper für kurze Zeit. Ich denke da genau wie Constanze, er wird nicht damit gerechnet haben, vor allem, weil er von vorne angegriffen hat. Das ist recht ungewöhnlich bei einem solchen Schnitt.«

»Das ist richtig. Er muss ihr mit der linken Hand in die Haare gegriffen und den Kopf nach hinten gezogen haben und hat dann von links nach rechts die Kehle durchgeschnitten. Dafür brauchte er Kraft. Die Kollegen schätzten ihn auf mindestens ein Meter achtzig. Kräftig.«

»Er hat sich im Bad gesäubert oder es zumindest versucht. Viel wird er nicht ausgerichtet haben können. Er musste dann die Wohnung besudelt verlassen. Das hat ihm zu denken gegeben.« Ein Gedanke war in meinem Kopf, den ich aber noch nicht greifen konnte.

»Zur Tötungshandlung können wir eine Menge sagen. Ich schreibe mal nur kurz Stichworte auf. Fall eins – unüberlegt, brutal, schnell.« Martin griff zum Stift.

»Ungeübt trifft es vielleicht besser als unüberlegt«, wandte ich ein. Martin sah mich an, nickte dann.

»Das stimmt. Es könnte seine erste Tat gewesen sein. Er hat sie sich vorher ausgemalt, aber sie ist nicht so verlaufen, wie er gedacht hat. Vielleicht brauchte er die vier Jahre, um einen gut durchdachten Plan zu entwickeln.« Robert nickte. »Bei den Fällen zwei und drei hat er jedenfalls geplant, und das gründlich. Die Tötungshandlung bei beiden ist langwierig, mit Qualen für die Opfer verbunden, zieht sich über einige Tage. Schließlich begeht er einen Overkill. Er fügt dem Opfer mehrere Wunden zu, die alle zum Tod führen können. Eine hätte gereicht.«

»Dem Opfer schon, ihm offensichtlich nicht.« Julius nahm eine Zigarette, zündete sie an. »Und er wird von Mal zu Mal schlimmer.«

»Seine Wut steigert sich oder das Machtgefühl, das er über die Opfer hat.« Ich schluckte hart. Inzwischen war es dunkel geworden, der Abend weit fortgeschritten. Thorsten gähnte verstohlen. Charlie, der zu meinen Füßen gelegen hatte, stand auf und streckte sich. Er musste raus. Martin schaute zu dem Hund, sah mich dann an. Sein Blick war traurig, fragend, fand ich. Ich konnte mich aber auch täuschen.

»Pause«, sagte Robert. »Pause, und dann gehen wir nach drüben an den Kamin. Was wir hier machen, ist Brainstorming. Eine gemütliche Atmosphäre hilft schon mal, zumal das Thema brutal ist. Wir bekommen endlich ein Bild, meine ich. Wir kristallisieren Dinge heraus. Ihr seid gut, Leute, auch wenn es für euch so aussieht, als würden wir nichts erreichen. Es geht nicht darum, am Ende einen Namen zu haben, sondern ein Profil. Und das werden wir bekommen.«

»Ich gehe mit dem Hund. Kannst du den Ofen anzünden, Conny? Komm, Charlie.« Martin verließ den Raum.

Was für ein Abgang, dachte ich, fast filmreif.

Thorsten stand auf, streckte sich. »Spricht irgendetwas gegen ein Bier?«

»Nein. Ich habe heute neue Getränke eingekauft. Sie stehen im Kühlschrank. Auch einige Knabbersachen habe ich besorgt.« Robert lächelte müde. »Wir werden sicher noch eine Weile auf sein, also bedient euch.«

»Toller Service.« Julius grinste, nahm die Zigarettenpackung und ging nach draußen.

Der Ofen war schnell angezündet. Ich setzte mich davor, schaute in das flackernde Feuer. Da war etwas in meinen Gedanken, das ich nicht fassen, nicht greifen konnte. Es hatte mit dem Fall zu tun. Mein Handy klingelte plötzlich.

»Conny? Hier ist Papa. Reg dich nicht auf. Es ist gar nicht schlimm.« Die Stimme meines Vaters klang hektisch. Sofort pochte mein Herz bis in die Schläfen.

»Was ist passiert?«

»Mama hatte einen Unfall.«

Es hatte mich schon immer gestört, dass er meine Mutter »Mama« nannte. Nicht nur mir gegenüber, nein, er sprach sie auch so an. Ein böser Kommentar lag mir auf der Zunge – »Deine Mutter? Die ist doch schon lange tot.« –, aber ich schluckte ihn herunter.

»Was ist mit Mutti?«, fragte ich.

»Sie hatte einen Unfall und liegt im Krankenhaus.«

»Was ist passiert?«

»Mama hatten einen Autounfall.«

»Das habe ich verstanden. Wann war das?«

»Heute Morgen.«

»Wo?«

»Hier, sie war auf dem Markt. Auf dem Weg nach Hause.«

»Was ist passiert?«

»Sie hat die Kontrolle über ihren Wagen verloren und ist gegen einen Baum gefahren. Wieso, weiß niemand. Sie war wohl nicht zu schnell.« Seine Stimme zitterte, und trotz der Angst, die ich um meine Mutter hatte, empfand ich plötzlich Mitleid mit ihm.

»Was ist mit ihr?« Ich versuchte, meiner Stimme einen ruhigen Klang zu geben.

»Schleudertrauma, eine oder zwei gebrochene Rippen, Gehirnerschütterung. Ihr geht es soweit gut. Ich wollte ... wollte es dir nur ... mitteilen.« Er hatte deutliche Probleme, an sich zu halten.

»Vati, wie schlimm ist es?«

Er schluckte. »Sie ist im Krankenhaus, aber es geht ihr soweit gut. Kopfschmerzen hat sie und Probleme beim Atmen. Das sei wohl normal, hat mir der Arzt gesagt.«

»Das ist es.« Ich holte tief Luft. »Soll ich kommen?« Meine Eltern waren nach der Pensionierung meines Vaters in den Norden gezogen. Dort hatten sie sich ein Häuschen mit einer großen Streuobstwiese und einem schönen Gemüsegarten gekauft. Seit Jahren lebten sie glücklich dort. Natürlich hatte es mich bedrückt, dass sie wegzogen, aber ich konnte sie verstehen. Das Land dort oben war billiger, sie waren in Küstennähe, und mein Vater konnte seinem Hobby, dem Segeln, frönen. Außerdem lebte meine Schwester auch dort.

Schwierig waren immer nur solche Situationen. Sie lebten nicht mal eben um die Ecke, bei Krisen war es schwer, einzuspringen und zu helfen. Trotzdem kam ich nicht umhin zu fragen. »Soll ich kommen, Vati?«

»Das wird nicht nötig sein. Jetzt jedenfalls nicht. Sie schläft viel. Du hättest eh nichts von ihr, wenn du kämst.«

»Und was ist mit dir? Brauchst du mich?«

Er zögerte. Ich hörte seinen Atem, wie er schluckte.

»Ich komme, wenn du mich brauchst, Vati.«

»Das weiß ich, mein Kind. Aber es wird nicht nötig sein. Ich bekomme das gut alleine hin vorerst, und Rita hilft mir ja auch. Mit der Wäsche, weißt du, das ist nicht so mein Ding. Aber ich kann es lernen. Ich werde es lernen.«

Meine Schwester Henriette war fünf Jahre jünger als ich. Uns hatte nie viel verbunden. Bis auf wenige Pflichtbesuche und seltene telefonische Kontakte, in denen es meist um meine Eltern ging, beschränkte sich die Schwesternliebe auf Karten zu den Feier- und Geburtstagen. Henriette, die zwar so getauft, aber nie anders als Rita gerufen worden war, brach zwei Studiengänge ab, jobbte nun bei einer Werbeagentur. Ständig verliebte sie sich neu, doch die Beziehungen hielten nicht lange. Sie war immer unterwegs, war unzuverlässig und unbeständig. Ich konnte mir kaum vorstellen, dass Rita meinem Vater eine Hilfe sein würde.

»Ist sie denn da?«, fragte ich ihn.

»Nein, sie ist übers Wochenende mit ihrem Freund weggefahren. Ich habe sie noch nicht erreichen können.«

Seufzend sah ich auf die Uhr. Selbst wenn ich jetzt losführe, würde ich nicht vor zwei Uhr nachts bei ihm sein.

»Vati, soll ich nicht doch zu dir kommen?«

Er zögerte. Vermutlich fühlte er sich gerade genauso hilflos und verlassen wie ich.

»Nein«, sagte er dann. Seine Stimme klang müde. »Wir telefonieren morgen früh.«

»Du kannst mich jederzeit anrufen, immer.«

Nachdem ich aufgelegt hatte, fühlte ich mich auf einmal sehr müde und erschöpft.

## Kapitel 10

»Magst du?« Robert reichte mir ein Glas Wein. »Falls ich das richtig in Erinnerung habe, trinkst du trockenen Weißwein. Ich hoffe, dieser hier schmeckt dir.«

Ich nahm das Glas, trank einen Schluck, nickte dann. Immer noch hielt ich das Handy fest.

»Du hast telefoniert, daher wollte ich nicht stören. Schlechte Nachrichten?« Er setzte sich neben mich.

»Meine Mutter hatte einen Unfall.«

»Schlimm?«

»Wohl nicht allzu dramatisch, Schleudertrauma, vermutlich eine Gehirnerschütterung, gebrochene Rippen. Aber in ihrem Alter ist das schon ernstzunehmen. Außerdem ist mein Vater jetzt alleine.«

»Willst du hinfahren?«

»Nein.« Ich schüttelte den Kopf. »Sie wohnen in der Nähe von Bremen.«

»Tja, es ist nicht einfach, wenn die Eltern älter werden und man sich Sorgen machen muss.«

»Stimmt. Ich geh mal kurz an die Luft.« Entschuldigend sah ich ihn an, er nickte.

Auf der Terrasse saßen Julius und Thorsten und rauchten schweigend. Wir alle hatten wohl Bilder im Kopf, die Small Talk verhinderten. Ich ging ein Stück den Weg entlang durch die Felder. Plötzlich stellte ich fest, dass ich immer noch mein Handy festhielt. Ich drückte die Menütaste, schaute in das Telefonbuch. Sollte ich meinen Vater noch mal anrufen? Konnte ich ihn wirklich in dieser Situation alleine lassen? Mir fiel Sonjas

Vater ein. Er war schon bald nach dem Tod seiner Frau wieder auf Geschäftsreise gegangen, das Mädchen blieb alleine zurück, verstört, sicherlich auch verängstigt. Ich hatte seine Nummer im Telefonbuch. Spontan wählte ich, hörte das Freizeichen.

»Ja? Kluge.« Die Stimme klang unruhig, gehetzt.

»Herr Kluge? Mein Name ist Constanze van Aken, entschuldigen Sie die späte Störung.«

»Wer sind Sie?« Er war irritiert.

»Constanze van Aken. Ich war die Therapeutin Ihrer Tochter. Ich habe von Sonjas Tod erfahren und möchte Ihnen mein Beileid aussprechen.«

»Therapeutin? Sonja war in Therapie?«

»Es ist schon einige Jahre her. Damals, nach dem Tod ihrer Mutter, kam sie zu mir.« Warum hatte ich den Mann bloß angerufen? Es war unprofessionell. Er schwieg. Ich suchte nach Worten.

»Ich kannte Sonja schon aus dem Alexianer.«

»Sind Sie von der Polizei?«

»Ich bin Therapeutin. Aber ich arbeite tatsächlich mit der Polizei zusammen. Wir versuchen, den Täter zu finden. Ihre Tochter fühlte sich verfolgt, beobachtet. Was wissen Sie darüber?«

»Sie arbeiten für die Polizei? Ich habe alles gesagt, was ich weiß.«

»Sonja hat sich bedroht gefühlt. Wissen Sie weshalb?«

»Nein.«

»Hat sie nie mit Ihnen darüber gesprochen?«

»Bedroht? Das hat Sie Ihnen gesagt? Wie war noch Ihr Name?« Auf einmal wirkte er anders, nicht mehr abweisend, sondern interessiert.

»Constanze van Aken. Ich bin Kinder- und Jugendtherapeutin in Aachen.«

»Was genau hat sie Ihnen erzählt?«

»Nicht viel, Herr Kluge. Ich habe auch gerade erst darüber nachgedacht und wollte wissen, was Sonja Ihnen erzählt hat.« Das war nicht ganz richtig. Eigentlich wollte ich herausfinden, wie das Verhältnis vom Vater zur Tochter gewesen war und warum er sie, nach meinem Gefühl, so schnell im Stich gelassen hatte.

»Hat sie Namen genannt? Das war direkt nach dem Tod meiner Frau, richtig?«

»Nein, Namen hat sie mir nicht genannt. Ihnen?« Plötzlich hörte ich Geräusche im Hintergrund. Der Mann legte eine Hand über das Telefon, sprach zu jemandem.

»Hören Sie«, sagte er dann, »es ist gerade ungünstig. Ich rufe Sie zurück.« Dann legte er auf.

Was war das denn, Conny?, dachte ich verdutzt. Nun ja, ich hatte ihn an einem Samstagabend überraschend gestört. Seine Tochter war knapp seit einer Woche tot. Vermutlich hatte er ganz andere Sorgen, als mit einer Therapeutin über die Ängste seiner Tochter zu reden. Und doch war etwas seltsam an seinem Verhalten gewesen, ich kam nur nicht darauf, was es war. Langsam ging ich zurück zum Haus. Die anderen hatten sich im Wohnzimmer versammelt, Martin hatte das Whiteboard aufgestellt.

»Kommen wir zu Punkt drei – Beseitigung der Leiche. Auch hier gibt es gravierende Unterschiede zwischen Fall eins und zwei und drei. Beim ersten Fall hat der Täter das Opfer am Tatort belassen. Die Leiche wurde am nächsten Tag von der Polizei gefunden, nachdem eine Nachbarin diese wegen des eingeschlagenen Fensters informiert hatte. Da niemand öffnete, drangen die Polizisten ein. Die beiden anderen Opfer wurden positioniert. Beide auf einem Rastplatz an der Autobahn. Es war jeweils die A 61.«

»Die Opfer«, fügte Robert Martins wie immer sachlich gehaltenem Bericht hinzu, »wurden so hingelegt, dass sie gefunden werden mussten. In einer erniedrigenden Position, nackt, breitbeinig, wie zur Schau gestellt.«

»Erniedrigend nur für die Opfer, aber die waren zu dem Zeitpunkt schon lange tot«, murmelte ich.

Robert sah mich an. »Das ist richtig. Was schließt du daraus?«

»Das, was offensichtlich ist: Er wollte die Opfer noch über den Tod hinaus demütigen. Nachdem er sie gefangen gehalten und gequält, sie mehrfach getötet hatte.«

»Wer macht so etwas, Conny? Was treibt jemanden dazu?«

Ich hatte mich wieder auf das Kissen vor dem Ofen gesetzt. Robert gab mir das Weinglas, das ich vorhin auf den Tisch gestellt hatte. Der Wein war inzwischen nicht mehr kalt, ich trank ihn trotzdem.

»Wer das macht, kann ich nicht sagen. Klar ist jedoch, dass ihn eine Menge Wut zu so einer Tat treibt. Möglicherweise ist es auch triebbedingt. Er befriedigt seine Lust über Tage. Aber das ist ein ganz seltenes Krankheitsbild. Seltsam ist die lange Spanne zwischen dem ersten und dem zweiten Fall und die rasche Folge des dritten Falles.«

»Was meinst du mit ›seltsam‹, Conny?« Robert stand auf, ging zur Tür, schaute mich aber immer noch an. »Überleg, bevor du antwortest, ich bin sofort wieder da.«

Er kam mit der Flasche Wein zurück und einem Glas Bier. »Also, was ist daran seltsam?« Er trank, schenkte mir dann Wein nach.

»Die Zeitspanne. Ich kann nicht glauben, dass er jahrelang nicht gemordet hat und nun so zuschlägt. Ich kann auch nicht glauben, dass er keinen Plan hat und nur wahllos greift, was sich ihm bietet. Das ergibt keinen Sinn.«

»Welchen Sinn haben Morde, Conny?«, fragte Julius. »Oftmals keinen. Manchmal Rache.«

Ich überlegte, nickte dann. »Ja, du hast recht. So sieht es von außen aus. Für die meisten Mörder hat aber ihre Tat einen Sinn. Sie wollen dadurch etwas ausdrücken. Natürlich wollen sie auch töten, aber das ist meist erst der zweite Grund. Der erste ist ein anderer, und er liegt im Täter.«

»Das verstehe ich nicht.« Thorsten schüttelte den Kopf, legte ein Bein über das andere, lehnte sich zurück.

»Die Täter haben etwas anderes im Kopf, der Mord, die Tötung, ist zweitrangig. Zuerst wollen sie sich beweisen, das Opfer quälen, Rache üben oder was auch immer.« Ich schluckte, fühlte mich in den letzten Herbst versetzt, war plötzlich wieder Opfer. Robert schien das zu spüren.

»Kommen wir zu unseren Fällen zurück. Dank der DNS-Analyse wissen wir sicher, dass der Täter ein und derselbe Mann war. Bisher nur DNS-Spuren von einem, also hat er alleine gehandelt. Ein Mann, verschiedene Opfer, verschiedene Vorgehensweisen, verschiedene Arten bei der Beseitigung der Leiche. Bei Tat zwei und drei gibt es zwar die DNS-Spuren auf den Leichen durch Speichel und Sperma, aber es gibt keine Fingerabdrücke, keine anderen Spuren. Er hat definitiv dazugelernt.«

»Er könnte sich tatsächlich drei Jahre lang theoretisch damit befasst haben und hat dann alles vorbereitet und wieder zugeschlagen. Opfer Nummer zwei, der alte Mann, ist Opfer Nummer eins eines ganz anderen Tathergangs. Weiter entwickelt, ausgeklügelt, gereift. Mit dem alten Mann geht alles gut aus Sicht des Täters, das Opfer wird noch nicht einmal vermisst. Jetzt geht er noch einen Schritt weiter, wählt ein jüngeres Opfer. Seine Taten werden grausamer, aber auch gezielter.« Martin blickte zum Kamin, mochte wohl niemanden anschauen. »In allen drei Sparten hat er sich verändert, verbessert. Bei dem der Tat vorausgehenden Verhalten, der Tötungshandlung und der Beseitigung der Leiche. Was sein Verhalten nach der Tat angeht, können wir nicht beurteilen.«

»Bisher haben wir nur ganz wenig an die Medien gegeben. Möglicherweise möchte das BKA das noch ändern.« Robert rieb die Hände aneinander, als sei ihm kalt. »Manchmal ist das eine Maßnahme, um den Täter aus der Reserve zu locken. Man ruft die Bevölkerung um Mithilfe auf, hofft darauf, dass der Täter sich überschätzt und meldet. Eine falsche Spur legt. Es wäre nicht das erste Mal, dass das funktioniert.« Er runzelte die Stirn.

»Aber du hältst nichts davon?«, fragte ich leise. Robert schüttelte den Kopf.

»Weil der Täter stattdessen wieder zuschlagen wird?«

»Ja, Conny, das befürchte ich. Er ist noch nicht fertig, und er wird immer grausamer. Die Abstände werden kürzer. Noch habe ich keinen Hinweis darauf erhalten, dass er in der Zeit zwischen dem Mord in Flensburg und dem an dem alten Mann gehandelt hat. Aber das mag an unserer noch lückenhaften Datenbank liegen. Vielleicht hat er gemordet, aber die Opfer nicht mit Geldstücken markiert.«

»Das glaube ich nicht. Hätte er gemordet, dann wäre auch sein Fetisch, das Fünfmarkstück, wieder erschienen. Es ist sein Markenzeichen, blödes Wortspiel, aber da bin ich mir sicher.«

»Möglich, Conny, doch bei dem alten Mann steckte das Geldstück im Darm. Vielleicht hat der Täter bei einem noch unbekannten Opfer das Geldstück so verborgen, dass es bei der Leichenschau nicht aufgefallen ist.« Martin sah mich an. Das erste Mal an diesem Abend. »Es gab letztes Jahr am Niederrhein einen Mordfall, da kam erst durch das Geständnis des Täters heraus, dass er das Opfer erschossen hat. Die Kugel ging durch den Gaumen und blieb im Gehirn stecken. Der Rechtsmediziner hat die Schusswunde nicht gesehen.«

»Nun gut, das könnte eine Erklärung für den langen Zeitraum zwischen den Morden sein.« Robert verschränkte die Arme vor der Brust; die Stirn in Falten gezogen, schaute er nachdenklich in die Runde, sein Blick blieb an mir hängen. »Du hältst die Geldstücke für einen Fetisch?«

»Ja, sie haben für ihn eine Bedeutung. Welche, kann ich nicht sagen, aber ich bin mir sicher, dass auch die Positionierung des Fetisches eine Rolle spielt. Ich bin der Meinung, dass dies der Schlüssel zu den Taten ist.«

»Ohne mehr über Opfer und Täter zu wissen, werden wir den Schlüssel nicht knacken können.«

Wir diskutierten und spekulierten noch ein wenig weiter, viel kam jedoch nicht mehr dabei heraus. Jeder schien erst einmal die Gedanken sortieren zu müssen. Insgesamt hatten wir nun das Bild eines Täters, der immer besser plante und die Tat Mal für Mal ausgeklügelter ausführte. Das hohe Gewaltpotenzial, die brutale Art der Vorgehensweise und die für uns nicht ersichtliche Auswahl der Opfer machten es nicht einfacher. Auch wenn wir es nicht aussprachen, gingen wir alle davon aus, dass der Täter wieder zuschlagen würde.

»Es ist kurz vor zwölf, wir beenden den Abend hiermit. Morgen früh möchte ich alles bisher Gesammelte noch einmal zusammenfassen. Wenn wir keine neuen Ansätze finden, müssen wir abwarten, ob die weiteren Ermittlungen und Analysen aussagekräftige Ergebnisse bringen. Dann können wir uns wieder treffen. Ich danke euch allen schon einmal.« Robert stand auf, streckte sich.

Ich räumte die Gläser und das Geschirr in die Küche, spülte ab, ließ meine Gedanken schweifen. Ich hatte mehrfach mein Handy kontrolliert, aber mein Vater hatte nicht wieder angerufen. Falls wir morgen die OFA unterbrechen würden, könnte ich zu ihm fahren und ihn unterstützen. Ich hatte im Moment keine anderen, wichtigen Termine. Nachdem ich die Küche aufgeräumt hatte, ging ich langsam nach oben. Bisher hatte ich kein persönliches Wort mehr mit Martin gewechselt. Wie würde es nun weitergehen? Ich konnte mir kaum vorstellen, neben ihm einzuschlafen, so als wäre nichts gewesen.

Die ganzen Gedanken um die OFA und den Unfall meiner Mutter hatten mich davon abgehalten, über Martin und mich nachzudenken. Nun traf mich die Wucht der Erkenntnis, dass unsere Beziehung so gut wie vorbei war. Martin hatte sich in eine andere Frau verliebt und mich betrogen. Selbst wenn er sich doch noch gegen Maria und für mich entschied, würde ich mit dem Vertrauensbruch klarkommen? Ich wusste es nicht.

Unter der Schlafzimmertür schien Licht. Ich öffnete befangen die Tür. Martin saß auf dem Bettrand, der Hund lag zu seinen Füßen. Ich holte tief Luft, wusste nicht, was ich sagen wollte.

»Ich kann Robert verstehen«, begann Martin leise. »Du bist tatsächlich eine Bereicherung für die OFA. Du hast klare Gedanken, bringst neue Aspekte in die Überlegungen mit ein.«

Ich wusste nicht, was ich sagen sollte. Danke? Geh zum Teufel?

»Trotzdem war es keine so gute Idee von dir, hierher zu kommen«, fuhr er fort.

»Warum nicht? Weil Maria eurer Liebesnest verlassen musste?«

»Nun sei nicht ungerecht, Conny.«

»Ungerecht? Was ist daran ungerecht?« Da war es, das Gefühl, auf das ich die ganze Zeit gewartet hatte. Wie das Zersplittern von Eis, das mich umgeben hatte. Es dauert nur einen Moment, doch dann schlug die Woge der Wut über mir zusammen. »Was glaubst du eigentlich, wer du bist? Und was glaubst du, mir unterstellen zu können? Wieso hätte ich nicht hierher kommen sollen? Es war schon saublöd von mir, heute Morgen zurückzufahren. Ich hätte dein Flittchen direkt rausschmeißen sollen. Wenn ich mich recht erinnere, ist dies auch mein Haus.«

»Ich zahle dich aus.«

»Ist das zu fassen? Soweit bist du schon mit deinen Plänen?«

Martin senkte den Kopf. Ich schaute mich um, suchte nach etwas, was ich zerschmeißen konnte.

»Das ist mir so rausgerutscht. Nein, ich habe noch nicht so weit gedacht. Ich weiß überhaupt nicht, was ich denken soll.« Er stöhnte leise. »Mir geht es verdammt schlecht.«

»Mein Mitleid hast du nicht.« Ich lehnte mich gegen die Tür, verschränkte die Arme vor der Brust und versuchte, meinen hektischen Atem in den Griff zu bekommen.

»Wirklich, Conny. Es ist nicht einfach. Ich weiß, ich habe eine Dummheit gemacht. Ich weiß aber nicht, wie ich da wieder rauskomme. Egal, was ich mache, ich verletze euch beide.«

»Na, schönen Dank. Mir wäre es lieb, wenn du mich nicht auf eine Stufe mit dieser Person stellst.«

Martin knetete seine Hände, sah mich dann an. »Maria ist nicht ›eine Person‹.«

Den Kommentar dazu schluckte ich herunter, es wäre ein nicht jugendfreier Fluch gewesen.

»Wie soll es denn jetzt weitergehen?«, fragte Martin.

»Ich habe nicht den blassesten Schimmer einer Ahnung. Du hast die Suppe eingebrockt, also löffele sie schön brav wieder aus.« Er tat mir leid, aber ich würde den Teufel tun und es ihm zeigen. »Ich bin jedenfalls müde.«

Martin schüttelte den Kopf. »Und du willst jetzt einfach so ins Bett gehen?«

»Hast du eine andere Idee? Ich fahre ganz sicher heute Nacht nicht bis nach Aachen.«

»Ja, aber ...«

»Martin, reiß dich am Riemen. So ein potenter Mann wie du, der seine Freundin im Nebenzimmer vögeln kann, während seine Partnerin im Schlafzimmer liegt, der wird ja wohl auch noch eine gemeinsame Nacht in diesem Haus überstehen.« Ich spuckte die Worte aus, wusste, dass ich ihn verletzte. Es tat mir gut. »Allerdings nicht hier, nicht in diesem Zimmer. Pack dich nach nebenan.«

Martin stand auf, ging zur Tür. Ich wich ihm aus, wollte auf keinen Fall von ihm berührt werden.

»Conny, das Ganze tut mir furchtbar leid.« Er blieb an der Tür stehen, sah mich an, seine Augen glitzerten.

»Vielleicht solltest du mich doch ausbezahlen. Ich suche mir dann ein schönes Grundstück mit Meerblick und weitab von dir.«

»Das kannst du nicht wirklich so meinen, nicht nach all den Jahren.«

»Aber du konntest nach all den Jahren mal eben so mit Maria ins Bett hüpfen.«

»So war es nicht.«

»Das glaube ich dir auf Grund deines Alters gerne, da ist nicht mehr viel mit Hüpfen. Gute Nacht, Martin.«

Ich schloss die Tür hinter ihm, ignorierte seinen waidwunden Blick. Dann stieß ich den Atem aus. So cool und gelassen, wie ich getan hatte, fühlte ich mich bei weitem nicht. Ich hörte ihn ins Bad gehen, dann in das kleine Zimmer nebenan. Ich wartete noch eine halbe Stunde, atmete flach, achtete auf jedes Geräusch. An Schlaf war nicht zu denken. In mir pulsierte die Wut, vermischte sich mit Hilflosigkeit und dem Gefühl, zu Martin gehen und ihn trösten zu müssen. Letzteres war undenkbar.

Schließlich war nichts mehr zu hören, bis auf das Knacken im Gebälk und den Wind, der ums nächtliche Haus strich.

Dann schlich ich mich nach unten, zündete ein paar Kerzen an und setzte mich vor den Ofen. Der Rest des Feuers glimmte, die gusseiserne Form strahlte Wärme aus.

Ich fühlte mich ganz und gar verloren.

## Kapitel 11

Ich befand mich in einem fremden Land zwischen Traum und Wachsein, Filme liefen in meinem Kopf ab, kurze Passagen. Wie Martin aussah, als er mich das erste Mal küsste, mich liebte, wir das Haus kauften. Meine Eltern beim Umzug, in ihrem Haus, mein Vater beim Segeln.

So viele Jahre waren meine Eltern nun verheiratet und immer noch glücklich. Warum hatte ich das nicht annähernd geschafft? Warum hatte Martin mich so verletzt? Warum liebte er mich nicht mehr? Ich saß auf dem Boden, die Beine angezogen, die Stirn auf die Knie gepresst, und haderte mit meinem Leben.

Das Handy riss mich aus meinen Gedanken. Erschrocken nahm ich es auf, drückte die grüne Taste.

»Sag mal, was ist los? Ich erreiche Vati nicht.« Es war Rita, meine Schwester.

»Mutti hatte einen Unfall.«

»Soweit bin ich auch schon, du Schlaue.« Sie klang aggressiv, verschliff die Silben, hatte wohl einmal wieder zu viel getrunken. Rita trank in Etappen. Wochenlang konnte sie nüchtern bleiben, ganz bewusst, das hielt sie auch jedem unter die

Nase, ihre Enthaltsamkeit. Und dann kamen wieder Zeiten, in denen sie Alkohol exzessiv missbrauchte. Sie trank bis zum Umfallen. Bevor sie umfiel, kam eine Phase, in der sie mit Vorliebe andere anrief oder ihnen Mails schrieb. Ein anderthalb Meter langer, nicht jugendfreier Fluch war das Mindeste, was sie von sich gab. Sie wurde ausfällig, beleidigend.

»Rita, ich bin nicht in der Stimmung, mich mit dir zu streiten.«

»Ich will mich nicht mit dir streiten, ich wollte nur fragen, wo du bist?« Sie lachte, es klang nicht lustig.

»Ich bin in der Eifel und es ist … Moment … nach ein Uhr nachts. Was genau willst du von mir?«

»Du bist in deinem abgewrackten Ferienhaus im Niemandsland statt bei unseren Eltern? Hallo? Conny?«

»Rita, wo bist du denn?«, fragte ich mit einem erzwungenen Lächeln.

»In Prag, beruflich. Beruflich!« Sie wiederholte es betont deutlich.

»An einem Wochenende?«

»Ja, natürlich. Und warum hast du deinen Arsch noch nicht zu den Eltern bewegt? Mutti ist verletzt, liegt im Krankenhaus, und Vati ist alleine. Du bist in deinem netten Ferienhaus. Wie niedlich, Conny.«

»Rita, werde nicht ausfallend. Ich fahre morgen zu den Eltern.«

»Ach, musst du erst noch deinen Typen bumsen, oder was hält dich auf?«

»Rita!« Ich schnappte nach Luft. Auf Streit mit meiner Schwester stand mir nun wirklich nicht der Sinn. »Werd nüchtern und vernünftig, ich kümmere mich schon!« Ich legte auf, ohne auf eine Antwort zu warten.

»Conny? Ein Déjà-vu? So kommt es mir vor. Entschuldige, wenn ich störe. Ich habe …« Robert stand im Türrahmen.

»Stimmen gehört. Ich weiß, eine Unart in diesem Haus. Muss an dem Friedhof liegen. Die Geister, weißt du?« Ich lächelte Robert schwach zu, seufzte dann tief. »Es ist grausig.«

»Deine Mutter?« Er setzte sich neben mich auf den Boden, reichte mir eine Tasse dampfenden Tee. Robert schien schon eine Weile zugehört zu haben.

»Nein, meine Schwester. Schlimmer als jeder Unfall, sie ist die Katastrophe in Person.« Ich lächelte schwach. »Das war übertrieben, ich bin müde und aufgerieben.«

»Kein Wunder.« Er nippte an seiner Tasse, starrte in das schwach glimmende Feuer. »Das ist alles nicht einfach, oder?«

»Nein.«

»Muss ich mich treten, mich schelten, dafür, dass ich dich zurückgeholt habe? In eine für dich unerträgliche Situation?« Seine Stimme war so leise, dass ich ihn kaum hören konnte.

»Es war doch meine Entscheidung.«

»Du hast sie auf mein Drängen hin getroffen.«

»Nachdem ich die Akte von Sonja gelesen hatte. Es war meine Entscheidung, Robert. Meine allein. Die Entscheidung war vielleicht dumm und übereilt und ohne Nachdenken getroffen. Ich habe die Geschichte mit Martin …« Ich stockte, mochte den Namen meiner Rivalin nicht noch einmal aussprechen. »Mit Martin und … ihr verdrängt.«

»Ich auch. Ich wollte dich im Team haben. Schon lange. Schon, bevor ich dich kannte.« Er schwieg kurz. »Bromkes hat viel von dir erzählt.« Robert warf mir einen kurzen Blick zu, schaute dann wieder in den Kamin. »Nur lobend.«

»Von meinem Rosmarinlamm, nehme ich an.« Ich lächelte schwach. »Ich habe nicht viel zu den Ermittlungen beigetragen. Sonja hat sich verfolgt gefühlt, mir aber nie gesagt, durch wen. Das hätte ich dir auch telefonisch mitteilen können. Ich hätte euch und mir viel erspart.«

Robert atmete tief ein. »Dir bestimmt. Mir hast du trotzdem geholfen. Der Blick, den du auf den Täter hast, ist ein anderer, als ich ihn hatte. Ich habe den Fortschritt der Taten anders beurteilt, die Tötungsarten. Es gibt grausame Täter, die in Serie töten und jedes Mal anders. Ich kann mir nicht vorstellen, dass dieser Täter drei Jahre lang nicht zugeschlagen hat.« Er schnaufte leise. »Du aber schon.«

Ich überlegte, trank einen Schluck Tee, er war ungesüßt. »Ja, ich denke schon. Ich halte es zumindest für möglich.«

»Warum?«

Langsam rieb ich mir über das Gesicht, im Grunde war ich todmüde, meine Gedanken verschwammen. »Weil er die erste Tat aus Wahn begangen hat. Aus einem Trieb, aus Wut und Hass und Rache, aus einem Gefühl, das sich nicht mehr unterdrücken ließ. Er hatte sein Opfer gefunden, vielleicht nach einiger Suche, und dann, ohne viel zu planen und nachzudenken, zugeschlagen. Er wurde von der Wucht, der Intensität und vielleicht«, ich hielt kurz inne, »der Grausamkeit und Gewalt der Tat überrascht. Gegenwehr, Blut, Schreie. Er hatte es sich anders, einfacher vorgestellt. Und doch vollendet er, vielleicht unter Ekel, die Tat, vergewaltigt das Opfer, legt die Geldstücke hin, geht. Schockiert. Er braucht Jahre, bis er wieder zuschlägt. Aber in der Zeit hat er sich besser vorbereitet. Ein Haus angemietet oder gekauft, einen Keller, einen Schuppen präpariert … er ist gewappnet. Er begeht die nächste Tat, und sie gelingt. So wie er es wollte. Er quält sein Opfer, lässt es sterben, tötet es einmal, zweimal, dreimal und drapiert die Leiche dann. ›Ihr sollt alle sehen, wozu ich fähig bin‹, das sagt es aus.« Ich schluckte. »Es ist Rache«, sagte ich dann leise.

»Das denke ich auch, seit du deine Meinung geäußert hast. Vorher dachte ich an einen Irren, ohne Motiv. Einen Killer. Ich war in Amerika, habe beim FBI in Quantico Kurse belegt. Da gab es solche Fälle. Killer, die töten um des Tötens willen. So einer ist das, dachte ich. Bis du kamst.«

»Und jetzt hast du deine Meinung geändert? Ich habe nur Hypothesen. Ich weiß nichts, ich denke das nur. Und kann ganz falsch liegen.« Ich hielt mir die Teetasse vor das Gesicht, noch war das Getränk heiß, machte mein Gesicht warm. »Ich bin gut darin, mich zu täuschen.« Plötzlich klang ich jämmerlich.

Robert lachte leise, nicht heiter. »Mir tut es schrecklich leid. Für dich müssen die letzten Stunden die Hölle gewesen sein. Wir waren alle erstaunt, als du gestern aufgetaucht bist.«

»Ihr habt es alle gewusst?«

»Das von Martin und Maria?«

Ich war mir für einen Moment noch nicht einmal sicher, ob ich die Antwort hören wollte. Dann nickte ich stumm. Die Frau erfährt es zuletzt, was für ein albernes Klischee, mir war übel. Robert strich mir sacht über den Arm. Ich schüttelte den Kopf, dann stiegen Tränen in mir hoch.

Wie peinlich, Conny, wie unglaublich, unsagbar, unerhört peinlich, dachte ich. Bisher waren alle Un-Wörter meiner Schwester vorbehalten gewesen, und nun hatte es mich erwischt.

»Wie lange?«, fragte ich zwischen zusammengebissenen Zähnen. »Seit wann wusstet ihr es?«

»Eigentlich erst seid gestern. Als wir hier herkamen. Da waren die beiden plötzlich wie Turteltauben.« Er hustete. »Verzeih den Ausdruck. Sie schienen sehr verliebt. Als du kamst, traten die Spannungen auf. Das habe ich sofort gespürt und hinterfragt. Für Teamarbeit ist das die Hölle.«

»Und deshalb hast du Maria weggeschickt?« O Gott, dachte ich, wie hatte mir das passieren können?

»Nein, sie hat darum gebeten, fahren zu dürfen.«

»Das ist nicht dein Ernst?« Ich sah Robert an. Er schaute mir in die Augen. Etwa zweiundfünfzig Muskeln bewegen das Gesicht, in seinem rührte sich keine, dann zuckte ein Nerv unter seinem Auge. Er war nervös, aber nicht weil er mich anlog, sondern weil er mich verletzte und es wusste. Etwas, was er Martin voraushatte.

»Sie wollte fahren, und ich hatte keine Verwendung mehr hier für sie. Für dich schon.« Nun senkte er den Blick. Da war noch etwas, etwas, das er nicht sagte. Ich wollte gar nicht wissen, was es war. Alles war mir zu viel. Dies Wochenende hatte mich überrannt. Ich hatte mich selbst überholt, eingeholt und schließlich Maria im Ziel gefunden. Der Hase und der Igel, dachte ich, Grimms Märchen. Sie war schon längst da, ich hätte laufen können, wie ich wollte, sie war schon da, unschlagbar. Noch so ein Un-Wort, und es tat weh.

Mein momentanes Mantra kam mir in den Sinn, das Lied

von den Pixies: Where is my mind – wo ist mein Verstand? Ich wusste es nicht, die Erkenntnis schmeckte bitter.

»Meine Entscheidung war dumm und eigentlich auch unfähig«, murmelte Robert.

Unfähig. Ein weiteres Wort mit »un«. Beinahe hätte ich bei dem Gedanken gelacht.

»Ich habe dir aus Eigennutz Dinge zugemutet, die nicht tragbar sind. Es tut mir leid, ich hätte es besser wissen müssen.« Robert verzog das Gesicht, etwas in seinem Ausdruck zersplitterte. »Es war … es ist nicht tragbar. Als Leiter der OFA sollte ich da sensibler sein. Und dann noch der Unfall deiner Mutter. Das ist einfach zu viel.«

Ich nickte, wusste nichts zu sagen. Das Feuer im Ofen erlosch langsam, es wurde kalt.

»Wie geht es deinem Vater?« Seine Frage klang so, als suchte er nur einen Grund, um das Gespräch im Gang zu halten, nicht nach wirklichem Interesse.

»Gut.« Ich stand auf, fühlte mich steif, verkrampft. »Du, ich muss ins Bett.«

Ich ging nach oben. Langsam, zaghaft. Überwältigt von meinen Gedanken und Gefühlen. Ich hätte Martin gleichzeitig die Augen auskratzen und ihm tausend Fragen stellen wollen. Doch für keines der Dinge war jetzt die rechte Zeit. Ich legte mich ins Bett, schlief sofort ein, wachte ein paar Stunden später schweißnass wieder auf. Ein Gedanke hatte mich bis in den Schlaf verfolgt. Aber ich konnte ihn, einmal wach geworden, nicht mehr greifen. Es hatte etwas mit Sonja und dem Fall zu tun. Aber was, wusste ich nicht mehr. Der Mond stand hoch am Himmel und beleuchtete das Zimmer. Neben dem Bett lag Charlie, träumte lebhaft.

Ich trank einen Schluck Wasser, drehte mein Kissen um, suchte eine kühle Stelle und konnte doch nicht einschlafen. Sonja war verzweifelt gewesen nach dem Tod der Mutter, fühlte sich verfolgt. »Von wem?«, hatte ihr Vater gefragt. Von wem, vom wem … es gab niemandem in ihrem Leben, über den Gedanken schlief ich wieder ein.

Als ich wach wurde, schien die Sonne in das Zimmer, ein breiter Streifen Licht, der den Dielenboden wie Honig aussehen ließ. Charlie stand auf, streckte sich nach bester Hundemanier, schüttelte sich einmal und leckte dann über meine Hand.

Im Haus war eine diffuse Unruhe zu hören. Wie in einer Jugendherberge am Morgen der Abfahrt. Vermutlich traf es das ganz gut. Ich stand auf, streifte mir etwas über und ging nach unten. Aus der Küche duftete es, Robert kochte Eier und briet Speck.

Ich nahm den Hund, lief mit ihm ins Dorf und kaufte Brötchen. Es war ungewöhnlich warm, und die anderen hatten den Tisch im Hof gedeckt. Von der Terrasse aus konnte man über den dichten Wald hinweg in das abfallende Tal bis zum See sehen. Dort hingen noch die Nebelschwaden, langsam, wie in einem bedächtigen Tanz, lösten sie sich auf.

Martin war nicht zu sehen. Ich legte die Brötchentüte auf den Tisch, fütterte den Hund, nahm mir eine Tasse Kaffee und setzte mich auf die Terrasse. Robert nickte mir zu, schaute mich nachdenklich an. Ich sah vermutlich aus wie einmal durch den Wolf gezogen. Die Nacht war zu kurz gewesen, meine Gedanken quälten mich. Gegen meine Gewohnheit, alle anzusehen, wich ich seinem Blick aus.

Schweigend frühstückten wir. Als alle fertig waren und wir das Geschirr schon zusammenräumten, tauchte Martin auf. Julius und Thorsten trugen ihre Teller in das Haus. Robert ließ sich wieder auf seinen Stuhl sinken.

»Guten Morgen, Martin«, sagte er mit seiner nougatweichen Stimme. »Wie geht es dir?«

Wenn Blicke töten könnten, dachte ich und schluckte. Martin war ein Bündel aus Wut.

»Was erwartest du? Dass es mir gut geht?« Martin lachte heiser.

»Du bist zornig.« Das war eine Feststellung von Robert, keine Frage.

»O ja. Dies Wochenende war in vielerlei Hinsicht sehr erhellend. Ich habe einen Fehler gemacht, nämlich dich und deine OFA hierhin einzuladen.«

»Wieso?«

»Weil damit mein Leben in Puzzlestücke zerbrochen ist.«

»Und daran bin ich schuld? Oder die OFA?«

Martin nahm seinen Kaffeebecher, trank bedächtig. Mich hatte er noch nicht angesehen. Vorsichtig schob ich meinen Stuhl zurück. Dieser Unterhaltung wollte ich nicht beiwohnen, doch Robert gab mir ein Zeichen zu bleiben.

»Martin, ich schätze dich sehr. Du bist der beste Rechtsmediziner, den ich kenne, und ich kenne einige. Du bist sachlich, gut informiert, arbeitest unglaublich präzise. Über das Maß hinaus. Ich hätte dich gerne weiter in dieser und sicherlich in noch weiteren OFAs. Das geht aber nur, wenn du auch weiterhin sachlich bleibst. Deine persönlichen Probleme stehen außen vor bei der Arbeit.« Robert blieb ruhig, aber er klang streng.

»Du hast gut reden.« Martin sah verstohlen zu mir. Ich saß auf meinem Stuhl, versuchte locker zu wirken, fühlte mich jedoch, als hätte ich ein Stahlrohr verschluckt.

»Ich möchte gehen«, flüsterte ich. Es rutschte mir heraus, eigentlich hatte ich es nur gedacht.

Robert sah mich an, schüttelte stumm den Kopf.

»Du möchtest gehen?«, fauchte Martin. »Dann tu das doch! Warum bist du überhaupt gekommen?«

Plötzlich entfachte sich etwas in mir, es musste wohl der Kampfgeist sein, der mir in den letzten Monaten verloren gegangen war.

»Ich bin in mein Haus gekommen, Martin. Ohne zu wissen, dass ihr hier seid. Ohne zu ahnen, dass du es zu deinem und Marias Haus gemacht hast, schon längst vermutlich. Ich wusste es nicht, denn die Blöße hätte ich mir ansonsten nicht gegeben. Ich bin ins offene Messer gelaufen, und du hast es mir hingehalten. Du meinst, für dich wäre es schrecklich? Glaube mir, für mich ist es schlimmer.« Ich stand auf, starrte ihn an. Am liebsten hätte ich ihn geohrfeigt.

»O verdammt, Conny. Ich weiß. Es tut mir leid.« Martin senkte den Kopf.

In diesem Moment wusste ich, dass ich ihn noch liebte. Aber das Wissen alleine reichte nicht, auch seine Demut tat nichts zur Sache.

»Ich packe meine Sachen und fahre zu meinen Eltern.« Charlie folgte mir mit gesenktem Kopf, so als wüsste er, dass alles in der Schwebe stand.

»Wir bleiben in Kontakt«, sagte Robert zu mir, als ich meine Sachen in den Golf lud. Ich nickte nur, schluckte meine Beklemmungen herunter. Martin hatte sich nicht mehr blicken lassen. Einen Moment wartete ich noch, hoffte, dass er auftauchte, er tat mir den Gefallen nicht. Bis zu meinen Eltern würde ich gut fünf Stunden brauchen. Ich nahm das Handy, drückte die Kurzwahl, der Anrufbeantworter sprang an.

»Vati, ich komme jetzt zu euch«, sprach ich enttäuscht auf die Maschine und fuhr los. Kurz vor der Autobahn klingelte mein Handy.

»Conny, du hattest angerufen.« Es war mein Vater. Er klang ganz anders als gestern, viel gelassener.

»Ich bin gerade auf dem Weg zu euch.«

Er schwieg für einen Moment. »Das ist furchtbar lieb, aber nicht nötig, Conny. Mutter geht es viel besser. Sie kommt wahrscheinlich morgen oder übermorgen schon nach Hause. Und dann braucht sie Ruhe. Ich besuche sie, aber sie schläft viel, erholt sich eben.«

Natürlich war ich froh, dass es meiner Mutter besser ging. Trotzdem fühlte ich mich plötzlich zurückgewiesen. Mir wurde klar, dass ich auch deshalb zu meinen Eltern fahren wollte, um meiner Situation zu entfliehen. Flucht ist niemals ein guter Ausgangspunkt, das wusste ich. Ich konnte dem Problem mit Martin nicht davonlaufen, musste mich ihm stellen.

## Kapitel 12

Ich parkte auf der Oppenhoffallee, ging in meine Wohnung. Auf einmal erschien sie mir zu groß und zu leer. Unschlüssig blieb ich im Flur stehen. Es war Sonntagmittag, und ich wusste nichts mit mir anzufangen. Charlie gähnte, suchte sich einen Platz, der von der Sonne beschienen wurde, drehte sich im Kreis und legte sich hin.

Ich nahm das Telefon, stellte die Kaffeemaschine an und setzte mich dann auf den Balkon. Der Flieder blühte schon, es duftete süß. Miriams Nummer hatte ich eingespeichert. Ich drückte die Kurzwahltaste.

»Das muss wohl Gedankenübertragung gewesen sein, meine Gute. Ich habe gerade an dich gedacht.« Miriams Stimme klang heiter und vertraut, plötzlich hatte ich einen dicken Kloß im Hals.

»Miriam …« Ich hörte mich an wie ein kleines Kind, schluckte, versuchte meiner Stimme einen festeren Klang zu geben. »Miriam, schön, dass du da bist …«

»Auweia. Es ist etwas passiert. Ist Martin nach Aachen gekommen?«

Ich konnte ihr nichts vormachen. Die Gefühle, die Verwirrung, meine Wut und Verletzungen schlugen sich einen Weg durch die Mauer, die ich versucht hatte aufzubauen.

»Liebelein«, sagte meine Freundin sanft, aber bestimmt, »Nichts ist so schlimm, dass man damit nicht fertig wird. Ich spreche aus langjähriger Erfahrung. Ich kann in etwa zwei Stunden bei dir sein. Hast du bis dahin einen Wein gekühlt?«

Ich nickte, zwang mich zustimmend zu murmeln.

»Gut. Halt durch! Wir beide schaffen das schon.« Dann legte sie auf.

Ich ließ die Tränen laufen. Charlie, der es sich inzwischen zu meinen Füßen bequem gemacht hatte, sprang plötzlich auf und lief zur Tür.

»Charlie?« Es war Martin.

Ich rieb mir die Tränen in die Wangen, putzte mir die Nase. Am liebsten hätte ich mich im Bad eingeschlossen, wollte nicht, dass er mich so sah. Es war demütigend. Was zum Teufel machte er überhaupt hier?

»Conny.« Martin stand in der Tür, die von der Küche auf den Balkon führte. Er war bleich, hatte dunkle Ringe unter den Augen. »Was machst du hier?«

Die Frage hatte er mir vor achtundvierzig Stunden schon einmal gestellt. Ich biss mir auf die Lippen.

»Es ist meine Wohnung, vergessen? Was machst du hier?«

»Ich stehe auch im Mietvertrag, Conny.« Er machte einen müden Eindruck. »Du wolltest doch zu deinen Eltern fahren?«

»Meine Mutter geht es besser. Sie braucht viel Ruhe, deshalb meinte mein Vater, es sei nicht so gut, wenn ich jetzt kommen würde.«

»Ist sie krank?«

Mir wurde bewusst, dass Martin ja nichts von dem Unfall wusste. Ich hatte nur mit Robert darüber gesprochen.

»Sie hatte einen Unfall mit dem Wagen und liegt im Krankenhaus.«

»Ist es schlimm?« Erschrocken sah er mich an. Martin hatte sich mit meinen Eltern immer sehr gut verstanden. Besser als mit seinen Eltern, zu denen er nur ein frostiges, oberflächliches Verhältnis hatte. Nun zog er sich den Stuhl heran, setzte sich neben mich. Ich fühlte mich versucht, seine Hand zu nehmen, die Wärme seiner Haut zu spüren, hielt mich aber zurück.

»Es geht wohl wieder. Sie hat einige Prellungen, ein Schleudertrauma, eine angebrochene Rippe. Sie braucht Ruhe.«

»Wie ist das passiert?«

»Regennasse Straße. Sie hat die Kontrolle über den Wagen verloren.«

»Ach du Schande! Dein armer Vater, er wird vermutlich ziemlich aufgelöst sein.«

»Das war er gestern. Heute ging es schon viel besser. Er hat mich beruhigt und mir klargemacht, dass ich eher Unruhe bringen würde als Hilfe.«

Wir redeten miteinander wie früher, ganz normal. Als wäre nie etwas passiert, als würde es Maria nicht geben. Plötzlich wurde ich wieder wütend. Warum hatte Martin mich betrogen? Warum musste er mich in diese Situation bringen? Und was wollte er überhaupt in Aachen? Warum war er nicht nach Köln gefahren?

»Ich hoffe, es geht ihr bald besser.« Martin sah mich an. Vermutlich bemerkte er die Wut in meinem Gesicht. Er seufzte, senkte den Kopf in die Hände. »Beschissene Situation, oder?«

»Das kannst du wohl laut sagen. Was willst du hier? Deine Sachen holen?«

Martin schwieg, ich hatte ins Schwarze getroffen. Ich stand auf, schüttelte den Kopf. »O Gott, wie erbärmlich. Du dachtest, ich sei im Norden und du hättest alle Zeit und Ruhe, um gemütlich auszusortieren.«

Er hob den Kopf, sah mich traurig an. »Ja.«

»Dann pack dein Zeug und verschwinde. Soll ich dir helfen?« Ich hätte schreien mögen. »Nein, den Gefallen tue ich dir nicht, die Arbeit kannst du gerne alleine machen.«

»Reg dich nicht auf, Conny. Ich weiß, die Situation ist schwierig, schwierig für uns alle.«

»Schwierig? Für uns alle? Meinst du für mich, dich und dein Herzchen Maria? Ich könnte kotzen, Martin.«

»Maria ist kein Herzchen. Sprich nicht so abwertend von ihr.«

»Aber sie darf abwertend über mich sprechen? Herzlichen Dank. Nein, sag nichts, ich habe euch beide reden gehört, und sie hat über mich keineswegs freundlich gesprochen.« Ich holte tief Luft.

»So ist das doch gar nicht. Die Situation ist angespannt. Für uns alle. Und es ist mein Fehler, das weiß ich. Es tut mir leid, Conny.«

Es tut mir leid, die Worte hallten in meinem Kopf wider. Ich kniff die Augen zusammen.

»Wir müssen den Mietvertrag ändern und uns überlegen, was mit dem Haus in der Eifel wird«, stieß ich hervor.

»Um Himmels willen, Conny. Nun brich doch nicht alles übers Knie ... Bitte, gib mir Zeit. Ich wollte ein paar Sachen holen und dann zu Andreas fahren, nicht zu Maria. Ich muss nachdenken.«

»Dann denk nach! Aber vielleicht bin ich nicht mehr da, wenn du irgendwann ankommst und an früher anknüpfen möchtest.« Ich drehte mich um, rief den Hund und verließ die Wohnung. Im Treppenhaus liefen mir schon wieder die Tränen über die Wangen. Ich fühlte mich verlassen und gedemütigt.

Mit Charlie drehte ich eine lange Runde um die Frankenberger Burg. Sonntagnachmittag, eine Menge verliebter Pärchen und junge Familien nutzten das schöne Wetter. Immer wieder wischte ich mir die Tränen aus den Augen. Nie wieder würde ich glücklich sein, dachte ich und wusste, dass das nicht stimmte. Der Schmerz saß tief und tat weh, aber er würde mit der Zeit vergehen. Zehn gemeinsame Jahre verbanden mich mit Martin. Zehn lange und schöne Jahre. Wir hatten auch schwierige Zeiten überstanden, Probleme bewältigt, Krisen überlebt. Doch diesmal schien es wirklich zu Ende zu sein.

Ich ließ mich auf eine der Parkbänke fallen und vergrub mein Gesicht in den Händen. Warum tat er mir das an? Nachdem ich einige bittere Tränen vergossen hatte, schaute ich auf. Charlie lag vor mir, er wedelte vorsichtig mit der Rute, sah mich fragend an.

Als ich zurück in die Wohnung kam, war Martin weg. Ich fühlte mich enttäuscht und erleichtert zugleich. Irgendwie war damit eine Entscheidung gefallen, dachte ich, auch wenn nichts ausgesprochen war. Da ich vergessen hatte, Wein kaltzustellen, stopfte ich nun zwei Flaschen in den Gefrierschrank und sah mich um. Es fehlte etwas von Martins Kleidung, ein paar seiner Unterlagen, seine Lieblingsbücher. Wirklich viel hatte er nicht mitgenommen.

Die Abendsonne schien auf den Balkon, ich rückte meinen

Stuhl in den Lichtfleck, ließ mich wärmen. Doch es wurde deutlich kühler. Es war immer noch Frühling, kein Sommer. Gerade als ich beschlossen hatte, ins Wohnzimmer umzuziehen, schellte es.

»Liebchen.« Miriam drückte mich an sich, ich prustete verhalten. »Was für ein Schlamassel!« Sie nahm mich bei den Schultern, sah mich prüfend an, drückte mich dann wieder. Ich kannte Miriam, das gehörte einfach zu ihrer Art. Aber heute Abend war ich einfach zu verstört, um es gelassen und mit Humor zu nehmen.

»Willst du mich erdrücken?« Ich stemmte mich aus ihrer Umarmung. »Damit würdest du Martin einen großen Gefallen tun.«

»Du Schmock, ich würde doch nie etwas für ihn und gegen dich tun. Was also ist passiert? Hast du Wein kaltstehen? Wenn nicht, ist nicht schlimm. Ich habe eine Flasche mitgebracht.« Sie ging zielstrebig an mir vorbei ins Wohnzimmer, setzte sich auf das Ledersofa und stellte die Flasche auf den Tisch. »Öffner und Gläser habe ich vergessen, aber damit kannst du sicherlich dienen.«

»Kann ich.« Ich holte Öffner und Gläser, beschäftigte mich intensiv mit beiden, schenkte ein, trank versuchend einen Schluck. Eines vermied ich: sie anzusehen. Miriam schwieg. Sie trank, das erkannte ich aus den Augenwinkeln, sie lehnte sich zurück und wartete. Ich trank einen weiteren Schluck von dem Wein, schaute Charlie an, sah mich um, versuchte Worte zu finden, fand keine. Miriam schwieg immer noch. Schließlich räusperte ich mich.

»Schön, dass du da bist.« Meine Stimme klang lächerlich hoch.

Sie schwieg immer noch. Ich seufzte, wusste, was sie erreichen wollte. »Martin war hier.«

»Wo ist er jetzt?«

»In Köln.«

»Bei ihr?«

Ich zuckte mit den Schultern. »Ich weiß es nicht. Er will

nachdenken. Vielleicht ist er zu Andreas gefahren. Aber ist es nicht egal? Hat er sich nicht schon entschieden? Für sie und gegen mich?«

»Ist das wichtig?«, fragte Miriam.

»Natürlich ist das wichtig. Wenn er sich für sie entschieden hat, habe ich keine Chance mehr.«

»Hat er denn noch eine Chance?«

Ich nahm die Frage in mich auf, ließ sie wirken. Trank einen Schluck Wein, dann noch einen. Ich hatte nicht viel gegessen und würde vermutlich schnell betrunken sein. Es war mir recht. Alles war mir recht, was den Schmerz betäubte. Hatte Martin noch eine Chance? Konnte ich ihm das verzeihen?

»Ich weiß nicht. Nichts wird jemals so sein, wie es war.«

»Das ist vermutlich so. Manchmal ist es aber auch eine Möglichkeit, von vorne anzufangen, aufzuräumen und alles besser zu machen. Aber dazu müssen Entscheidungen getroffen werden. Wie steht es damit bei dir?«

»Ich habe gestern eine Entscheidung getroffen und bin zurück in die Eifel gefahren.«

»Tatsächlich?« Miriam zog die Augenbrauen hoch.

»Ja, mir war eingefallen, dass Sonja sich verfolgt gefühlt hatte.«

»Aber das ist doch Jahre her, oder?«

»Richtig, aber wer sagt uns, dass der Täter nicht schon damals hinter ihr her war? Sie hat es gemerkt und sich vielleicht geschützt, er kam nicht an sie heran. Im Laufe der Jahre ist sie nachlässig geworden, und er hat dazugelernt. Inzwischen beherrscht er die Regeln der Jagd, lauert auf, schlägt zu, wenn es niemand erwartet.«

»Du bist in der OFA?«

Ich nickte.

»Das finde ich großartig. Wer leitet sie?«

»Robert Kemper heißt er. BKA Wiesbaden. Fähiger Mann, nett.« Ich sah Miriam an, sie grinste. »Nein, nicht was du denkst.«

»Was denk ich denn?«

»Nicht auf diese Art und Weise nett. Nett als Kollege.«

»Wirklich? Immerhin hast du dir aber Gedanken darüber gemacht.« Sie hob ihr Glas, prostete mir zu. »Du machst rasante Fortschritte. Unglaublich eigentlich. Ich bin beeindruckt. Aber pass auf – manchmal muss man zwei Schritte vor, aber auch einen zurückgehen. Das ist normal und kein Rückschlag. Mute dir nicht zu viel zu.«

Wir leerten die Flasche Wein, die nächste. Redeten über Männer. Miriam tröstete mich nicht. Schmerzen überwand man am besten, indem man sie zuließ. Es gab nichts, womit ich die Situation ändern konnte. Martin musste sich entscheiden, aber ich mich auch. Wollte ich diese Beziehung überhaupt noch? Diese Entscheidung konnte ich nicht schnell treffen, ich würde Zeit brauchen.

Miriam bestellte etwas vom Chinesen, sie aß mit gutem Appetit, ich kaute an einer Gabel gebratener Nudeln, schob dann den Teller weg, nahm mir noch ein Glas Wein. Irgendwann drehte sich alles, verwischte und verschwamm. Meine Freundin und Mentorin brachte mich ins Bett, ging mit dem Hund raus, legte sich auf das Sofa. Als ich wach wurde, war mir schlecht, schwindelig, mein Kopf drohte zu bersten. Nach zwei Tassen starken Kaffee und einer heißen Dusche ging es mir besser. Miriam machte Rührei mit Speck. Von dem Geruch wurde mir wieder übel, doch ich zwang mich zu essen. Die ganze Zeit hing ein Gedanke in meinem Hinterkopf, den ich nicht greifen konnte. Etwas, das mit der OFA zu tun hatte, aber was?

Ich begleitete Miriam zu ihrem Auto, verabschiedete mich mit dem Versprechen, mich zu melden, und lief mit Charlie zu meiner Praxis am Neumarkt. Heute hatte ich keine Termine, aber dort würde mich nicht alles an Martin erinnern. Ich wollte nachdenken. Nicht über meine Beziehung, sondern über die Fälle.

Wie immer an einem Montag war die Kinderarztpraxis meiner Kollegin nebenan gut gefüllt. Babys weinten, Kleinkinder kreischten, Mütter versuchten zu beruhigen.

Mütter. Ich rief meinen Vater an, er klang zufrieden, meiner Mutter ging es besser, aber sie würde noch zwei weitere Tage in der Klinik bleiben.

»Was ist mit Rita?«, fragte ich leise. »Hilft sie dir? Wäsche? Kochen?«

»Rita ist immer noch in Prag, Conny«, sagte mein Vater. Der Ton seiner Stimme sank um zwei Grad. »Beruflich, sagt sie.«

»Das tut mir leid. Wenn ich kommen und helfen soll …«

»Ich bin zwar alt und mit den Haushaltsdingen nicht besonders vertraut, aber vertrottelt bin ich nicht. Vielleicht ist es ganz gut, wenn ich gewisse Dinge lerne. Unsere Nachbarin hilft mir. Es ist ganz lieb von dir, Conny, aber nicht nötig.«

Diesmal fühlte ich mich nicht abgeschoben. Er hatte recht, es war gut für ihn, wenn er diese Dinge lernte. Der Unfall meiner Mutter hätte auch anders ausgehen können, was wäre dann gewesen? Es war ein komisches Gefühl zu spüren, dass die Eltern plötzlich alt wurden und man sich um sie sorgte, statt andersherum. Ein Gefühl, an das ich mich würde gewöhnen müssen.

Bei der Besprechung in der Eifel hatte ich mir Notizen gemacht, hatte alle Informationen vom Whiteboard abgeschrieben. Nun nahm ich mir diese Notizen wieder hervor. Jahre waren zwischen dem ersten und den nächsten Fällen vergangen. Vier Jahre. Vor fünf Jahren war Sonjas Mutter gestorben. Bei einem Autounfall. Und Sonja hatte sich bedroht und verfolgt gefühlt. Was, wenn tatsächlich der Mörder damals schon hinter ihr her gewesen war? Was, wenn er tatsächlich den Wagen von Sonjas Mutter manipuliert hatte? Dann war das vielleicht sein erster Mord. Er fängt klein an und steigert sich immer mehr. Vor fünf Jahren manipuliert er einen Wagen, verfolgt ein Mädchen, weiß aber noch nicht, wie und wo er sie umbringen soll. Vor vier Jahren dringt er in eine Wohnung ein, tötet eine Frau. Er verlässt die Wohnung überstürzt. Möglicherweise gab es Taten in der folgenden Zeit, irgendwie mochte ich daran nicht glauben. Warum, wusste ich nicht, es war nur ein Gefühl. Die weiteren Taten, die er dieses Jahr beging, hatten so viel mehr Brutalität, waren aber auch so viel ausgeklügelter als die erste. Ich glaubte, dass er seinen Hass und seine Wut drei Jahre lang unterdrückt hatte, um sie nun herauszulassen. Er hatte Pläne entwickelt, dafür gesorgt, dass er die Möglichkeiten hatte, diese auszuführen, und schlug erst dann zu, als er sich ganz sicher war.

Es musste eine Verbindung zwischen den Opfern und dem Täter geben. Es waren keine spontanen Taten, es waren ausgefeilte Morde, voller Wut. Overkill – und alle mit einem Fetisch, dem Fünfmarkstück.

Ich schaltete meinen Computer an, trug »Fünfmarkstück« bei Google ein. Der erste Eintrag war von eBay, danach gab es in Sammlerforen Fragen zu dem Wert verschiedener Markstücke. Das Fünfmarkstück von 1958 mit dem Buchstaben J war ziemlich viel wert, lernte ich. Ich durchforstete einige Seiten, aber auch mit dem Zusatz »Fetisch« kam ich nur auf Münzsammler. Ich suchte in meiner Fachliteratur nach Aufsätzen zum Thema Fetisch, Jedoch fand ich dort nur wenig, was mir geeignet schien. Eine Paraphilie. Aber ein Geldstück als Fetisch?

Fetischismus darf nach ICD-10 nur dann diagnostiziert werden, wenn er so ausgeprägt ist, dass er die wichtigste oder sogar einzige Quelle sexueller Erregung darstellt und den Geschlechtsverkehr für den Betroffenen fast zwanghaft oder qualvoll werden lässt.

Qualvoll war der Geschlechtsverkehr eher für die Opfer gewesen, dachte ich und schalt mich gleichzeitig. Wir wussten fast nichts über den Täter. Vielleicht war es ja tatsächlich seine einzige Art, sich sexuell abreagieren zu können. Er war ichsynton für sich selbst, erlebte sich nicht als krank. Für ihn war die Befriedigung seiner Triebe auf diese Art durchaus normal, nur für seine Umwelt nicht. Möglicherweise hat er seine sadistischen Fantasien immer unterdrückt, und nun schreitet er endlich zur Tat und dies so gewaltvoll, wie es nur ging. Jahrelange unterdrückte Fantasien können zur Qual für den Patienten werden, er fühlt sich schuldig, weil ihn gewisse Gedanken erregen, normaler Geschlechtsverkehr aber nicht. Weil aber das Ausleben dieser Fantasien nicht gesellschaftskonform ist, unterdrücken es viele Menschen.

In den letzten Jahren hat die Akzeptanz für solche Spielarten große Fortschritte gemacht. Mord beinhaltete das jedoch nicht.

Wie passte das Geldstück? Eine Währung, die nicht mehr gebräuchlich war. Entweder war er Sammler, und die Geldstücke hatten auf dem Markt einen Wert, und dadurch, dass er sie bei den Opfern beließ, erfüllte er eine vermutlich nur für ihn verständliche Handlung, die jedoch primär mit dem Akt zu tun hatte. Oder das Geldstück hatte eine andere, wichtige Bedeutung für ihn. Nicht zwangsläufig eine sexuelle, aber doch eine tragende. Ansonsten hätte er nicht jedes Mal Geldstücke am Tatort hinterlassen.

Vielleicht war es aber auch einfach ein Zeichen. Er wollte damit etwas ausdrücken. Gerade die letzten beiden Opfer waren positioniert worden. Der Täter wollte nicht nur, dass sie gefunden wurden, nein, er wollte auch, dass sie genauso gefunden wurden, wie er sie abgelegt hatte. Erniedrigt. Mit Geld – bezahlt?

Bezahlt. Ich lehnte mich zurück, ließ meinen Gedanken freien Lauf.

War es eine Art Sühne? Bezahlte er damit für die Tat? Das würde bedeuten, dass er Schuld empfand. Nein, ich schüttelte den Kopf. Nein, Schuld empfand dieser Täter gewiss nicht. Jedenfalls nicht bewusst.

Das Geldstück sagte etwas anderes aus, aber was? Ich griff zum Telefon, rief Robert Kemper an.

# Kapitel 13

»Conny, ich wollte dich auch gerade anrufen.« Er klang atemlos. »Kannst du nach Köln kommen? Wir haben neue Erkenntnisse.«

»Wichtige?«

»Ja, erzähle ich euch dann. Ich hätte gerne die ganze Truppe wieder versammelt.«

Er nannte mir die Adresse des Präsidiums. Köln, da wohnte Maria. Und wenn er uns alle wieder versammeln wollte, wäre Martin auch dabei. War ich stark genug dafür? Ich überlegte, aber dann siegte die Neugierde.

»In etwa einer Stunde kann ich da sein«, sagte ich.

»Gut. Martin ist nicht zufällig in Aachen? Ihn habe ich noch nicht erreicht.«

Ich schluckte hart. »Nein.« Meine Stimme klang flach.

Nachdem ich aufgelegt hatte, atmete ich ein paar Mal tief ein und aus. Dann rief ich Charlie zu mir. Sollte ich ihn mitnehmen? Es war schon nach Mittag, vielleicht würden wir wieder stundenlang diskutieren, ich hatte gar keine Wahl, als ihn mitzunehmen.

In der Oppenhoffallee stopfte ich ein paar Sachen in meinen Rucksack, nahm das Hundefutter, schaute mich noch mal um. Mein Blick streifte den Spiegel. Hohlwangig sah ich aus, die Haare strähnig, das Gesicht verkniffen. Nicht die beste Ausgangssituation für einen Vergleich mit der puppenhaften Maria.

Dies ist kein Wettstreit, Conny, schalt ich mich, es geht um Mord.

Die Fahrt nach Köln zog sich endlos lange hin. Ich steckte zwischen zwei Lastwagen fest und kam nicht auf die linke Spur. Kurz vor Köln hatte es einen Unfall gegeben, nur eine Fahrbahn war frei. Stop-and-go. Meine Nerven lagen blank, und ich trommelte einen Dreivierteltakt auf dem Lenkrad, gleichmäßig wie ein Metronom.

Robert hatte mir nicht sagen wollen, welche neuen Erkenntnisse es gab. Ein Hinweis auf den Täter, den wir bisher übersehen hatten? Ich war immer mehr davon überzeugt, dass es ein persönliches Motiv geben musste. Der Mörder war intelligent, vorausschauend. Er plante sicher und gezielt, führte seine Taten mit Präzision aus. Und doch war er sicherlich nur äußerlich gelassen, in ihm, das glaubte ich fest, tobte eine glühende Wut.

Wieder ein paar Meter fahren, stehenbleiben, fahren. Die Hitze stand zwischen den Wagen, die Abgase füllten die Luft. Charlie lag auf der Rückbank. Hin und wieder schnaufte er laut. Ich konzentrierte mich auf den Verkehr, dachte über den Fall nach, wechselte ständig die Radiostation, um Lieder zu finden, die mir zusagten. Nur keine Liebeslieder, nichts, was mich an Martin denken ließ. Den Gedanken an ihn verbot ich mir. Dass ich ihn gleich wieder sehen würde, verbannte ich so gut wie möglich aus meinem Kopf. Endlich erreichte ich die Innenstadt, parkte im Parkhaus, nahm die Tasche und leinte den Hund an. Robert kam mir im Eingang entgegen.

»Du hast Charlie mitgebracht?«

»Hätte ich ihn auf der Autobahn aussetzen sollen?«, erwiderte ich scharf und strich mir mit dem Unterarm über die Stirn. Meine Schultern waren verkrampft, ich war ganz und gar angespannt.

»Ist kein Problem, Conny. Es war nur eine Frage. Der Raum ist dahinten.« Er ging mir voraus.

In dem Besprechungszimmer roch es nach abgestandener Luft und alten Brötchen. Ein großer Resopaltisch stand in der Mitte des Raumes, das Plastik an einigen Stellen abgeplatzt. Unzählige Kaffeetassen hatten dunkle Ringe auf dem Tisch hinterlassen, Zigarettenasche Löcher hineingebrannt. Die Tischplatte erinnerte mich an eine seltsame Landkarte.

Julius stand am Fenster und rauchte. Ich hatte im Eingangsbereich ein Schild gesehen, dass Rauchen in diesem Gebäude verboten war, doch anscheinend hielt sich niemand daran.

Thorsten saß am Tisch und studierte eine Akte. Die beiden

schauten kurz hoch, als wir hereinkamen, und nickten uns zu. Von Andreas und Martin war nichts zu sehen.

»Möchte jemand Kaffee?«, fragte Robert.

»Schmeckt er besser als die Plörre der Aachener Polizei?« Ich lächelte. »Soll ich dir helfen?«

Wir gingen den Gang hinunter zu einer kleinen Küche. Robert setzte Kaffee auf, durchsuchte die Schränke nach sauberen Tassen, fand keine. Auf der kleinen Arbeitsfläche stapelte sich das dreckige Geschirr.

»Wir werden spülen müssen.« Ich ließ Wasser in die Spüle laufen, es war kochend heiß.

»Weshalb hast du mich eigentlich angerufen?« Robert untersuchte das Geschirrtuch, das schon ewig nicht mehr in einer Waschmaschine gewesen zu sein schien. Er zuckte mit den Schultern und begann, die Tassen abzutrocknen, die ich ihm reichte.

»Es geht um die Münzen, sie beschäftigen mich, haben eine Bedeutung, hinter die ich nicht komme. Weißt du zufällig, ob es Sammlerstücke sind?«

»Ich bin mir nicht sicher, ob das überprüft worden ist.«

»Einige Fünfmarkstücke sind heutzutage recht wertvoll.«

»Und was würde das bedeuten?«

»Auf Anhieb fallen mir zwei Möglichkeiten ein: Er ist Sammler. Sammeln hat auch etwas mit Leidenschaft zu tun. Oder die Geldstücke sind sein Fetisch.«

»Sie haben also eine sexuelle Bedeutung?«

»Nicht zwingend sexuell, aber eine wichtige Bedeutung werden sie für ihn haben. Falls wirklich eines der Geldstücke einen hohen Wert hat, könnte das aufzeigen, wie wichtig ihm die Tat war. Aber das ist alles reine Spekulation, solange wir nicht mehr über den Täter wissen.« Ich sah ihn fragend an, er nickte aber nur.

Als wir zurückgingen, ich mit der Kaffeekanne in der Hand und Robert mit den Tassen, Milch und Zucker auf einem Tablett, kamen uns Andreas und Martin entgegen. Wir nickten uns knapp zu, ich schaffte es nicht, Martin anzusehen.

Wir setzten uns, Robert legte seine Hände vor sich auf den Tisch, schaute uns an. Die Atmosphäre war angespannt, schien fast zu knistern.

»Ich habe euch hergerufen, weil es neue Erkenntnisse gibt. Wir wissen nun, wer der tote Mann ist.« Er hielt inne, kratzte sich hinter dem linken Ohr.

Nun mach es doch nicht so spannend, dachte ich verärgert. Er erinnerte mich an einen Magier, der sein Publikum in Atem hält, kurz bevor er das Kaninchen aus dem Zylinder zieht.

»Heinrich Mueskens, achtundsiebzig Jahre alt, verwitwet, keine Kinder. Er lebte alleine, eine Nachbarin hat immer nach ihm geschaut. Als sie am Freitag von einem längeren Besuch bei ihrer Tochter zurückkam, stellte sie fest, dass er verschwunden ist. Außerdem fanden sich Spuren von Kampf in seiner Wohnung. Die Spurensicherung ist schon dort, auch einige Leute der SOKO. Ich warte auf neue Informationen.« Robert schaute in die Runde, rieb sich mit der Hand über den Nacken. Er sah müde aus.

»Was wissen wir noch über das Opfer?«, fragte ich leise. Aussagen über die Opferpersönlichkeit konnten unter Umständen zum Täter führen. Jetzt, wo wir wussten, wer der alte Mann war, konnte man vielleicht Parallelen zu den anderen Toten herstellen. Ein alter Mann und die junge Sonja. Mir wollte immer noch nicht einfallen, welche Verbindung es da geben konnte, außer durch den Täter selbst.

»Alles, was ich bisher weiß, habe ich in einem kurzen Bericht zusammengefasst.« Robert reichte jedem von uns ein Blatt. Viel stand nicht darauf.

Mueskens hatte jahrelang einen kleinen Gasthof am Rande der Gemeinde Aremberg in der Eifel geführt. Da er keine Kinder hatte, verkaufte er nach dem Tod seiner Frau vor zehn Jahren den Gasthof, blieb jedoch dort wohnen. Er hatte eine kleine Wohnung in einem Nebengebäude. Die Gastwirtin kümmerte sich um ihn. Sie schloss das Gasthaus vor drei Wochen, um ihrer Tochter beizustehen, die ihr erstes Kind bekommen hatte. Nun war sie zurückgekehrt. Ich setzte mich auf, strich mir durch die Haare. Natürlich, jetzt beginnt die Saison in der Eifel wieder, dachte ich. Drei Wochen waren schon eine lange Zeit in der Gastronomie. Irgendetwas nagte plötzlich an mir, ein Gedanke, den ich nicht wirklich zu packen bekam. Ich nahm das Blatt, las weiter.

Mueskens hatte den Gasthof von seinem Vater übernommen, das war fünfzig Jahre her. Also waren sie eine alteingesessene Familie, anders als wir in Hechelscheid.

Ich sah kurz zu Martin, er starrte aus dem Fenster, in Gedanken vertieft. Auch er sah müde aus, hatte dunkle Ringe unter den Augen. Die Stirn hatte er in Falten gelegt, ein sicheres Zeichen dafür, dass er Kopfschmerzen hatte. Am liebsten wäre ich aufgestanden und zu ihm gegangen, wollte seine Schultern massieren und ihm »Alles wird gut« ins Ohr flüstern. Aber so einfach war es nicht.

Aremberg, ich überlegte, das war sicher gut eine Stunde Fahrt bis nach Aachen. In Aachen hatte Sonja gelebt. Immerhin näher als Flensburg. Die Frau aus Flensburg war auch älter gewesen.

»Kann ich die Akte einmal haben?«

Robert sah mich erstaunt an, nickte dann und schob mir den dicken, roten Pappordner zu. »Was suchst du denn?«

»Wie viel wissen wir über die Frau aus Flensburg? Hat sie schon immer im Norden gelebt? Oder kommt sie vielleicht hier aus der Gegend?«

»Du suchst nach Verbindungen zwischen den Opfern? Gute Idee. Soweit ich weiß, stammte sie aus Flensburg, aber schau selbst.«

Einen kurzen Lebenslauf fand ich in der Mordakte. Gerda Hoffmann, geborene Liffers, siebensechzig Jahre alt, als sie starb, geschieden, kinderlos. Sie war Hotelfachfrau gewesen. Gastronomie. Das war schon mal ein gemeinsamer Punkt. Kannte sie Mueskens? Zwei Jahre vor ihrer Hochzeit, Ende der sechziger Jahre, hatte sie einige Zeit in Düsseldorf gearbeitet.

Düsseldorf, nicht die Eifel. Aber vielleicht hatte sie doch

Kontakte dorthin gehabt. Ich sah Robert an, schob ihm die Akte zu.

»Kannst du das überprüfen lassen? Alte Kollegen, Freunde, Familie? Vielleicht kannte sie Mueskens, die Gastronomieszene ist wie eine große Familie.«

»Ja,« er nickte, »gute Idee.« Er nahm sein Telefon, wählte, sprach mit jemandem. Ich las wieder in den Unterlagen, aber meine Gedanken schweiften ab. Die Nachbarin des alten Mannes war bei ihrer Tochter, hatte diese betreut, als das Kind kam. So sollte es sein. Mein Vater hatte mich angerufen, als meine Mutter den Unfall hatte. Nun versuchte er es erstmal alleine, hatte aber die Option, dass ich jederzeit kommen würde. Familie. Blut ist immer dicker als Wasser. Wo war Rainer Kluge, nachdem seine Frau verunglückt war und seine Tochter voller Ängste zu Hause saß? Er war fast sofort auf Geschäftsreise gegangen. Das Kind war voller Ängste, Phobien, und er fuhr einfach weg? Das war nicht stimmig und passte nicht zu dem treusorgenden Vater. Ich schob den Gedanken beiseite, das hatte nichts mit den anderen Fällen zu tun.

»Könnte der Täter aus der Gastronomieszene kommen?« Robert sah mich nachdenklich an.

»Möglich, aber wie passt Sonja dann dazu? Ich bin immer noch von einem Opfer-Täter Bezug überzeugt, uns fehlen nur die nötigen Puzzlestücke. Wir wissen auch viel zu wenig über Sonja. Über ihr Leben, ihre Freunde, Hobbys.«

»Das SOKO-Team ist noch dran. Sie versuchen, weitere Details herauszufinden.«

Plötzlich wurde es unruhig auf dem Flur und in dem Raum nebenan. Schritte, Stimmen, Stühle wurden gerückt. Jemand klopfte an die Tür, öffnete sie.

»Ihr seid das OFA-Team? Wir sind die SOKO zum Nachteil von Heinrich Mueskens. Julius, kommst du rüber?«

Julius sah Robert an, zuckte dann mit den Schultern. »Ich halte euch auf dem Laufenden.«

»Jetzt, da wir wissen, wer das Opfer ist, können wir vielleicht den Täter aus der Reserve locken.« Robert nickte zufrieden.

»Cold Case Management?«, fragte Thorsten.
»Eher proaktive Strategien.«
»Du willst ihn verunsichern, indem du die Massenmedien einschaltest?« Ich schenkte mir Kaffee ein, spürte, wie abgespannt ich war.
»Es wäre eine Möglichkeit, um ihn aus der Reserve zu locken.«
»Das funktioniert fast immer nur bei Tätern, die entweder absolut von sich selbst überzeugt sind oder völlig verunsichert.« Ich dachte nach, wie schätzte ich den Täter ein? Intelligent war er ganz bestimmt. Sein Modus Operandi hatte sich verändert, er hatte dazugelernt, sich verbessert. Und er war von Tat zu Tat brutaler vorgegangen. Seine Wut hatte er also nicht abreagiert, sie war stattdessen gewachsen. Es gab natürlich verschiedene Möglichkeiten, über Massenmedien auf Täter Einfluss zu nehmen. Man konnte ihn durch gezielte Falschinformationen provozieren. Manche Täter setzten sich dann über die Medien mit der Polizei in Verbindung, um die Sache klarzustellen oder den Bericht zu verbessern.
Was war diesem Täter wichtig? Welche Konstante wiesen die Fälle auf? Die Geldstücke fielen mir ein. Diese Konstante hatte es seit dem ersten Fall gegeben. Möglicherweise kamen wir so an ihn heran.
»Robert, ich denke, die Geldstücke sind wichtig. Es wäre gut zu wissen, ob sie Sammlerwert haben.«
Robert zog die Augenbrauen zusammen, nickte dann aber. »Falls sie wertvoll sind, könnten wir eine Meldung darüber herausgeben. Keine dumme Idee.« Wieder griff er zum Telefon. »Es wird eine Weile dauern, aber der Ansatz gefällt mir.«
Ich streckte mich, versuchte meine Muskeln zu lockern. »Ich muss mal eine Weile an die Luft.« Charlie sah mich erwartungsvoll an, als ich aufstand. Ich nickte ihm zu, sofort sprang er auf, wedelte freudig mit der Rute.
Die Dämmerung brach herein, bald würde es dunkel sein. Ich tröstete mich mit dem Gedanken, dass die Sonne jeden Tag ein paar Minuten später unterging und die warmen Som-

mermonate vor uns lagen. Mit dem Hund zusammen ging ich die Straßen entlang, einmal ums Karree. Anschließend fütterte ich den Hund. Anstandslos legte er sich wieder mir zu Füßen, als ich mich an den Tisch setzte.

»Es gibt noch nicht viel Neues aus Aremberg, aber eins ist sicher, die Tat hat nicht in Mueskens Haus stattgefunden. Er ist dort eventuell überwältigt worden, es gibt Anzeichen eines Kampfes und auch geringe Blutspuren. Ob sie vom Opfer stammen, wird noch überprüft«, informierte mich Robert.

Im Nebenraum ging es hektisch zu, ständig klingelte ein Telefon, Stimmen sprachen durcheinander. Jeder kleinste Hinweis konnte zum Täter führen.

Nun würde das Umfeld des Opfers untersucht werden, seine sozialen Kontakte, die Routinehandlungen, seine Gewohnheiten. Das Haus, jeder Schrank und jede Schublade würden untersucht werden. Die Nachbarn und Angehörigen würden befragt werden. Das nahm viel Zeit in Anspruch, und es war nicht sicher, ob es irgendeinen Hinweis auf den Täter geben würde.

Ich erhoffte mir Informationen über den Mann, damit ich mir ein Bild von ihm machen konnte. Irgendwo gab es einen Berührungspunkt zwischen ihm und dem Täter.

»Martin, vielleicht können wir noch einmal die Verletzungen durchgehen«, bat ich mit leiser Stimme.

»Wieso?« Er wirkte verärgert. Aber möglicherweise bildete ich mir das nur ein. Ich hatte mir überlegt, ihn während der OFA ganz normal zu behandeln, so als wäre nichts passiert. Aber vielleicht war ihm das nicht möglich.

»Man könnte versuchen, die Verletzungen zu interpretieren, um so herauszufinden, wie die Tatvorstellung des Täters ist. Ich habe mich bisher nicht intensiv mit den Verletzungen auseinandergesetzt, muss ich zugeben. Aber vielleicht ist es wichtig.«

»Das Gewaltpotenzial des Täters ist enorm.« Martin nahm die Akte und kam zu mir. Als er sich neben mich setzte, berührte er mich flüchtig und unbewusst. Fast wäre ich zurückgeschreckt. Für einen Moment hielt er den Aktendeckel mit den Fotos in der Hand, schien zu überlegen, dann sah er mich an.

»Es sind grausame Verletzungen. Bist du dir sicher, dass du dir das ansehen willst?«

Ich schluckte, nickte zögernd.

»Nun gut.« Er öffnete die Akte. »Heinrich Mueskens wurde auf einem Rastplatz gefunden. So einem kleinen Rastplatz ohne Tankstelle. Er wurde auf einer Bank positioniert, der Oberkörper lag über der Rückenlehne. Hier.« Er reichte mir ein Foto.

»O Gott!« Ich starrte das Bild an. Der Mann war in eine kniende Position gebracht worden, die Arme und der Kopf hingen nach hinten über die Lehne, seine Beine waren gespreizt. Das Gesäß war deutlich im Mittelpunkt dieser Positionierung.

»Er wurde mit Klebeband fixiert. Der Täter wollte, dass man ihn so und nicht anders findet.« Martin sah mich an, reichte mir ein Glas Wasser. »Das ist erst der Anfang, Conny.«

»Ich weiß. Weiter.«

»Die Leichenstarre war schon wieder aus dem Körper gewichen. Ich gehe davon aus, dass der Mann schon mindestens zwei Tage tot war, bevor er auf den Parkplatz gebracht wurde. Leichenflecken gibt es kaum, auch nur wenige Blutspuren. Er ist ausgeblutet worden, und das langsam. Hier.« Er gab mir ein weiteres Foto. »Siehst du die Schnitte?«

Mueskens lag bei diesem Bild auf dem Edelstahltisch der Pathologie. In der Leiste und unter den Rippen konnte ich ganz feine Striche erkennen. Die Wundränder klafften nicht auseinander.

»Es sieht aus, als hätte er ein Skalpell oder eine sehr scharfe Klinge benutzt. Du siehst es nicht auf den Bildern, aber die Schnitte wurden mehrmals hintereinander an den gleichen Stellen durchgeführt, wahrscheinlich immer dann, wenn die Gerinnung einsetzte und die Wunde sich zu schließen drohte.«

Ich verzog das Gesicht. »Ist er daran gestorben?«

»Nein, aber vermutlich hätte es nicht mehr lange gedauert. Es ist zu Organversagen gekommen. Gestorben ist er an dem Schnitt durch die Kehle.«

»Durch die Kehle, das ist die Wiederholung seiner ersten Tat, des Mordes an Gerda Hoffmann.«

Überrascht sah Martin mich an. »Richtig, daran habe ich noch gar nicht gedacht.«

»Bei der Hoffmann schneidet er die Kehle durch. Arterielles Blut spritzt aus der großen Wunde, besudelt alles. Möglicherweise hat er sich davor geekelt. Er hat das Opfer erst nach ihrem Tod vergewaltigt und vermutlich nur einmal. Es hat ihn angewidert. Das passiert ihm nicht noch mal. Bevor er wieder tötet, lässt er das Opfer ausbluten, langsam aber stetig.«

»Das klingt schlüssig.« Robert hatte uns anscheinend zugehört.

»Die Positionierung ist ungewöhnlich.« Ich nahm wieder das erste Bild vom Parkplatz zur Hand. »Das Opfer wurde anal missbraucht.« Es war keine Frage, es war deutlich zu sehen. Der After war aufgerissen, blaue Flecke bedeckten das Gesäß, ebenso Striemen.

»Nicht nur anal. Wir haben auch Spermaspuren in der Mundhöhle gefunden.«

»Vergewaltigt. Auf brutale Art und Weise.« Da war etwas, ein Gedanke, den ich einmal wieder nicht fassen konnte. »Die Positionierung erniedrigt das Opfer. Wie wurde Sonja gefunden?«

»Bist du dir sicher, dass du die Bilder sehen willst? Du kanntest Sonja, hast weniger Distanz zum Opfer …«

»Nun mach schon, Martin.«

Er seufzte tief, nahm dann die andere Mappe hervor, schlug sie auf. »Auch Sonja wurde auf einem einfachen Rastplatz positioniert. Auch auf einer Bank.«

Das nackte Mädchen starrte mit toten Augen in die Kamera. Doch die Augen waren mit Geldstücken belegt. Auf jedem Auge eines. Das ließ ihr Gesicht wie eine Fratze erscheinen, eine seltsame Maske. Die Züge waren vom Todeskampf verzerrt. Auch ihr war die Kehle durchgeschnitten worden. Vielleicht war die Wiederholung der ersten Tat vom Täter ritualisiert worden.

Ihre Beine waren gespreizt, die Knie fielen locker nach außen. Irgendetwas sah seltsam aus. Ich nahm das Foto in die Hand, schaute genauer hin.

»Es ist ein kleines Kissen, Conny. Der Täter hat es ihr unter das Gesäß geschoben, so dass die Scham direkt und deutlich zu sehen ist.«

»Wieder eine sexualisierte Positionierung. Die Taten müssen etwas mit Sex zu tun haben.«

»Ein alter Mann, eine alte Frau und ein junges Mädchen?« Robert schüttelte den Kopf. »Das ergibt doch keinen Sinn. Er ist kein Triebtäter.«

»Das habe ich auch nicht gesagt. Vielleicht hat es etwas mit Vergeltung zu tun?«

In diesem Moment klingelte Roberts Handy. Er nahm das Gespräch an, lauschte, legte dann auf.

»In Mueskens Haus ist eine große Münzsammlung gefunden worden.«

# Kapitel 14

»Münzen?« Ich sog die Luft ein. War da die Verbindung zum Täter? Hatte vielleicht die Frau aus Flensburg auch Münzen gesammelt? Sonja oder ihr Vater? Mir fiel ein, dass Sonjas Vater mich zurückrufen wollte. Wann hatte ich mit ihm gesprochen? Am Samstag, heute war Montag, und er hatte sich bisher nicht gemeldet. »Ihr müsst überprüfen, ob die anderen Opfer auch ...«

»Ja, ja«, unterbrach Robert mich. »Schon klar und schon veranlasst. Das könnte die Spur sein.« Er sah mich an, zog die Stirn in Falten. »Was sagtest du? Vergeltung? Habgier ist auch ein starkes Motiv. Vielleicht hatten sie etwas, was er nicht hatte. Und dafür hat er sie bestraft. Das würde auch das unterschiedliche Alter und Geschlecht der Opfer erklären.«

Martin sah mich fragend an.

»Ja«, sagte ich. »Das könnte einen Sinn ergeben. Ein fanatischer Sammler. Die Geldstücke in den Opfern symbolisieren seine Begierde. Auch der Ort, wo er sie versteckt hat, ist ein Zeichen. Bei Mueskens im Darm: ›Steck dir die Münzen sonst wohin.‹ Bei Sonja auf den Augen – ›jetzt siehst du nichts mehr.‹ Oder: ›Du siehst, was es wert war.‹ Die steigende Brutalität und die schweren Verletzungen der Opfer, Overkill und Ausbluten, könnten auf eine schwache Persönlichkeit des Täters hindeuten. Er definiert sich über seine Sammlung, erreicht nicht, was er will, will sich rächen, und seine Rache ist gnadenlos. Er wurde abgewiesen, vielleicht verhöhnt. Möglicherweise hat er zudem noch eine sexuelle Persönlichkeitsstörung. Bei seinen Opfern kann er sich austoben. Herabgesetzte Impulskontrolle, jedes Mal stärker. Er ist ja erfolgreich, überwindet in der Situation mit den gefangenen Opfern seine Frustration, sein mangelndes Selbstwertgefühl. Durch die tagelangen Quälereien wertet er sich auf.« Ich holte tief Luft.

»Das ist eine gute Analyse, Conny. Vielleicht können wir damit etwas anfangen. Es wird dauern, bis wir herausgefunden haben, ob die anderen Opfer auch Münzen gesammelt haben und in der Hinsicht aktiv waren. Aber irgendwie glaube ich daran. Vielleicht möchte ich es auch einfach nur glauben, damit wir endlich eine Spur haben, etwas, wo wir ansetzen können.« Er grinste schief, schaute dann auf seine Uhr. »Die Kollegen werden die Nacht durcharbeiten und recherchieren. Wir sollten uns bis morgen vertagen.« Er nickte uns zu, strich sich müde über das Gesicht.

Du wirst, dachte ich, sicherlich nicht nach Hause und zu Bett gehen. Du bleibst hier und verfolgst die Ermittlungen. Was war mit mir? Was sollte ich machen? Zweifelnd sah ich aus dem Fenster. Es war inzwischen dunkel geworden, und ich fuhr ungerne nachts. Doch ich hatte vermutlich keine andere Wahl, als nach Aachen zurückzufahren.

Leise seufzend stand ich auf, Charlie hob den Kopf.

»Conny?« Martin sah mich an. Schmerz lag in seinen Augen. »Du kannst bei mir schlafen.«

Ich dachte darüber nach, eine Sekunde, vielleicht zwei, aber es fühlte sich nicht gut an.

»Nein.« Ich schüttelte den Kopf.

»Ich nehme das Sofa.«

»Nein. Wir würden uns nicht guttun, nicht jetzt.« Ich merkte, wie die ganzen Anklagen, die ich verdrängt hatte, in mir hochstiegen. Meine Wut auf ihn, auf Maria.

»Es ist deine Entscheidung, du weißt, wo die Wohnung ist.« Er stand auf und ging zur Tür, sein Gang war seltsam steif, fast hölzern, als würde er sich nur unter Anstrengung aufrecht halten. Ich biss die Zähne so fest zusammen, dass mein Kiefer schmerzte.

»Constanze?« Robert berührte mich leicht am Arm. Er lächelte verlegen. »Ich habe dich schon wieder in eine schwierige Situation gebracht.«

»Ich fahre nicht gerne im Dunkeln.«

»Meine Tante wohnt in Köln, ich bin bei ihr untergekommen. Du könntest dort auch übernachten.«

Ich schüttelte den Kopf. »Das geht doch nicht.«

»Warum?«

Ja, warum eigentlich nicht, dachte ich, aber ich sagte: »Ich kann doch nicht einfach mit zu deiner Tante kommen, das gehört sich nicht.«

»Deine Eltern haben dir Manieren beigebracht, ich schätze so etwas. Aber hier geht es nicht um ›bitte‹ und ›danke‹, sondern um eine schwierige Situation während einer OFA.« Er lächelte.

»Aber …«

»Lass mich ausreden. Das Haus ist groß genug, es gibt ein Gästezimmer. Außerdem ist meine Tante verreist.«

»Ich weiß nicht«, sagte ich unschlüssig.

»Conny, das ist hier nicht so eine Frage wie: Gehen wir zu dir oder zu mir? Wir sind Kollegen, und ich verspreche, ich werde ein vollendeter Gentleman sein.«

Ich lachte, die Anspannung löste sich ein wenig. »Na gut, wenn du dir sicher bist, dass deine Tante nichts dagegen hätte …«

»Nein, sie ist ein großherziger Mensch, meine absolute Lieblingstante. Und selbst wenn, sie bräuchte es gar nicht zu erfahren.« Er zwinkerte mir zu. »Ich muss nur eben noch etwas abklären, dann können wir fahren.«

Eben noch etwas abklären, das kannte ich von Martin. Bei ihm dauerte »eben« schon mal eine Stunde oder länger. Seufzend ließ ich mich wieder auf den Stuhl fallen, rief den Hund zu mir. Charlie legte den Kopf auf meinen Schoß, ließ sich von mir hinter den Ohren kraulen.

»Wir sind in einer verzwickten Situation«, flüsterte ich ihm zu. »Aber auch das werden wir überstehen. Irgendwie.«

Keine fünf Minuten später stand Robert vor mir. »Wir können fahren.«

Überrascht stand ich auf, griff nach meinem Rucksack. Robert suchte die Akten zusammen, nahm sie mit.

»Ich hätte darauf gewettet«, sagte ich lächelnd zu ihm, als wir in seinem Wagen saßen, »dass du im Präsidium bleibst und die Ermittlungen verfolgst.«

Für einen Moment schwieg er. »Du hättest die Wette gewonnen«, sagte er dann leise.

»Und warum?«

»Ich kann dich doch unmöglich jetzt hängen lassen. Irgendwie fühle ich mich für dich verantwortlich.«

»Verantwortlich? Ich bin schon eine ganze Weile erwachsen.«

»Ja, aber ich habe dich angerufen und dich hierher gebeten.«

»Der Fall interessiert mich.«

»Das ist sicher ein guter Grund, um zu kommen.«

»Der beste.« Ich grinste und war froh, dass es zu dunkel war, als dass er mich sehen konnte.

»Und trotzdem hat es dich in eine unangenehme Lage gebracht.« Er stockte. »Dass du nicht mit Martin gegangen bist, kann ich gut verstehen.«

»Die fachliche Zusammenarbeit scheint ja zu funktionieren. Man muss das nicht überstrapazieren.« Ich wollte nicht über Martin reden.

»Deine Einschätzung des Täters fand ich ziemlich gut. Ich hoffe, wir kommen ihm auf die Spur.«

»Die Möglichkeit ist durchaus gegeben. Wir müssen nur herausfinden, ob es eine Verbindung zwischen den Opfern und dem Täter gab. Da wird dann auch das Motiv zu finden sein.« Wir steuerten wieder sicheres Gelände an. Ich lehnte mich zurück.

»Wir müssen uns noch intensiver mit der Tathergangsanalyse befassen.«

»Nun ja, das haben wir ja gerade begonnen. Aber nachdem ich die Bilder gesehen habe, bin ich tatsächlich froh über eine Unterbrechung.«

Er warf mir einen schnellen Blick zu, setzte dann den Blinker, fuhr in eine Einfahrt. »Wir sind da.«

Ich hatte nicht auf die Strecke geachtet, wusste nicht genau, wo in Köln wir nun waren. Irgendein Vorort musste es sein. Ältere Siedlungshäuser standen neben neuen Reihenhäusern. Das Haus der Tante gehörte zur ersten Gruppe. Wir stiegen aus dem Wagen, Robert nahm meinen Rucksack. Ganz Gentleman, dachte ich und musste grinsen, so wie er es versprochen hatte.

Er schloss die Tür auf und ließ mich eintreten. Ich hatte einen dunklen Flur erwartet, Linoleum, vielleicht sogar einen leicht staubigen Geruch. Doch es roch frisch nach Blumen. Robert schaltete das Licht ein. Erstaunt sah ich mich um: weiße Fliesen, ein raumhoher Spiegel, ein großformatiges abstraktes Bild. Langsam folgte ich Robert.

»Hier rechts ist das Wohnzimmer, da vorne die Küche, daneben das Esszimmer. Das Gästeklo ist hier links. Oben sind die Schlafräume und das Badezimmer. In der Mansarde hat meine Tante ihr Arbeitszimmer.« Er öffnete die Tür zur Küche, machte Licht, nahm eine Schüssel aus dem Schrank und gab Charlie Wasser.

Über die Küche staunte ich noch mehr als über den Flur. Hochmoderne Geräte, exklusive Möbel, teuer und gut.

»Du bist dir sicher, dass wir im richtigen Haus sind?«, fragte ich verwundert.

Robert lachte. »Der Schlüssel passte doch. Wieso?«

»Ich habe etwas anderes erwartet.«

»Meine Tante hat das Haus von meinen Großeltern geerbt, vor vier Jahren. Sie hat es modernisiert.« Er ging in das angrenzende Esszimmer, machte auch dort Licht. Statt eines Kronleuchters hing eine sehr moderne und ausgefallene Lampe von der Decke, ein Glastisch stand in der Mitte des Raumes.

»Wow, sehr schick«, entfuhr mir.

»Meine Tante hat einen ausgefallenen Geschmack, sie ist Architektin. Und im Moment ist sie in Italien und arbeitet dort an einem Projekt.«

»Wie alt ist sie?«

»Tante Margit ist dreiundvierzig. Zwei Jahre jünger als ich.« Er sah meinen Blick und lachte. »Sie ist die Schwester meiner Mutter. Eigentlich die Halbschwester, mein Großvater hatte ein zweites Mal geheiratet. Eine komplizierte Familiengeschichte, ich will dich damit nicht langweilen.«

»Das erklärt einiges. Familiengeschichten können sehr spannend sein.« Ich schaute mich um, sah zu Charlie, er wirkte unruhig. »Du kannst mir gleich von deiner Familie erzählen, aber erst einmal muss der Hund wohl raus.«

»Wenn du die Straße hinuntergehst, kommst du zu einem kleinen Park. Aber merk dir die Hausnummer«, sagte Robert lächelnd.

Es duftete nach Frühling, eine Ahnung von dem kommenden Sommer lag in der Luft. Ich ging durch den kleinen Park, ging und ging, kehrte irgendwann um. Jeden Gedanken an Martin versuchte ich mir zu verbieten, und doch kochten die

Eifersucht und Wut, die Enttäuschung und auch die Hoffnungslosigkeit immer wieder in mir hoch. War es ein Fehler gewesen, nicht mit zu ihm zu fahren? Hätten wir so nicht die Gelegenheit zu einer längeren Aussprache gehabt? Die Vogel-Strauß-Taktik war nicht dazu angetan, Probleme zu lösen, eigentlich wurde dadurch alles nur schlimmer. Ich überließ Maria kampflos den Boden. Stattdessen war ich hier, irgendwo in Köln, bei einem Mann, den ich nicht kannte. Ich fühlte mich versucht, mein Handy zu nehmen und Martin anzurufen, aber tat es nicht. Wenn er mich wirklich bei sich haben wollte, hätte er sich melden können. Trotzig bin ich, dachte ich, wie ein vierjähriges Kind. Dann drehte ich um.

Ich schellte, nachdem ich zweimal die Hausnummer überprüft hatte, Robert öffnete die Tür. Köstlicher Duft kam mir entgegen. Rosmarin und Zwiebeln, etwas Exotisches, was ich nicht einordnen konnte.

»Hast du Essen bestellt?« Plötzlich merkte ich, wie hungrig ich war.

»Nein, ich koche.« Er drehte sich zu mir um und lachte. »Wirklich. Pizza und Pommes sind ja praktisch, und Lieferdienste retten manchmal Leben, wenn man in einer OFA ist, aber auf die Dauer mag ich Fastfood nicht. Ich weiß vom Staatsanwalt, dass du eine hervorragende Köchin bist. Sei nicht zu streng mit mir.«

Er hatte den Tisch im Esszimmer gedeckt, schlichtes Geschirr, schöne Gläser, Kerzen. Mein Glas war mit kaltem Weißwein gefüllt, Kondenstropfen verzierten das Glas wie Perlen. Sie funkelten im Kerzenschein. Es sah toll aus, eine Spur zu romantisch für meine Stimmung. Meine Zweifel wuchsen. Hatte Robert gar andere Intentionen, als nur einer Kollegin eine Unterkunft zu bieten?

Zögernd setzte ich mich, wies Charlie an den Platz, er legte sich mir zu Füßen. Inzwischen kannte ich den Hund genau, hatte mit ihm trainiert. Er gehorchte auf Handzeichen und würde mich beschützen. Das gab mir Sicherheit. Ich nahm das Glas, trank einen kleinen Schluck.

»Essen kommt sofort«, rief Robert aus der Küche.

»Kann ich helfen?«, fragte ich, doch er antwortete nicht.

Kurze Zeit später trug er das Essen auf, es roch verführerisch. Dorade in Rosmarin-Speckmantel zu kleinen Kartoffeln in einer Kräutersoße und Salat.

»Wahnsinn.« Ich starrte auf meinen Teller und traute kaum meinen Augen. »Wo kommt das denn so schnell her?«

»Die Vorratskammer und das Eisfach meiner Tante sind gut gefüllt, und außerdem war ich heute Morgen einkaufen. Das war, bevor der Anruf aus dem Polizeipräsidium kam.« Er schaute sich um, verzog plötzlich das Gesicht. »Herrje. Entschuldige.«

»Was?«

»Ich habe ja maßlos übertrieben. Das sieht ja aus, als würde ich mich für das ›Perfekte Dinner‹ bewerben.«

Ich lachte, es brach aus mir heraus. Robert sah mich an, Röte überzog sein Gesicht, dann senkte er den Kopf.

»Es ist mir entsetzlich peinlich. Bitte denk nicht falsch von mir. Ich koche gerne, ich habe gerne Gäste. Dazu war viel zu wenig Zeit in den letzten Wochen. Ich wollte mich einfach austoben.«

»Ich bin also quasi dein Opfer?«, fragte ich ihn und zwinkerte ihm zu, dann nahm ich das Besteck und aß. Es war köstlich.

»Lecker«, sagte ich und schob den Teller beiseite. Nur noch die Haut des Fisches, einige Gräten und ein Rosmarinzweig hatte ich übrig gelassen. »Opfer. Der Gedanke an die Opfer lässt mich nicht los.«

Überrascht sah Robert auf. »Opfer und lecker?«

»Das Essen war hervorragend, die Opfer kann ich aber nicht vergessen. Es irritiert mich, dass wir nicht näher an den Täter herankommen. Bisher ist er so schwammig, schwer vorstellbar, eine vage Gestalt. Dabei haben wir einige Anhaltspunkte.«

»Was glaubst du, wie alt der Täter ist?«

»Dazu haben wir überhaupt keine Hinweise. Wenn wir nach den ersten beiden Opfern gehen und annehmen, dass es einen persönlichen Hintergrund, ein privates Motiv gibt, dann muss er schon älter sein. Opfer eins war fast siebzig, Opfer zwei fast achtzig. Den Täter würde ich spontan in diese Altersgruppe einordnen.« Ich sah Roberts gerunzelte Stirn und hob den Zeigefinger. »Aber nur, wenn das mein einziger Beweis wäre. Und Sonja bricht das Schema. Zwei alte Menschen, eine junge Frau. Das macht das ganze Szenario fragil. Also spielt das Alter vermutlich keine Rolle, wenn Sonja sich nicht in Kreisen bewegt hat, in denen ältere Menschen vorherrschten.« Ich senkte den Kopf. Sonja war der Knackpunkt, bei Sonja kamen wir dem Täter nahe, eben weil er hier das Muster durchbrach. Dass, was Sonja mit den anderen Opfern verband, führte zum Täter. Davon war ich überzeugt.

»Wir müssen mehr über Sonja herausfinden«, sagte ich leise, »wie auch immer.«

»Ich kann mir nicht vorstellen, dass ein älterer Mann diese Taten verübt hat, nur weil die Opfer nicht mehr jung waren.«

Darüber dachte ich nach. »Wieso?«

»Wegen der Brutalität, mit der er vorgegangen ist.«

»Die Brutalität spricht für seine Wut, er hat ja die Opfer überwältigt, vielleicht sogar betäubt, dann gefesselt und gefangen gehalten. Sie konnten sich nicht wehren. Dadurch, dass er sie hat ausbluten, hungern, und dürsten lassen, waren sie geschwächt. Da musste er keine großen Kräfte anwenden.«

»Er hat sie geschlagen, misshandelt.« Robert verzog das Gesicht.

»Ja, aber um eine Zigarette auf jemanden auszudrücken, oder mit einer Peitsche, einem Stock oder Ähnlichem zuzuschlagen, braucht man nicht viel Kraft. Doch ich verstehe schon, was du meinst.« Ich nahm mein Glas, drehte es zwischen den Fingern. »Es sieht nach Bestrafung aus und Vergeltung. Ein älterer Mann würde einen Gleichaltrigen vermutlich anders bestrafen. Außerdem ist da noch die sexuelle Komponente, die auch für einen jüngeren Täter spricht.«

»Ältere Männer sind sexuell nicht mehr aktiv?« Robert zog die Augenbrauen hoch.

»Doch.« Ich lachte. »Aber jemanden mehrfach zu vergewaltigen zeugt von einer starken Frustration in diesem Bereich. Das Hauptmotiv von Vergewaltigern ist Macht und Wut.«

»Du meinst, es war keine triebbedingte Handlung? Dass er sich daran aufgegeilt hat, wehrlose Opfer missbrauchen zu können?«

»Natürlich hat er dadurch Bedürfnisse befriedigt. Es stellt sich nur die Frage, welche. Ich glaube kaum, dass er Lust damit verbunden hat. Macht eher. Gerade, dass er den Mann anal so stark verletzt hat. Aber uns fehlt immer noch das Motiv. Wenn er sich rächen wollte, wieso dann so heftig? Da steckt weitaus mehr dahinter, als nur Wut und die Lust zu töten.«

»Was ist, wenn die Verbindung tatsächlich das Münzsammeln ist. Fällt dir da ein Motiv ein?« Robert schenkte uns noch mal nach.

Ich überlegte. »Von Sammlern und ihren Leidenschaften habe ich zu wenig Ahnung, da kann ich nur spekulieren. Es könnte sein, dass er sehr gekränkt wurde und lange Zeit auf Rache gesonnen hat. Oder er wollte unbedingt irgendetwas haben. Etwas, was die anderen hatten und er nicht. Das zu besitzen hätte ihn aufgewertet, aber er hat es nicht bekommen. Also hat er es sich genommen und sich blutig gerächt.« Ich unterdrückte ein Gähnen.

»Ich lasse überprüfen, ob bei der Hoffmann und bei dem Mueskens etwas gestohlen wurde. Soweit ich weiß, war das in Flensburg nicht der Fall, aber vielleicht haben wir da etwas übersehen. Falls die Kollegen nicht gewusst haben, dass sie zum Beispiel Münzen sammelt, wäre es ihnen auch nicht aufgefallen, wenn die Sammlung fehlt.« Er sah mich nachdenklich an. »Der Tag war lang. Soll ich dir das Gästezimmer zeigen?«

Gemeinsam räumten wir den Tisch ab, dann führte Robert mich nach oben, bestand darauf, meinen Rucksack zu tragen. Gentleman, ich schmunzelte. Die obere Etage war mit einem dicken, flauschigen blauen Teppich ausgelegt. Das Gästezimmer war schlicht, aber funktionell eingerichtet. Das Badezimmer verschlug mir die Sprache. Die Badewanne war in ein Podest eingelassen, es gab eine Dusche, mit Massagestrahlern und Dampffunktion.

»Du kannst dich hier gerne austoben. Da vorne sind Handtücher.« Robert lächelte, als er mein Gesicht sah. »So wie du habe ich auch geguckt, als ich das erste Mal hier war. Seitdem komme ich immer gerne wieder nach Köln.«

»Und es ist wirklich okay?«

»Vertrau mir, das ist es. Also genieß es. Ich bin noch eine Weile unten und sehe mir die Akten an. Vielleicht habe ich etwas übersehen.«

Ich entschied mich für die Dusche, stellte die Strahler auf hart und heiß und ließ meinen Rücken und die Schultern von dem prasselnden Wasser massieren. Als ich im Bett lag, Charlie vor mir auf dem Boden, war ich mir sicher, nicht einschlafen zu können. Fünf Minuten später schlief ich tief und fest.

## Kapitel 15

Ich schrak hoch, kalter Schweiß stand mir auf der Stirn. Um mich herum war es finster. Angst packte mich, schnürte mir die Kehle zu. Wo war ich? Es roch fremd, irgendwo knackte es, wie aus der Ferne hörte ich leise Stimmen. Mir war kalt, und ich zitterte, ein widerlicher Geschmack breitete sich in meinem trockenen Mund aus. Ich lag starr auf dem Rücken, traute mich nicht, mich zu rühren. War ich wieder gefangen, oder war dies ein grausamer Traum? Plötzlich atmete jemand neben mir tief ein. Ich biss die Zähne zusammen, aber dann wurde mir klar, dass es Charlie war. Ein Geräusch ertönte, es war das Geräusch, welches mich geweckt hatte. Wieder brauchte ich einen Augenblick, bis ich erkannte, was es war. Mein Handy vibrierte und rutschte dadurch über den kleinen Nachttisch.

Endlich hatten sich meine Augen an das Dunkel gewöhnt. Ein kleiner Lichtstrahl kroch unter der Türritze in das Zimmer. Ich war in Köln, im Haus von Roberts jugendlicher Tante. Schnell hatte ich den Lichtschalter der Nachttischlampe gefunden und schaltete sie ein. Eine Pfütze warmen Lichts ergoss sich und schuf eine kleine warme Insel. Meine Decke war zur Seite gerutscht, ich zog sie wieder über mich, griff nach dem Handy, das ich auf lautlos gestellt hatte. Es war halb zwölf. Vor einer Stunde erst war ich zu Bett gegangen. Mein Vater rief an. Etwas musste passiert sein.

»Vati?«, fragte ich panisch.

»Conny, verzeih, dass ich dich so spät störe, aber hast du etwas von Rita gehört?«

»Was ist mit Mama?«

»Ihr geht es gut. Morgen kommt sie nach Hause. Ich mache mir nur Sorgen um deine Schwester, kann sie seit zwei Tagen nicht erreichen.«

»Rita?«, fragte ich verwirrt.

»Ja, ich weiß nicht, wo sie ist.«

Ich zog die Decke enger um mich, versuchte einen klaren Gedanken zu fassen. Ich war immer noch nicht richtig wach.

»Ist sie nicht in Prag?«

»Sie wollte heute zurückkommen, aber ich erreiche sie nicht.«

Ich versuchte, ein Gähnen zu unterdrücken, es gelang mir nicht.

»Habe ich dich geweckt, Constanze? Das tut mir leid. Mutter hat nach Rita gefragt, und ich habe versucht, deine Schwester zu erreichen, aber ihr Telefon scheint ausgeschaltet zu sein. Was mache ich denn jetzt?«

»Vor allem machst du dir keine Sorgen. Sie wollte noch länger dort bleiben. Du kennst sie doch, sprunghaft und spontan. Sag Mutter, dass Rita unterwegs ist.« Ich verwünschte meine Schwester im Stillen. Hatte mein Vater nicht genug Sorgen? Konnte sie sich nicht wenigstens mal melden? Gleichzeitig spürte ich die Last der Verantwortung. Meine Eltern wurden alt. Ich würde mich zunehmend mehr um sie kümmern müssen.

»Ach, du hast ja recht. Es ist seltsam, ich komme mir so verloren vor ohne deine Mutter und denke viel mehr nach. Ich bin so froh, dass sie bald wieder zu Hause ist. Es tut mir leid, dass ich dich damit belästigt habe.«

»Das ist schon in Ordnung. Soll ich morgen zu euch hochfahren?«

Mein Vater schwieg für einen Moment, er schien zu überlegen. »Nein, ist nicht nötig«, sagte er dann. »Ich melde mich, wenn ich wirklich Hilfe brauchen sollte. Geh wieder ins Bett. Gute Nacht.«

»Du solltest auch schlafen gehen, Vati. Wirklich. Es nützt nichts, wenn du dir den Kopf über Rita zerbrichst.«

Nachdem ich aufgelegt hatte, blieb ich noch einen Augenblick sitzen. Inzwischen war ich hellwach. Ich wählte die Nummer meiner Schwester, erreichte sie aber auch nicht. Wütend hinterließ ich eine Nachricht auf der Mailbox.

Die Angst, die ich empfunden hatte, als ich aufwachte und nicht direkt wusste, wo ich war, saß mir immer noch in den Knochen. Vermutlich würde ich sie mein ganzes Leben mit mir führen. Was, dachte ich, hatten wohl die Opfer unserer Fälle empfunden? Gefangen, geschlagen, gepeinigt? Wussten sie, dass sie sterben würden, oder hatten sie noch gehofft? Wann war das letzte Fünkchen Hoffnung erloschen? In dem Moment ihres Todes? Oder als ihre Lebenskraft mehr und mehr schwand?

Die Wunden, die der Täter den Opfern zugefügt hatte, waren nicht zufällig. Sie waren, dachte ich, der Ausdruck seiner in der Tat ausgelebten psychischen Motive. Er hatte sich vorher genau überlegt, was er den Opfern wie zufügen wollte, und sich akribisch an seinen Plan gehalten.

Die Wunden von dem alten Mann und Sonja unterschieden sich, fiel mir ein. An die genauen Details konnte ich mich nicht mehr erinnern. Ich lauschte, hörte von unten leises Stimmengemurmel. Vielleicht schaute Robert Fernsehen. Sollte ich aufstehen und hinuntergehen? Was aber, wenn er Besuch hatte? Ich wollte weder ihn noch mich in eine peinliche Situation bringen. Doch der Gedanke an die Opfer ließ mich nicht los.

Schließlich stand ich auf, öffnete vorsichtig die Tür. Im Flur brannte Licht. Ich ging zur Treppe, lauschte wieder. Nun konnte ich eindeutig Roberts Stimme erkennen, jedoch nicht verstehen, was er sagte. Dann schwieg er, und ich hörte auch keine andere Stimme. Er telefoniert, dachte ich. Sollte ich hinuntergehen? Ich gab mir einen Ruck. Langsam ging ich in Richtung Esszimmer, denn dort brannte noch Licht. Meine nackten Füße tapsten über die Fliesen. Zu meiner Überraschung war der Boden warm, eine Fußbodenheizung. Die Tür stand einen Spalt weit auf, ich lugte in den Raum. Robert saß am Tisch, die Akten vor sich ausgebreitet. Das Handy lag auf den Unterlagen, offensichtlich hatte er das Gespräch beendet. Ich zögerte, doch da hob er den Kopf und sah mich an.

»Constanze? Ist etwas?«

Tiefe Falten hatten sich in seine Stirn und um die Mundwinkel eingegraben. Er sah müde aus, erschöpft.

»Du arbeitest noch?« Ich setzte mich an den Tisch ihm gegenüber. Der Duft von Kräutern und gebratenem Fisch hing im Raum.

»Ja, es lässt mich nicht los.« Er rieb sich über das Gesicht, fuhr sich durch die Haare, die anschließend verstrubbelt hoch standen. »Kannst du nicht schlafen? Fehlt dir irgendetwas?«

»Ich bin wunderbar eingeschlafen, aber dann rief mein Vater an.« Ich verzog das Gesicht zu einer Grimasse. »Und jetzt geht es mir so wie dir, der Gedanke an den Fall lässt mich nicht los. Ich würde gerne noch mal die Bilder mit den Verletzungen sehen.«

»Wäre es nicht besser, wir beide würden zu Bett gehen?«

»Gemeinsam?« Ich lachte.

Eine leichte Röte zeigte sich unter seinen Augen. »Nein, ich meinte natürlich – jeder in sein Bett.«

Ich zog die Augenbrauen hoch, lächelte. »Ich habe die Bilder der Toten sowieso im Kopf. Es gibt nichts, was sie auslöschen könnte«, sagte ich dann wieder ernster werdend.

»Nun gut.« Er suchte in den Unterlagen, fand die Mappe mit den Fotos. »Vielleicht hilft dabei aber ein Drink. Mir wäre jedenfalls danach.« Er sah mich fragend an.

»Vielleicht gar keine schlechte Idee.«

»Magst du Whisky? Meine Tante hat eine hervorragende Sammlung schöner Single-Malts.«

»Wenn etwas dabei ist, das nicht nach Aschenbecher schmeckt, dann schon.«

Er ging zur Anrichte, öffnete eine Tür. Dahinter verbarg sich ein erlesenes Sortiment an Alkoholika.

»Nicht zu rauchig? Der achtjährige Caol Ila hat dreiundsechzig Umdrehungen, das dürfte selbst für diesen Anlass zu heftig sein, er schmeckt aber nicht rauchig. Hier ist noch ein zwölfjähriger Glen Broch, der ist mild.« Er füllte das Glas drei Finger breit mit einer bernsteinfarbenen Flüssigkeit, reichte es mir. Ich schnupperte, nippte dann vorsichtig.

Der Whisky war mild und lecker, er half aber nicht über den Anblick der Opfer hinweg. Ich legte die Bilder nebeneinander, verglich sie, nahm die Obduktionsbefunde zur Hand. Tatsächlich hatte die junge Frau weniger Quetschungen und Striemen als der alte Mann. Sie war ins Gesicht geschlagen worden, ihre Nase war gebrochen und der Kiefer ausgerenkt. Aber am Gesäß und auf dem Rücken waren nur wenige Schläge zu erkennen. Auch sie war vergewaltigt worden, sowohl vaginal als auch anal und oral. Mich schüttelte es bei dem Gedanken. Ich trank das Glas leer, reichte es wortlos Robert. Er füllte es wieder, legte mir die Hand auf den Oberarm.

»Suchst du etwas Bestimmtes?«

»Ich bin mir ganz sicher, dass er die Verletzungen nicht zufällig zugefügt hat. Er hat den Mann nicht aus reiner Wut geschlagen, um seine Trieb abzureagieren, sondern um Zeichen zu setzen.«

Robert zog die Stirn noch mehr in Falten. »Ich bin mir nicht ganz sicher, ob ich verstehe, was du meinst. Er hat seine

Opfer geschlagen, aber nicht weil er wütend war? Wie kann man ohne Wut so brutal vorgehen?«

»Doch, natürlich war er wütend. Aber ich glaube nicht, dass es zufällige Schläge und Verletzungen sind. Dass er vor dem Mann stand und einfach drauflos geschlagen hat, egal wohin. Er hat das ganz gezielt und mit Berechnung gemacht.«

»Du meinst, er will damit etwas ausdrücken?«

»Ja. Was hat er getan, was er nicht hätte tun müssen? Um die Opfer zu töten, hätte ein Stich mit dem Messer gereicht, oder ein Schnitt durch die Kehle. Ich bin mir ziemlich sicher, dass er das sowieso vorhatte. Nur wollte er nicht wieder mit dem Blut besudelt werden, so wie bei Frau Hoffmann in Flensburg.«

»Also ließ er sie vorher – langsam aber sicher – ausbluten.«

»Das alleine hätte über kurz oder lang schon zum Tode geführt, die Organe fingen an zu versagen. Außerdem waren die Opfer dehydriert. Einige Tage ohne Wasser und Nahrung – für den alten Mann hätte auch das tödlich sein können, das Mädchen hätte vermutlich noch länger ausgehalten. Man sagt, zweiundsiebzig Stunden ohne Wasser töten. Es gibt Fälle, wo es Menschen länger ausgehalten haben. Aber nicht viel länger.«

»Doch er hat sie auch geschlagen.« Nachdenklich schaute Robert die Bilder an. »Den Mann mehr als die Frau. Dafür hat sie mehr Schnittwunden. Warum? Weil sie vitaler war?«

»Das könnte ein Grund sein. Andererseits war sie gefesselt, wehren konnte sie sich sowieso nicht. Mit den Schlägen ins Gesicht hat er sie vielleicht für die orale Vergewaltigung gefügig gemacht. Dafür spricht auch das ausgerenkte Kiefergelenk.« Ich verzog das Gesicht, meine Hand fuhr zu meinem Kinn. Die Schmerzen, die sie erlitten hatte, zusätzlich zur seelischen Pein, mochte ich mir nicht vorstellen.

»Er hat sie also unterschiedlich behandelt, und du meinst, weil sie für ihn nicht nur Opfer zwei und drei waren, sondern jedes Opfer für sich eine bestimmte Bedeutung hatte?«

»Ja, das meine ich. Nun gilt es nur herauszufinden, welche.

Sie sind bestraft worden. Aber wofür? Der Mann wurde geschlagen, auf die Hände, seine Fingerknochen waren gebrochen und die Handflächen aufgerissen, und auf das Gesäß. Wen schlägt man auf die Hände? Jemanden, der etwas Verbotenes angefasst hat. Auf das Gesäß? Das war früher gängig – er hat den Hintern versohlt bekommen. So sieht das zumindest für mich aus.« Ich holte tief Luft. »Aber bei dem Mädchen war das anders. Sie wurde vergewaltigt und erniedrigt. Im Obduktionsbericht steht, dass Kot- und Urinspuren auf ihrem Bauch und ihrem Gesicht gefunden wurden. Was sagt das aus?«

»›Ich scheiß auf dich‹ – meinst du?« Robert kniff die Augen zusammen. »Wie entsetz …« In diesem Moment klingelte sein Handy. Erstaunt griff Robert danach, schaute auf das Display, zuckte dann mit den Schultern.

»Kemper«, meldete er sich. Er sah mich an. »Ja, sie ist hier.« Dann reichte er mir das Handy.

Ich nahm es nur zögernd. »Ja?«

»Conny?« Es war Martin.

»Ja, ist etwas passiert?«

»Wo bist du?«

Robert sah mich nachdenklich an, stand auf, ging dann in die Küche.

»Wieso willst du das wissen?«, fragte ich und spürte, dass ich ärgerlich wurde.

»Du bist nicht ans Telefon gegangen, nicht in Aachen und auch nicht an dein Handy. Wo bist du?« Er verschliff die Silben, atmete schwer. Ich war mir sicher, dass er betrunken war.

»Es ist spät, Martin. Zu spät für so ein Gespräch.«

»Ich will doch nur wissen, wo du bist und ob es dir gut geht.«

Das fällt dir ja früh ein, dachte ich wütend. »Mir geht es gut«, zwang ich mich zu sagen.

»Bitte, komm hierher. Zu mir.«

»Was soll das bringen?«

»Ich will mit dir reden. Du kannst mich doch nicht einfach so aus deinem Leben schubsen.« Nun klang er weinerlich.

»Du hast getrunken«, stellte ich fest.

»Ja. Manchmal hilft das. Diesmal nicht. Ich vermisse dich, Conny.«

Ich stand auf, lief durch den Raum, versuchte, meine Wut im Griff zu halten. »Du vermisst mich? Plötzlich?«

»Du bist bei Robert, oder? Dein Wagen steht noch vor dem Präsidium.«

»Martin, leg dich ins Bett und schlaf deinen Rausch aus.«

Er schwieg. Ich hörte seinen Atem. Dann schluckte er, trank etwas. »Conny ... Bitte ...«

Ich atmete tief ein. »Martin, jetzt ist sicher nicht der richtige Zeitpunkt für so ein Gespräch. Lass uns morgen reden.«

»Was machst du bei Kemper? Lässt du dich durchvögeln?« Seine Stimme wurde lauter.

»Martin!« Ich biss mir auf die Lippe. Eine Menge Vorwürfe schlichen sich in meinen Kopf. Sie jetzt auszusprechen war falsch, das wusste ich. Die Worte hätten zugeschlagen wie Raubvögel, Wunden gerissen, am Inneren des anderen genagt. Einmal ausgesprochen, ließen sie sich nicht mehr einfangen und zurückholen.

»Ich habe recht, oder? Du hast nur auf die Gelegenheit gewartet, mit einem anderen Mann ins Bett zu gehen. Ist er besser als ich? Kann er Kinder zeugen?« Martin klang bissig, aber ich hörte seine Verletzungen heraus.

»Bitte lass uns morgen reden.«

»Ach ja? Habe ich so sehr gestört? Habe ich euch etwa unterbrochen?« Er lachte, es klang nicht lustig.

»Martin, bitte.«

»Du Schlampe, kaum gibt es Probleme, suchst du dir einen anderen.«

Nun lief das Fass über.

»Wer hat sich eine andere gesucht, als es schwierig wurde? Das warst ja wohl du. Du hast Maria gevögelt, obwohl ich nebenan im Bett lag. Du hast mich betrogen, vermutlich schon seit Monaten. Ich war traumatisiert, und du Jammerlappen musstest dich trösten. Und jetzt rufst du mich an und heulst. Wo ist sie denn, deine Geliebte? Warum bist du nicht bei ihr?« Ich schnaufte vor Wut.

»Wo Maria ist, geht dich nichts an.«

»Stimmt«, sagte ich und legte auf. Dann setzte ich mich wieder an den Tisch, legte meinen Kopf auf die Glasplatte. Tränen füllten meine Augen. »Scheiße«, murmelte ich. Die Wut und der Zorn lagen wie glühende Kohlen in meinem Magen. Wie konnte Martin mir Betrug vorwerfen? Wie konnte er mich beschuldigen? Er ist betrunken, machte ich mir klar, und trotzdem tat es weh. Charlie kam zu mir, legte seinen Kopf auf meine Knie. Ich streichelte ihn. Robert reichte mir ein Taschentuch. Ich hatte nicht mitbekommen, dass er ins Zimmer zurückgekehrt war.

»Shhht«, murmelte er und setzte sich neben mich. Er legte seinen Arm mit einer großen Selbstverständlichkeit um meine Schultern, hielt mich fest. Im ersten Moment war ich versucht, mich dagegen zu stemmen, aber dann spürte ich die Freundschaft und Zuneigung, die er mir entgegenbrachte. Ich ließ mich von ihm festhalten und trösten. Schließlich putzte ich mir die Nase, versuchte ein schiefes Grinsen. »Tut mir leid.«

»Ach, Conny, mir tut es leid. Mir tun eine Menge Dinge inzwischen leid. Dass ich zugestimmt habe, nach Hechelscheid zu fahren. Dass ich dich dort überreden wollte, bei der OFA mitzumachen. Dass ich gerade das Gespräch angenommen und – noch schlimmer – an dich weitergegeben habe. Ich hätte sagen können, dass ich nicht weiß, wo du bist. Oder anders und sensibler reagieren sollen. Dir einfach das Telefon zu reichen war nicht wirklich klug.«

»Blödsinn«, sagte ich und putzte noch mal die Nase. Ich traute mich nicht, ihn anzusehen. »Diese blöde private Geschichte darf die OFA nicht behindern.« Tränen schossen mir wieder in die Augen. »Wie konnte er mich betrügen? Nach all den Jahren? Mit dieser blöden Kuh?« Ich lehnte mich an

Robert, spürte die Wärme seines Körpers, seine Hände, die beruhigend über meinen Rücken streichelten. Es fühlte sich gut an. Schließlich riss ich mich los, setzte mich auf.

»Wir sollten zu Bett gehen,« sagte ich und biss mir dann auf die Lippe. »Jeder in seines, natürlich. Gute Nacht, Robert, und danke für die Unterstützung.« Ich stand auf und ging, ohne ihn noch einmal anzusehen. Der Teppich im oberen Stockwerk war auch warm und kuschelig unter meinen nackten Füßen. Wie warmes Wasser. Ich ging in das Gästezimmer, schloss die Tür hinter mir, lehnte mich dagegen. Charlie war mir gefolgt, sah mich kurz an, legte sich dann hin.

Als ich im Bett lag, lauschte ich, konnte aber nichts hören. Für einen Moment stellte ich mir vor, Robert würde in das Zimmer kommen und mich wahrhaftig trösten. Über den Gedanken schlief ich ein.

## Kapitel 16

Ich schlief unruhig, schreckte mehrfach hoch. Meine Träume waren verworren und hatten mit dem Ereignis im Herbst in der Eifel zu tun. Um sechs stand ich schweißgebadet auf, es war zwecklos, ich würde keinen erholsamen Schlaf finden. Ich zog mich an und ging mit Charlie nach unten. Der Schlüssel steckte von innen im Schloss, ich nahm ihn und ging mit dem Hund in den Park.

Der Tag wirkte noch wie vorläufig. Doch die Vögel waren schon erwacht und sangen ihren Morgengruß. Es roch nach frischem Gras und feuchter Erde. Der Morgentau hing schwer an den Blättern.

Mir tat alles weh, so als wäre ich in der Nacht vor etwas davongelaufen. Jetzt, beim ersten Licht des Tages, wichen die Schrecken. Aber die Wut auf Martin und die Trauer krochen wieder in mir hoch. Ich bedauerte mich eine Weile, beschloss dann, mich anderen Dingen zuzuwenden.

Im Haus war alles still, Robert schien noch zu schlafen. Ich setzte mich mit einem Kaffee an den Esstisch, nahm die Mappe mit den Bildern. Wiederum sah ich mir die Verletzungen an, die der Täter Sonja beigebracht hatte. Er hatte ihr kleine Stichwunden zugefügt, überall am Körper. In den Leisten, in den Achselhöhlen, unter der Brust, am Bauch. Kleine Schnitte, die fast gar nicht auffielen und die man auf den ersten Blick fast übersehen hätte. Es waren Stellen in den Weichteilen, Stellen, an denen es schmerzte, die bluteten. Viel Blut war nicht zu sehen. Es schien mir, als sei Sonja abgewaschen worden, bevor der Täter sie zu dem Parkplatz gebracht hatte. Die Vermutung hatte auch Martin in seinem Bericht geäußert.

Jemanden immer und immer wieder zu verletzen, warum machte man das? Was hatte der Täter davon? Er quälte sein Opfer, fügte ihm Schmerzen zu, machte ihm Angst. Es musste aber noch einen anderen Grund geben. Rache und Vergeltung. Doch wofür wollte er sich rächen?

Etwas war bei Sonja anders als bei Mueskens. Die Taten ähnelten sich nur auf den ersten Blick. Wollte der Täter den Opfern etwas sagen? Oder seiner Umwelt? Ich war mir nicht sicher. Irgendwo im Haus schlug eine Tür zu, ich zuckte zusammen. Dann rauschte Wasser. Robert war aufgestanden.

Eine Stunde später betraten wir das Polizeipräsidium. Es herrschte schon hektische Betriebsamkeit. Wir waren die Ersten in unserem Besprechungszimmer. Die Luft roch abgestanden und nach feuchten Socken. Über den Linoleumboden zogen sich Schlieren, es war gewischt worden.

Robert öffnete die Fenster. Wir hatten nicht viel miteinander geredet, vermieden es, uns anzusehen. Julius und Thorsten kamen, brachten Berichte mit.

»Wir warten nicht auf Martin und Andreas«, beschloss Robert. »Habt ihr etwas Neues?«

»Frau Hoffmann hatte laut Aussage ihrer Schwägerin eine geerbte Münzsammlung. In der Aufstellung der Kollegen aus Flensburg war sie nicht enthalten. Wir versuchen, Kontakt zu den Kollegen herzustellen, die damals in der Wohnung waren.« Julius legte den Bericht auf den Tisch. »Wir haben also zwei Möglichkeiten: Der Täter hat die Münzsammlung mitgehen lassen, und es wurde nicht protokolliert, oder sie war noch da, wurde aber nicht aufgelistet. In dem Bericht von damals steht, dass nichts gestohlen wurde, soweit man es überprüfen konnte. Die Schwägerin war zu dem Zeitpunkt im Ausland, wir haben sie erst jetzt ausfindig gemacht und befragt. Möglicherweise wurde der Raub übersehen.«

»Das ist ja ein Ding, somit hätten wir hier den Faden, der alles zusammenhält.« Robert rieb sich über das Kinn. »Es geht also wahrscheinlich um Münzen.«

»Die Schwägerin sagte allerdings, dass sich Frau Hoffmann nicht sonderlich für die Münzen interessiert hätte. Es war nur das Erbe des Vaters. Sie konnte sich aber an die Sammlung erinnern, weil sie ein Streitobjekt bei der Scheidung waren.«

»Vielleicht hat Frau Hoffmann versucht, die Sammlung zu verkaufen«, warf Thorsten ein. »Eine Anzeige in einschlägigen Zeitschriften oder Ähnliches. Und so ist der Täter auf sie aufmerksam geworden. Wir konnten bisher nicht feststellen, ob Münzen bei Herrn Mueskens fehlen. Das wird noch überprüft. Ansonsten gab es kaum brauchbare Spuren in seinem Haus.«

»Bei Sonja Kluge sind wir noch nicht weitergekommen. Der Vater ist nicht zu erreichen. Ich versuche es gleich noch mal bei seinem Arbeitgeber«, sagte Julius.

Mir fiel das Telefonat mit Rainer Kluge am Samstagabend ein. Es war erst drei Tage her, doch mir erschien es viel länger. Kluge wollte sich bei mir melden, hatte das aber noch nicht getan. Das Gespräch hatte ein merkwürdiges Gefühl in mir hinterlassen, aber ich wusste nicht genau, wieso.

»Wir müssen in Richtung Sammler recherchieren. Welche Plattformen nutzen sie, um welche Werte geht es hier?« Robert stieß die Luft aus. »Ich habe davon überhaupt keine Ahnung.«

»Dann mach dich schlau. Ich muss wieder rüber, komm aber nachher noch mal.« Julius stand auf, nickte uns zu. »Ach ja, eines noch: Die Fünfmarkstücke hatten keinen besonderen Wert.«

Also waren es nicht die Geldstücke an sich, sondern das, was sie symbolisierten. Doch was konnte das sein? Fünfmarkstücke. Mein Vater nannte sie immer »Heiermann«, meine Schwester und ich bekamen des Öfteren einen »Heiermann« als Belohnung oder als Geschenk von meiner Oma. Wollte unser Täter die Opfer belohnen? Doch wofür? Für ihren Tod? Weil der Täter damit sein Fetisch und seinen Trieb auslebte? Der Gedanke gefiel mir nicht, die Bedeutung musste wo anders liegen. Immer noch wussten wir viel zu wenig über den Täter. Ich nahm die Mappe mit den Fotos.

»Machst du dich an die Tathergangsanalyse?«, fragte Robert.

»Ich versuche es zumindest. Martin wäre hilfreich, er könnte mir Details zu den Verletzungen sagen. Andererseits ...« Ich grinste schief.

»Vielleicht ist es besser, wenn ihr momentan nicht aufeinandertrefft. Ich werde mich mit Münzen und Sammlern beschäftigen. Erstmal über das Internet und durch einige Kontakte, die ich habe. Das mache ich vom Haus meiner Tante aus. Wenn du willst, kannst du mitkommen und auch dort arbeiten.«

Ich sah Robert an, überlegte. Doch bevor ich eine Entscheidung treffen konnte, klingelte mein Handy. Es war die Mutter des Jungen, den ich betreute. Sie klang verzweifelt, das Kind hatte einen schweren Rückschlag erlitten. Ich beruhigte sie und versprach, so schnell wie möglich zu kommen.

»Es tut mir leid, aber ich muss nach Aachen. Ein Notfall.«

»Schlimm?« Robert sah mich nachdenklich an.

»Ein Junge, der dachte, er hätte nach langen Jahren endlich den Krebs besiegt. Und nun wurde ein Tumor im Gehirn festgestellt. Es gibt kaum Hoffnung.«

»Das ist grausam. Kannst du ihm helfen?«

»Ich kann für ihn da sein, mehr nicht, Robert.«

»Aber auch nicht weniger. Meine Hochachtung hast du.«

Ich nahm meine Sachen, rief den Hund zu mir. »Ich weiß nicht, wie lange das dauert. Wenn es akut ist, werde ich bei ihm bleiben.«

»Kein Problem. Möchtest du, dass ich dich auf dem Laufenden halte?«

Ich nickte, er nahm mich herzlich in den Arm, drückte mich kurz.

Als ich im Auto saß, rasten die Gedanken durch meinen Kopf, vermischten sich miteinander. Der Münzenkiller, Martin und nun der kleine Sven. Irgendwie war das zu viel Leid auf einmal. Ich startete den Wagen. Die Autobahn war dicht, wie so oft, und ich kam nicht wirklich vorwärts. Die Zeit zog sich zäh wie Sirup dahin. Entgegen meiner sonstigen Gewohnheit überholte ich scharf, fuhr schnell, wenn es der Verkehr zuließ. Irgendwann scherte ich rechts ein, atmete tief durch. Es hatte keinen Sinn, auch noch mein Leben aufs Spiel zu setzen. Ich griff in die Ablage und suchte eine CD heraus, schob sie in den Wechsler. Bachkantaten. Martins Musik, aber in diesem Augenblick war es die richtige Musik.

»Herz und Mund und Tat und Leben, muss von Christo Zeugnis geben, ohne Furcht und Heuchelei, dass er Gott und Heiland sei.«

Glauben zu können war manchmal sehr tröstlich. Trotzdem haderte ich kurz mit Gott. Warum ließ er all das Leid und die Scheußlichkeiten des Lebens zu? Grausame Mörder und sterbende Kinder? Aber die Frage stellte sich nicht, denn Gott ließ weder zu noch verhinderte er. Gott war einfach, wenn man an ihn glaubte. Es gab eine Menge Dinge, die wir Menschen uns zufügten. Und manchmal schlug das Schicksal grausam zu.

Ich brachte den Hund in meine Wohnung, fütterte ihn und vertröstete ihn auf später. Dann fuhr ich zum Kronenberg, zu der Familie, die ich schon seit Jahren kannte.

Sven war früh an Leukämie erkrankt, hatte alle Behandlungen klaglos über sich ergehen lassen. Die Krankheit kam wieder. Beim zweiten Rückschlag brach er zusammen, verweigerte die Mitarbeit, die Nahrung. Apathisch lag er in seinem

Bett, verfluchte die Ärzte, die Krankenschwestern, seine Eltern, die Krankheit und sich selbst. Es dauerte eine Weile, doch dann fand ich Zugang zu der empfindsamen Kinderseele. Vor vier Jahren war er schließlich als geheilt entlassen worden. Letzten Monat stürzte er mit dem Fahrrad. Um einen Schädelbruch auszuschließen, wurde er untersucht. Knochen hatte er sich keine gebrochen, doch an seinem Stammhirn saß ein großer Tumor. Der Schock war groß, die Diagnose bestätigte alle Ängste und Befürchtungen. Durch eine Chemotherapie konnte man versuchen, das Wachstum des Tumors zu hemmen. Ganz heilen konnte man Sven nicht. Als ich ihn in der letzten Woche besucht hatte, ging es ihm leidlich gut. Gefasst schien er sich mit seinem Schicksal abzufinden. Machte letzte Pläne, schrieb Listen von Dingen, die er unbedingt noch gemacht, gesehen, erledigt haben wollte. Doch nun hatte sich sein körperlicher Zustand verschlechtert. Er hatte darum gebeten, schon vor langer Zeit, dass ich bei ihm sein sollte, wenn er starb. Ich gab ihm das Versprechen, in der Hoffnung, es nie erfüllen zu müssen. Und nun sollte es doch dazu kommen. Der Gedanke grauste mir. Ich hatte in meiner Ausbildung auch in der Onkologie und in der Station der herzkranken Kinder gearbeitet und ein paar Patienten bis in den Tod betreut. Doch nie war ich einem Kind so nahe gewesen wie Sven, nie so lange einen gemeinsamen Weg gegangen.

Svens Mutter öffnete mir die Tür. Die Eltern hatten beschlossen, ihn zu Hause sterben zu lassen, in seiner gewohnten Umgebung. Herzlich nahm sie mich in die Arme. Wir waren inzwischen befreundet. Tränen standen in ihren Augen.

»Simone, ich weiß nicht, ob ich euch eine Hilfe sein kann«, sagte ich mit belegter Stimme.

»Du bist da, das zählt. Er hat es sich so gewünscht.« Sie zog mich in das kleine Haus an dem Hang. Der Blick vom Wohnzimmer ging auf die Wiesen und Felder, durch die ein kleiner Bach mäandrierte. Eine wunderbare Umgebung, um Kinder aufzuziehen. Doch wir würden ein Kind gehen lassen müssen.

Es duftete nach Kuchen und Würztee, frischem Brot. Jedes

Mal, wenn ich das Haus betrat, wunderte ich mich wieder über die Vielfalt der Düfte und Gerüche. Kräuter, Blumen, Honig, manchmal auch scharf nach Knoblauch. Nach Svens Erkrankung hatte die Familie konsequent die Ernährung umgestellt und ihr Leben verändert.

»Du hast gebacken?«, fragte ich verwundert.

»Wir brauchten Brot. Und ich musste etwas tun, kann nicht dasitzen und die Zeit verrinnen sehen.« Simone zog ein Taschentuch hervor und putzte sich die Nase. In ihren Augen glitzerte es. »Er ist gerade wach geworden.« Sie wies in Richtung seines Zimmers.

Ich ging durch den Flur, fühlte die Beklemmung wie ein Stahlband meine Brust zuschnüren. Vor der Zimmertür, die nur angelehnt war, blieb ich stehen und holte tief Luft, dann trat ich ein.

Sven sah mir entgegen, er lächelte. Seine Augen lagen tief in den Höhlen, dunkle Ringe hatten sich darunter gebildet, um den Mund waren Falten, scharf wie von einem Messer gezogen. Er war in wenigen Tagen um Jahre gealtert. Im Licht der spätnachmittäglichen Sonne glänzte sein kahler Schädel, auf der linken Seite befand sich großes Mullpflaster, dort hatten sie die Biopsie gemacht. Bis zur letzten Woche hatte er noch dichtes Haar gehabt. Entsetzt öffnete ich den Mund.

Sven begriff sofort, strich mit der Hand über den kahlen Schädel. »Die Chemo. Diesmal sind sie sofort ausgefallen.« Seine Stimme klang heiser, schwach. Und doch lächelte er. »Conny, schön …«

»Ach, Sven.« Ich setzte mich auf die Bettkante, nahm seine Hand. Sie war schweißkalt.

»So wollten wir uns nicht wieder sehen«, krächzte er, hustete.

»Nein.« Mir fehlten die Worte. Meine Augen brannten, in meinen Mund war ein schaler Geschmack. In diesem Raum roch es nach Desinfektionsmitteln, Schweiß, Ammoniak und Vanille. Ich sah mich suchend um, fand die Duftlampe auf seinem Schreibtisch. Er war meinem Blick gefolgt, lachte leise.

»Mutter, du kennst sie ja.«

»Ja, deine Mutter ist etwas Besonderes. So wie du auch.«

Er lehnte sich zurück in das Kissen, sein Atem ging schwer. Neben dem Bett stand ein Perfusor, über den er wahrscheinlich Schmerzmittel bekam, ein Monitor und ein Sauerstoffgerät.

Ich zeigte auf die Maske. »Willst du?«

Er schüttelte den Kopf. »Ich will noch mit dir reden …«

»Okay.«

»Es geht zu schnell, Conny. Damit habe ich nicht gerechnet.«

»Damit hat keiner gerechnet.«

»Ja, voll krass und nicht fair.« Er schluckte, sah zur Wand. Das kannte ich, sein Abwehrmechanismus. Aber dann drehte er den Kopf doch wieder zu mir.

»Ich wollte so gerne einige Dinge noch machen.« Seine Stimme wurde schwächer. Ich hätte so gerne gesagt: Streng dich nicht an, ruh dich aus, alles wird gut. Aber wir hatten uns geschworen, dass wir uns nicht belügen, und daran würde ich mich halten.

»Was denn?«, fragte ich leise. Eigentlich wollte ich die Antworten nicht hören, wusste nicht, ob ich damit umgehen konnte.

»Ich wollte einmal Borussia Dortmund spielen sehen.« Er holte tief Luft, röchelte. Der neue Spielplan hing an der Wand über seinem Bett, sowie einige signierte Poster, eine Mütze in den Vereinsfarben – gelb und schwarz – lag auf dem Schreibtisch.

»Ich bin noch nie geflogen«, fuhr er leise fort. »Außer im Rettungshubschrauber, aber das zählt nicht.«

»Stimmt, du warst bewusstlos.«

»Ich wollte noch mal im Meer baden.« Er seufzte.

All diese Wünsche waren für einen normalen Fünfzehnjährigen nicht unerreichbar. Doch Sven war nicht normal, er war krank. Sterbenskrank. Und es gab nichts, was wir hätten tun können, um diese Wünsche innerhalb der ihm gegebenen Frist zu realisieren. Ich schluckte hart.

»Kannst du mir ein Glas Wasser geben?«, fragte er schwach.

Die Flasche stand neben dem Bett. Ich füllte ein Glas, gab es ihm. Seine Hand zitterte, also führte ich das Glas sanft zu seinem Mund und ließ ihn trinken.

»Danke.«

Ich holte tief Luft. Dieser Teenager war mir weit überlegen. Ich hätte heulen mögen, gegen die Wände schlagen, etwas kaputtmachen. Stattdessen schaute ich aus dem Fenster, auf den Garten, die Hügel, versuchte mich zu beruhigen.

»Conny, ich finde das alles furchtbar. Eigentlich möchte ich nur schreien. Immerzu. Aber ich kann nicht mehr.« Er stöhnte leise. »Ich habe keine Kraft.« Sven stockte, sah wieder die Wand an. Als er weitersprach, war es so leise, dass ich es kaum verstand. »Was wird mit Mama und Papa? Was wird mit ihnen? Ich habe mir immer Geschwister gewünscht.« Dann schloss er die Augen. Sein Atem ging tief und gleichmäßig, er war eingeschlafen. Ich verfolgte die Linien am Monitor. Regelmäßige Hügel und Täler, das Herz schlug noch.

Als mich Simone nach einer Weile aus dem Zimmer holte, fühlte ich mich elend.

»Die Leute vom Pflegedienst sagen, dass es nicht mehr lange dauern wird. So klar wie heute war er seit Tagen nicht mehr. Es ist, als hätte er auf dich gewartet.« Sie wischte sich über das verquollene Gesicht. »Kannst du hier bleiben? Ich habe das Gästezimmer hergerichtet.«

Charlie, dachte ich, er wartet in der Oppenhoffallee auf mich. Eigentlich gehörte ich an Svens Bett, die nächsten zehn, fünfzehn, achtundvierzig Stunden. Solange wie es eben dauerte. Aber Charlie war auch ein Lebewesen und mir anvertraut. Und es gab keinen Martin mehr in meinem Leben, den ich hätte fragen können, oder doch?

»Ich muss etwas abklären«, sagte ich zu Simone und ging hinaus. Das Handy wog schwer in meiner Hand, ich zögerte, es zu benutzen.

Schließlich überwand ich mich und wählte Martins Nummer. Atemlos lauschte ich.

»Ja?« Er klang ungehalten, wütend.

»Martin, ich brauche deine Hilfe.« Ich stockte, zwang mich dann weiter zu reden. »Sven stirbt.«

»Was?«

»Er wird sterben. Bald. Und er möchte … möchte …«

»O mein Gott. Sven? Der kleine Sven?« Martin klang fassungslos.

»Ich möchte bei ihm bleiben. Er möchte es, und ich bin es ihm schuldig.«

»Ja.«

Wir schwiegen.

»Es tut mir so leid, Conny, es ist furchtbar. Kann ich etwas tun?«, fragte Martin dann.

»Das kannst du. Charlie … er ist in der Oppenhoffallee. Kannst du ihn nehmen?«

Für einen Moment hörte ich nichts.

»Ja«, sagte Martin dann. Es klang gepresst.

»Wirklich?«

»Ja.« Dann legte er auf. Verwundert starrte ich das Handy an, konnte nicht fassen, dass er das Gespräch so beendet hatte.

Ich ging den Hang hinunter, zwischen blühenden Holunderbüschen entlang. Lief bis zum Bach. Dann drehte ich mich um, sah hoch. Von hier aus waren die Häuser kaum zu sehen. Dort oben lag Sven und wartete auf mich.

Als ich zurückkehrte, hatte Simone ihm die Sauerstoffmaske aufgezogen. Der Pflegedienst kam, wechselte den Tropf. Ich half Simone, Sven zu waschen und zu säubern. Sie weinte dabei.

»Als er ein Baby war, war es normal, ihm Windeln anzulegen aber nun? Es hat ihn so erniedrigt, er hat sich so geschämt. Manchmal ist es zu grausam.« Ihr Mann saß neben uns, sein Gesicht war ganz grau.

»Was wird aus Mama und Papa?«, hatte Sven mich gefragt, ich hatte keine Antwort darauf. Sie hatten bewusst auf weitere Kinder verzichtet, hatten ihr Leben auf den kranken Sohn ausgerichtet. Was würde werden? Was würde aus ihnen werden? Im Laufe der Nacht fassten sie sich bei den Händen. Ich sah es aus den Augenwinkeln und hätte sie fast um den Halt beneidet, den sie sich gaben. In ihrer Haut wollte ich jedoch nicht stecken.

Die Amsel sang ihr Morgenlied, als Sven seinen letzten Atemzug tat. Er war nicht wieder aufgewacht.

Wir weinten alle drei. Dann wuschen wir ihn, bevor wir den Arzt anriefen. Die Formalien nahmen ihren Lauf, ich fuhr nach Hause.

Noch nie hatte ich mich so erschöpft gefühlt, so ausgebrannt und leer. Ich drückte die Taste des CD-Players. Immer noch Bach. »Schlafe mein Liebster, genieße die Ruh«, sang ein Sopran.

Ich fand einen Parkplatz in einer Seitenstraße, ging langsam zu Oppenhoffallee. Um mich herum erwachte die Stadt, der Dunst des Ofens kräuselte sich aus dem Kellerschacht der Bäckerei empor, Waren wurden angeliefert, Menschen fuhren zur Arbeit.

Die Treppe stieg ich mühsam hoch, es roch nach feuchten Schuhen und schlecht gewordener Milch, bis ich meine Wohnung betrat. Dort roch es nach Vanillekerzen, wie in Svens Zimmer. Ich rannte zum Bad, erreichte es gerade rechtzeitig und erbrach mich.

## Kapitel 17

Charlie kam zu mir, stupste mich an. Ich lehnte mich gegen die Badewanne.

»Conny.« Martin kniete neben mir, nahm mich in den Arm, wiegte mich sanft und strich mir über Kopf und Rücken. »Ist es vorbei?«, flüsterte er.

Ich nickte. Was machte Martin hier?, fragte ich mich überrascht. Ich hatte damit gerechnet, dass er den Hund zu sich nach Köln holte. Seine Wange fühlte sich rau und stoppelig auf meiner Haut an, er hielt mich so fest, dass ich kaum Luft bekam, doch seine Wärme tat mir gut.

Eine Weile hockten wir auf dem Badezimmerboden, hielten uns. Dann schob ich ihn sachte von mir weg, sah ihn an. Er sah übernächtigt aus, verkniffen. Die zwei Falten in seinen Mundwinkeln waren neu. Ich legte die Hand auf sein Kinn, versuchte die Haut zu glätten. Unsere Augen tauchten ineinander, stumm stellten wir uns Fragen, auf die es keine Antwort gab. Dann wurde aus dem Blick ein langer, weicher Kuss. Martin zog mich hoch, zog mich an sich, hielt mich. Ich konnte seine heiße Erregung spüren. Unsere Hände suchten einander, glitten über den Körper des anderen, erforschten ihn, obwohl das Terrain so vertraut war. Und doch schien es mir, als würden wir uns das erste Mal berühren, vorsichtig und unsicher, gespannt auf die Reaktion des anderen.

Irgendwie schafften wir es bis ins Schlafzimmer, zogen uns gegenseitig aus, küssten uns. Martins Zunge liebkoste meine Lippen, strich über meine Zunge. Seine Hände glitten über meine Haut, er wusste, wie und wo er mich anfassen musste. Wir sanken auf das Bett, liebten uns, erst zart und vorsichtig, doch dann mit einer Wucht und Leidenschaft, die mir fast den Atem nahm. Wir kämpften ums Vergessen, um die Liebe, saugten uns aneinander fest, ließen los, stießen wieder aufeinander. Es war gleichzeitig Leidenschaft, Verzweiflung und Wut. Ich spürte, wie sich alles in mir zusammenzog, explodierte, schrie wunderbar hilflos auf.

Dann lagen wir keuchend nebeneinander, die Haut glänzte, kleine Schweißperlen standen auf Martins Oberlippe. Ich küsste sie weg, lehnte mich dann zurück. Tausend Fragen schossen durch meinen Kopf, aber ich fand keine Worte dafür.

Was war das nun? Die Versöhnung? Oder der Abschied? Oder hatten wir uns nur aneinander getröstet? Was empfindest du für mich, Martin?, wollte ich fragen. Wie stellst du dir unsere Zukunft vor? Ich drehte mich zu ihm und sah den dunkelblauen Fleck in seiner Halsbeuge. Maria hatte ihr Revier markiert. Der Schmerz darüber kam plötzlich und unerwartet, ein heißes Messer, das in meine Brust gestoßen wurde.

Martin sah meinen Blick, spürte mein Entsetzen. Seine Wangen färbten sich rot, und er fuhr mit der Hand an den Hals, drehte sich verlegen zur Seite.

Bevor wir beide etwas sagen konnten, klingelte sein Handy. Es lag, wie immer, auf seinem Nachttisch, er griff danach.

»Maria.« Bildete ich es mir ein, oder wurde seine Stimme sanfter und zärtlicher? Er stand auf, wandte mir den Rücken zu. Ich wollte ihn packen, schütteln, anschreien. Wie konnte er nur jetzt, gerade jetzt mit ihr telefonieren?

Ich stand auf, ging ins Bad. Unter der heißen Dusche schrubbte ich mit der Nagelbürste meine Haut, bis sie wehtat und brannte. Danach rubbelte ich mich trocken. Sämtliche Gefühle waren wie verdorrt und abgestorben. Ebenso hätte ich tot sein können, dachte ich.

»Conny, Maria hat angerufen.«

»Das ist mir nicht entgangen.« Ich sah ihn nicht an, konnte ihn nicht ansehen.

Er hörte meine Zurückhaltung, kam auf mich zu und berührte mich sacht an der Schulter. Unwillkürlich zuckte ich zurück.

»Conny, ich liebe dich. Ich Hornochse habe einen riesigen Fehler begangen, der unverzeihlich ist und sich nicht wieder rückgängig machen lässt. Aber mir ist klargeworden, dass ich dich liebe, nur dich.« Er nahm die Worte, legte sie mir zu Füßen.

»Ich fürchte, so einfach ist das nicht.«

»Nein.« Er senkte den Kopf. »Was machen wir jetzt? Vor uns davonlaufen?«

»Ich weiß es nicht, Martin.«

Martin räusperte sich. »Ich muss nach Köln. Es gibt da Unstimmigkeiten bei den Spuren. Deshalb hat Maria angerufen. Immerhin arbeiten wir zusammen.«

»Was es noch schwieriger macht.« Ich stöhnte leise. Diesmal hatte es nichts mit Lust zu tun.

»Vermutlich.« Er drehte sich um, ging zurück ins Schlafzimmer. Seine Schultern hingen nach unten, als würde er eine zentnerschwere Last mit sich tragen. Ich ging ihm nach, legte die Hände auf seine Schultern und drehte ihn zu mir um.

»Wir versuchen es. Mehr als schiefgehen kann es nicht.« Dann küsste ich ihn.

»Danke.«

Martin zog sich an, er wirkte fahrig und nachdenklich.

»Was ist denn mit den Spuren?«

»Entweder wir haben Spuren vertauscht, verunreinigt, oder der Täter ist mit Sonja Kluge verwandt. Genaueres kann ich nicht sagen.«

»Was?« Soweit ich wusste, hatte Sonja keine weiteren männlichen Verwandten außer ihrem Vater. »Wie nah verwandt?«

Martin schüttelte den Kopf. »Ich muss es mir erst anschauen. Es kann auch einfach ein Fehler sein, jemand hat ein Röhrchen falsch etikettiert oder so etwas.«

»Soll ich mitkommen?«

»Noch besteht dazu kein Bedarf. Ruh dich aus. Ich werde dich anrufen.«

Wir küssten uns, bevor er ging. Es war ein zartes Herantasten, und doch blieb ein schaler Nachgeschmack. Er fuhr nach Köln, zu Maria. Würde er sie auch küssen? Berühren? Wie fand man das Vertrauen wieder, nachdem es einmal zerstört worden war?

Die Tür schloss sich hinter ihm. Ich starte auf das weißlackierte Holz. Dann wandte ich mich um. Ich war erschöpft, ausgelaugt. Den Gedanken an Sven verbot ich mir, die Wunde war zu frisch und zu offen. Etwas Schlaf würde mir guttun. Doch nachdem ich mich eine Stunde lang im Bett von einer Seite auf die andere gedreht hatte, gab ich auf. Ich war viel zu aufgedreht, um zu schlafen. Die Gedanken spielten Fangen in meinem Kopf. Ich stand auf, zog mich an und lief mit dem Hund eine Runde um die Frankenburg. Dann ging ich zum Neumarkt. In der Kinderarztpraxis nebenan war es erstaunlich ruhig. Ich winkte meiner Freundin Stephanie Baelen zu, der die Praxis gehörte, und ging in meine Räume. Ich nahm Svens Akte, konnte sie aber nicht öffnen. Nach einer Weile rief ich seine Eltern an. Ich versprach Simone, ihr bei den Vorbereitungen zur Beerdigung zu helfen. Sie sollte wahrscheinlich am Freitag sein.

Martin und ich hatten keine Kinder, auch wenn wir uns immer welche wünschten. Er war nur bedingt zeugungsfähig, die Ärzte hatten uns erklärt, dass es vermutlich nur mit einer künstlichen Befruchtung möglich sein würde, doch dazu war ich nicht bereit gewesen. Jetzt dachte ich wieder darüber nach. Ich wusste, Martin wünschte sich sehnlich ein Kind. Vielleicht war das auch ein Grund für ihn, sich Maria zuzuwenden. Dieser Gedanke ließ wieder die Wut in mir hochsteigen, die Unruhe kehrte zurück. Es hatte keinen Sinn, ich musste mich irgendwie beschäftigen und ablenken. Hechelscheid fiel mir ein. Ich würde in die Eifel fahren und dort gründlich sauber machen. Als ich den Raum verließ, drehte ich mich noch einmal um. Auf dem Schreibtisch lagen zwei Akten. Die von Sven und die von Sonja. Ich nahm beide mit.

Es war gegen Mittag, als ich die Himmelsleiter emporfuhr. Es hatte sich zugezogen. Dunkle Wolken hingen tief und regenschwer vom Himmel. Mitten in der Woche und noch dazu bei schlechtem Wetter hierher zu fahren hatte einen Vorteil – es gab kaum Verkehr. Ich nahm die Bach-CD aus dem Wechsler, hätte die Musik jetzt nicht ertragen. Auf gut Glück griff ich nach einer anderen, legte sie ein. Simon und Garfunkel, wo kam die denn her? Aber ich ließ die Musik laufen, es waren ruhige, vertraute Lieder. Es begann zu regnen, erst ganz sanft, ein leichter Schauer, dann wurde es stärker. »This is my song for the asking« – das traf meine Gemütslage. Zu viele Fragen, auf die ich keine Antwort hatte. Warum? Warum Maria? Warum musste Sven sterben? Warum wurde Sonja getötet? War der Täter tatsächlich ein Verwandter von ihr? Ihr Vater konnte es nicht sein, da war ich mir sicher. Oder doch? Über die Frage grübelnd hätte ich fast die Abzweigung nach Hechelscheid verpasst. Ich trat auf die Bremse, die Reifen blockierten, und der Wagen rutschte auf den Graben zu. Im letzten Moment konnte ich ihn wieder in meine Gewalt bringen. Ich gab Gas, bog in den Weg ein, und die Reifen drehten auf der nassen Straße durch. Ich schleuderte nach rechts, fing den Wagen. Leise fluchend fuhr ich den Hang hinunter, mein Herz pochte wie wild. Die Reifen meines Golfs waren schon alt, vielleicht zu alt. Bei Regen rutschten sie. Wenn mir ein Auto oder ein Motorrad entgegengekommen wäre, hätte ich nicht ausweichen können. Daran mochte ich gar nicht denken. Ich war übermüdet, überreizt.

Ich fuhr in die Einfahrt unseres Hauses, parkte den Wagen. Der Regen ließ gerade nach. Charlie stürmte nach draußen, beschnüffelte glücklich den Hof, markierte jede Ecke. Er tat mir leid, wurde seit Tagen hin und her gefahren. Hier fühlte er sich wenigstens wohl.

Ich entlud den Wagen, öffnete alle Fenster im Haus und sorgte für Durchzug. Es roch nach Regen und gepflügten Feldern. Die Küche sah aus wie ein Schlachtfeld, ungespültes Geschirr, überlaufende Aschenbecher. Es schüttelte mich. Und doch konnte ich mich nicht dazu bringen, direkt zur Tat zu schreiten. Langsam stieg ich die steile Treppe empor, blieb in dem kleinen Flur stehen. Rechts war die Tür zu unserem Schlafzimmer, links die Tür zu dem Raum, in dem Martin Maria geliebt hatte. Ich blieb vor der Tür stehen, öffnete sie dann zögernd. Wollte ich das Zimmer sehen? Ein Bett stand unter dem kleinen Fenster. Das Zimmer war so winzig, dass das Bett den ganzen Raum beherrschte. Die Laken waren zerwühlt. Fassungslos starrte ich darauf, dann schrie ich laut auf, stürzte mich auf das Bett. Ich zog die Laken ab, die Bezüge, boxte wie wild in die Kissen. Schließlich beruhigte ich mich, stopfte die Bettwäsche in die Waschmaschine. Maria würde nie wieder dieses Haus betreten.

Nach gut zwei Stunden war alles gesaugt und gewischt. Es duftete nicht nach Vanille, sondern nach Orange, und darüber war ich froh. Trotzdem war mir übel. Ich hatte noch nicht viel gegessen, aber der Hunger war mir vergangen. Ich zog meine Laufschuhe an und rief Charlie zu mir. Es hatte aufgehört zu regnen. Der Wald roch intensiv nach Tanne und Erde. Nach Friedhof, dachte ich, aber dann sah ich die frischen Ranken und Blätter, alles wuchs und gedieh. Fast alles.

Ich hatte meine Jeans angelassen, nur die Schuhe gewechselt, als ich loslief. Das Vibrieren des Handys in meiner Hosentasche riss mich aus meinen Gedanken.

»Conny? Robert hier.« Er klang fassungslos. »Ich glaube, wir haben eine Spur.«

»Bitte?«

»Conny … wo bist du?«

»In der Eifel.« Ich hielt an, schöpfte Luft. Sie hatten eine Spur zu dem Täter?

»In Hechelscheid?«

»Wo sonst? Ihr habt ihn?«

»Nein.« Robert schwieg. Ich ging ein paar Schritte, spürte plötzlich den Wind in meinem schweißnassen Nacken, es begann wieder zu regnen. »Nein, aber wir wissen, wer es vermutlich ist. Sonjas Vater. Hier ist die Hölle los, denn er scheint flüchtig zu sein.« Wieder stockte er.

»Und? Was passiert jetzt?«

»Die Ermittlungen laufen. Für die OFA wäre es wichtig, wenn wir abschließende Ergebnisse zusammenfassen könnten. Für die Datenbank, für künftige Ermittlungen. Noch beziehen wir uns hauptsächlich auf das ViCLAS – eine kanadische Datenbank.«

Violent Crime Linkage Analysis System, ich hatte darüber gelesen. Das BKA in Wiesbaden war dabei, eine eigene Datenbank zu erstellen, ähnlich der in Kanada.

»Du möchtest, dass wir uns noch mal treffen und die Ergebnisse in die Datenbank eintragen? Obwohl der Fall aufgelöst ist?«

»Ja, Conny, es ist wichtig. Für künftige Fälle.« Robert hielt inne, schnaufte. »Außerdem ist der Täter noch nicht gefasst, der Fall noch nicht gelöst.«

Es war schwer vorstellbar für mich, dass Sonjas Vater diese Taten begangen hatte. Ich kannte ihn, hatte ihn getroffen, gesprochen. Ein netter Mann, unverbindlich, aber doch freundlich. Und er war ein brutaler Mörder? Es wollte nicht in meinen Kopf. Vielleicht war so eine Datenbank wirklich wichtig, Fakten zusammentragen, Fehler eliminieren, Täter erkennen. Ich hatte mit Rainer Kluge telefoniert, nur ein paar Tage war es her, und nichts geahnt.

»Treffen wir uns in Köln?«, fragte ich.

Robert holte tief Luft. »Hier ist er Teufel los. Es ist wirklich die Hölle. Eine SOKO kurz vor dem Zugriff.« Er zögerte. »Kann ich zu dir kommen? In die Eifel? Dort haben wir Internet und Fax. Und Ruhe für die Zusammenfassung.«

»Hierhin?« Ich schluckte. Hier hatte alles angefangen. Nur ein paar Tage war es her, aber mein Leben war seitdem ein anderes. Maria würde ich nicht ertragen.

Robert schien meine Gedanken gelesen zu haben. »Nur du und ich, vielleicht Martin? Nur wenn du es kannst.«

»Was ist mit Julius und Thorsten?«

»Die sind beide bei der SOKO, da wird jetzt jeder Mann gebraucht. Aber sie bleiben mit mir in Kontakt.«

»Na gut.«

Eine gute Stunde später fuhr Roberts Wagen auf den Hof. Inzwischen hatte es sich eingeregnet. Die Wolken hingen dicht über den Hügeln, den See konnte man nicht mehr erkennen. Ich hatte Feuer im Ofen gemacht, mir eine Kanne Tee gekocht. Müde stand ich auf, um ihm die Tür zu öffnen. Er trug einen Karton.

»Willst du direkt hier einziehen?« Ich lächelte schief.

»Was?«

Ich zeigte auf den Karton.

»Ach nein.« Robert grinste verlegen. »Das sind Unterlagen, mein Laptop, Sachen für die Datenbank … drei Handbücher zum Beispiel. Ich bin im Umgang damit noch nicht wirklich sicher.«

»Jugend forscht?«

Jetzt lachte Robert laut auf, es platzte aus ihm heraus. »Die Kanadier sehen es bestimmt so.« Er folgte mir ins Haus, stellte den Karton im Esszimmer ab. »Schön dich zu sehen, Conny.« Dann betrachtete er mich nachdenklich. »War es keine gute Idee von mir hierherzukommen?«

»Warum?«

»Sei mir nicht böse, aber du siehst elend aus. Was ist passiert?«

Ich stöhnte auf. »Die letzten Tage waren ein wenig viel.«

»Warum hast du das nicht gesagt? So dringend ist die Datenbank ja nun auch nicht.« Er trat einen Schritt auf mich zu, legte mir die Hand auf die Schulter. Ich roch sein Aftershave, spürte seine Wärme und seine Zuneigung. Einen Augenblick zögerte ich, dann lehnte ich mich an ihn, ließ mich von ihm festhalten.

»Sven, mein Patient, ist heute Morgen gestorben«, flüsterte ich.

»Verdammt. Das ist grausam.« Robert hielt mich.

Für einen Moment standen wir da, hielten uns fest. Dann wich ich zurück, putzte mir die Nase.

»Komm.« Robert führte mich ins Wohnzimmer. »Setz dich.« Dann ging er zurück, kam mit einer Schachtel wieder und stellte sie auf den Couchtisch.

»Ich habe italienische Vorspeisen mitgebracht und frisches Brot. Tee hast du ja schon. Magst du reden?«

Ich weinte leise, erzählte ihm ein wenig von Sven, weinte wieder. Es tat gut, darüber zu sprechen. Mir fielen auch viele schöne Dinge ein, die ich gemeinsam mit dem Jungen erlebt hatte. Nach einer Weile lehnte ich mich erschöpft zurück. Robert hatte mir zugehört, meine Hand gehalten und mir Taschentücher gereicht. Es war das zweite Mal innerhalb weniger Tage, dass er mich tröstete.

»Ich hoffe, es wird nicht zur Gewohnheit werden, dass ich mich bei dir ausheule.« Ich versuchte ein Lächeln.

»Das hoffe ich auch. Nicht, dass ich dich nicht trösten

würde, aber die Anlässe sind grausig. Das sollte dir erspart bleiben. Ruh dich aus«, sagte er leise.

Er schürte das Feuer im Ofen, gab mir eine Decke. Ich fühlte mich zu leer, zu erschöpft, um in mein Schlafzimmer zu gehen. Der Regen tropfte beständig von der Dachtraufe, rauschte und gluckerte in den Fallrohren. Über diese Geräusche schlief ich ein.

Ich wurde wieder wach, als ein Wagen auf den Hof fuhr. Robert saß neben mir auf dem Sessel und las in einer Akte. Auch er hatte wohl das Auto gehört und hob nun lauschend den Kopf. Der Regen hatte nachgelassen. Jemand schloss die Haustür auf. Für einen irrwitzigen Augenblick lang dachte ich, dass der Irre wiedergekommen wäre.

»Hallo?« Es war Martin. Er kam ins Wohnzimmer. »Was für eine kuschelige Szene. Ich dachte, wir arbeiten?«

Ich setzte mich langsam auf, rieb mir über das Gesicht. Martin sah mich prüfend an, setzte sich dann neben mich und nahm mich in den Arm.

»Hast du geschlafen?«

Ich nickte stumm.

»Gut, das hattest du sicher bitter nötig.« Er schnaufte. »Was für eine beschissene Woche.« Dann küsste er mich zart.

Robert stand auf. »Ich geh mal mit dem Hund, wenn ich darf. Der Regen hat nachgelassen, und ein wenig frische Luft wird mir guttun.«

Er sah mich nur kurz an, bevor er hinausging, sein Blick wirkte seltsam traurig.

Ich kuschelte mich in Martins Arm, holte tief Luft. Es fühlte sich so vertraut, so richtig an. Trotzdem war mir klar, dass wir an unserer Beziehung würden arbeiten müssen. Er beugte sich zu mir, küsste mich wieder. Ich strich über seine Wange.

»Was hast du da?« Ich schob ihn von mir, sah einen blutigen Kratzer, der mir vorher nicht aufgefallen war.

»Nun ja, die Worte: ›Tut mir leid, es ist vorbei‹ sind nicht mit großer Begeisterung aufgenommen worden. Sie hat einen schönen Ring am Finger, mit einem scharfen Stein.« Er befingerte die Wunde, zuckte dann mit den Schultern. »Vermutlich habe ich es verdient.«

## Kapitel 18

Robert kehrte zurück, brachte einen Schwall nasskalter Luft mit sich. Er schüttelte sich, genau wie Charlie, kleine Tropfen flogen durch den Raum, glitzerten im Schein des Feuers.

»Gibt es etwas Neues?«, fragte Robert Martin, während er sich eine Tasse Tee einschenkte.

»Die letzten Untersuchungen laufen noch. Um wirklich Gewissheit zu haben, wird es ein paar Tage dauern.«

»Ich bin noch gar nicht auf dem neusten Stand der Dinge«, sagte ich leise.

»Also, Maria hat zufällig ein paar Ergebnisse überprüft und ist da auf etwas gestoßen, was ihr seltsam vorkam.«

Maria, obwohl er den Namen sachlich aussprach, zuckte ich zusammen.

»Sie hat es überprüft und ich auch. Zuerst dachte ich, ein paar Proben wären falsch beschriftet gewesen. Aber als ich die DNS mit der der anderen Fälle verglichen hatte, stand fest, dass der Täter mit Sonja Kluge verwandt sein muss. Ganz genau können wir noch nicht sagen, wie weit die Übereinstimmung geht – es kann auch ein Onkel oder Cousin sein, aber sicher ist, dass es eine Verwandtschaft gibt. Leider arbeiten reale Labors nicht so schnell wie die im Fernsehen. Die Schnelltests sind aber eindeutig.«

»Es gibt keinen Bruder und keinen Onkel, soweit uns das bekannt ist«, stellte Robert fest. »In Frage kommt also nur der Vater.«

»Ich glaube das nicht. Was ist die Verbindung vom Vater zu Frau Hoffmann, Herrn Mueskens? Er hat sie ja nicht ohne

Grund getötet. Und warum jetzt, sofort nach der einen Tat die nächste und diesmal seine Tochter?« Ich schüttelte den Kopf.

»Vielleicht hat Sonja etwas mitbekommen, und er wollte sie aus dem Weg räumen.«

»Und dann benutzt er den gleichen Modus Operandi wie beim anderen Fall? Seine Handschrift ist in beiden Fällen identisch, auch im ersten Fall sind schon Zeichen davon zu sehen. Er hat sich weiterentwickelt, mordet nicht aus reiner Lust am Morden, sondern will damit Zeichen setzen. So wie er vorgeht, hätte er jemanden, der nur Zeuge ist, schlicht aus dem Weg geräumt. Vielleicht hätte er etwas mit ihren Augen und ihrem Mund gemacht – ausgestochen, Zunge herausgeschnitten oder zugeklebt –, aber er hätte nicht den Tathergang wiederholt.«

»Was macht dich da so sicher, Constanze?«, fragte Robert nachdenklich. »Hast du eine andere Lösung? Einen anderen Ansatz?«

Ich dachte nach. »Nein, habe ich nicht. Vom Psychologischen her erscheint es mir sinnlos. Seine Tochter – falls sie Zeuge geworden wäre – hätte er anders ›stumm‹ gemacht. Oder aber sie hat etwas mit seinem ursprünglichen Motiv zu tun. Sie ist mit in die Motive verkettet und keine Zeugin.«

»Das Motiv ist ja immer noch unklar.«

»Irgendetwas mit den Münzen – sind wir da schon weiter?«, fragte ich, schreckte dann zusammen. Ein weiterer Wagen fuhr auf den Hof. Wir blickten uns an.

»Kommt noch jemand?«, fragte ich verwirrt.

»Eigentlich nicht«, sagte Robert.

Martin stand auf und ging zur Tür. Inzwischen herrschte draußen tiefes Nachtdunkel, das hier von keiner Straßenlaterne durchbrochen wurde.

»Du und Martin …?« Robert sah mich an, aber er schaute nicht in meine Augen, fixierte einen Punkt knapp über meinem Kopf.

»Wir versuchen es noch mal. Ich hoffe, Maria ist Geschichte

und steht jetzt nicht vor der Tür, um uns eine Szene zu machen.«

»So ist das also.« Jetzt schaute er mich an. Ich konnte seinen Blick nicht deuten. »Dann wollen wir mal wirklich hoffen, dass es nicht Maria ist, die da kommt. Und auch, dass keine toten Kaninchen in deinem Kochtopf landen werden.«

»Eigentlich tut sie mir leid. Sie hatte schon fast gewonnen ... dachte sie zumindest, aber zwölf Jahre lassen sich nicht einfach wegwischen. Auch wenn manches schwierig ist.«

»Das ist wohl so.« Unruhig rutschte er auf seinem Sessel hin und her. »Ich brauche etwas zu trinken. Habt ihr irgendwo einen Bitter?«

»Keine Ahnung. Einen Grappa haben wir. Müsste drüben in der Anrichte stehen.«

Robert stand auf, ging zur Tür. »Na so was, Thorsten. Was machst du denn hier?«

»Das habe ich ihn auch gefragt«, hörte ich Martin amüsiert sagen. »Er hat bisher nur seltsame Laute von sich gegeben. Komm, Thorsten, wir sind im Wohnzimmer am Kamin.«

»Ohne meinen Navigator hätte ich niemals hierher gefunden.« Thorsten schälte sich aus seiner Jacke, ließ sie auf den Boden fallen und setzte sich. Er lehnte sich zurück, schloss die Augen und stöhnte laut. »Ich brauche etwas zu trinken. Wenn es geht, etwas mit vielen Prozenten.«

»Whisky, Grappa oder Klaren?«, bot Martin an.

»In der Reihenfolge.« Thorsten stieß den Atem aus. »Nee, im Ernst, mir egal, Hauptsache, es brennt.«

»Ich wollte gerade Grappa holen. Whisky nehme ich aber auch.« Robert kehrte zu seinem Sessel zurück. »Was machst du hier, Thorsten?«

»Ich habe frei. Bis Morgen. Meine Frau ist bei ihren Eltern, unsere Wohnung ist kalt und leer, und bevor ich da aufschlage und Däumchen drehe, wollte ich lieber mit euch über den Fall sprechen. Er lässt mich sowieso nicht los und euch ja auch nicht.«

»Du hast frei und kommst hierher? Bist du etwa verliebt?« Robert lachte laut.

»Du bist ja auch hier«, gab Thorsten unwirsch zurück.

Bei seinen Worten zuckte ich zusammen. Hatte ich Roberts Freundschaft falsch eingeschätzt? Ich sah Robert an, aber er erwiderte meinen Blick nicht. Martin kam, stellte eine Whiskyflasche und Gläser auf den Couchtisch, schenkte uns ein.

»Warum bist du hier, Thorsten? Nicht, dass wir dich nicht hier haben wollten. Aber du bist doch bei der SOKO?«

»Die SOKO macht Pause. Ich zumindest. Seit sechs Tagen bin ich im Dienst. Bei der OFA erst und dann bei der SOKO.« Er seufze. »Wie wir alle. Dieser Fall hat es in sich. Er hat mich gepackt. Meine Frau kennt das schon, wenn ich über Tage in einer SOKO bin, geht sie mit den Kindern zu ihren Eltern, die wohnen nur zwei Straßen weiter, haben ein großes Haus mit Garten und freuen sich.«

»Da hättest du auch hingehen können oder nach Hause, ausschlafen«, warf ich ein.

»Hätte ich, Conny, aber es lässt mich nicht los, und ich wollte wissen, ob ihr wirklich glaubt, dass der Vater der Mörder ist. Ich weiß, die DNS – aber ich kann es nicht glauben.«

»Wieso?« Robert sah ihn angespannt an.

»Keine Ahnung, ein Gefühl. Seit Montag versuche ich, Kluge zu erreichen. Er ist nicht da. Er ist nicht zu Hause, nicht auf dem Handy erreichbar, und die Firma weiß auch nicht, wo er ist. Er hat sich Montag krankgemeldet, was er selten tut, sagt die Firma. Seit dreißig Jahren arbeitet er zuverlässig, und nun ist er verschwunden?«

»Das könnte darauf hindeuten, dass er der Täter ist. Er spürt, dass wir ihm auf den Fersen sind«, sagte ich leise.

»Woher sollte er das am Montag schon wissen? Heute ist Mittwoch, Conny. Und heute haben wir die DNS erst verglichen.«

Ich schluckte, nahm das Whiskyglas, drehte es in meinen Händen, schluckte wieder. Maria hatte die richtige Fährte gefunden, den entscheidenden Hinweis auf den Täter. Ich hatte den Täter gewarnt, so dass er Zeit hatte, sich abzusetzen. Das war großer Punktabzug auf meiner Seite.

»Das ist Blödsinn, Leute.« Martin ließ sich schwer auf das Sofa neben mir fallen. Er sah sehr müde aus. »Wir haben nur durch Zufall herausgefunden, dass die Opfer- und die Täter-DNS verwandt sind. Verglichen wird die in so einem Fall nämlich nicht. Über die Restriktionsmuster und die Längenfragmente bestimmt man die Familienzugehörigkeit, zum Beispiel bei Vaterschaftstests. Diese Analysen machen wir gar nicht bei den DNS-Untersuchungen. Wir legen Fragmente fest, vergleichen sie mit anderen, aber das ist sehr viel grober. Im Grunde haben wir erst mal ein Muster und vergleichen das mit anderen Tätermustern und nicht mit denen der Opfer. Maria hat es getan und sah die Ähnlichkeit. Ein Zufall.«

»Und?«, fragte Robert skeptisch.

»Wie ›und‹? Das kann er doch nicht ahnen und deshalb abhauen. Bis die genauen Analysen da sind, dauert es Wochen. Also hätte er Zeit, wenn er damit spielt. Er hat genug DNS-Spuren bei jeder Leiche hinterlassen. Entweder glaubt er nicht, dass wir Proben nehmen, oder er weiß es nicht – was blödsinnig wäre –, oder es ist ihm nicht bewusst, dass wir die Verwandtschaft feststellen können. Was ebenso blödsinnig ist, wenn man das Unterschichtenfernsehen und die Presse verfolgt. Jeder Hinz und Kunz lässt doch heutzutage einen Vaterschaftstest machen. Es ergibt keinen Sinn, dass er gerade jetzt verschwunden ist. Wie soll er ahnen, dass wir ihm auf der Spur sind? Ihr habt doch nach dem Tod seiner Tochter mit ihm gesprochen.«

»Richtig, aber das ist schon zwei Wochen her. Da war er nicht verdächtig, weil der Tathergang mit dem von Mueskens übereinstimmte und wir nicht von einer Familiensache ausgegangen sind.« Thorsten nahm das Whiskyglas, roch kurz daran und trank. »Gewöhnlich werden Familienangehörige bei ungeklärten Mordfällen genau überprüft. Aber diesmal war der Bezug zu dem anderen Fall ja sehr deutlich. Dann stimmten auch noch die Täter-DNS und der Modus Operandi überein – da war der Vater raus aus unserem Fokus. Wer rechnet denn damit, dass ein Täter mehrere Leute nach einem

Schema umbringt und dann auch noch seine Tochter nach dem gleichen Muster? Niemand.«

»Wir haben das Motiv noch nicht, Thorsten.«

»Nein. Was sagst du, Conny? Psychologisch? Würde ein Vater seine Tochter so ermorden wie ein anderes Opfer?«

»Möglich, wenn man das Motiv kennt«, brachte ich hervor und kämpfte mit mir.

»Und wenn die Tochter in die Opferrolle passt, wie auch immer?«, fragte Robert. Er wirkte auf mich seltsam distanziert.

»Das kann ich nicht beurteilen«, gab ich zu.

»Trotzdem. Warum sollte er jetzt fliehen, gerade jetzt? Seit Jahren verteilt er seine DNS an Tatorten. Und jetzt verpisst er sich, obwohl er nicht wissen kann, was wir wissen.« Thorsten schnaubte, nahm noch einen Schluck Whisky.

»Nein, das kann er nicht wissen, wenn es ihm nicht jemand gesagt hat«, murmelte Robert.

Ich spürte, dass ich rot wurde.

»Aber er war ja schon Montag nicht mehr erreichbar.« Wieder schüttelte Thorsten den Kopf. »Das passt alles nicht zusammen.«

»Ich habe am Samstag mit ihm gesprochen«, sagte ich leise.

»Was?«

»Ich habe ihn angerufen, wollte mit ihm reden. Ich wollte wissen, ob sich Sonja in der letzten Zeit bedroht gefühlt hat. Ob sie mit ihm darüber gesprochen hatte.«

»Du hast ihn angerufen? Am Samstag?« Robert sah mich verwundert an.

»Ja, mir war eingefallen, dass sich Sonja nach dem Tod ihrer Mutter bedroht gefühlt hatte. Ob das psychotisch war oder ob sie wirklich Gründe dafür hatte, konnte ich nicht herausfinden. Sie nahm ja ihre Termine nicht mehr wahr. Aber möglicherweise hatte bei ihr das Gefühl nachgelassen, dass sie verfolgt wird. Wenn sie jedoch in der letzten Zeit wieder meinte, verfolgt zu werden und es ihrem Vater gesagt hatte, wäre das ein Zeichen dafür gewesen, dass der Täter sie beobachtet hat.«

»Was genau hast du ihn gefragt?«

»Eigentlich nur, ob Sonja Sorge geäußert hätte.«

»Was hat er geantwortet?«

»Er ist nicht auf die Frage eingegangen. Er hätte keine Zeit, würde mich zurückrufen, was er allerdings bis heute nicht getan hat.«

»Klang er krank?«

»Eher nicht, würde ich sagen. Erst schien er genervt, dann hat er mich abgewimmelt.«

»Durch deinen Anruf könnte er gewarnt worden sein«, meinte Thorsten.

»So ein Quatsch, er weiß doch nicht, dass sie bei der OFA mitarbeitet. Und außerdem wussten wir da doch noch nichts von der DNS.«

»Nein, aber er stand plötzlich wieder im Fokus der Aufmerksamkeit. Ich meine, er ist ein Killer, er wird nicht so denken wie wir. Meinst du nicht, dass er Sorge hat, überführt zu werden?«

Ich stöhnte leise. »Er weiß, dass ich bei der OFA mitarbeite.«

»Woher?«

»Ich habe es ihm gesagt. Er fragte mich, ob ich bei der Polizei sei.« Ich dachte nach. »Und als ich ihm sagte, dass ich mit euch zusammenarbeite, wurde er aufmerksam. Aber er beendete dann ziemlich schnell das Gespräch.«

Robert sog zischend die Luft ein. »Dann ist er vielleicht schon am Samstag oder Sonntag geflohen. Dadurch hat er natürlich einen riesigen Vorsprung. Er kann ja inzwischen sonst wo sein.« Robert nahm sein Handy, tippte eine Nummer.

»Psychopathen verhalten sich nicht anders als wir, Thorsten. Sie wirken völlig gesund, funktionieren im Alltag wie wir auch. Sie sind nicht geisteskrank, nur sehr gefährlich.«

»Wie wir auch? Mit Ausnahme der grausamen Taten, die sie vollbringen.« Thorsten kniff die Augen zusammen.

»Ja, natürlich. Nur dass es für sie keine grausamen Taten sind, sondern nur die Umsetzungen ihrer Fantasien. Es ist so, als wenn du Hunger hättest und dir deshalb ein Brot schmierst.

Eine logische Folge. Und der Psychopath will morden, also tut er es. Er erkennt es nicht als Fehler, als Verbrechen.« Ich rieb mir über die Stirn. »Verdammt, hätte ich ihn doch nie angerufen. Wenn Rainer Kluge der Täter ist, wovon wir ja ausgehen müssen, dann hat er vielleicht auch seine Frau umgebracht. Sonja wusste das, konnte es aber nicht aussprechen. Konnte ihn als Täter nicht benennen. Vielleicht hat sie es auch verdrängt, aber die Ängste blieben natürlich. Sie war für ihn eine tickende Zeitbombe. Möglicherweise hat sie den Mord an Mueskens beobachtet oder gesehen, wie ihr Vater den alten Mann quält und bestraft.« Ich stockte. Ich hatte meine Gedanken einfach so ausgesprochen, doch nun wurde mir etwas klar: Mueskens Wunden deuteten tatsächlich auf eine Bestrafung hin. Schläge auf das Gesäß, die Finger. Aber so bestrafte man früher Kinder und nicht alte Leute.

»Sie hat das mitbekommen und musste deshalb sterben?«

»Ja, und er hat sie langsam ausbluten lassen. Sie musste wortwörtlich dafür bluten, dass sie etwas wusste.« Mich schauderte es. »Die Wunden sprechen eine Sprache, sie sagen aus, was der Täter empfunden hat. Sind die ausgelebten psychischen Motive seiner Tat.«

Robert stand auf, ging in den Flur. Ich hörte ihn leise telefonieren. Schließlich kehrte er zurück, setzte sich wieder. »Die Wohnung von Kluge wurde bisher nur observiert. Aber der Staatsanwalt hat nun eine Durchsuchung angeordnet. Die Konten des Mannes werden überprüft, seine Handyverbindungen auch. Das kann allerdings dauern. Vor morgen Abend haben wir da vermutlich kein Ergebnis.« Er rieb sich über das Kinn. »Es kann natürlich sein, dass er geflohen ist, weil du ihn angerufen hast, Conny, und er plötzlich meinte, verdächtig zu sein. Aber spätestens am Montag hätte Thorsten ihn angerufen und ihn nach Münzsammlungen gefragt. Da hätte er dann gewusst, dass es nur noch eine Frage der Zeit ist, bis wir auf ihn kommen, denke ich.«

Ich fühlte mich trotzdem schlecht. Roberts Handy klingelte.

»Julius?« Robert lauschte, die Stirn in Falten gezogen, dann sah er uns an. »Sie sind jetzt in der Wohnung. Er ist nicht da, was ja auch nicht zu erwarten war. Es sieht oberflächlich ganz normal aus. Im Kühlschrank steht angebrochene Milch, im Ofen liegt eine Pizza. Der Kleiderschrank sieht normal gefüllt aus, kein Hinweis darauf, dass er Koffer gepackt hätte.«

»Überstürzte Flucht?«, fragte Thorsten.

»Möglicherweise. Die Spurensucher werden sich jetzt die Wohnung vornehmen. Flughäfen und Bahnhöfe werden abgefragt. Er hat wohl einen Computer, vielleicht finden sie etwas darauf. Außerdem wird er zur Fahndung ausgeschrieben.« Robert gähnte verstohlen. »Wir können jetzt eigentlich nur abwarten, ob es weitere Ergebnisse gibt.«

»Hoffentlich ist er nicht außer Landes«, meinte Thorsten.

Wir redeten noch ein wenig über die Möglichkeiten, die die SOKO jetzt hatte, dann verabschiedete ich mich.

»Robert, du kannst wieder das Gästezimmer neben dem Bad haben. Thorsten, in dem kleinen Raum neben unserem Schlafzimmer steht ein frisch bezogenes Bett, da kannst du schlafen.« Ich sah kurz zu Martin, er senkte den Kopf.

Es ist ihm unangenehm, dass ich das Bett so vorgefunden habe, dachte ich. Geschieht ihm recht. Wie müde ich war, merkte ich erst, als ich langsam die Treppe hinaufging. Martin folgte mir. Im Bett kuschelte ich mich an ihn, roch seinen vertrauten Geruch, spürte seinen warmen Körper. Ich verdrängte den Gedanken daran, dass Maria auch so neben ihm gelegen hatte, und schlief ein.

## Kapitel 19

Am nächsten Morgen erwachte ich ausgeruht. Vom Himmel schien eine strahlende Sonne, und durch den gestrigen Regen wirkte alles wie frisch gewaschen. Ich ging mit Charlie zum Bäcker, holte Brötchen. Es roch intensiv nach Gras und Flieder. Heute würde wieder ein schöner Tag werden. Wehmütig dachte ich an Sven, der solche Tage immer geliebt hatte und nun nie wieder einen erleben würde. Aber auch seine Qual war beendet, er würde nie wieder Angst vor einer Chemotherapie haben müssen.

Ich deckte den Frühstückstisch, stellte einige Fliederzweige in eine Vase, als mein Handy klingelte.

»Vati, gibt es etwas Neues von Mutter?«

»Ich bin es, Conny.« Meine Mutter klang aufgelöst.

»Mutti, wie geht es dir? Bist du zu Hause?«

»Hast du etwas von Rita gehört?« Sie hatte meine Frage nicht beantwortet.

»Nein.«

»Die Polizei war hier. Ritas Wagen wurde gestohlen.«

»So was, von wem denn?«

»Von Jugendlichen. Sie haben den Wagen zu Schrott gefahren.«

»Das ist ärgerlich. Kommt die Versicherung dafür auf?« Ich schenkte mir Kaffee ein, verfluchte meine Schwester.

»Die Versicherung?« Meine Mutter klang irritiert. »Weiß ich nicht. Wir machen uns Sorgen um Rita, können sie nicht erreichen. Was, wenn ihr etwas passiert ist?«

»Was soll ihr denn passiert sein?«

»Das weiß ich nicht. Sie ist wie vom Erdboden verschluckt.«

Finde ich gar nicht schlecht, dachte ich und schalt mich böse. »Mutti, reg dich nicht auf. Das ist typisch Rita. Sie ist unterwegs mit einem Mann. Sie denkt gerade nur ans Poppen und an nichts anderes. Sie wird schon wieder auftauchen.«

»Conny!« Jetzt klang sie verärgert. »Wie kannst du so etwas sagen? Nicht jeder hat so Glück wie du und findet einen Mann, so ehrlich, treu und gut wie Martin.«

Beinahe hätte ich mich an meinem Kaffee verschluckt.

»Warum machst du dir jetzt so Gedanken um sie?«, fragte ich säuerlich.

»Ich habe Angst, dass ihr etwas passiert ist. Die Polizisten waren so kryptisch, es klang so seltsam. Der Wagen ist schon letzte Woche geklaut worden, angeblich. Vielleicht ist sie entführt worden.«

»Mutter! Wer soll sie denn entführen? Ich habe noch am Samstag oder Sonntag kurz mit ihr gesprochen.« Es war erst wenige Tage her, erschien mir aber wie eine Ewigkeit. »Ihr ging es gut, sie hatte nur etwas getrunken.« Wie meistens, fügte ich in Gedanken hinzu.

»Ich mache mir eben Sorgen.«

»Warum ist die Polizei denn eigentlich zu euch gekommen?«

»Der Wagen ist doch noch auf Vati angemeldet.«

Ach ja, dachte ich, natürlich. Vater kümmerte sich um alles, bezahlte alles. Rita hatte es wirklich gut. Und doch konnte ich die Sorge in der Stimme meiner Mutter erkennen.

»Ich versuche sie zu erreichen und frage jemanden von der Polizei, was genau passiert ist, ja? Wie geht es dir?«

»Das ist lieb, Schatz. Bis auf Kopfschmerzen geht es mir gut. Aber es wird jeden Tag besser. Wenn sich jetzt Rita melden würde ...«

»Ich kümmere mich darum, Mutti, mach dir keine Gedanken und ruh dich aus.« Seufzend verabschiedete ich mich.

»Wie geht es deiner Mutter?« Robert setzte sich zu mir an den Tisch. Er sah übernächtigt aus.

»Hast du geschlafen?«

»Wenig.« Er massierte sich den Nasenrücken. Sein Gesicht war bleich, der Bartschatten machte es noch blasser.

»Kaffee?«

Er nickte dankbar, nahm die Tasse und hielt sein Gesicht in den Dampf. Das machte ich auch oft, wenn ich sehr müde war.

»Gibt es etwas Neues?«

»Nichts. Immer noch ist Rainer Kluge verschwunden, keine Spur bisher. In seiner Wohnung haben wir auch nichts Bedeutendes gefunden.«

»Keine Münzen?«

»Bisher nicht. Sein Wagen steht in der Garage, das ist merkwürdig.«

»Er hat sich vielleicht ein Taxi genommen.«

»Das wird überprüft.« Robert rieb sich mit den Händen über das Gesicht, sah mich dann müde an. »Ich kenne dieses Stadium von vielen anderen Fällen – kurz vor dem entscheidenden Zugriff scheint die Zeit langsamer zu verlaufen und alles zu stagnieren. Dabei rotieren die Räder, überall wird ermittelt. Ein Puzzlestück fügt sich in das nächste, und allmählich entsteht ein Bild. Hältst du es immer noch für unwahrscheinlich, dass er der Täter ist?«

Ich schüttelte den Kopf. »Nein, es spricht zu viel dafür und eine Menge gegen ihn. Wenn wir das Motiv kennen, wird sich mir auch erschließen, warum er das getan hat. Tatsächlich könnte es sein, dass Frau Hoffmann und Herrn Mueskens etwas mit Kluge verbindet, etwas, wofür er sie bestrafen wollte. Vielleicht hat es mit dem Tod seiner Frau begonnen, vielleicht aber hatte Sonja recht, und er hat den Wagen manipuliert und sie in gewisser Weise auch getötet.« Ich kniff die Augen zusammen. »Möglicherweise wusste seine Frau, was er plante. Der Mord an Frau Hoffmann war noch dilettantisch, der an Mueskens viel ausgeklügelter. Sonja ist nur das i-Tüpfelchen. Sie hat es gespürt, vielleicht gewusst, was ihr Vater tat. Sie wurde plötzlich zur Bedrohung, hat eventuell verraten, dass sie etwas weiß. Er tötet sie nach dem gleichen Muster, allerdings variiert er mit den Details. Der Mord an Sonja kam im Prinzip zu schnell, zu kurz hinter dem anderen.«

»Vielleicht hat er sein Tempo erhöht.«

»Oder der Mord an seiner Tochter war der Schlusspunkt.«

»Glaubst du das?«, fragte Robert nachdenklich.

Ich überlegte, schüttelte dann den Kopf. »Nein.«

»Warum nicht?«

»Weil er seine Opfer zu lange quält, es sind zu viele prägnante Entscheidungen des Täters – die Gefangenschaft, die Verletzungen, die Vergewaltigungen. Er mordet nicht nur aus Rache, sondern auch, weil er sich daran befriedigt.«

»Sexuell?«

»Nein, Robert. Natürlich vergewaltigt er sie, aber der Trieb ist eher Macht.«

»Was lässt dich da so sicher sein?«

»Wenn er sie nur vergewaltigen und töten wollte, dann würde er schneller handeln und sie nicht noch verhungern und verdursten lassen. Er übt massive Macht aus über ihr Leben, entscheidet, wann er es beendet. Er befriedigt sich an ihrer Qual und Angst. Nicht an dem Sex. Das ist nur ein weiterer Punkt, um sich ihnen überlegen zu zeigen. Und damit kann er auch nicht plötzlich aufhören. Er hat sich eingearbeitet, hat sich verbessert. Nicht er wird durch das Blut der Opfer besudelt, sondern der Täter besudelt die Opfer. Durch Sperma, Kot, ihr Blut, die Qual. Er wird wieder morden müssen, um dieses Gefühl zu erhalten.«

»Wann?«

»Möglicherweise kann er eine ganze Weile von seinen Erlebnissen und Gefühlen zehren. Vielleicht aber auch nicht. Vielleicht ist nun der Drang in ihm, so schnell wie möglich wieder dasselbe zu spüren.«

»Du hast ihn kennengelernt, was meinst du?«

Ich biss mir auf die Unterlippe. »Es ist schwierig, wenn man jemanden unter einer bestimmten Prämisse kennenlernt und ihn dann unter einer ganz anderen beurteilen soll. Ich habe ihn als sich sorgenden Vater erlebt. Ein krankes Kind, um das er besorgt war, dem er helfen wollte. Nach dem Tod seiner Frau habe ich nur einmal kurz mit ihm gesprochen, ihn aber nicht gesehen. Es hat mich verwundert, dass er Sonja so schnell alleine gelassen hat. Das passte nicht zu meinem Bild von ihm. Aber wohlmöglich habe ich ihn von Anfang an falsch eingeschätzt.« Ein Gedanke kam mir plötzlich. »Ach herrje.«

»Was?«

»Sonja kam im Kindesalter in die Psychiatrie. Sie hatte Ängste, Phobien. Vielleicht hat sie ja als Kind Dinge mitbekommen, die sie verängstigt haben. Natürlich wurde das familiäre

Umfeld überprüft, aber beide Eltern waren hilfsbereit und offen – so erschien es uns. Möglicherweise war das geschickt vorgetäuscht, so dass wir gar nicht hinter den wirklichen Grund kamen.«

»Du meinst, er hat schon gemordet, als Sonja noch ein Kind war?«

»Keine Ahnung, vielleicht hat er nur gequält – war in der SM-Szene tätig, und sie hat es mitbekommen. Oder er hat sie missbraucht. Kinder zu missbrauchen hat oft auch mit Macht zu tun.«

»Das kann man vermutlich nicht mehr herausfinden, oder? Gibt es einen ärztlichen Bericht über sie aus der Zeit?«

»Bestimmt. Im Alexianer. Ich kann versuchen, das herauszufinden, aber das hilft uns doch auch nicht mehr weiter.«

»Doch natürlich. Je mehr Details wir über den Täter haben, auch wie er begonnen hat, um so besser. Dafür ist die OFA ja da. Es könnte für künftige Fälle wichtig sein.«

Ich nickte, nahm mir noch einen Kaffee.

»Als ich hereinkam, hast du telefoniert. Ich wollte nicht lauschen, aber du hast mit deiner Mutter gesprochen, oder?«, fragte Robert leise. »Geht es ihr besser?«

»Ja, sie ist wieder zu Hause. Allerdings macht sie sich Gedanken um meine Schwester.« Ich verdrehte die Augen.

»Du hast eine Schwester?«

»Leider.« Ich lachte leise. »Rita ist ein paar Jahre jünger als ich und das komplette Gegenteil von mir. Unbeständig, immer auf Achse, wild, aufbrausend, sehr spontan.« Erst jetzt fiel mir auf, dass die Begriffe, die ich genannt hatte, nicht alle negativ besetzt waren. Irgendwo tief in mir beneidete ich Rita. Sie aß das Leben mit vollen Löffeln, ließ nichts aus. Ich dagegen ging meinen Weg, wich weder nach links noch nach rechts. War ich langweilig? War das ein Grund für Martin, sich der jüngeren und lebhafteren Maria zuzuwenden? Darauf hatte ich keine Antwort.

»Klingt nach einem Wildspund«, sagte Robert. »Warum macht sich deine Mutter Sorgen?«

Ich erzählte ihm von der verwirrenden Geschichte mit dem Autodiebstahl.

»Soll ich mich darum kümmern? Ich könnte die Kollegen anrufen, und herausfinden, was da passiert ist.«

»Wenn du dadurch meine Mutter beruhigen kannst, wäre das zauberhaft.« Ich lächelte. »Aber nur, wenn es nicht zu viel Mühe ist.«

»Ein, maximal zwei Anrufe, Conny. Das schaffe ich schon.« Er stand auf, ging an mir vorbei, legte mir kurz die Hand auf die Schulter.

Ich mochte Robert, er hatte etwas, was mir Vertrauen einflößte, eine sichere Art des Umgangs.

»Heilige Scheiße!« Thorsten erschien mit verstrubbelten Haaren, zerknittertem Gesicht, in Boxershorts und T-Shirt im Esszimmer. Er hielt sein Handy in der Hand. »Conny, ist das Fax angeschlossen?«

Ich stand auf und überprüfte das Gerät. Es war nicht eingeschaltet, ich drückte die Taste, sofort ratterte es los.

»Was kommt da an?«, fragte ich und schluckte.

»Eine Tote. Vor zwei Jahren in Rheinland-Pfalz. Die Täter-DNS stimmt überein«, sagte Thorsten atemlos.

»Was?« Wenn das stimmte, würde sich die Lücke zwischen den Morden allmählich schließen. Wie viele Menschen hatte Kluge noch umgebracht? Ich trat von der Anrichte zurück, auf der das Fax-Gerät stand, fürchtete mich plötzlich vor einem weiteren grausamen Bericht, ein weiteres gequältes Opfer. Seite um Seite quoll aus dem Gerät, bis der Druck plötzlich abrupt endete. Die Anzeige blinkte hektisch, es war kein Papier mehr da.

»Conny?« Thorsten sah mich entsetzt an. »Papier?«

Ich zuckte hilflos mit den Schultern. Martin hatte das Gerät aus Aachen hergeholt. Dann drehte ich mich um, eilte die Treppe empor.

»Martin?« Er schlief noch. Lag auf der Seite, die eine Hand unter seiner Wange, die andere am Kinn. Er sah so friedlich aus, wie ein schlafendes Kind. »Martin, wach auf!« Ich rüttelte an seiner Schulter. »Hast du noch Papier für das Fax-Gerät?«

»Was?« Er schreckte hoch.

»Das Fax. Wir brauchen Papier.«

»Fax? Papier?« Er schaute mich verwirrt. »Haben wir kein Papier mehr?«

»Das ist meine Frage an dich. Wo ist Papier?«

»Was?« Er rieb die Fäuste über die Augen, stöhnte auf. »Conny, wie viel Uhr ist es?«

»Es ist gleich neun, und es ist wichtig!« Ich hätte ihn schütteln mögen. »Wir brauchen Papier für das Fax.«

»Papier ist unten in der Anrichte. Linke Tür.« Stöhnend ließ er sich auf das Kissen zurücksinken. »Lass mich erstmal wach werden.«

Ich stieß einen ärgerlichen Fluch aus, verstand seine Abgespanntheit nicht und ging wieder nach unten. Tatsächlich lag ein ganzes Paket Druckerpapier in der Anrichte, neben dem guten Geschirr, das ich von meiner Großmutter geerbt hatte. Ich füllte den Drucker, drückte den Schalter. Das Gerät sprang wieder an, spuckte weitere Blätter aus. Thorsten nahm eines nach dem anderen, las, reichte sie an Robert weiter. Die Mienen der beiden waren angespannt.

»Was steht da?«, fragte ich leise.

»Scheint so, als sei es unser Täter. Der bundesweite DNS-Abgleich hat zugeschlagen, und bingo, ein Treffer.«

»Münzen?«

»Bisher nicht, aber der Obduktionsbericht ist noch nicht vollständig.«

»Was hast du denn bisher aus der Rechtsmedizin?« Martin war nach unten gekommen, stand auf einmal neben mir, sah Robert an. »Gib mal!« Er nahm den Bericht, las ihn, stieß die Luft aus.

»Und?«, fragte Robert. Die Luft schien zu knistern.

»Keine Münzen, aber das Opfer ist nicht geröntgt worden. Wir haben bei Mueskens die Münze im Darm nur gefunden, weil wir ihn geröntgt haben. Da war ein Schatten, ich habe nachgesehen.«

»Bedeutet was?« Robert wirkte sehr angespannt.

»Die Rechtsmedizinerin hat die durchschnittene Kehle gesehen, den Magen untersucht, und das war es schon, laut Bericht. Das ist üblich. Todesursache steht fest – kein Grund, weitere teure Untersuchungen vorzunehmen, und ab dafür.«

»Hat das Opfer wieder hungern müssen?«, fragte ich leise.

Martin nickte nur. Ich wandte mich ab, mir war plötzlich schlecht.

»Was machen wir jetzt?« Thorsten trat zu mir, legte mir beruhigend die Hand auf die Schulter, sah aber Martin an.

»Ich rufe die Staatsanwaltschaft an, lass eine Exhumierung anordnen.« Robert nahm sein Handy und verließ den Raum.

»Nach zwei Jahren eine Exhumierung, mein Gott«, murmelte Martin.

Ich schnappte mir den Hund, brauchte dringend frische Luft. Im Flur standen meine Laufschuhe, ich zog sie über und lief los, ohne mich aufgewärmt oder Dehnungsübungen gemacht zu haben. Im Wald bereute ich es schon, auf dem Rückweg verfluchte ich mich, spürte jeden Muskel. Ich trabte nach Hause. Angekommen, ging ich sofort ins Bad und duschte heiß, hoffte so die Milchsäure in meinen Muskeln zu betrügen.

Im Esszimmer saßen Robert und Martin über die Berichte gebeugt. Von Thorsten fehlte jede Spur. Ich schaute aus dem Fenster, auch sein Wagen war verschwunden.

»Wo ist er hin?«

»Zurück zur SOKO. Im Computer von Kluge hat man pornografisches Material gefunden.«

»Ach du Scheiße. Schlimme Dinge?«

»Bisher wohl nur Pornos.«

»Und Kluge?«

»Keine Spur. Wir sind dabei, die Taxifahrer zu befragen, aber da wir nicht eingrenzen können, wann er verschwunden ist, ist das wie die Suche im Heuhaufen. Irgendwann zwischen Samstagabend und Mittwochmorgen ist er verschwunden.«

»Aber er ist ja am Montag schon nicht mehr ans Telefon gegangen«, sagte ich.

»Das heißt nichts. Am Montag hat er sich krankgemeldet. Aber von wo, kann niemand sagen. Da könnte er schon in Madagaskar gewesen sein.«

»Kann man das nicht überprüfen? Ich meine, von wo der Anruf kam?«

»Doch, das kann man. Aber dazu braucht man einen richterlichen Beschluss. Die Staatsanwaltschaft hat es schon beantragt. Ein wenig schwierig ist die Zuständigkeit. Kluge wohnt in Aachen, Sonja auch. Ihre Leiche wurde aber im Polizeibezirk Köln gefunden. Außerdem kann es dauern, bis der Provider die Daten hat, je nachdem welcher es ist. T-Mobile hat ein deutlich größeres Datenaufkommen als ein kleiner Provider«, erklärte Robert. »Noch mal zu den Pornos. Conny, du hattest vermutet, dass Kluge seine Tochter missbraucht hat. Wäre dann nicht Kinderpornografie auf dem Rechner?«

»Ich kann mir nicht vorstellen, dass er pädophil ist. Gut, ich konnte mir auch nicht vorstellen, dass er ein Mörder ist, also heißt das nichts. Aber er hat sich an seinen Opfern vergriffen, sie auf jede Art und Weise sexuell missbraucht. Er steht auf Macht, nicht auf Kinder.«

»Kinder sind doch auch wehrlos.«

»Ja, aber anders. Sie sind unschuldig, sauber, verletzlich. Möglicherweise hat er seine Macht über seine Tochter ausgeübt, als sie kleiner war.« Ich fuhr mir durch die Haare. Die Gedanken daran waren furchtbar. Ich hatte des Öfteren missbrauchte Kinder in Behandlung gehabt. Die Verletzungen des Körpers heilten schnell, die der Seele meist nie. Man konnte lindern und helfen, aber nicht heilen.

»Aber er könnte sie auch schon als Kind missbraucht haben?«

»Ja.«

Robert nickte. »Was dann aber tatsächlich nicht heißt, dass er nur auf kleine Mädchen steht. Wir werden nach weiteren Spuren suchen. Vielleicht gibt es doch eine Verbindung.«

Martin legte seufzend den Bericht zur Seite, den er gelesen

hatte. Immer noch war mein Lebensgefährte unrasiert. Sein Gesicht wirkte bleich.

»Tja, es war eindeutig unser Mann, auch wenn wir bisher keine Münzen gefunden haben. Das Opfer, eine Frau, siebzig Jahre alt, wurde gefangen gehalten, geknebelt und gefesselt. Bei ihr waren deutliche Spuren davon zu sehen, anders als bei Mueskens und Sonja. Außerdem hat er sie auch ausbluten lassen. Er hat ihr jedoch die Pulsadern aufgeschnitten. Erst quer und dann längs. Damit hat er vermieden, dass arterielles Blut direkt rausspritzt. Die Kehle wurde post mortem durchgeschnitten.«

»Warum wohl?«

»Todesursache war Herzversagen. Vielleicht ist das Opfer zu schnell gestorben.«

»Eine alte Frau«, murmelte ich. »Und wenn er gerontophil ist? Wie alt ist Kluge?«

»Ende fünfzig.«

»Er ist nicht wesentlich jünger als seine Opfer. Falls er gerontophil ist, lebt er es aber erst sehr spät aus. Trotzdem wäre das eine Möglichkeit. Lass seinen Rechner nach Bildern von alten Leuten suchen und überprüfen, ob die Pornos in die Richtung gehen.«

»Und Sonja?«, fragte Martin.

»Wir sind uns doch ziemlich sicher, dass Sonja nur Opfer wurde, weil sie vermutlich Zeugin war. Mit den Morden an sich und den Motiven hat sie nichts zu tun.« Ich stand auf.

Robert griff zum Handy. »Ich werde die Kollegen informieren.«

## Kapitel 20

Ich ging in die Küche, räumte ein wenig auf. Ich musste meine Gedanken sortieren. Die Wahrscheinlichkeit, dass Kluge noch mehr Menschen ermordet hatte, stieg. Es war ein deutliches Muster zu erkennen, er lernte dazu, wurde immer skrupelloser. Würden wir auf noch weitere Leichen stoßen? Immer noch blieb mir das Motiv verborgen. Doch nun wussten wir, wer der Täter war, und konnten den Hebel dort ansetzen.

»Ich mache mich schnell fertig und fahre dann nach Köln.« Martin legte mir die Hände auf die Schultern, zog mich an sich und küsste meinen Nacken.

»Wieso fährst du nach Köln?«

»In Kluges Wohnung wurden Blutspuren gefunden, nun müssen wir untersuchen, von wem sie stammen.«

»Ach Gott!« Ich seufzte. »Viel Blut?«

»Nein, aber es könnte von Sonja sein. Ein Indiz, das er sie in der Wohnung überwältigt hat. Man hat allerdings dort kein Versteck oder Verließ gefunden, nichts, was darauf hindeutet, dass er die Opfer dort gefangen gehalten hat. Aber die Spurensucher sind ja gerade erst am Anfang.«

»Ja, ich weiß. Es dauert.« Ich mochte mir das Versteck nicht vorstellen, und trotzdem kehrten meine Gedanken immer wieder dahin zurück. War es ein Keller? Ein Erdloch? Eine Garage? Ich meinte, kalten, feuchten Boden zu spüren, den muffigen, dumpfen Geruch eines Verließes. Was hatten die Opfer empfunden? Grauenvolle Angst? Das Gefühl von Unwirklichkeit? Mich schauderte es.

Kurze Zeit später verabschiedete Martin sich. Er hatte sich flüchtig rasiert und dabei geschnitten. Zwei kleine Stücke Klopapier klebten auf den Wunden an seiner Wange.

»Sieht nett aus.« Ich lachte leise.

Er fuhr mit seiner Hand über das Gesicht, lachte auch.

»Kommst du nachher wieder hierher?«, fragte ich ihn und umarmte ihn.

»Weiß ich noch nicht. Kommt darauf an, wie viel Arbeit anfällt. Wir telefonieren. Bleibst du denn in der Eifel?«

»Möglicherweise helfe ich Simone.« Ich schluckte und dachte an die bevorstehende Beerdigung.

Martin nickte. »Ich rufe dich an.«

Ich ging mit dem Hund. Als ich wiederkam, stand Robert an seinem Wagen.

»Ich dachte schon, du würdest gar nicht mehr wiederkommen. Einen Zettel zu hinterlassen und mich nicht persönlich zu verabschieden, hätte ich sehr unhöflich gefunden.«

»Du musst weg?«

»So idyllisch es hier auch ist, ich muss nach Köln und einige Dinge abgleichen. Langsam kommt Bewegung in die Sache. Man hat nichts gefunden, was auf Gerontophilie hinweist, aber er war einige Male auf Internetseiten von Münzsammlern. Anscheinend hat er auch einen Safe in der Bank, vielleicht hat er dort seine Schätze. Abgehoben hat er seit Samstag nichts mehr vom Konto, und am Samstag nur zweihundert Euro, das reicht nicht für eine Flucht, und es war am Samstagmorgen.«

»Er hat nur ein Konto? Keine Kreditkarte?«

»Doch, er hat auch eine Kreditkarte, aber da ist es schwieriger, an die Auszüge zu gelangen, mitunter dauert es ein paar Wochen. Wir bleiben am Ball. Bei den Fluggesellschaften gibt es bisher keinen Hinweis darauf, dass er sich ein Ticket gekauft hat. Nun haben wir die Niederlande um Amtshilfe gebeten, Maastricht ist ja nicht weit von Aachen entfernt.«

»Daran habe ich überhaupt nicht gedacht. Er könnte auch in Amsterdam sein und von dort aus fliegen.«

»Auch das überprüfen wir, Conny. Ich muss fahren.« Er sah mich nachdenklich an, nahm mich dann in die Arme und drückte mich an sich. Es war eine zärtliche Umarmung, liebevoll und sacht. Er küsste meine Wange. »Pass auf dich auf, Conny. Ich rufe dich an.« Er fuhr mit seiner Hand kurz durch mein Haar, wie beiläufig, und doch war es eine sehr herzliche Geste.

Ich sah ihm hinterher, sah seinen Wagen vom Hof fahren, der Kies knirschte unter den Reifen. Auf einmal kam ich mir einsam vor.

Nachdem ich das Haus aufgeräumt, die Aschenbecher geleert und die Zimmer durchgelüftet hatte, blieb mir nicht mehr viel zu tun. Robert hatte mir eine Kopie der Berichte dagelassen, aber alles in mir widerstrebte sich dagegen, sie zu lesen und mich mit einem weiteren Tod zu befassen. Ich packte meine Sachen, verschloss das Haus und fuhr zurück nach Aachen.

In meiner Praxis angekommen, rief ich die Richterin des Familiengerichts an und sagte ihr, dass ich wieder Gutachten bei Sorgerechtsfällen machen würde. Sie war sehr erleichtert und wollte mir direkt zwei Fälle überlassen. Ich bat sie, bis zur nächsten Woche zu warten, wollte erst Svens Beerdigung überstehen.

Dann nahm ich all meinen Mut zusammen und fuhr zum Kronenberg. Ich lief mit Charlie den vertrauten Weg durch die Wiesen bis zum Bach, ging den kleinen Pfad hinauf, der zu dem Haus führte. Simone öffnete mir. Sie war bleich, Schatten lagen unter ihren Augen, doch trotzdem lächelte sie.

»Conny.« Wir nahmen uns in den Arm.

Den Nachmittag verbrachten wir damit, Details für die Beerdigung zu planen. Sven hatte einige Lieder genant, die er in der letzten Zeit oft gehört hatte. Zudem wollte Simone, das »Denn er hat seinen Engeln befohlen über dir« von Mendelssohn-Bartholdy gespielt würde. Sie legte eine CD ein. Die Musik war wunderbar, mir schnürte sich die Kehle zu.

»Es ist so furchtbar. Eine entsetzliche Art von Taubheit hat mich ergriffen. Ich kann nicht mehr weinen. Immer wieder gehe ich in sein Zimmer, will nach ihm sehen, aber das Bett ist leer. Die Zeit heilt alle Wunden, sagt man. Aber wird diese Wunde jemals wirklich heilen, Conny?«, fragte sie leise.

»Nein, nie ganz und gar. Aber es wird leichter werden mit der Zeit.«

An Simones zittrigem Atemholen erkannte ich, wie viel Angst sie hatte.

»Ich möchte sterben, jetzt sofort. Ich möchte das nicht mehr durchmachen müssen. Aber dann wäre Peter alleine.« Sie senkte den Kopf. »Wenn wir uns jetzt auch noch verlieren, dann hat das Leben gar keinen Sinn mehr.«

Ich setzte mich neben sie und legte meinen Arm um ihre Schultern. Es gab keine Worte, keinen Trost.

Als ich einige Stunden später nach Hause fuhr, hatten wir viel geredet, viel geschwiegen. Ich fühlte mich erschöpft, aber ich sah einen Fortschritt. Sie war verzweifelt, sie würde jedoch nicht aufgeben. Die nächste Zeit würde schwer werden, ohne das Kind zurück zum Leben zu finden, war so, als würde man durch dichten Nebel laufen. Aber die beiden würden sich auf den Weg machen.

Es dämmerte schon, als ich nach dem Einkaufen auf der Oppenhoffallee parkte. Die Wohnung kam mir viel zu leer vor. Ich öffnete die Fenster, ließ die abendkalte Luft herein. Es roch nach Regen, obwohl keine Wolken zu sehen waren. Der Anrufbeantworter blinkte hektisch, zwei Anrufe in Abwesenheit. Ich nahm das Handy aus meiner Tasche, hatte es ausgeschaltet, bevor ich zu Simone gefahren war. Auch hier waren zwei Nachrichten auf der Mailbox. Einen kurzen Moment zögerte ich, fürchtete mich vor weiteren schlechten Nachrichten, dann hörte ich sie ab.

Martin teilte mir mit, dass er sich verspäten würde. Immerhin hat er vor, nach Aachen zu kommen, und bleibt nicht in Köln, dachte ich erleichtert. Robert bat mich um Rückruf. Ich tippte die Nummer, lauschte dem atmosphärischen Rauschen.

»Kemper.« Er klang gehetzt.

»Du hattest mich um Rückruf gebeten.«

»Conny. Ja, ich habe mit den Beamten gesprochen, die den Diebstahl am Wagen deiner Schwester bearbeiten. Es war Blut im Fahrzeug.«

»Was?« Ich tastete nach dem nächsten Stuhl, setzte mich. »Ritas?«

»Das war zuerst unklar, hat sich aber nun aufgeklärt. Die Jungen haben den Wagen gestohlen, als der Tank dann so gut wie leer war, fanden sie es lustig, den Wagen in einen Graben zu fahren. Dabei hat sich einer der Jungen verletzt. Sie ließen das Auto stehen und haben sich verdrückt. Dadurch, dass sie aktenkundig sind, ist man schnell auf sie gestoßen. Sie sind geständig. Das Blut stammt von einem von ihnen.«

»Gott sei Dank«, murmelte ich.

»Die Polizei hat sich allerdings gewundert, dass das Auto nicht als gestohlen gemeldet wurde. Immerhin hatten die Jungs es fast eine Woche.«

»Rita ist auf Reisen.«

»Immer noch?«

»Ich vermute schon. Miststück, sie weiß, dass unsere Mutter einen Unfall hatte. Sie könnte sich ja wenigstens melden.«

Robert schwieg einen Augenblick zu lange.

»Ist da noch etwas?«

»In die Wohnung deiner Schwester wurde auch eingebrochen. Die Jungs schwören, dass sie das nicht waren. Hast du irgendeinen Anhaltspunkt, wo deine Schwester sein könnte und mit wem?«

Mein Mund wurde trocken, plötzlich klebte meine Zunge am Gaumen.

»Sie sagte, sie sei in Prag. Mit wem, weiß ich nicht«, brachte ich mühsam hervor.

»Ich bleibe mit den Kollegen in Kontakt. Falls ich etwas erfahre, werde ich es dir mitteilen. Wenn du deine Schwester erreichen solltest oder sie sich bei dir meldet, dann sag es mir bitte.«

Ein befremdendes Gefühl beschlich mich bei seinen Worten. Sollte wirklich etwas passiert sein? Sonja fiel mir ein. Wann war sie vermisst worden und von wem? Es hatte keine Vermisstenanzeige gegeben. Ihr Vater war angeblich während dieser Zeit auf Geschäftsreise gewesen. Inzwischen wussten wir, dass sein Trip ein ganz anderer war. Ich hatte am Wochenende zuletzt mit meiner Schwester gesprochen. Heute war Donnerstag. Mir war durch und durch kalt. Ich versuchte, meine Mutter zu erreichen, legte jedoch nach dem dritten Klingeln auf. Sie würde mir meine Panik anhören, etwas, das sie ganz sicher nicht gebrauchen konnte. Ich nahm mir einen Grappa, trank ihn in einem Schluck, schenkte mir erneut ein.

Ich ging auf den Balkon, aber eine feuchte Kälte hatte sich über die Stadt gelegt. Unruhig suchte ich nach Ablenkung, griff schließlich zu der Mappe mit den Fallberichten.

Agnes Koschinski, siebzig Jahre, verheiratet mit Adolf Koschinski. Zum Zeitpunkt ihres Todes lebte der demente Mann in einem Pflegeheim, die Frau wohnte noch in ihrer Wohnung. Da sie ihn jeden Tag besuchte, wurde sie nach zwei Tagen als vermisst gemeldet. In ihrer Wohnung war keine Spur von ihr zu finden. Einen Tag später lud der Täter die Leiche nachts auf einem Autobahnparkplatz ab. Er legte sie nackt und breitbeinig auf einen der Picknicktische. Ich schluckte, überschlug die Fotos, wollte nicht noch mehr grausige Bilder im Kopf haben.

Sie trug deutliche Spuren von Fesseln, Gewebeband um Hand- und Fußgelenke sowie über den Mund. Sie war vaginal vergewaltigt worden und auch oral. Dies aber post mortem. Ihr Magen war eingefallen und leer, aber nicht geschrumpft wie bei den anderen Opfern. Sie war an Herzversagen gestorben, und dies vermutlich zu früh für den Täter. Ich schlug die Mappe zu, schloss die Augen und vergrub mein Gesicht in den Händen.

Charlie kam zu mir, stupste mich an. Ich kraulte ihn hinter den Ohren. Plötzlich drehte er den Kopf, sah zur Tür. Martin schloss die Tür auf.

»Conny?« Er kam zu mir, küsste mich. »Es ist eiskalt hier in der Wohnung. Hat das einen Grund?«

Erst jetzt merkte ich, dass die Kälte durch die offenen Fenster kam und mich nicht von innen beschlich. Wir schlossen die Fenster, Martin stellte die Heizung an. Er rieb meine eiskalten Hände zwischen seinen warmen, gab mir eine Decke.

»Warum hast du hier in der Kälte gesessen? Du wirkst ganz durchgefroren.«

»Ich habe nicht gemerkt, dass die Fenster noch aufstanden.« Dann erzählte ich ihm von meiner Schwester.

Martin runzelte die Stirn. »Wenn ich Rita nicht kennen würde, würde ich mir auch Gedanken machen. Aber so ist sie nun mal. Und wenn du nicht in der OFA wärst und diese ganzen schrecklichen Morde im Kopf hättest, würdest du dir auch keine Gedanken machen. Sie ist weggefahren, in ihrer Wohnung wurde eingebrochen, ihr Wagen geklaut. Eine Verkettung von unglücklichen Ereignissen. Nicht zwingend ist ihr etwas passiert.«

»Meinst du wirklich?« Zweifelnd sah ich ihn an.

»Natürlich. Letztes Jahr hatte sie einen Verkehrsunfall, weißt du noch? Und am Unfallort wurde ihr die Handtasche gestohlen. Rita zieht solche Sachen magisch an.«

Ich nickte und griff nach dem Telefon. Meiner Mutter erzählte ich nur knapp, was Robert mir über den Wagen erzählt hatte und dass das Blut nicht von meiner Schwester stammte.

»Blut?«, fragte sie entsetzt.

Ich verdrehte die Augen und verfluchte mich. Langsam und ausführlich erklärte ich ihr den Tathergang.

»Es hat nichts mit Rita zu tun. Randalierende Jugendliche waren es. Ihr geht es bestimmt gut.« Ich versuchte überzeugender zu klingen, als ich mich fühlte. Anscheinend gelang es mir, meine Mutter klang tatsächlich beruhigter, als ich auflegte.

Martin kaute gedankenverloren auf seiner Unterlippe.

»Was ist mit dir?«, fragte ich leise.

Er schüttelte den Kopf. »Ach, der Fall Kluge wird immer komplizierter. In seinem Schlafzimmer und auch im Bad gibt es Blutspuren. Sie wurden zwar abgewaschen, doch nur flüchtig.«

»Wessen Blut?«

»Wenn ich das mal wüsste. Weder seines noch Sonjas. Derjenige, der dort geblutet hat, war nicht mit ihnen verwandt. Aber es passt auch zu keinem der bisherigen Opfer.«

»Also noch einer«, flüsterte ich.

»Davon müssen wir ausgehen.«

»Wie viele noch?«

Martin schüttelte den Kopf. »Ich weiß es nicht.«

»Habt ihr sonst noch etwas gefunden?«

»Nein, nichts Brauchbares. Die Pornos sind harmlos, der Safe war leer.«

»Er muss irgendwo ein Versteck haben. Einen Ort, an dem er die Opfer gefangen hält.«

»Ja, aber wo? Kein Ferienhaus, keine Ferienwohnung, kein Schuppen, nichts. Wir kommen nicht weiter, und vermutlich ist er inzwischen über alle Berge.«

»Spätestens, wenn die nächste Leiche gefunden wird, wissen wir, ob er noch im Land ist«, sagte ich leise.

Den Rest des Abends verbrachten wir schweigsam. Wir sahen die Nachrichten, aßen etwas, gingen früh zu Bett. Beide waren wir in Gedanken mit dem Fall Kluge beschäftigt.

Am nächsten Tag fuhr Martin zeitig nach Köln. Er wollte genauere Analysen der Blutproben machen.

»Wirst du den Tag überstehen?«, fragte er mich ernst.

»Ich habe keine Wahl.«

»Es tut mir leid, dass ich dich nicht begleiten kann.«

Ich nickte nur, biss mir auf die Lippen.

Die Beerdigung war um elf. Simone wollte sich melden, wenn ich vorher zu ihr kommen sollte. Sie meldete sich nicht. Ich war einerseits erleichtert, andererseits besorgt. Doch ich konnte mir gut vorstellen, dass sie in dieser Zeit mit ihrem Mann alleine sein wollte.

Ich fuhr bedrückt zum Westfriedhof, nachdem ich mit Charlie eine lange Runde am Entenpfuhl im Aachener Wald gegangen war. Die Vaalser Straße unterteilte den Friedhof in den linken und in den rechten Teil. Ich parkte rechts, ging langsam zur Kapelle. Von hier aus konnte man beinahe zum Klinikum spucken. Dort, wo Sven so sehr gelitten hatte. War es ein tröstlicher Gedanke, dass er nicht mehr leiden musste oder nicht? Ich war mir nicht sicher.

Der Gottesdienst begann mit einem Lied von »The Fray« – »How to save a life«. Beim Refrain: Where did I go wrong, I lost a friend, somewhere along in the bitterness, and I would have stayed up with you all night, had I known how to safe a life – sah ich Simone an und sie mich. Wir beide teilten die Erinnerung an Svens letzte Nacht, an seinen letzten Atemzug. Das würde uns für immer verbinden. So bitter es auch war, es gab mir Kraft. Das, was die Pastorin sagte, ging an mir vorbei. Ich spürte wohl, dass ihre Worte gut gewählt waren, alle waren ergriffen. Ich schaute nur auf die großen Bilder von Sven, die ihn als Baby, Kleinkind und auch später zeigten, dachte an die vielen Gespräche, an das gemeinsame Schweigen. Dann wurde nochmal ein Lied von »The Fray« gespielt. »You found me«.

Simone, Peter und auch Sven waren gläubig. Sie hatten ihren Glauben bei all den Niederlagen nie in Frage gestellt. Ihre Sicht war – Gott gibt uns kein Schicksal, das wir nicht tragen können. Ob das immer noch so war? »Where were you?«, fragte der Sänger, und ich fragte es Gott. Eine Antwort würde ich wohl nicht bekommen.

Dann gingen wir durch die parkartige Landschaft des Westfriedhofs. Eine lange Reihe dunkelgekleideter Menschen, Jugendliche, Mitschüler, Freunde, Verwandte. Links und rechts des Weges standen die alten Grabmäler. Wunderschön gestaltete Figuren und Steine. Die Bäume rauschten im Wind wie Wasser, und große Kumuluswolken segelten wie Schiffe über den Himmel. Es roch nach Erde, Moos und Harz, vermischt mit dem süßlichen Duft verwelkter Blumen. Das alles bekam ich nur wie in Trance mit.

Irgendwann war es vorbei. Ich hatte meine Handvoll krümeliger Erde auf den Sarg geworfen, das dumpfe Geräusch gehört, als die Erde aufschlug, Menschen umarmt, Tränen geweint, Worte des Trostes gesagt, an die ich mich nicht erinnerte und die nicht trösteten. Mehr schaffte ich nicht und verabschiedete mich.

Den Weg nach Hause fuhr ich automatisch. In der Wohnung hielt mich jedoch nichts. Ich packte meine Sachen, nahm den Hund und fuhr nach Hechelscheid.

Dort zog ich meine Laufsachen an und lief. Ich lief, als würde ich damit dem Leben und allen Gedanken entkommen. Als ich zum Haus zurückkehrte, fühlte ich mich leer und ausgehöhlt, aber besser.

Charlie verschlang sein Futter, als hätte er tagelang nichts bekommen. Er machte alles klaglos mit, die Hin- und Herfahrten, mal viel, mal wenig Aufmerksamkeit. Lief neben mir Kilometer durch den Wald oder ging eine Runde durch die Stadt. Er ertrug mich und meine Launen. Ich war froh, ihn zu haben, und erlaubte ihm, mit mir auf dem Sofa zu kuscheln, während die Dämmerung einfiel.

## Kapitel 21

Mein Handy klingelte, als ich gerade wegdämmerte. Das Feuer knisterte im Ofen, Charlie schnarchte leise. Es war Martin.

»Wo bist du?«

»In Hechelscheid.«

Er schwieg, atmete jedoch hörbar.

»Martin?«

»Ich habe versucht, dich in Aachen zu erreichen, kann aber begreifen, warum du in die Eifel gefahren bist. Dich zu fragen, wie es dir geht, wie es war, traue ich mich kaum.«

»Es ist okay. Wo bist du?«

»In Köln. Ich fahre aber heute Abend noch nach Rheinland-Pfalz.«

Ich holte tief Luft. »Wegen der Toten?«

»Agnes Koschinski, ja, wegen ihr. Sie wird exhumiert. Ich möchte bei der Untersuchung dabei sein, verstehst du das?«

»Nein.«

»Conny, bitte.« Er klang flehentlich und gleichzeitig genervt.

Ich verstand ihn als Wissenschaftler, er wollte Dinge aufdecken. Der gewaltsame Tod gehörte in Martins Augen aufgeklärt, der Täter gefunden und zur Rechenschaft gezogen. Das verstand ich. Ich begriff auch, dass ihm der Fall ebenso wenig Ruhe ließ wie mir. Dass Martin aber jetzt, hier und heute wegfahren musste, um bei der Exhumierung einer Frau dabei zu sein, die schon vor zwei Jahren ermordet worden war, ging nicht in meinen Kopf. Auch morgen noch würde er sie untersuchen können. Nichts mehr machte diese Frau lebendig.

Ich war bereit, in vielen Dingen zurückzustecken, aber ich hatte eine schlechte Woche gehabt. Jemand, der mich liebte, gehörte nun an meine Seite, sollte mir eine Schulter bieten, Halt.

»Sei es drum, Conny. Ich habe der Rechtsmedizinerin versprochen zu kommen. Ich rufe dich an.« Dann legte er auf, bevor ich fragen konnte, ob Maria mitfuhr.

Wütend warf ich das Handy in den Sessel. Atmete dann tief durch. Es half nichts, wenn ich mich aufregte. Auf dem Tisch lag Sonjas Akte, ich nahm sie, blätterte darin. Gab es irgendeinen Hinweis in der Zeit, die sie im Alexianer verbracht hatte, auf Missbrauch? Ich fand nichts. Doch nun waren meine Gedanken wieder gefangen. Ich las den Bericht ein zweites Mal, nahm dann den Laptop und schaltete ihn ein. Internet ist eine wahrhaft gute Erfindung, wenn man ein Haus jenseits von allem in der Eifel besaß.

Ich ging auf die Seite des Alexianer-Krankenhauses in Aachen und suchte nach der Telefonnummer. Die Person am Empfang kannte ich nicht, aber nachdem ich mein Anliegen erklärt hatte, wurde ich schnell weiterverbunden.

»Conny?«, fragte Jutta. »Das ist ja Jahre her, dass ich von dir gehört habe.«

»Ich rufe beruflich an.«

»Willst du eine Stelle haben? Bekommst du sofort.« Sie lachte leise, wurde dann wieder ernst.

Ich erklärte ihr, weshalb ich anrief, erzählte von Sonja Kluge.

»Ich kann mich nicht an das Mädchen erinnern, Conny, aber die Akten sind im Archiv. Du meinst, sie hätte eine kindliche Schizophrenie entwickelt? Apathie, Sprachzerfall und affektive Störungen könnten tatsächlich auch Hinweise auf Missbrauch sein. Das Kind zieht sich in sich selbst zurück und schützt sich so. Man nimmt ja auch an, dass multiple Persönlichkeiten aus dem Grund entstehen. Hm.« Sie schwieg einen Moment. »Aber ich bin mir sicher, dass wir das überprüft haben, auch aus medizinischer Sicht. War das Jugendamt involviert?«

»Das kann ich dir nicht sagen, meine Unterlagen sind unvollständig. Ich war damals AIP.«

»Und der Vater ist der Täter? Ganz sicher? Ich meine, wenn sie hier stationär war, haben wir auch die Eltern in Augenschein genommen.«

»Die Eltern waren sehr kooperativ, sie haben das Kind einweisen lassen, wollten ihr dringend helfen.«

»Naja, das kann auch eine Maßnahme gewesen sein, um unschuldig zu erscheinen. Du kennst das doch – Leute, die ihre Kinder schlagen und alle naselang zum Arzt rennen. Oder Münchhausen-Stellvertreter. Es gibt so viele abnorme Menschen, die aber völlig normal reagieren.« Sie seufzte.

»Ich weiß nicht mehr, was ich glauben oder denken soll. Ich kenne den Mann. Flüchtig, aber immerhin. Im Moment erscheint mir, dass wir jeden Tag einen neuen Toten finden, den er in den letzten Jahren ermordet hat.« Ich fuhr mir durch die Haare. »Es ist gruselig. Alles alte Menschen bis auf Sonja.«

»Vielleicht hat er mit Kindern angefangen, aber sie haben ihm nicht den richtigen Kick gegeben? Er hat seine Opfer gequält?«

»Sie mussten hungern und dursten. Vermutlich hat er sie gleich zu Beginn geknebelt, damit sie nicht schreien konnten.«

»Aber sagtest du nicht, dass sie auch oral vergewaltigt wurden?«

»Möglicherweise hat er das post mortem getan oder als sie schon sehr geschwächt waren.« Irgendetwas hing mit diesem Gedanken zusammen, ich kam aber nicht darauf, was.

»Erwachsene kann man ganz anders quälen als Kinder. Sie wissen, was mit ihnen passieren wird, haben Todesangst. Kinder glauben immer erst einmal an das Gute. Aber von pädophil auf gerontophil? Das erscheint mir doch sehr gewagt. Ich habe auch noch keinen Fall erlebt, der so gelagert war.«

»Jutta, ich glaube nicht, dass die Fälle einen rein sexuellen Hintergrund haben. Es geht um etwas anderes. Rache, Strafe.« Ich erzählte ihr von den Münzen.

»Ein Fetisch? Möglich, aber nicht wahrscheinlich. Der Täter spricht seine eigene Sprache, ihr könnt sie nur nicht übersetzen. Es gibt ansonsten keinen Zusammenhang zwischen den Toten?«

»Bisher nicht. Kluge hat nichts mit der Gastronomie zu tun. Ich weiß auch gar nicht, ob das letzte Opfer in dem Bereich tätig war. Das wäre eine weitere Spur, abgesehen von den Münzsammlungen.«

»Es wird ein Motiv geben. Und ich glaube auch, dass Sonja einfach nur Zeuge war, sie dafür bluten musste, und – auf gut Deutsch – die Fresse hat er ihr auch poliert und somit den Kiefer gebrochen.« Sie stöhnte leise. »Schrecklich. Ich habe bis morgen Mittag Dienst. Soll ich nach der Akte suchen?«

»Das wäre toll, vielleicht finde ich etwas, was brauchbar ist.«

»Nach so vielen Jahren? Eher unwahrscheinlich.«

»Jeder kleinste Hinweis könnte uns weiterbringen. Wir klammern uns schon verzweifelt an Strohhalme.«

»Angesicht all dieser Grausamkeiten, wärst du nicht doch an einer Stelle bei uns interessiert?«

Ich lachte. »Nein. Bis zwölf hast du Dienst? Ich komme morgen vorbei. Danke, Jutta.«

Grübelnd legte ich das Telefon zur Seite, starrte auf den Monitor des Laptops. Ich gab verschiedene Begriffe rund um Münzen und Sammlungen ein, kam aber nicht weiter. Das Gefühl, auf der falschen Fährte zu sein, verstärkte sich. Aber wenn es nicht um Münzen ging, worum dann? Ich gab den Namen Rainer Kluge ein, fand einen Landesbeauftragten für Behinderte in Potsdam und einen Dr. Rainer Kluge, ein Arzt in Aachen. Unser Rainer Kluge erschien nicht auf den ersten Seiten, aber es gab zweihundertdreiundzwanzigtausend

Einträge zu dem Namen. Ich versuchte es mit dem Namen und Münzen, Sammlungen, Vereine – kein Treffer.

Das Handy klingelte, genervt schaute ich auf das Display. Wenn Martin jetzt anrief und irgendetwas säuselte, würde ich kommentarlos auflegen. Roberts Nummer wurde angezeigt. Gab es etwas Neues?

»Robert?« Ich atmete flach.

»Guten Abend, Conny.« Er räusperte sich. »Wie geht es dir?«

»Spar dir das Vorspiel. Gibt es ein neues Opfer?«

»Was?«

»Du rufst doch nicht an, um zu fragen, wie es mir geht. Was gibt es Neues? Eine weitere Leiche?«, fragte ich gepresst.

Er schwieg. Ich konnte seinen Atem hören.

»Robert?« Meine Nervosität stieg.

»Ich bin in Schleiden, komme aus Aremberg«, sagte er dann leise. »Wo bist du?«

»Quasi um die Ecke.« Nun schwieg ich. Was gab es Neues, das er mir nicht am Telefon erzählen wollte? Mein Herz klopfte, es fühlte sich an wie ein kleines Tier, das in meiner Brust gefangen war.

»Du bist in Hechelscheid? Das habe ich mir gedacht.« Er zögerte.

»Ja, bin ich. Komm vorbei.« Ich klang entnervt, er sollte ruhig spüren, dass ich es war.

»Conny, es gibt nichts Neues in den Fällen. Keine wesentlichen Dinge.« Er schluckte hörbar. »Ich weiß, dass Martin nach Rheinland-Pfalz gefahren ist. Und ich dachte … dachte, du solltest heute Abend nicht alleine sein. Es war bestimmt ein schwieriger Tag.«

Ich atmete tief durch, lehnte mich zurück. »Du hast daran gedacht?«

Er antwortete nicht. Stieß dann die Luft aus. »Verstehe mich nicht falsch, ich will dich nicht belästigen.«

»Komm vorbei, Robert.«

»Sicher?«

»Ja.«

Im Eisfach war noch ein Stück Rinderfilet, ich hatte Rucola-Salat mitgebracht und ein Stück Parmesan. Ich schnitt das Rinderfilet mit der Schneidemaschine in hauchdünne Scheiben, garnierte es mit dem Salat und Käse, würzte ordentlich. Eine Flasche Merlot aus unserem letzten Südfrankreichurlaub füllte ich in den Decanter, ließ den Rotwein atmen. Dazu hatte er allerdings nicht viel Zeit, denn Reifen knirschten auf dem Kies im Hof. Charlie sprang auf und lief in freudiger Erwartung zur Tür. Ich folgte ihm, öffnete mit gemischten Gefühlen.

Robert nahm mich schweigend in den Arm, zuerst sträubte sich alles in mir dagegen, doch dann spürte ich, wie gut seine Wärme tat. Er hielt mich einfach fest, sagte nichts. Den Gedanken an Svens Beerdigung hatte ich verdrängt, aber nun war da jemand, der Anteil nahm, der mit mir fühlte. Ich wandte mich aus Roberts Armen, schüttelte den Kopf.

»Nicht jetzt. Ich kann das jetzt nicht. Ich will keinen Dammbruch der Trauer«, flüsterte ich.

»Wann dann?«, fragte er leise.

Ich wich zurück. »Nicht jetzt. Bitte.«

»Conny …«

»Nein, Robert.« Ich ging zurück in die Küche, holte geschäftig die Platte mit dem Carpaccio und den Wein, schnitt Brot auf, brachte alles ins Wohnzimmer.

Robert hatte sich in den Sessel gesetzt und betrachtete mich schweigend. Er hatte die Fingerspitzen zusammengelegt, ein Zelt, ein Tipi, dachte ich.

»Nimm dir.« Ich deutete auf die Platte, brach mir ein Stück Brot ab, zerbröselte es. »Was hast du in Aremberg gemacht?«

»Conny?«

»Nein, ich will nicht darüber sprechen.« Ich sah in den Ofen, das Feuer flackerte munter.

Robert schenkte uns ein Glas Wein ein, trank bedächtig, schaute mich dann an. »Ich war in Aremberg, weil ich den Tatort sehen wollte. Es ist fast sicher, dass Kluge Mueskens zu Hause überwältigt hat und ihn dann mitnahm. Wohin auch immer. Ich habe mit ein paar Leuten dort gesprochen.« Er runzelte die Stirn, schwenkte sachte das Glas.

»Und?«

»Ach.« Es klang wie das Fauchen eines dicken Katers. »Es ist ein Dorf. In einem Dorf werden Geschichten erzählt.«

»Welche?«

Er winkte ab, trank, nahm sich eine Scheibe vom Fleisch.

»Nun komm, Robert. Was wird erzählt?«

Robert kaute, schluckte, kaute wieder, trank. Er ließ sich Zeit damit. Ich wurde immer nervöser.

»Es gab«, sagte er schließlich und trank dann einen Schluck Wein, schluckte, fuhr endlich fort, »wohl Gerüchte. Vor Jahren. Das erzählen ältere Bewohner des Dorfes. Über den Forellenhof, das Gasthaus, welches Mueskens gehört hat.«

»Gerüchte? Was für Gerüchte?«

»Das muss man mit Vorsicht betrachten, Conny. In einem kleinen Dorf wird jemand grausam ermordet, und gleich gibt es Leute, die irgendwelche komischen Verbindungen knüpfen. Sie haben vor Jahren mal etwas gehört, etwas Schlimmes. Es wurde nur gemunkelt, aber das war doch dort, das war doch der Forellenhof. Diese Gerüchte beziehen sich meist auf Tatsachen, auf tatsächlich geschehene Dinge, wurden aber durch die zweite, dritte, fünfte Hand verwaschen, verfälscht. Hier geht es um Kindesmissbrauch. Angeblich wurde der Gasthof von Kinderschändern benutzt. Man kam am Wochenende her, buchte ein Zimmer und ein kleines Mädchen oder einen kleinen Jungen direkt mit.«

»Grundgütiger!« Ich schlug die Hand vor den Mund.

»Mal langsam, Conny. Diese Gerüchte gibt es seit zwanzig oder mehr Jahren. Sie sind polizeibekannt. Es gibt absolut keine Beweise dafür, dass sie stimmen. Im Gegenteil. Der Forellenhof ist inzwischen eine bekannte und renommierte Adresse. Die Gerüchte beziehen sich auf eine Zeit von vor zwanzig Jahren, als Mueskens und seine Frau den Gasthof führten. Sie ist längst verstorben, und er war beliebt und anerkannt in der Gemeinde.«

»Vor über zwanzig Jahren. Da war Sonja ein Kleinkind.«

»Sie war vermutlich noch nicht mal geboren. Der Forellenhof war ein Familienbetrieb, den Mueskens Vater schon geführt hat. Es passiert immer mal wieder, dass sich schräge Gerüchte um einen solchen Betrieb ranken.«

»Du meinst, es ist gar nichts daran? Es sind nur böse Gerüchte?«

»Möglich. Neid spielt immer wieder eine Rolle. Wir versuchen, es zu überprüfen, aber was sollte es mit unserem Fall zu tun haben?«

Ich überlegte, doch mir fiel nichts ein. »Sonja stammte aus Aachen, es gibt keine Verbindung in die Eifel. Es sei denn, ihr Vater wäre pädophil und wäre nach Aremberg gefahren, um seiner Lust nachzukommen. Vielleicht hat er Sonja mitgenommen und auch seine Frau – ein nettes Wochenende in der Eifel. Sie gingen spazieren, er missbrauchte Kinder.«

»Und nun bringt er den fast dementen Mueskens um, damit der nichts mehr erzählt?« Robert imitierte ein Lachen. »Nein, Conny. Derart kalte Rache ist grotesk.«

»Ja, auch die beiden Frauen passen nicht ins Bild, du hast recht.«

»Kluge hat letzte Woche den Safe leergeräumt, die Bank konnte nicht sagen, was er dort gelagert hatte.« Robert schenkte sich Wein nach. »Außerdem wurden am Dienstag dreitausend Euro von seiner Kreditkarte abgehoben.«

»Wo?«

»Du wirst es nicht glauben – in Köln.«

»Er ist also noch im Land, er ist hier.« Ich stöhnte auf. War es besser, dies zu wissen? Oder wünschte ich ihn mir weit weg? Ich war mir nicht sicher. »Ich hätte ihn lieber in Weitfortistan«, sagte ich dann leise.

»An einem Ort, wo wir ihn nicht fassen können? Warum?« Robert klang entsetzt.

»Nein. Ja. Ach, ich möchte einfach nicht noch einen Bericht lesen müssen. Noch ein Opfer, grausam gequält.«

»Auch wenn er weit weg wäre, könnte er noch töten. Ich

möchte ihn schnappen, ihn haben. Ich möchte wissen, warum er all das getan hat. Es lässt mir keine Ruhe.« Robert schüttelte den Kopf.

»In Ruhe lässt es wohl keinen von uns.«

Robert sah mich an, kniff die Augen zusammen, schob die Unterlippe über die Oberlippe und stand dann abrupt auf. »Darf ich mit dem Hund gehen?«

»Alleine?«

Diesmal wich er meinem Blick aus. »Ja.«

Irgendetwas stand plötzlich zwischen uns, aber ich wusste nicht was. Ich hatte einen langen und harten Tag hinter mir, wollte keine weiteren Probleme.

## Kapitel 22

Der Wind war aufgefrischt, heulte unter der Dachtraufe und in den Winkeln und Ecken des Hauses. Eine traurige Litanei.

Nachdem Robert mit Charlie gegangen war, legte ich Holz nach. Die Flammen malten Muster und Schatten an die Decke. Die Stille des Hauses wurde nur vom Knistern des Feuers unterbrochen.

Ich nahm mein Handy und rief meine Schwester an. Gefühlte hundert Mal hatte ich inzwischen ihre Nummer gewählt, immer erfolglos. Diesmal nahm sie ab.

»Conny?«, sagte sie leise. Tiefe Verzweiflung klang in ihrer Stimme mit. Ich gefror innerlich, düstere Bilder von gequälten Frauen tauchten vor meinen Augen auf.

»Grundgütiger, Rita, wo bist du? Was ist mit dir?«

»Zuhause«, schluchzte sie.

»Du bist zu Hause? Seit wann?« Ich spürte, wie ich wütend wurde.

»Seit gestern.«

»Du bist seit gestern zu Hause? Hast du dich wenigstens bei den Eltern gemeldet?«

Sie schniefte, putzte sich die Nase, antwortete nicht. Das war so deutlich, als hätte sie laut »Nein« gesagt.

»Rita, unsere Eltern machen sich Sorgen um dich.«

»Ich weiß, aber ich konnte einfach nicht. Mir geht es so schlecht.« Ich konnte sie kaum verstehen, so leise sprach sie. War ihr doch etwas passiert?

»Was ist denn? Muss ich dir alles aus der Nase ziehen, Herrgott!«

»Conny, ich bin so unglücklich.«

Schnaufend lehnte ich mich zurück, atmete tief gegen meine Angespanntheit an. »Weshalb? Ein Mann?«

Wieder weinte sie nur.

»Also ein Mann. Der, mit dem du in Prag warst?«

»Bernd. Ich dachte, diesmal wäre er der Richtige, dachte, wir wären Seelenverwandte. Es schien alles zu passen.«

»Und?« Ich versuchte, meinen Ärger zu unterdrücken.

»Er ist verheiratet.« Jetzt weinte sie haltlos. »Und seit gestern wieder bei seiner Frau.«

»Was hast du erwartet? Dass er sich scheiden lässt? Wie lange kennst du den Typen schon?«

»Näher kenne ich Bernd bestimmt vier Monate. Wie kann ich mich so in ihm getäuscht haben? Er hat mir so viel versprochen.«

»Vier Monate? Das ist ja fast eine Ewigkeit. Mensch, Rita, reiß dich zusammen.«

»Das verstehst du nicht, Conny. Diesmal war es wirklich etwas anderes. Mutti wäre begeistert gewesen, sie mag ihn so sehr.«

»Mutter kennt ihn?« Ich schüttelte den Kopf, hatte meine Mutter nicht gesagt, sie hätten keine Ahnung, wo Rita wäre und mit wem?

»Es ist Dr. Bernd Lawien.«

»Der Hausarzt? Dieser selbstgefällige Kerl, der ständig mit Fremdwörtern um sich schmeißt und meint, er wäre Gottes

Geschenk an die Frauen? Rita, wie kannst du nur?« Ich schüttelte entsetzt den Kopf.

»Er sagte, er liebt mich.«

»Der sagt viel, wenn der Tag lang ist. Bei dir ist eingebrochen worden, weißt du das schon?«

»Nein.«

»Was ›nein‹? Du weißt es nicht? Die Polizei sprach von durchwühlten Schränken und Schubladen.«

»Nein, es ist nicht eingebrochen worden.« Nun klang ihre Stimme unsicher und beschämt. »Es war eine spontane Reise und musste schnell gehen. Ich habe wohl beim Packen ein wenig Unordnung gemacht und vergessen, die Tür zu schließen.«

Ich räusperte mich, hätte sie am liebsten angebrüllt. »Du bist für ein paar Tage weggefahren und lässt die Tür offenstehen? Dein Wagen wurde auch gestohlen.«

»Ich weiß«, sagte sie kleinlaut. »Aber Vati kauft mir hoffentlich einen neuen.«

Sicher, dachte ich und merkte, dass ich nicht mehr dazu bereit war, dieses Gespräch weiter fortzuführen. »Melde dich bei den Eltern und bringe endlich dein Leben in Ordnung. Es ist ja nicht zu fassen.«

Ich legte auf, wählte direkt die Nummer meiner Eltern.

»Rita ist zu Hause, ihr geht es gut«, sagte ich direkt.

»Was? Wirklich?« Es klang so, als würden meiner Mutter die Tränen der Erleichterung in die Augen schießen. Ich biss den Kiefer zusammen, bis es schmerzte.

»Ja, wirklich. Es steckte ein Mann dahinter. Der ist aber jetzt schon wieder Geschichte.« Ich seufzte laut auf. »Wie immer. Und in ihre Wohnung wurde auch nicht eingebrochen. Sie selbst hat das Chaos veranstaltet und die Tür aufstehen lassen.«

»Ich bin so froh, dass es ihr gut geht«, sagte meine Mutter.

»Ja, das denke ich mir. Eine Sorge weniger. Wie geht es dir?«

»Ganz gut. Conny, ich möchte Rita anrufen, das verstehst du doch sicher.«

Na klar, dachte ich, nachdem ich auflegt hatte. Rita, immer nur Rita. War ich etwa eifersüchtig auf eine Frau, die ihr Leben nicht in den Griff bekam?

Als Robert und Charlie wiederkamen, hatte ich mich einigermaßen beruhigt. Fast hätte ich darüber lachen können. Ich erzählte Robert von dem Telefonat mit meiner Schwester.

»Hat sie die Kollegen der örtlichen Polizei schon angerufen?«

Ich lachte tonlos. »Sie ist seit gestern zu Hause, hat weder mich noch meine Eltern informiert und die Polizei bestimmt auch nicht.«

»Dann erledigen wir das mal eben.« Er ging in den Flur, um zu telefonieren.

Ich nahm den Whisky von der Anrichte, schenkte uns ein, reichte ihm ein Glas, als er in das Wohnzimmer zurückkehrte.

»Absacker?«

»Gute Idee.« Nachdenklich schwenkte er das Whiskyglas. »Du bist deiner Schwester nicht besonders eng verbunden, oder?«

»In einem Atemzug mit meiner Schwester könnte ich eine Aufzählung europäischer Nutztiere nennen.« Ich lächelte schief.

»Liegt es an deiner Mutter?«

»Bitte?«

Robert holte tief Luft, sah mich dann an. »Ich will dir nicht zu nahe treten, aber ich hatte so den Eindruck. Es schien mir, als würden sich deine Eltern sehr um deine Schwester sorgen. Aber nicht um dich.«

Ich biss mir auf die Lippe, nagte daran. »Möglich, aber bei mir gibt es auch nicht soviel, worum man sich Sorgen machen müsste.«

»Wissen sie von deinen Problemen mit Martin?«

»Nein.«

»Dachte ich mir.« Er trank den Whisky aus und stand auf. »Gute Nacht, Constanze.«

Langsam ging er die Treppe hoch. Ich mochte seine ruhige

und bedächtige Art. Hatte er recht mit seinen Worten? Ich gab meinen Eltern keinen Anlass zur Sorge, ließ sie nicht an meinen Probleme teilhaben. In der Zeit nach dem letzten Herbst hatte ich meiner Mutter nie von meinen Ängsten erzählt. Sie wusste auch nicht, dass ich meine Arbeit drastisch reduziert hatte. Möglicherweise sollte ich das ändern. Aber wollte ich so bemuttert werden wie meine Schwester? Ich war mir nicht sicher. Nachdem ich ein wenig aufgeräumt hatte, löschte ich das Licht und ging nach oben. Charlie folgte mir schnaufend.

Vor der Tür des Gästezimmers blieb ich stehen. Robert war gekommen, damit ich heute Abend nicht alleine sein musste. Er hätte mich sicher auch ein weiteres Mal getröstet. Plötzlich sehnte ich mich nach seinen Armen, die mich hielten, und seinen Händen, die mich beruhigend streichelten.

Der Mond stand hoch am Himmel, schien auf mein Bett. Wolkenfetzen zogen eilig an ihm vorbei, verdeckten immer mal wieder die Sicht. Ich zog die Decke über mich, hörte, wie Charlie sich eine bequeme Schlafposition suchte. Irgendwann schlief ich ein. Im Traum verfolgten mich die Lieder, die auf der Beerdigung gespielt worden waren. »Denn er hat seinen Engeln befohlen über dir« wiegte mich durch die Nacht bis in den frühen Morgen.

Als ich aufstand, war Robert schon gefahren. Er hatte mir einen Zettel auf den Esstisch gelegt. Verwundert las ich die Nachricht. Er war früh nach Köln gefahren, weil es neue Erkenntnisse gab, und würde sich bei mir melden.

Der Wind hatte sich gelegt, aber der Himmel war aus einem schmutzigen Blau und die Sonne verborgen. Ich lief mit dem Hund eine Runde durch den Wald, nahm das Handy mit, doch weder er noch Martin meldeten sich. Nachdem ich geduscht hatte, setzte ich mich ins Auto und fuhr nach Aachen. Ich brachte Charlie in die Oppenhoffallee, gab ihm zum Trost einen Kauknochen. Ich lief die Oppenhoffallee hinauf, ging die Theaterstraße entlang und bog dann auf den Alexianergraben ein. Das psychiatrische Krankenhaus war mir immer noch vertraut. Jutta wartete schon auf mich.

»Ich habe die Akte gefunden, wollte auch nachlesen, aber es war keine Zeit. Es ist Vollmond, alle scheinen durchzudrehen. Kollegen, Schwestern, der Chef.« Sie verdrehte die Augen.

»Danke. Darf ich die Mappe mitnehmen?«

»Eigentlich nicht, aber ich habe beschlossen, eine Ausnahme zu machen.« Sie zwinkerte mir zu. »Unter zwei Bedingungen.«

»Die da wären?«

»Du hältst mich auf dem Laufenden, denn ich finde den Fall sehr spannend.«

»Und was noch?«

»Conny, du versprichst mir, dass du über eine Stelle im Haus nachdenkst.« Sie sah mich bittend an.

Ich lachte. »Ich kann gerne darüber nachdenken, aber die Antwort lautet: Nein. Tut mir leid.«

»Ich verstehe dich, bedauere es trotzdem.«

Statt nach Hause ging ich zu meiner Freundin Miriam Nebel. Ich klingelte auf gut Glück, und sie war tatsächlich da.

»Liebelein, ich hätte dich heute angerufen.« Sie zog mich in ihre Wohnung, drückte mich in das tiefe Sofa mit den vielen Kissen und holte eine Flasche Prosecco aus der Küche.

»Mir wäre Kaffee lieber. Ich muss noch arbeiten.«

Miriam zog die Augenbrauen hoch. »Malochen? An einem Samstag? Was ist passiert?«

Ich erzählte ihr von der OFA, von den Toten und dem Täter.

»Du kennst ihn? Na Prost Mahlzeit. Und du hast auch noch mit ihm gesprochen.« Sie schüttelte den Kopf. »Deswegen ist er nicht abgehauen, das glaube ich nicht. Jemand, der so detaillierte Morde begeht, kann andere auch um den Finger wickeln. Er hätte nur mit dir reden, dich verwirren müssen, du wärst durch ein Gespräch nicht auf ihn als Täter gekommen und auch niemand sonst. Er wusste sicher, über kurz oder lang wird die DNS ihn verraten.«

»Nein, Miriam, wie denn? Es war Zufall. Maria hat Proben verglichen, die sie gar nicht hätte vergleichen müssen.«

»Maria war das? Soso.«

»Ja.« Ich schaute in meinen Kaffeebecher. »Maria.«

»Soll ich fragen, oder erzählst du es mir von selbst?«

»Martin und ich? Wir versuchen es noch einmal miteinander. Er sagt, er liebt mich. Es war ein Fehler, er bereut es.«

»Ist das so? Und wo war er gestern Abend?«

»Es war ihm wichtig, bei der Exhumierung mit dabei zu sein.« Ich nahm mein Handy aus der Tasche. Kein Anruf. Enttäuscht steckte ich es wieder ein.

»Wie war dein Tag gestern?« Sie sah mich nicht an, nippte an ihrem Prosecco.

»Beschissen.«

»Hab ich mir gedacht. Die Beerdigung war bestimmt die Hölle. Da wäre ich abends nicht gerne alleine gewesen. Aber noch mal zu Sonja, was glaubst du? Der Täter muss ein Motiv haben.«

»Ja, wir kommen einfach nicht auf Kluges Motiv. Vielleicht gibt es ja bald schon neue Erkenntnisse.«

Ich trank meinen Kaffee.

»Melde dich, wenn du reden willst, Conny«, sagte Miriam zum Abschied und umarmte mich.

»Mach ich«, versprach ich ihr.

Sie hielt mich noch einen Moment fest, schien noch etwas sagen zu wollen, ließ es aber.

»Conny«, rief sie mir hinterher, als ich schon die Treppe hinunterstieg. »Wie wichtig ist dir eigentlich dieser Robert?«

»Was?« Ich drehte mich um, sah sie an.

»Nun ja, du hast seinen Namen ungefähr doppelt so oft erwähnt wie Martins. War mir aufgefallen. Heißt bestimmt nichts.« Sie lachte, wandte sich um, schwenkte beide Hände in der Luft. »A gut Woch dir … und wem auch immer an deiner Seite!«

Kurz bevor ich meine Wohnung auf der Oppenhoffallee erreicht hatte, klingelte endlich mein Handy.

»Es gab eine Münze bei der Toten.« Martin klang atemlos.

»Wirklich? Wo?«

»Sie war in einem Kiefernholzsarg bestattet worden, und der Boden war feucht. Das Holz fiel auseinander, es war gruselig.« Er stockte.

Martin musste mir nichts weiter erklären, den Rest konnte ich mir denken. Ein dünner Sarg aus weichem Holz, nasser Boden. Die Verwesung war unter den Bedingungen weit fortgeschritten, die Weichteile der Leiche bestanden nur noch aus Schleim. An der Luft und ohne Sarg verweste ein Toter schneller, Fliegen, Käfer und Aasfresser ernährten sich von der Leiche, das Wetter nahm Einfluss. In einem dicken Eichensarg in trockenem Boden konservierten Leichen schon mal dreißig Jahre lang oder mehr. Sie mumifizierten. Je dünner und weicher das Holz des Sarges war, je feuchter der Boden, desto schneller ging die Verwesung vonstatten. Fliegen und ihre Maden spielten zwei Meter unter der Erde keine Rolle mehr, auch keine Aasfresser. Hier kamen Würmer, Käfer und Bakterien zum Zuge. Die exhumierten Leichen hatten einen ganz eigenen Geruch, an Erde erinnerte er selten. Ich schüttelte mich.

»Aber es gab eine Münze?«, flüsterte ich heiser.

»Ja, ein Fünfmarkstück. Irgendwo in ihren Innereien. Dünndarm, Dickdarm – keine Ahnung.«

»Hilft uns das weiter?«

»Die Täter-DNS war die gleiche wie bei den anderen Fällen, somit bestand da kein Zweifel. Diese Tote gehört aber sicher zu seiner Serie, er hat sie ebenso wie die anderen Leichen markiert. Es hätte ja auch sein können, das er sie nur ›so‹ umgebracht hat.« Martin stieß die Luft aus. »Ich bin auf dem Weg nach Köln, sie haben noch etwas herausgefunden, ich weiß aber nicht, was.«

Wir verabschiedeten uns bedrückt, versprachen, in Kontakt zu bleiben.

Mich hielt nicht viel in der Oppenhoffallee. Es war Samstag, Familientag. Die meisten meiner Freunde waren verabredet oder mit ihrer Familie beschäftigt. Ich hatte in den letzten Monaten meine sozialen Kontakte schleifen lassen, das rächte sich jetzt. Nach zwei Stunden, in denen ich aufräumte, umräumte, durch die Wohnung tigerte, gab ich auf, packte die Sachen und fuhr wieder in die Eifel. Es war Samstag, Wochenende, ich sollte da sein und nicht in der Stadt.

Ich betrog mich. Ich floh vor meinem einsamen Leben, wartete sehnsüchtig auf einen Anruf von Robert oder Martin, irgendetwas, was mich wieder in die OFA und somit in das Leben ziehen würde, auch wenn sie sich nur mit dem Tod befassten.

Der Himmel hatte die Farbe von mattem Aluminium, von der Sonne war nicht viel zu sehen, aber es war trocken, die Temperaturen waren leidlich. Ich quälte mich mit vielen anderen an Kornelimünster vorbei, fuhr langsam die steile Straße in die Eifel. Bei »Frings Haus« teilte sich der Verkehr, die eine Hälfte fuhr geradeaus, die andere links. Ich fuhr links, aber an ein zügiges Fortkommen war nicht zu denken.

Als ich bei Hechelscheid abbog, dankte ich dem Himmel. Mein ganzer Körper war verspannt. Ich zog meine Laufsachen und die Schuhe an, begann im Hof mit Dehnübungen. Charlie saß neben mir und bellte vor Freude. Im Wald war die Luft dichter, von Gerüchen erfüllt. Die Insekten summten eine auf- und abschwellende Melodie.

Ich lief, bis mir alles weh tat, dann kehrte ich zum Haus zurück. Es war immer noch so leer, wie ich es verlassen hatte. Müde ließ ich Wasser in die Wanne. Der Boiler keuchte asthmatisch, heizte aber gehorsam. Ich ließ mich in die Wanne gleiten. Vor dem Fenster zog die Dämmerung auf, warf Schatten. Dampfschwaden wie Kumuluswolken füllten den Raum. Ich schloss die Augen, genoss das heiße Wasser, versuchte nicht nachzudenken. Und trotzdem kehrten meine Gedanken immer wieder zu den Fällen zurück. Der Täter hatte auch die Frau in der Pfalz markiert, hatte Martin gesagt. Das hatte etwas, eine Note, an die ich bisher noch nicht gedacht hatte. Es war wie ein Blutzoll, eine Summe, entrichtet, um für den Tod zu zahlen. Heiermänner, Fünfmarkstücke. Der Wert und die Bedeutung lagen nicht in der Münze an sich, die Symbolik war eine andere. Es hatte nichts mit Münzen zu tun, sondern mit Bezahlung. Oder täuschte ich mich da? Wir hatten immer noch zu wenig Informationen.

Kluge leistete einen Blutzoll, dachte ich, er legt den Toten Münzen bei, gibt ihnen Geld für den Tod. Das macht er, weil ... mir wollte nichts einfallen. Er musste schon früher mit den Opfern Kontakt gehabt haben, noch zur Zeit der Mark. Vielleicht hatten sie ihn betrogen. Aber waren fünf Mark eine Summe, wegen der man mordete? Jahre später und immer wieder? Zorn konnte nicht das Motiv sein, nicht normaler Zorn, der verraucht irgendwann. Ich starrte in den Dampf, sah Muster. Ein Rorschachtest. Was siehst du da, Conny, fragte ich mich, was siehst du im Dampf? Nichts, was ich fassen konnte.

Eine halbe Stunde später saß ich vor dem Kamin, Sonjas Akte in den Händen, als das Telefon klingelte.

»Robert?«

»Wir haben eine neue Information.« Er holte tief Luft. »Aber sie bringt uns nicht wirklich weiter. Agnes Koschinski, das Opfer aus der Pfalz, hat früher in Aremberg gewohnt.«

»Was bedeutet das?«

»Wenn ich das wüsste, hätten wir den Fall vielleicht schon gelöst. Koschinski hat Ende der siebziger, Anfang der achtziger Jahre in Aremberg gewohnt. Sie war zu der Zeit weder verheiratet noch berufstätig. Was sie da gemacht hat, außer dort zu wohnen, wissen wir nicht. Sie hat Anfang der neunziger ihren Mann geheiratet, da war sie schon über fünfzig Jahre alt, und ist in die Pfalz gezogen.«

»Hatte sie etwas mit der Gastronomie zu tun?«

»Das wissen wir nicht. Wir suchen noch nach Verbindungen.«

»Tellerwäscher oder Putzfrauen, einfache Küchenkräfte werden oft schwarz beschäftigt.«

»Das ist richtig, aber wir brauchen Fakten, und die haben wir nicht.«

»Gibt es irgendeine Verbindung von Kluge zu Aremberg?«

»Nein, bisher nicht. Er hat laut Einwohnermeldeamt nie dort gewohnt, nicht dort gearbeitet, nichts.«

»Und zu den Nachbardörfern?«

Robert stöhnte leise auf. »Nein, auch nicht bisher.«

»Hatte die Koschinski eine Verbindung zu Münzen?«

»Nein, nicht, dass wir wüssten.«

»Habt ihr eine Spur von Kluge?«

»Nein.« Er klang verbittert.

»Robert, meist lösen sich die Knoten ganz unerwartet. Aremberg ist eine neue Spur.«

»Ja, wieder eine, die ins Leere läuft. Ich habe das Gefühl, Schatten zu boxen. Der Feind ist vor mir, aber ich kann ihn nicht greifen. Es ist wie verhext. Wir haben noch nicht alles ausgeschöpft. Die Koschinski ist auch ein Cold Case – ein ungeklärter Fall, der zu den Akten gelegt wurde. Die Berichte sind aus zweiter Hand. Niemand von uns war am Fundort, hat die Leiche gesehen. Nach der Zeit verblassen die Spuren, auch die beteiligten Beamten vergessen Details. Nicht alles findet Platz in den Protokollen. Es ist mühsam.«

»Das glaube ich dir aufs Wort. Und dennoch kommen wir mit jeder Information weiter.« Ich lächelte. »Du wirst es nicht übers Knie brechen können.«

»Das weiß ich ja, es ist trotzdem frustrierend, Conny.« Er hielt inne, atmete tief durch. »Du bist sicher wieder in Hechelscheid?«

Ich zögerte kurz. »Ja.«

Robert setzte an, etwas zu sagen, verschluckte es aber dann, schwieg.

»Es ist Wochenende. Wir waren über ein Jahr lang immer am Wochenende hier im Haus und haben hier gearbeitet. Nun ist alles fertig, und eigentlich könnten wir es nun genießen. Nebel zieht auf über dem See, der Mond steht am Himmel, nicht wirklich sichtbar, eher wie mit Puderzucker überzogen. Es wäre wunderschön, hätte der Bauer nicht das Feld gedüngt.« Ich lachte leise.

»Kommt Martin?« Robert klang verhalten.

»Ich weiß nicht, er hat sich noch nicht gemeldet.«

Nun schwiegen wir beide. Ich wollte Robert hierher bitten, trotz der Fahrt und allem anderen. Ich kannte ihn kaum, und doch hatte er mich in meiner Seele berührt. Aber ich konnte es nicht, konnte die Worte nicht über die Lippen bringen. Innerhalb von Sekunden kann man im Leben aus der Kurve getragen werden, nichts war sicher, weder das Glück noch das Unglück, und deshalb mied ich Achterbahnen, so ganz anders als meine Schwester, die sich hungrig auf das Leben stürzte und nicht nachdachte. Sie nahm das Leben mit vollen Löffeln, erstickte fast manchmal daran, würgte, berappelte sich trotzdem immer wieder. Rita hätte Robert gerade in diesem Moment gefragt, ob er kommen würde. Ich beneidete meine Schwester darum.

»Vielleicht findet sich ja in Sonjas Akte ein Hinweis auf Aremberg«, sagte ich, nur um irgendetwas zu sagen. »Ich habe die Akte aus der Psychiatrie entliehen, wollte sie gerade lesen.«

»Dann hast du sicher ein gefülltes Abendprogramm.« Robert klang enttäuscht, hoffte ich.

»Wann trefft ihr euch wieder?«

»Morgen früh um neun. In Köln.«

Ich wartete darauf, dass er mich fragte, ob ich auch kommen würde. Er tat mir den Gefallen nicht. Wir verabschiedeten uns mit seichten Floskeln. Ich legte auf und verfluchte mich.

## Kapitel 23

Das Feuer war inzwischen heruntergebrannt, ich legte neues Holz auf, holte Scheite von draußen, nahm mir etwas zu trinken, fütterte den Hund. Ich wusste genau, was ich tat – Vermeidungstaktiken. Immer wieder schaute ich auf das Handy, aber Martin rief nicht an. Schließlich fasste ich mir ein Herz und wählte seine Nummer. Er antwortete schlaftrunken.

»Conny?«

»Ja.« Ich schluckte bitter. »Störe ich dich?«

»Ich hatte mich hingelegt.«

Das höre ich, wollte ich sagen. Mit wem und wo? Ich verkniff mir die Fragen.

»Das tut mir leid.« Ich zog die Luft ein, überlegte.

»Wir sind nicht wesentlich weitergekommen. Ich hatte gestern und heute nur Stau, dazwischen eine schwammartige Leiche. Die stank bis zum Himmel, und alles an ihr war flüssig oder geleeartig. Lebte wieder. Wunden konnte man nicht mehr erkennen.« Er schnaufte gequält. »Ich bin ja hartgesotten, aber das war doch etwas viel. Heute eine Besprechung, die bis auf alte Käsebrötchen und seltsame Blätterteigteilchen nichts gebracht hat.« Er stockte. »Ich weiß, ich hätte dich anrufen sollen. Wollte ich auch, aber ich bin eingeschlafen. Bist du mir böse?«

Ich hielt den Atem an. »Ja.«

Martin schwieg, stieß dann die Luft aus. »Ich mache es wieder gut. Wirklich. Ich habe Urlaub gebucht. Für uns beide. Göteborg.«

»Was?«

»Ja. Göteborg. Mit der Fähre von Kiel aus hin über Nacht, vier Tage im Hotel und dann zurück mit der Fähre. Gefällt dir das? Ich dachte, wir bräuchten mal Zeit für uns.«

Ich fand keine Worte. »Du hast es gebucht?«

»Ja.«

»Wann?«

»Nach dem Fall.«

»Wann ist der denn deiner Meinung nach gelöst?«

»Ich habe reserviert und das Datum offen gelassen, Conny. Musst du wieder streiten? Muss das immer sein? Können wir nicht mal in Frieden einige Zeit miteinander verbringen?«

»Kein Problem – du in Köln, ich hier. Da gibt es wenig Reibungspunkte.« Ich zog die Ofentür auf, stocherte in der Asche. »Ein Datum wäre trotzdem grandios. Ich habe gerade zwei neue Fälle für das Familiengericht übernommen. Ich muss planen können.«

»Hast du wirklich? Glückwunsch. Klar, das planen wir in Ruhe. Nach dem Fall.«

»Wann ist das? Vor Weihnachten, aber du sagst das Jahr nicht?«

»Conny, willst du schon wieder Druck machen? Ich liebe dich und werde es beweisen. Das schwöre ich. Ich zeige es dir, wenn die Zeit dazu da ist.«

Ich kaute an meiner Lippe, wusste nicht mehr, was ich darauf erwidern sollte. »Wenn du meinst, das reicht«, sagte ich schließlich. »Gute Nacht.« Dann legte ich auf.

Ich schlug die Akte auf, suchte nach der Anamnese. Das Kind war organisch vollkommen gesund und zeitgerecht entwickelt. Es gab nicht den kleinsten Hinweis auf einen körperlichen Missbrauch. Ich versuchte auch zwischen den Zeilen zu lesen, suchte nach Hinweisen, die unsere These bestätigen würden, fand aber nichts. Irgendwann gab ich müde auf, legte die Akte auf den Tisch und ging zu Bett. Ich schlief unruhig. Seltsame Träume quälten mich, in denen Menschen grausam misshandelt wurden.

Am nächsten Morgen war der Himmel immer noch bedeckt, Wolken hingen tief über den Hügeln. Es würde sicherlich im Laufe des Tages regnen.

Ich ging mit dem Hund, die Luft schien elektrisch geladen zu sein, ein Gewitter drohte. Wind kam auf und blies mir Staub ins Gesicht.

Auf dem Tisch lag immer noch Sonjas Akte. Vielleicht war ich gestern zu müde oder zu abgelenkt gewesen und hatte doch etwas übersehen. Ich nahm die Mappe hoch, ein Blatt hatte sich gelöst und schwebte zu Boden. Ich hob es auf, es war eine Kopie von Sonjas Geburtsurkunde. Nur die Mutter war eingetragen, stellte ich verwundert fest. Die Urkunde war sechs Wochen nach dem Geburtsdatum ausgestellt worden. Das erschien mir seltsam. Nachdenklich legte ich das Blatt auf den Tisch, suchte noch mal nach der Anamnese. »Geburt unauffällig« stand da, mehr nicht. Ich rief Stephanie Baelen an.

»Conny? Es ist Sonntagmorgen, kurz nach neun«, murmelte sie.

»Entschuldigung. Ich habe eine Frage, nur ganz kurz, dann kannst du dich wieder umdrehen und weiterschlafen.«

»Ist es wichtig?« Sie seufzte. »Warte, lass mich kurz wach werden.«

»Ich weiß nicht, ob es wichtig ist. Sag mal, wann werden Geburtsurkunden ausgestellt?«

»Geburtsurkunden? Wenige Tage nach der Geburt.«

»Immer? Gibt es keine Ausnahme?«

»Da bin ich überfragt. Vielleicht, wenn das Kind im Ausland geboren wurde.«

»Das wäre vielleicht eine Erklärung.« Ich grübelte. »Und steht immer nur die Mutter in der Urkunde?«

»Nein, immer beide Eltern, außer wenn der Vater unbekannt ist.«

»Dann steht er nicht in der Urkunde?«

»Wie denn? Conny, worum geht es?«

»Erklär ich dir später.« Ich legte auf und wählte Roberts Nummer.

»Robert, weißt du, wann Kluges geheiratet haben?«

»Was?«

»Weißt du, wann Kluges geheiratet haben?«

»Ist das wichtig? Guten Morgen, Conny. Geht es dir gut?«

»Ich habe hier die Geburtsurkunde von Sonja. Da ist nur die Mutter eingetragen. Sie ist in Aachen ausgestellt.«

»Nur die Mutter und kein Vater? Das ist merkwürdig.«

»Was, wenn Kluge gar nicht Sonjas Vater ist? Wenn die Mutter noch nicht verheiratet war mit Kluge?«

»Welcher Name steht denn da?«

Ich schlug mir vor die Stirn. »Kluge. Margret Kluge, geborene Gobber. Das kann es also nicht sein. Aber warum wurde er nicht eingetragen?«

»Schusseligkeit des Standesbeamten?«

»Möglich. Die Geburtsurkunde wurde erst sechs Wochen nach der Geburt ausgestellt.«

»Sechs Wochen? Wieso das? Kannst du mir die Urkunde faxen?«

Ich beendete das Gespräch und schickte ihm das Fax. Was, wenn Kluge nicht Sonjas Vater war? Dann würden unsere ganzen Annahmen nicht stimmen. Dann wäre die Täter-DNS nicht von ihm. Aber wo steckte er dann? Warum war er untergetaucht? Und von wem war das Blut in seiner Wohnung? Ich rief Martin an.

»Das Blut in Kluges Wohnung – war das älter oder noch frisch?«

»Im Wohnzimmer war es relativ frisch, im Badezimmer schon älter. Wieso, Conny?«

Ich erzählte ihm von der Geburtsurkunde. »Was, wenn Kluge gar nicht Sonjas Vater ist?«

»Das kann nicht sein. Die Täter-DNS ist garantiert von jemandem, der mit ihr verwandt ist.«

»Es ist ja durchaus möglich, dass ihr Vater der Täter ist, aber vielleicht ist Kluge weder das eine noch das andere.«

»Dann wären wir ja auf einer völlig falschen Spur. Das glaube ich nicht, es passt doch schon so viel zusammen.«

»Habt ihr eine Verbindung nach Aremberg herstellen können?«

»Nein.« Martin brummte verdrossen. »So wie es aussieht, hat Rainer Kluge immer in Aachen gewohnt.«

»Und seine Frau?«

»Das weiß ich nicht.« Er legte das Telefon beiseite, fragte jemanden. »Das wird noch überprüft«, sagte er dann.

»Zwei der Toten haben in Aremberg gewohnt. Das muss nichts heißen, kann aber.« Ich überlegte.

»Zwei der Toten haben Münzen gesammelt. Bei Frau Koschinski sind wir in der Hinsicht auch noch nicht weiter. Das ist wirklich ein Cold Case. Kaum Aktenlage, kaum Informationen. Es ist zum Mäusemelken. Keinerlei Verbindung zu Kluge, jedenfalls bisher nicht ersichtlich.«

»Und wenn Kluge tatsächlich nicht Sonjas leiblicher Vater war?«

»Hmm.« Martin holte tief Luft. »Ich kann die DNS von ihm überprüfen. Dafür bräuchte ich allerdings etwas aus seiner Wohnung, eine Bürste mit Haaren zum Beispiel. Das dauert eine Weile. Aber du hast recht, es ist sinnvoll, das zu kontrollieren.«

Nachdem ich aufgelegt hatte, nahm ich mir noch mal die Akte vor. Jedes Blatt las ich durch. Gegen Mittag war ich völlig verspannt, dumpfe Kopfschmerzen zogen hinter meiner Stirn auf. Ich hatte noch nicht einmal die Hälfte geschafft. Zögernd blickte ich nach draußen. Es regnete noch nicht, aber die Wolken hingen immer noch tief und duster am Himmel. Trotzdem beschloss ich, eine Runde zu laufen. Charlie bellte freudig, als ich mir die Laufschuhe anzog.

Im Wald war es so dunkel, als sei schon die Dämmerung hereingebrochen. Es war still, der Wind wehte nicht mehr, und auch keine Vögel waren zu hören. Das dumpfe Brüten und Warten der Natur, bevor ein Gewitter losbricht. Immer wieder kehrten meine Gedanken zu Kluge zurück, obwohl ich mit aller Macht versuchte, an etwas anderes zu denken.

Hatte seine Frau eine Affäre gehabt? Aber das Kind war ja innerhalb der Ehe geboren worden. Er wäre rechtlich trotzdem der Vater gewesen. Es war ganz bestimmt nur ein Versehen, eine Oberflächlichkeit des Standesbeamten. Kluge war ihr Vater, anders war die Täter-DNS nicht zu erklären. Martin würde die Tests völlig umsonst machen. Hoffentlich nahm er mir das nicht übel. Ich dachte an unser kurzes Telefonat. Persönliche Worte waren nicht gefallen. Er klang zwar so wie immer, vielleicht ein wenig mürrischer, aber trotzdem hatte er mir keinen guten Morgen gewünscht und auch nicht nach meinem Befinden gefragt. Ich wusste, der Karren steckte ziemlich tief im Dreck, und wenn wir nicht schnell handelten, war er verloren. Robert verhielt sich mir gegenüber ganz anders, aber da waren ja auch keine Altlasten im Spiel.

Du denkst über Dinge nach, über die du nicht ansatzweise nachdenken solltest, Conny, sagte ich mir. Ich pfiff nach dem Hund, der stöbernd im Gebüsch verschwunden war, doch er kam nicht. Keuchend blieb ich stehen. Wind frischte auf, gleich würde das Gewitter losbrechen.

»Verdammt, Charlie! Charlie hier!«, rief ich. Noch nie war Charlie weggelaufen, dies war der denkbar ungünstigste Augenblick dafür. Ich lauschte, hörte bis auf das Rauschen des Windes in den Bäumen nichts. Kein Bellen, kein Rascheln. »Charlie! Komm her!«

Wo hatte ich ihn zuletzt gesehen? Ich war mir nicht sicher. Charlie lief immer links neben mir, mal ein wenig vor mir, mal blieb er stehen, um zu schnüffeln, ganz selten wagte er sich abseits des Weges in das Gebüsch. Ich war den schmalen Trampelpfad entlanggelaufen, die Blätter der vergangenen Jahre dämpften jeden Tritt, der Weg mäanderte den steilen Hang hinunter zwischen den alten Bäumen hindurch. Oft war ich hier entlanggelaufen, kannte die Strecke gut. Heute hatte ich weder auf die Umgebung noch auf den Hund geachtet, hing meinen Gedanken nach. Langsam trabte ich zurück, rief immer wieder nach dem Hund, blieb stehen und lauschte, ging weiter. Mein Herz pochte bis zum Hals, die Kopfschmerzen verstärkten sich. Hatte Charlie sich irgendwo verletzt? War er gestürzt oder gar in eine der illegalen Fallen geraten? Oder hatte er eine Fährte aufgenommen? Den Gedanken verdrängte ich sofort wieder. Charlie war als Leichenspürhund ausgebildet worden, Fährten führten ihn zu Toten.

»Charlie!« Meine Stimme überschlug sich fast. Obwohl ich den Hund erst seit dem letzten Herbst hatte, hing ich doch gewaltig an ihm, wurde mir klar. »Charlie?« Diesmal kam es nur als ein unterdrücktes Flüstern heraus. »Bitte komm zurück.« Ich blieb stehen, lehnte mich an einen Baum, versuchte ruhiger zu werden.

Plötzlich hörte ich Hundegebell. Eine Stimme. Ich konnte nicht verstehen, was sie rief. Die Geräusche drangen vom See zu mir. Ich lief durch das Unterholz, Zweige schlugen mir ins Gesicht, Brombeerranken griffen nach mir. Ich kam dem Geräusch näher und hörte nun deutlich das aufgeregte Bellen meines Hundes.

»Charlie! Charlie hier!«

Eine Frau schrie. Ich konnte nur die Stimmlage erkennen, aber nicht, was sie rief. Sie klang genauso aufgelöst, wie ich mich fühlte. Endlich kam ich auf den Weg zurück. Ich strich mir die Blätter aus dem Haar, holte tief Luft. Charlie vergnügte sich offensichtlich mit einer Hündin.

»Baby, Baby!«, schrie eine junge Frau, die versuchte, die beiden Hunde zu trennen. »Baby, hierher!«

»Zu spät«, murmelte ich erleichtert. »Charlie!«, rief ich scharf. Mit sichtlichem Bedauern ließ er endlich von der Hündin ab und legte sich vor mich. Sein beleidigter Blick sprach Bände, er dauerte mich beinahe.

»O Gott, Ihr Hund muss meinen überfallen haben.« Die Frau hatte die Hündin inzwischen am Halsband gepackt und streichelte das Tier hektisch.

»Überfallen? Wie meinen Sie das?«

»Baby ist ganz normal und so wie immer im Gebüsch herumgelaufen. Und auf einmal war sie weg. Alles Rufen nutzte nichts. Dann hörte ich Bellen, und sie kam wieder, Ihr Hund hinterher, und dann hat er sie … sie … überfallen.«

»Ihre Hündin ist heiß.«

»Ja und? Sie haben offensichtlich Ihren Hund nicht im Griff. Wie können Sie ihn laufen lassen?«

Ich lachte auf. In diesem Moment klatschten die ersten dicken Tropfen herunter. Es prasselte in den Bäumen. Wir waren weit unten, fast schon am See, der Rückweg ging steil bergauf, ich würde fast eine Stunde bis nach Hause brauchen.

»Komm, Charlie!« Ich lief los.

Als ich zu Hause ankam, war ich bis auf die Knochen durchnässt und zitterte jämmerlich. Charlie schüttelte sich in der Diele ein paar Mal und legte sich dann auf seine Decke vor dem Kamin. Neidvoll sah ich ihm zu, während ich mich aus meinen nassen Kleidern schälte. Ich ließ die nassen Sachen im Flur liegen und rannte die Treppe hoch, stellte mich unter die Dusche. Das heiße Wasser prasselte auf mich nieder, während der Regen auf das Dach trommelte. Der Duschstrahl massierte meinen Nacken und die Schultern. Nach einer Weile stellte ich die Dusche ab und rubbelte mich trocken. Meine Beine schmerzten, ich fühlte mich erschöpft. Niemand trieb mich an, niemand wartete auf mich. Im Schlafzimmer lockte das Bett. Ich kuschelte mich unter die Decke, rollte mich zusammen. Vor den Fenstern zuckten Blitze, zerteilten den düsteren Himmel.

Das laute Krachen eines Donners weckte mich. Ich streckte mich aus, fühlte mich erholt. Meine Beine taten weh, aber nach dem Lauf durch den kalten Regen durften sie es. Das Gewitter stand direkt über dem Haus, Blitz und Donner wechselten sich ohne Pause ab. Dann zog es langsam weiter, verebbte. Ich hörte der Entladung zu, lauschte dem Regen, der erst noch stürmisch, dann immer gemächlicher fiel. Charlie lag vor meinem Bett, zuckte wild im Schlaf. Er träumt sicher von der Hundedame, dachte ich und grinste. Leute gab es, unglaublich. Ich war froh, dass er nur einer läufigen Hündin gefolgt und ihm nichts weiter passiert war.

Inzwischen war es fast Abend. Ich hatte noch nicht viel gegessen, mein Magen knurrte. Ich ging in die Küche, machte mir ein Omelette mit Pilzen und viel Grana. Dann fachte ich den Ofen wieder an, setzte mich vor das Feuer und aß. Mein Handy zeigte keinen Anruf in Abwesenheit und lag stumm neben mir.

Ich versuchte, nicht an Martin zu denken, es führte zu nichts. Vermutlich musste dieser Fall erst gelöst werden, bevor wir uns mit unseren persönlichen Problemen beschäftigen konnten.

Nach einer Weile nahm ich mir die Akte wieder hervor und las weiter. Sonja hatte an Ängsten gelitten. Verlustängste. Was fürchtete sie denn so sehr? Sie war, wenn alle Angaben richtig waren und der Standesbeamte nur geschludert hatte, in eine intakte und besorgte Familie geboren worden. Sie war ein Einzelkind. Manchmal klammerten Mütter sehr, vor allem nach langer Kinderlosigkeit. Sonja war 1986 geboren. Sie konnte durchaus einer künstlichen Befruchtung entstammen. Seit

1983 wurden In-vitro-Befruchtungen in Deutschland durchgeführt. Aber das hätte in die Anamnese gehört. Wieder Schlampigkeit oder ein Irrgedanke? Ich rief Jutta an.

»Jutta, ich habe hier den Bericht über Sonja Kluge.«

»Gibt es etwas Neues? Ich muss ständig daran denken und finde es sehr spannend. Es lässt mich gar nicht mehr los.«

»Nur, dass es sich hier nicht um CSI Eifel handelt, sondern um reale Mordfälle, Fälle, bei denen die Opfer grausam gelitten haben.« Ich seufzte leise. »Du hast den Bericht nicht mehr präsent, das weiß ich, aber vielleicht kannst du mir trotzdem helfen?«

»Ich habe mir Etliches kopiert, aus Neugierde. Und auch schon darin gelesen. Was willst du wissen?« Sie lachte leise.

»Hast du die Geburtsurkunde gesehen?« Ich hielt den Atem an.

»Ja.«

»Es ist nur die Mutter eingetragen.«

»Ach, das passiert öfter. Hektik, Unterbesetzung im Amt, Ferien, Krankheitslage. Das hat nichts zu bedeuten. Weshalb hat dich das stutzig gemacht?«

»Verdammt.« Ich schluckte, verzog das Gesicht. »Ich dachte, wenn Rainer Kluge nicht eingetragen worden ist, wäre er vielleicht nicht der leibliche Vater.«

»Das ist ein Scherz, oder?«

»Nein, nur ein flüchtiger Gedanke.«

»Vergiss es. Das stünde sicher in der Akte. Das wird hinterfragt.«

»Wirklich?«

»Ganz sicher, das gehört zu den ersten Fragen.«

»Und wenn sie gelogen hätten?« Ich kaute nachdenklich auf meiner Lippe.

»Das können wir natürlich nicht bis auf das Letzte überprüfen. Aber falsch ausgestellte Urkunden gibt es immer mal wieder, Conny.«

»Richtig.« Ich dachte nach. »Die Anamnese von Sonja ist nicht besonders umfangreich.«

»Ich habe sie gelesen. Da hat jemand flüchtig gearbeitet. Aber nach mehr als zehn Jahren machst du da nichts mehr dran.«

»Zu schade.« Ich stöhnte leise.

»Auch wir sind Menschen. Permanent überarbeitet.«

»Ja. Glaubst du, Sonja ist missbraucht worden?«

»Schwer vorstellbar. Ihr Bericht gibt dafür keine Hinweise.«

»Laut Akte hatte sie große Verlustängste, klammerte geradezu an ihren Eltern. Warum, frag ich mich. Intakte Familie, aber nur ein Kind. Der ganze Fokus lag auf ihr, und das hat sie möglicherweise überfordert? Könnte sie die Eherettung nach Kinderwunschbehandlung sein? Stünde das in der Akte?«

»Danach gefragt wird natürlich. Ob es so war, kann ich aufgrund der Sachlage nicht sagen. Aber es macht mich nachdenklich. Wie lange war das Ehepaar verheiratet, bevor das Kind kam?

»Ich weiß es nicht.«

»Kannst du es herausfinden, Conny?«

»Ja.«

»Gut. Mach das.«

Ich legte auf und grübelte weiter. Wenn Frau Kluge künstlich befruchtet worden wäre durch eine Samenspende, wäre sie die Mutter, und es gäbe rechtlich den Ehemann als Vater. Samenspender für künstliche Befruchtungen waren damals absolut anonym. Wir hätten kaum eine Chance, ihn zu identifizieren. Es wäre die Nadel im Heuhaufen.

## Kapitel 24

Ich rief Robert an.

»Weißt du inzwischen, wann Kluges geheiratet haben?«, fragte ich, ohne meinen Namen oder die Tageszeit zu nennen.

»Guten Abend, Conny. Wie war dein Tag?« Ich hörte das Lächeln in seiner Stimme.

»Ich bin furchtbar nass geworden. War mit dem Hund im Wald, als das Gewitter losbrach.«

»Kam es überraschend?«

»Das Gewitter? Eigentlich nicht. Wieso?«

Robert seufzte. »Conny, du bist eine erwachsene, kluge, bildhübsche Frau. Aber manchmal weiß ich nicht, wie ich dich einschätzen soll. Hast du masochistische Neigungen? Du läufst mit dem Hund in den Wald, obwohl ein Gewitter droht? Das kann durchaus gefährlich sein.«

Für einen Moment wusste ich nicht, ob ich mich geschmeichelt fühlen sollte oder gekränkt oder gar belustigt.

»Machst du dir Sorgen um mich? Musst du nicht, ich bin durchaus erwachsen und wäre eigentlich vor dem Gewitter wieder zu Hause gewesen. Ungünstige Umstände haben mich tiefer in den Forst getrieben, als ich es erwartet hatte. Aber ich bin ja nicht aus Zucker, und obschon durchweicht, so bin ich doch in einem Stück zurückgekehrt und habe mich inzwischen auch getrocknet und aufgewärmt. Zufrieden?« Ich lachte leise.

»Ungünstige Umstände. Irgendetwas in mir verbietet mir, weiter in dich zu dringen und nachzufragen. Vermutlich wäre ich über deine Antwort auch nicht begeistert.« Er seufzte wieder.

»Ich bin weit über einundzwanzig, das weißt du aber?«

»Ja, Conny.« Plötzlich klang er resigniert. »Heute ist Sonntag, und obwohl das BKA rund um die Uhr arbeitet, kommen wir bei einigen Dingen nicht weiter. Es hat endlos lange gedauert, bis wir Daten erhielten. Kluges waren schon zehn Jahre verheiratet, als Sonja geboren wurde.«

»Da war er Ende dreißig. Ein später Vater«, sagte ich nachdenklich.

»Eigentlich nicht. Charlie Chaplin war ein später Vater, Kluge war im Vergleich mit Chaplin fast noch ein junger Hüpfer. Aber ich weiß, was du meinst. Seine Frau war damals Mitte dreißig.«

»Er war zu dem Zeitpunkt schon lange bei seiner Firma beschäftigt. Ein sicherer Job, ein gutes Gehalt. Sie hätten auch eher ein Kind bekommen können. Vielleicht hat es nicht geklappt.«

»Irgendwann ja dann schon, Conny.«

»Ja, aber vielleicht mit Hilfe der Medizin. Samenspende? In vitro?«

Robert stieß die Luft aus. »Damit wäre Kluge nicht der biologische Vater, und die DNS würde nicht übereinstimmen.«

»Ich weiß. Ein ziemlich unangenehmer Gedanke.«

»Ziemlich. Wir würden von vorne anfangen. Wo würde ich so was erfahren können?«

»Vermutlich nur über den Arzt oder die behandelnde Klinik. Die Mutter ist tot, die Tochter ebenfalls und der Vater verschwunden. Gibt es von ihm eine Spur?«

»Nein, nichts. Wie vom Erdboden verschluckt. Es ist zum Kotzen. Weder in den Niederlanden noch in Belgien hat er ein Flugticket gekauft. Mit der Bahn kann er inzwischen schon quer durch Europa sein, ohne dass wir es wüssten. Interpol ist informiert, das hilft uns gerade aber nicht weiter.«

»Kluges waren also verheiratet, und dass nur sie auf der Geburtsurkunde stand, war schlicht Nachlässigkeit.«

»So schaut es aus. Martin vergleicht Material aus Kluges Wohnung, aber das dauert.«

»Es ist mühsam?«

»Es ist grauenvoll frustrierend, Conny. Zu gerne wäre ich jetzt bei dir in Hechelscheid vor dem Kamin mit einem Glas Wein. Das wäre der richtige Ausklang für das Wochenende. Stattdessen bin ich in einem Gasthof bei Aremberg. Das Bett ist durchgelegen, und der Handyempfang funktioniert nur, wenn ich am Fenster stehe. Die Aussicht auf den Berg und die Landschaft ist natürlich grandios, aber inzwischen ist es dunkel. So dunkel, wie es in Köln oder Wiesbaden niemals sein wird.«

»Du bist nicht in Köln?«

»Nein. Wir sind in Aremberg. Julius, Thorsten und ich. Seit heute Mittag. Es gibt Neuigkeiten.«

Ich hielt den Atem an, während er stockte.

»Frau Koschinski hat hier gelebt, wir wussten bislang nicht, was sie hier gemacht hat. Jetzt wissen wir es.« Er hielt inne.

»Sagst du mir auch was, oder kommt erst noch der Werbeblock? Mensch, Robert!«, fauchte ich.

»Ich denke die ganze Zeit darüber nach, ob es eine Bedeutung für den Fall hat, komme aber auf kein Ergebnis. Agnes Koschinski, geborene Steiner, hatte jahrelang eine Liaison mit Adolf Koschinski. Nach dem Tod seiner ersten Frau heiratete er Agnes und zog mit ihr in die Pfalz.«

»Sie war seine Geliebte?«

»Anscheinend über Jahre.«

»Wenn ich mich recht erinnere, ist der Mann dement und kann nicht mehr befragt werden?«

»Inzwischen ist er tot. Er starb nur wenige Wochen nach ihr im Pflegeheim.«

»Zu blöd. Vielleicht hätte er einen Zusammenhang herstellen können.« Ich rieb mir über die Stirn.

»Die Liaison war bekannt. Vermutlich wusste auch Koschinskis Frau davon und hat es toleriert. Sie war sehr krank. Krebs.«

»Das ist wahres Dorfleben. Jeder weiß alles vom Nachbarn und das noch Jahrzehnte später.« Ich schnaubte belustigt auf. »Ich sollte mir überlegen, ob ich das Haus hier halte.«

»Du bist neu in Hechelscheid und wirst es für die nächsten zehn Jahre bleiben. Das erspart dir nicht die Anteilnahme an deinem Leben. Für eventuelle Ermittlungen im Fall deines plötzlichen Ablebens wäre es von Vorteil.« Er lachte.

Mein Mund wurde trocken, und die Erinnerungen an den letzten Herbst kamen zurück. »Manchmal übersehen die Einheimischen aber auch schreckliche Dinge«, sagte ich heiser.

Robert schwieg. Ich hörte seinen Atem. »Es tut mir leid. Ich habe nicht nachgedacht. Wirklich … das war sehr dumm von mir.«

Ich wusste nicht, was ich antworten sollte, brauchte dringend eine Pause. »Warte, ich hole mir eben etwas zu trinken.«

Ich legte das Handy auf den Tisch, schürte das Feuer, ging in die Küche. Im Kühlschrank war Weißwein. Ich schenkte mir ein, ging langsam ins Wohnzimmer zurück. Inzwischen hatten sich meine Nerven beruhigt. Trotzdem ließ ich Robert noch einen Moment schmoren. Ich holte Kerzen, zündete sie an, machte es mir auf dem Sofa gemütlich und nahm dann das Telefon wieder zur Hand.

»So, da bin ich wieder.«

»Was hast du dir zu trinken geholt?« Seine Stimme klang samtweich nach Versöhnung.

»Weißwein.« Ich lächelte. Robert war ein angenehmer Zeitgenosse, er bemühte sich.

»Ich habe ein Bier. Flasche. Lauwarm. Es ist mein erstes ...«

Zwischen den Zeilen zu lesen fiel mir nicht schwer. Ich wusste, er wartete nur auf ein Wort und würde hierher kommen. Einerseits hätte ich mich gefreut, andererseits hatte ich Angst, wohin es führen würde.

»Prost«, sagte ich und trank einen Schluck.

Robert atmete hörbar aus. »Na denn, Prost.«

»Was habt ihr denn noch herausgefunden?« Ich wollte das Gespräch noch nicht beenden.

»Nicht viel. Adolf Koschinski war der Leiter eines privaten Kinderheims in Aremberg. Er hat es über Jahre geleitet, war nett und unauffällig, pflegte seine kranke Frau und ging mit seiner Geliebten essen.«

»Ein ganz normaler Mann also.« Ich lachte bitter.

»Nicht alle Männer sind so, Conny.«

»Mag sein.« Ich trank noch einen Schluck Wein, spürte die Müdigkeit in meinen überbeanspruchten Beinen. »Heute bin ich definitiv zu viel und zu lange bergauf gelaufen. Mir tut alles weh, und das Bett ruft.«

»Wir sprechen uns morgen. Schlaf gut.« Er legte auf.

Ich hielt den Hörer in der Hand und überlegte. Sollte ich Martin anrufen oder nicht? Martin hatte bisher nicht versucht, mich zu erreichen. Eigentlich wäre er in der Bringschuld. Ich hasste solche Spielchen, spielte sie nicht gerne, aber diesmal rief ich ihn nicht an. Ich rief stattdessen den Hund.

Das Gewitter war abgezogen, der Regen hatte nachgelassen. Die Luft war frisch und rein, aber deutlich kühler. Wir gingen eine Runde durch das Dorf. Fast alle Lichter waren gelöscht, die Häuser lagen dunkel da, die Bewohner schliefen vermutlich. Welche Dramen sich dennoch hinter den Fenstern verbergen, ahnte ich noch nicht einmal. Wer hatte eine Geliebte, und wusste das Dorf davon? Wessen Partner war krank? Wo wurde getrunken und wo geschlagen? Manches blieb verborgen, aber vieles wurde auch einfach verschwiegen.

Hechelscheid war ein kleines Dorf, in dem ich fast nur nette Menschen getroffen hatte. Ich wurde gegrüßt und fühlte mich willkommen. Ich war gerne hier.

Es war schon nach Mitternacht, als ich ins Bett ging. Die Wolken lösten sich auf. Ich lag im Bett und sah zum Fenster. Der Mond schien immer mal wieder zwischen den Wolken hindurch in das Schlafzimmer, goss für kurze Zeit sein Licht auf die Dielen. Es hatte etwas Tröstliches. Darüber schlief ich ein.

Es war noch vor dem Morgengrauen, als ich wach wurde. Montag, wurde mir bewusst. Da war aber noch etwas anderes, etwas, das in meinem Unterbewusstsein kauerte und sich verbarg. Es war wichtig, aber ich konnte es nicht fassen. Etwas, das mit dem Fall zu tun hatte.

Leise fluchend stand ich auf und zog mich an. Eine Runde mit dem Hund würde mich entweder auf andere oder auf den richtigen Gedanken bringen. Meine Laufschuhe waren immer noch feucht. Ich überlegte nur kurz, zog dann einfache Turnschuhe an. Für eine kleine Runde würde auch das gehen.

Das erste Licht des Tages deutete sich an, ängstlich und ohne Selbstvertrauen. Nebelfrauen tanzten Reigen über dem See, waberten über die Felder. Dick lag der Tau auf den Blättern und dem Gras, bog die Halme nach unten. Durch die Erschütterung meiner Schritte auf dem weichen Pfad erzitterten die Grashalme, es sah aus, als ob sie sich vor mir verbeugten.

Als ich in das Haus zurückkehrte, erschien es mir zu groß und zu leer. Ich fütterte den Hund und packte meine Sachen. Eine halbe Stunde später fuhr ich nach Aachen.

Auch die Wohnung in der Oppenhoffallee lockte mich nicht. Ich entlud den Wagen nur und fuhr in Richtung Seilgraben. Montagmorgen kurz nach sieben, noch war Aachen nicht wirklich erwacht. Der einzige Ort, an dem man zu dieser Zeit gut frühstücken konnte, war das »Kaffeekännchen« an der Neupforte.

Ich parkte den Wagen am Seilgraben und ging zum Café. Die junge Bedienung wirkte so müde, wie ich mich fühlte. Trotzdem servierte sie mir freundlich und schnell das Frühstück, stellte Charlie eine Schüssel mit Wasser hin. Sie sah mich fragend an, aber ich war an einem netten Gespräch eben so wenig interessiert wie sie.

Nachdem ich meinen Kaffee getrunken und das Rührei gegessen hatte, schmierte ich mir ein Brötchen und schob es auf dem Teller hin und her, als suchte ich eine geeignete Parkbucht. Schließlich holte ich Sonjas Akte aus meiner Tasche, legte sie auf den Tisch, schlug sie aber noch nicht auf. Irgendwo zwischen den ganzen Berichten musste der Schlüssel sein. Wenigstens ein kleiner, verschlüsselter Hinweis musste dort zu finden sein. Dann schlug ich die Akte auf, wahllos. Las ein paar Zeilen, blätterte um, überflog die Seite, blätterte wieder um. Frustriert schlug ich die Akte zu, bestellte einen weiteren Kaffee, öffnete die Akte erneut, blätterte. Ich stieß auf eine Notiz: Az: 51-35/13-4853, 0228-775736/Kessing.

Mir erschloss sich die Notiz nicht wirklich, denn es stand nichts weiter da. Nachdenklich steckte ich die Akte wieder ein und bezahlte. Das Brötchen hatte ich nicht angerührt.

»Wollen Sie das Brötchen nicht wenigstens mitnehmen? Ich muss es sonst wegwerfen«, sagte die Bedienung. Sie war bestimmt eine Studentin, die den Job dringend brauchte, um ihr Studium zu finanzieren, denn wer sonst stellt sich freiwillig am Montagmorgen um sieben in ein Café? Ihr war es wahrscheinlich ein Graus, Lebensmittel zu verschwenden.

»Ich habe nicht hineingebissen, es kaum angerührt. Wollen Sie es essen?«, fragte ich sie.

»Das darf ich nicht.«

Ich schaute mich um, wir waren alleine, der einzige andere Gast war gerade auf die Toilette verschwunden.

»Ich verrate es nicht«, sagte ich und zwinkerte ihr zu. Sie lächelte, nahm eine Brötchenhälfte und biss beherzt hinein.

Ich hatte zwar schon ein wenig Trinkgeld gegeben, aber nun öffnete ich meine Börse erneut, suchte nach Kleingeld, fand aber nur Centstücke. Schließlich nahm ich einen Fünf-Euro-Schein und legte ihn auf den Tisch, dann ging ich.

Fünf Euro, das waren mal zehn Mark, dachte ich. Soviel Trinkgeld hättest du früher in so einer Situation nie gegeben, höchstens fünf Mark. Trinkgeld. Der Gedanke blieb in meinem Kopf hängen. Trinkgeld, Blutzoll, Bezahlung. Die Toten mussten für etwas bezahlen. Sie beglichen mit ihrem Tod eine Schuld, und der Täter entlohnte sie gleichsam dafür, indem er ihnen Fünfmarkstücke beilegte. Vielleicht für etwas, was sie früher getan hatten? Zu einer Zeit, als die Mark noch Währung war? Das Geld war kein Fetisch, sondern ein Symbol? Ich wischte mir über die Stirn.

Du bist übermüdet, Conny, deine Gedanken sind wirr. Ich ließ Charlie in meinen Wagen einsteigen, schloss die Tür und lehnte mich dann an die Karosserie. Ich war auf dem Holzweg, irgendwo war ich falsch abgekommen und hatte mich verlaufen. Die Lösung lag sicherlich direkt vor meiner Nase, ich sah sie nur nicht. Entnervt ging ich um das Auto herum, stieg ein und fuhr los. Die Straßen hatten sich gefüllt, nur stockend kam ich voran.

Für die Aktennotiz musste es einen Grund geben. Ich fuhr den Ring entlang, Templergraben, Karlsgraben. Am Alexianergraben stand ein LKW auf der rechten Spur und entlud etwas. Die Psychiatrie war nur wenige Meter entfernt. Jutta, dachte ich und suchte mir einen Parkplatz. Ich hatte Glück, sie war im Dienst.

»Gleich ist Visite.« Sie sah gestresst aus.

»Ich will dich nicht lange stören, aber ich habe eine Aktennotiz gefunden, die ich nicht verstehe.«

Ich zeigte ihr den Zettel.

»Einundfünfzig ist das Kürzel für Jugendamt. Seltsam.« Jutta nahm den Zettel, drehte ihn hin und her, aber es stand nichts weiter darauf. »Ich habe die Akte nur überflogen, aber vom Jugendamt höre ich das erste Mal. Es gab keinen Grund, der elterlichen Sorge zu misstrauen, im Gegenteil. Die Mutter war überfürsorglich. Das war kontraproduktiv, aber sie hat ihre Tochter stationär aufnehmen und somit losgelassen … das Jugendamt war nicht vonnöten. Ich kann ja nachher noch mal genauer schauen, vielleicht finde ich in den Verwaltungsakten etwas dazu. Aber jetzt muss ich zur Visite.«

Obwohl ich nicht wirklich damit gerechnet hatte, dass Jutta mir die Notiz erklären konnte, war ich doch enttäuscht. Ich fuhr nach Hause. Die Wohnung war ausgekühlt, deshalb stellte ich die Heizung an, lief unglücklich durch die Räume, fand nichts mit mir anzufangen. Schließlich nahm ich den Hund und ging in meine Praxis am Neumarkt.

Dort blinkte das rote Licht des Anrufbeantworters. Es ging um die Scheidungsfälle, die ich übernehmen sollte. Ich schrieb die Telefonnummern auf, legte den Zettel beiseite. Dann machte ich meinen Computer an. Ein wenig wahllos gab ich Begriffe ein. Blieb schließlich bei freien Kinderheimen hängen. Es gab staatliche und kirchliche Kinderheime. Und ganz wenige ohne Träger. Hatte Robert nicht gesagt, dass der Mann von Agnes Koschinski ein freies Kinderheim geleitet hatte? Ich googelte danach, fand nur zwei Einträge. Einer davon führte auf eine Domänenseite, der Name war frei und noch zu vergeben.

Der andere schon Jahre alt und gab nur die Adresse und Telefonnummer an.

Zu Arenberg existierten über sechstausend Einträge. Aber Arenberg, so erfuhr ich nach einem Klick auf Google Maps, lag an der Grenze zu Österreich bei Salzburg und hatte mit Aremberg nichts zu tun. Ich schloss das Fenster am Computer, gab den Namen »Koschinski« ein. Einundvierzigtausend Einträge, aber ich las nur die ersten zehn Seiten. Auch mit der erweiterten Suche kam ich nicht weiter. Das war eine Sackgasse.

Wieder nahm ich die Aktennotiz zu Hand. Es war die Vorwahl von Bonn. Was hatte das Jugendamt in Bonn mit einer Familie aus Aachen zu tun? Vermutlich gar nichts, und die Notiz stammte aus einer anderen Akte. Wer nicht wagt, der nicht gewinnt, dachte ich und wählte die Nummer.

»Amt für Kinder, Jugend und Familien. Schneider.« Eine weibliche Stimme.

»Van Aken. Wo genau bin ich gelandet? Ich hätte gerne Herrn oder Frau Kessing gesprochen.«

»Hier ist das Jugendamt der Stadt Bonn. In welcher Angelegenheit wollen Sie Herrn Kessing sprechen?«

Ich zögerte kurz. Wie sollte ich es erklären? Dann nannte ich das Aktenzeichen. Ich hörte sie etwas am Computer eintippen. Dann räusperte sie sich.

»Woher haben Sie das Aktenzeichen?«

»Ich bin Kinder- und Jugendpsychiaterin in Aachen. Ich fand eine Notiz mit dem Aktenzeichen, Ihrer Telefonnummer und dem Namen Kessing in der Akte einer meiner Patientinnen.«

»Ich kann Ihnen leider keine weitere Auskunft dazu geben. Das ist ein Altfall aus den achtziger Jahren. Die Akte ist sicher schon lange im Archiv. Außerdem bin ich auch nicht befugt, telefonische Auskunft zu geben. Ihre Patientin kann persönlich die Anfrage stellen. Oder schriftlich.«

»Leider geht das nicht mehr, sie ist ermordet worden. Der Täter ist noch nicht gefasst, und wir suchen nach jedem möglichen Hinweis, um die Tat aufzuklären.«

»Sie sind von der Polizei? Ich dachte, Sie seien Psychologin?«

»Ich arbeite in diesem Fall mit der Polizei zusammen.«

»Bei begründetem Interesse kann die zuständige Behörde eine schriftliche Anfrage stellen. Haben Sie unsere Postadresse?«

»Ich weiß noch nicht mal, ob sich das lohnt. Ob das Aktenzeichen mit meiner Patientin zu tun hat oder ob einfach jemand schlampig abgeheftet hat.«

»Wie gesagt, ich kann Ihnen leider gar nicht helfen. Sie müssen schon schriftlich anfragen oder jemanden von der Polizei vorbeischicken, der sich ausweisen kann. Vermutlich ist sogar ein richterlicher Beschluss notwendig, wenn die betroffene Person verstorben ist.«

Ich bedankte mich und legte auf. Für einen Moment überlegte ich, ob ein schriftlicher Antrag tatsächlich Sinn machte. Mir fiel nichts ein, was das Jugendamt in Bonn als fallrelevante Information haben könnte. Das Klingeln meines Handys riss mich aus den Grübeleien.

»Conny? Wo bist du?« Robert lachte leise. »Seltsam, dass man diese Frage in Zeiten des mobilen Telefons immer stellen muss.«

»Hallo, Robert. Ich bin in Aachen an meinem Schreibtisch.«

»Störe ich dich bei der Arbeit?«

»Nicht wirklich.« Ich erzählte ihm von der Aktennotiz. »Irgendetwas in den achtziger Jahren. Das kann eigentlich nichts mit Sonja zu tun haben, sie wurde sechsundachtzig geboren.«

»Komisch ist das schon. Ich schicke jemanden vorbei, schaden kann es nicht, und weiter kommen wir im Moment auch nicht. Kluge hat gestern Geld abgehoben. In Antweiler. Die Bilder der Überwachungskamera der Bank werden noch ausgewertet.«

»Dann ist er also noch im Lande?«

»Falls ihm die Scheckkarte nicht gestohlen wurde, schon.«

»Das wäre doch ziemlich unwahrscheinlich.« Ich lachte.

»In diesem Fall würde mich nichts mehr überraschen. Alle Spuren laufen ins Leere.«

Wir verabredeten, später am Tag noch mal zu telefonieren.

# Kapitel 25

Der Computer war noch angeschaltet. Ich starrte auf die Seite, öffnete ein neues Fenster, gab noch ein paar Begriffe bei Google ein. Ich wusste gar nicht, wonach ich suchen sollte. Mein Kopf tat weh, und mir war kalt.

Verdammt, dachte ich, du wirst dich erkältet haben, Conny. Eine Stunde durch den Regen zu laufen war nicht wirklich gesund. Ich schaltete den Computer aus und verschloss meine Praxis. In der Kinderarztpraxis nebenan war es ungewöhnlich ruhig für einen Montag. Ich nickte Claudia, der Sprechstundenhilfe, zu und ging.

Zu Hause kochte ich mir eine Kanne Tee und kuschelte mich mit Charlie auf das Sofa. Schon bald schlief ich ein. Ich träumte unruhig. Immer wieder sah ich ein Mädchen weglaufen, durch einen Wald. Sie floh vor einer Bedrohung, die ich nicht sah.

Als ich aufwachte, stand die Sonne schon tief am Himmel. Obwohl ich so lebhaft geträumt hatte, fühlte ich mich doch besser. Ich ging eine Runde mit dem Hund, die frische Luft tat mir gut. Dann beschloss ich, eine Hühnersuppe zu kochen und früh zu Bett zu gehen. Auf meinem Handy waren vier Anrufe in Abwesenheit, zwei von Robert und zwei von Martin. Ich hatte das Telefon auf lautlos gestellt und die Anrufe verpasst. Keiner von ihnen hatte eine Nachricht hinterlassen. Ich rief Martin an, sein Handy war ausgeschaltet. Auch bei Robert erreichte ich nur die Mailbox. Beide bat ich um Rückruf, doch sie meldeten sich an diesem Abend nicht mehr.

Obwohl ich am Nachmittag einige Stunden geschlafen hatte, schlief ich schnell ein. Diesmal träumte ich nichts, erwachte jedoch verschwitzt. Die Hals- und Gliederschmerzen waren verschwunden. Nach einem ausgiebigen Frühstück gingen Charlie und ich in die Praxis.

Ich rief die beiden Scheidungsfälle an, vereinbarte Termine. Es tat gut, endlich wieder aktiv zu werden. Viel zu lange hatte ich mich eingeigelt und dem Leben entzogen. Ich schaltete meinen Computer ein, suchte noch einmal nach dem freien Kinderheim in Aremberg. Wieder fand ich nur eine Notiz dazu mit Adresse und Telefonnummer. Was soll es, dachte ich und wählte die Nummer. Es klingelte, doch keiner ging dran. Ich wollte gerade auflegen, als abgehoben wurde.

»Ja?« Die Stimme des jungen Mannes klang mürrisch.

»Van Aken. Entschuldigen Sie, wenn ich störe. Mit wem spreche ich?«

Er räusperte sich. »Was wollen Sie?«

»Im Moment möchte ich wissen, mit wem ich spreche«, sagte ich freundlich.

»Langenfeld.« Mehr sagte er nicht. Ich lächelte belustigt.

»Die Nummer, die ich gewählt habe, gehört zu einem Kinderheim?«, fragte ich.

»Nein.«

»Ich habe Ihre Privatnummer angerufen?«

Er schwieg, ich hörte, dass er an einer Zigarette zog.

»Hören Sie, ich will Sie nicht belästigen, sondern nur etwas über dieses Kinderheim herausfinden«, versuchte ich zu erklären.

»Was wollen Sie denn herausfinden?«

»Das weiß ich gar nicht so genau. Seit wann es geschlossen ist, zum Beispiel.«

»Ja, hier war mal ein Heim.« Er stockte. »Wieso ist das wichtig? Wie heißen Sie noch mal?«

»Constanze van Aken. Was ist denn jetzt da?« Dieses Gespräch verlief merkwürdig.

»Das Gebäude steht leer. Also, nicht ganz. Aber es wird im Moment nicht benutzt. Ich bin so eine Art Hausmeister.« Das war die bisher längste Aussage des jungen Mannes.

»Sie hüten quasi das Gebäude?«

»So in der Art. Hier gibt es einen Glasanbau, wie eine Veranda nur mit Glas, verstehen Sie? Der war undicht. Ich soll die Schäden beseitigen und dafür sorgen, dass alles trocknet und so.« Langsam schien er aufzutauen.

»Wissen Sie, wie lange das Haus als Heim genutzt wurde?«

»Es steht schon lange leer. Mindestens zehn Jahre. Eine Weile war es wohl auch Jugendherberge oder so.«

Ich überlegte, ob mich das irgendwie weiterbrachte. Dies schien jedoch die nächste Sackgasse zu sein.

»Wieso wollen Sie das eigentlich wissen?«, fragte Langenfeld.

»Wahrscheinlich ist das unwichtig, aber der Name des Kinderheims fiel im Rahmen einer Ermittlung.«

»Sind Sie von der Polizei? Hat das mit dem alten Mann zu tun, der von dem Gasthof?«

»Ich bin nicht wirklich bei der Polizei. Ich bin Psychiaterin, arbeite aber mit der Ermittlungsbehörde zusammen. Ich bin eher zufällig auf diese Nummer gestoßen.«

»Und hat das jetzt mit dem Alten zu tun?« Nun wurde er neugierig. Ich konnte es ihm nicht verübeln.

»Indirekt. Eine Frau wurde ermordet, vor ein paar Jahren schon. Die Fälle hängen zusammen. Diese Frau war mit dem Leiter des Heims verheiratet. Wahrscheinlich ist es nur ein Zufall, dass sie früher in Aremberg gewohnt hat.«

»Und jetzt forscht die Polizei? Kommen sie hierher?« Plötzlich klang er nervös.

»Das denke ich nicht. Ich glaube kaum, dass dort nach all den Jahren relevante Spuren zu finden sind. Der Anruf war auch nur eine Idee von mir.«

»Also kommt die Polizei nicht hierher?« Er räusperte sich. »Hier sieht es nämlich ziemlich chaotisch aus. Durch den Wasserschaden sind auch einige Akten nass geworden. Ich sollte sie schon längst entsorgt haben. Dazu bin ich aber noch nicht gekommen.«

»Es gibt noch die alten Akten?« Ich dachte an die Notiz vom Jugendamt. Vielleicht gab es ja doch eine Verbindung. »Meinen Sie, ich könnte mir die einmal ansehen?«

Wieder zögerte er, zog an der Zigarette, atmete hörbar aus.

»Ich schaue mich auch nicht um, mir ist es egal, wie es aussieht«, versuchte ich ihn zu beruhigen.

»Na, wenn Sie wollen«, sagte er schließlich. Er gab mir die Adresse, ich bedankte mich und legte auf.

Vermutlich war dies eine Schnapsidee. Außerdem war dies sicher nicht der richtige Weg, ohne Beschluss und Einverständnis der Staatsanwaltschaft. Aber ich wollte nicht die ganze Bürokratie für eine vage Idee in Gang setzen, die wahrscheinlich eh zu nichts führte. Trotzdem lockte mich der Gedanke. Nach Aremberg zu fahren war auf jeden Fall besser, als hier weiterhin Löcher in die Luft zu starren. Auf dem Rückweg konnte ich nach Hechelscheid fahren.

Ich versuchte erneut Robert und Martin zu erreichen, doch wieder nahm keiner ab. Robert hinterließ ich eine kurze Nachricht, dass ich nach Aremberg fahren würde, dann machte ich mich auf den Weg. Dienstagvormittag, ich hatte keine Lust, mich hinter die ganzen LKW auf der Autobahn einzureihen, und wählte den langsameren, aber auch schöneren Weg durch die Eifel. Mein Radio hatte nach »Frings Haus« kaum Empfang, deshalb schob ich eine CD ein und sang mit. Der Himmel war klar, die Sonne schien, und ich fühlte mich gut. Charlie hatte sich brummend im Fußraum des Beifahrerplatzes zusammengerollt. Ich versprach ihm einen langen Spaziergang in Aremberg.

Nach Schleiden fuhr ich in Richtung Blankenheim. In Lummersdorf war die Straße nach Aremberg gesperrt. Wie überall wurde auch hier ein großer Kreisel gebaut. Ich warf einen kurzen Blick auf die Karte und drehte dann Richtung Eichenbach. Da ich fast allein auf der Straße war, genoss ich die Kurven, das Auf und Ab der Straße und die herrlichen Wälder und Wiesen. Hier war es viel ländlicher als in Hechelscheid. Kein Rursee lockte Scharen von Touristen. Im Ort musste ich das Tempo verringern. Wunderschöne Fachwerkhäuser begrenzten die enge Straße. Ich fuhr aus dem Ort heraus, über eine Brücke und vorbei an einem Gasthof mit Forellenzucht und Biergarten. War das der Hof, den Mueskens geführt hatte? War er hier ermordet worden? Alles wirkte friedlich und ruhig, nichts deutete daraufhin, dass der Tod hier eingefallen und grausam gewütet hatte. Aber vermutlich war Mueskens nicht hier gefoltert und umgebracht worden. Ich überquerte eine Brücke, von hier an führte die Straße steil nach Aremberg hinauf, und ich gab Gas. Eine enge Spitzkurve zwang mich dazu, zu bremsen und in den zweiten Gang zu schalten. Etwas rumpelte. Hinten rechts, der verdammte Reifen, dachte ich noch und umklammerte das Lenkrad. Der Wagen brach aus, schleuderte herum. Heftig stieß ich mir den Kopf an der Seitenscheibe. Dann wurde alles schwarz.

»Hören Sie mich? Hallo?« Jemand tätschelte meine Wange, ich hörte die freundliche Frauenstimme wie durch Watte. »Können Sie mich hören? Sprechen Sie mit mir.«

Blinzelnd versuchte ich, die Augen zu öffnen. Kleine Lichtpunkte nahmen mir die Sicht. So ist das also, wenn man Sterne sieht, dachte ich verwundert. Als ich versuchte, den Kopf zu schütteln, um klar zu werden, durchfuhr mich ein heftiger Schmerz. Ich schaffte es, meine Augen zu öffnen. Verschwommen sah ich eine Hand an mir vorbeigreifen und den Schlüssel drehen. Der Motor erstarb. Dann griff die Frau nach meinem linken Arm, suchte den Puls. Charlie knurrte leise.

»Können Sie mich hören? Haben Sie Schmerzen?«

Ich wollte antworten, schaffte es jedoch nicht. Noch immer nahm ich alles wie durch Nebel wahr.

»Der Puls ist vorhanden, Atmung stabil. Hier ist ein Hund im Wagen. Sicher erst einmal ab, dann schauen wir weiter«, rief sie immer noch freundlich, aber bestimmt jemandem zu. »Hallo? Hören Sie mich? Ist der Hund gefährlich?«

Charlie, dachte ich entsetzt, ist er verletzt? Ich schaffte es, endlich aus der Wolke der Benommenheit aufzutauchen, und konnte den Blick wieder fokussieren. Vor meinem Wagen, eigentlich schon über der Motorhaube, prangte ein schwarzer Mercedes-Stern, links davon war ein rotes Kreuz in einem weißen Kreis, beides auf einem tarnfarbenen Kühlergrill, breiter als die Motorhaube meines Golfs. Links und rechts blinkten synchron zwei gelbe Lichter, und für einen Moment hatte ich wieder das Gefühl, Sterne zu sehen. Eine Maulkupplung, mittig zwischen zwei fast eckig wirkenden Scheinwerfern, eingebettet in eine massige Stoßstange schien mich wie die Augen eines großen Tieres bedrohlich anzustarren.

»Grundgütiger«, murmelte ich entsetzt.

»Haben Sie Schmerzen? Können Sie sich bewegen?«

Ich fühlte in mich hinein, ein Druck lastete auf meiner Brust, und ich bekam kaum Luft. Automatisch, wie ferngesteuert, tastete ich nach der Arretierung des Sicherheitsgurts und löste sie. Augenblicklich wich der Druck von meinem Brustkorb. Befreit schöpfte ich Atem.

Die Frau legte wieder die Hand auf meine Schulter. »Bitte bleiben Sie noch sitzen.«

Charlie knurrte erneut, ein dumpfes Grollen, tief aus seiner Kehle.

»Ist der Hund gefährlich?«

»Ruhig, Charlie«, schaffte ich zu sagen. Ich wandte den Kopf nach rechts. Mein Hund lag immer noch zusammengerollt im Fußraum, schien nicht verletzt zu sein, hielt seinen Blick aber wachsam auf mich und die Frau gerichtet.

»Alles ist gut, Charlie«, murmelte ich und versuchte auch mich davon zu überzeugen. Mein Herz pochte unbändig, ein dicker Kloß saß in meinem Hals, und Adrenalin schoss auf einmal durch meinen Körper.

»Was ist passiert?« Ich wollte mich aufrichten, doch die Frau hielt mich zurück.

»Bleiben Sie bitte noch sitzen. Schauen Sie auf meinen Finger. Können Sie ihm mit den Augen folgen?«

Langsam bewegte sich der Finger einer sonnengebräunten Hand vor meiner Nasenspitze hin und her.

»Alles in Ordnung«, sagte ich. »Mir geht es gut.« Ich wandte mich zu der Frau. Plötzlich wurde mir schlecht. Eine Woge der Übelkeit schwappte über mir zusammen. Ich schaffte es gerade noch, mich vorzubeugen, und erbrach mich schwallartig. Die junge Frau, die neben dem Fahrersitz gehockt hatte, wich zurück, verlor das Gleichgewicht und kam breitbeinig auf die Straße zu sitzen. Für einen Moment starrte sie fassungslos an sich herab, dann öffnete sie mit spitzen Fingern den Reißverschluss ihrer Jacke, schlug sie nach hinten auf und wand sich aus den Ärmeln.

»Jens, ich brauche Wasser und Feuchttücher. Sofort!«, brüllte sie in Richtung LKW.

»Das tut mir leid. Das wollte ich nicht …« Ich sah die junge Soldatin an, wischte mir einen Speichelfaden vom Kinn und fing an zu kichern. Das war der Schock, wusste ich, konnte jedoch nichts daran ändern, dass ich die Situation auf einmal zum Schreien komisch fand. Ich hatte mich auf meine Retterin erbrochen. Wahrscheinlich würde sie nie wieder so neben einem Unfallopfer hocken. Langsam, immer noch leise lachend, stieg ich aus dem Wagen. Meine Beine schienen aus Gummi zu sein, sie wollten mir nicht recht gehorchen. Ich lehnte mich an das Auto, versuchte mich zu beruhigen. Atmen, Conny!

Ein Soldat in Warnweste trat zu uns, reichte mir Feuchttücher und half seiner Kameradin auf. Ich wischte mir das Gesicht und die Hände ab, mein Atem fing sich. »Es tut mir wirklich leid.«

»Ich bin froh, dass es Ihnen gut geht«, sagte die Soldatin schmunzelnd und reinigte sich mit den Tüchern, die ihr Kamerad ihr hinhielt.

Er drehte sich zu mir um. »Sie haben wirklich den Papst in der Tasche«, sagte er. »Um ein Haar hätte ich Sie unter der Haube gehabt.«

»Ich habe was?«, fragte ich.

»Glück, Sie haben mächtig Glück gehabt«, sagte die Soldatin. »Wir kamen mit reichlich Kawumm die Straße hinauf. Ihr Wagen stand mitten in der Kurve. Mein HG musste ganz schön in die Eisen gehen, um einen Zusammenstoß zu verhindern. Haarscharf war das.« Sie wies auf die beiden Fahrzeuge.

Erst jetzt wurde mir bewusst, dass ich gerade eben einer Katastrophe entgangen war. Ich fing an zu zittern.

»Mir ist plötzlich das Heck ausgebrochen«, murmelte ich. »Mehr weiß ich nicht.«

»Ihnen ist der Reifen geplatzt.« Der Soldat war um meinen Wagen herumgegangen und begutachtete den Schaden. »Deshalb haben Sie eine formschöne Pirouette hingelegt. Sonst scheint der Wagen aber nichts abbekommen zu haben.«

»Scheiß Reifen. Ich wollte sie schon längst erneuert haben.« Ich schüttelte den Kopf. »Verdammt.«

»Es ist ja alles noch einmal gut gegangen«, tröstete die Soldatin mich. »Kommen Sie, wir müssen die Straße frei machen.« Sie reichte mir die Hand, die nach der Babylotion der Feuchttücher duftete. »Monika Kappl, Oberfeldwebel der Sanitätstruppe, und der Heizer dort drüben ist mein Hauptgefreiter Jens Huhn.«

»Constanze van Aken«, stellte ich mich immer noch zittrig vor.

»Wir setzen uns am besten dort in die Böschung des Waldweges. Können Sie die paar Schritte laufen?« Besorgt nahm sie meinen Arm.

»Das geht schon, denke ich. Mein Hund …« Ich drehte mich um, rief Charlie. Er sprang aus dem Wagen, lief zu mir, schnüffelte an meiner Hose. Er schien wirklich nicht verletzt zu sein. »Komm, Charlie.«

Die Soldatin führte mich von der Straße, ich ließ mich in das Gras sinken. Charlie lief zum nächsten Baum, markierte ihn, drehte sich, markierte wieder. Dann kam er zu mir. Er blieb neben mir stehen, den Kopf erhoben, die Ohren aufgerichtet, und hielt die Nase in den Wind, er hob die rechte Vorderpfote, fiepte leise. Er hatte eine Fährte gerochen. Ein toter Hase oder anderes Aas, beruhigte ich mich und verdrängte den Gedanken an den letzten Herbst, als Charlie eine Leiche im Wald gefunden hatte.

»Was hat Ihr Hund?«

»Er wird ein totes Tier wittern«, sagte ich und verschwieg seine Karriere als Leichenspürhund. »Charlie, Platz.« Gehorsam legte mein Hund sich hin, schaute mich bedauernd an.

»Davon gibt es hier sicherlich genug.« Sie wandte sich um. »Jens, zieh den KrKw in den Waldweg!«

Sie setzte sich neben mich. »Sie sollten ins Krankenhaus für einen Schädel in zwei Ebenen, und meine Jacke sagt mir, dass Sie eine fette Gehirnerschütterung haben.« Grinsend nahm sie ihre Erkennungsmarke ab, fischte aus der Beintasche ein Dienstgradabzeichen, durch welches sie die Kette der Marke fädelte, und zog sie wieder über den Kopf.

»Ja, eine Gehirnerschütterung kann gut sein.« Ich tastete meinen Kopf ab, fühlte eine Beule an der linken Seite, vermutlich dort, wo ich am Fenster aufgeschlagen war. »Aber meinem Schädel fehlt nichts.«

Monika Kappl reichte mir eine Flasche Wasser. Ich trank und spülte den sauren Geschmack des Erbrochenen weg.

»Was zum Teufel ist ein KrKw?«, fragte ich.

Sie lachte. »Das ist ein Krankenkraftwagen. Dieser ist ein GL, also die Geländeausführung. Nichts anderes als ein großer und schwerer Unimog.«

»Nicht zu fassen. Um ein Haar hätte mich ein Krankenwagen plattgemacht.« Wieder wurde mir die Situationskomik bewusst. Ich grinste. »Was wiegt so ein Teil?«

»Ohne meinen HG und meine vollgekotzte Jacke, etwas mehr als sechs Tonnen.« Sie stand auf. »Denken Sie nicht zu viel darüber nach, was hätte passieren können. Sie haben einen achtsamen Schutzengel gehabt.« Der weibliche Oberfeldwebel lächelte freundlich. »Ich geh mal meinem Landser helfen.«

Ich sah zu, wie der LKW an meinem Golf vorbei den Berg hinaufzog. Kappl trat vor den Wagen, wies ihren Fahrer ein gutes Stück rückwärts in den Waldweg. Jens zog die Feststellbremse, die laut aufzischte, stellte den Motor ab und sprang aus dem Führerhaus.

»Fahr den Golf auch in den Waldweg«, wies die Soldatin ihn an. »Ich sammele derweil den Warnkrempel ein, nicht dass wir wieder Fehlbestände in der Bordausstattung haben.« Sie stapfte los, drehte sich noch einmal zu ihrem Landser um. »Ach, und vergiss die Tücher und meine Jacke nicht. Müllbeutel sind unter dem Beifahrersitz.«

Jens verzog angeekelt das Gesicht, peinliche Röte stieg mir

warm den Hals hoch, überzog mein Gesicht. Ich fühlte mich wie eine Tomate, die mit heißem Wasser übergossen worden war, um ihr die Haut abzuziehen.

Der HG wischte mit seinem Stiefel über den Schweller meines Golfes, vermutlich war dort noch ein Rest Erbrochenes. Dann stieg er ein, fuhr meinen Wagen rumpelnd in den Waldweg.

»Wenn Sie ein Ersatzrad haben, mach ich Ihnen das drauf«, rief er mir zu. »Das sollte fix gehen.«

Dankbar nickte ich ihm zu. Ich stand auf. Diesmal ging es schon besser, der Schwindel war gewichen. Hinter der linken Schläfe pochte ein dumpfer Schmerz. Der würde mich noch ein paar Tage begleiten und an den Unfall erinnern, dachte ich missmutig. Langsam ging ich zu meinem Wagen und nahm meine Handtasche heraus. Ich suchte das Handy, fand es schließlich in der Seitentasche. Ob sich Robert oder Martin gemeldet hatten? Ich schaute auf das Telefon, der Akku war leer. Fluchend steckte ich es in die Tasche zurück. Noch einmal fühlte ich in mich hinein. Bis auf den Kopf verspürte ich keine Schmerzen, auch das Zittern und die Kältewelle des Schocks waren verschwunden. Sollte ich die Fahrt fortsetzen? Bis zu dem Kinderheim konnten es nur noch wenige hundert Meter sein. Dort oben, auf der anderen Seite des Berges, musste es sein. So kurz vor dem Ziel wollte ich nicht aufgeben, und von dort aus würde ich sicher jemanden der OFA erreichen können.

## Kapitel 26

Der Oberfeldwebel hatte das Warndreieck und die Warnlampe am Bundeswehrfahrzeug verstaut. Sie kam wieder zu mir, sah mich nachdenklich und fragend an.

»Wie geht es Ihnen?«

»Besser. Sie haben recht, ich habe wirklich Glück gehabt.«

Ich sah zu HG Huhn, der sich fluchend bemühte, das beschädigte Rad abzumontieren.

»Alle Schrauben sind festgerostet. Wann hat dieser Wagen zuletzt eine Werkstatt gesehen? War er überhaupt schon mal in der Inspektion?«, rief er mir zu.

»Inspektion? Wieso, er fährt doch«, murmelte ich.

Kappl lachte mir zu. »Sagen Sie das bloß nicht zu laut, sonst wird er in seinen Vorurteilen Frauen gegenüber noch bestärkt.«

»Sie haben es sicherlich nicht einfach bei der Truppe als Frau«, meinte ich. Wir setzten uns wieder in die Böschung. Inzwischen stand die Sonne hoch am Himmel, die Luft war lau, nur wenige Wolken zogen weit über uns über den Himmel. Ein malerischer Tag.

»Ich musste mir den Respekt erkämpfen, aber inzwischen geht es. Ich habe es mir ausgesucht und bereue meine Entscheidung nicht. In Zeiten von globalen Krisen ist dies ein krisensicherer Job.«

»Ja, das hat was. Doch was ist mit Auslandseinsätzen? Afghanistan?«

Sie schnaubte. »Auslandseinsätze gehören dazu. Erhöhtes Berufsrisiko, aber das habe ich vorher gewusst.«

»Erhöhtes Berufsrisiko.« Ich dachte an Martin und seine Meinung zu meiner Gutachtertätigkeit. Er war strikt dagegen, hatte nie verstanden, dass ich mich mit Schwerverbrechern befasste. Ich fuhr mit meinem Finger über die dünne Narbe an meinem Hals. Anfang letzten Jahres hatte mich ein von Testosteronen strotzender Gefangener für kurze Zeit in der Gewalt gehabt und verletzt. Letztendlich war das normale Leben gefährlicher, dachte ich und sah zu meinem Auto.

»Was ist nun mit dem Röntgen?«, fragte mich Kappl. »Sollen wir Sie mitnehmen nach Adenau ins Krankenhaus?«

Ich überlegte kurz, entschied mich aber dann dagegen. »Das wird nicht nötig sein. Ich habe eine leichte Gehirnerschütterung, weiter nichts.«

»Wissen Sie, was ein epidurales Hämatom ist?«

»Ja, eine Ansammlung von Blut im Epiduralraum. Aber meine Klinik ist unauffällig.« Ich schaute auf meine Uhr. »Seit dem Unfall ist über eine Stunde vergangen. Keine weiteren Bewusstseinsstörungen, keine Schwindel oder Übelkeit. Schauen Sie in meine Augen. Abnormale Pupillenerweiterung?«

Sie sah mich aufmerksam an, schüttelte dann den Kopf. »Aber die Störungen können unter Umständen noch nach Stunden auftreten. Wo wollen Sie hin?«

»Nur über den Berg, dort oben zu einem Kinderheim.«

»Sie sind alleine, es ist nicht viel los in der Gegend. Ich rate Ihnen, mit uns zum Krankenhaus zu kommen.«

»Dort oben wartet der Hausmeister auf mich, und ich werde meine Kollegen anrufen. Falls ich mich schlechter fühle, befolge ich sofort Ihren Rat, aber ich glaube nicht daran. Eine Fraktur ist nicht tastbar.«

»Haarrisse sind nicht tastbar. Sie sind vom Fach, oder? Krankenschwester?«

Ich lachte. »Ich bin Ärztin.«

»Auch das noch.« Kappl seufzte. »Es gibt nichts Schlimmeres als beratungsresistente Ärzte, die selbst einen Arzt brauchen. Da ist jedes weitere Wort für die Katz.« Sie stand wieder auf, streckte sich. »Sei's drum, ich muss meinem Chef melden, dass wir uns verspäten werden.« Grummelnd zog sie das Handy aus der Beintasche, ging ein paar Schritte und telefonierte.

HG Huhn trat auf mich zu, wischte sich die Hände an der Hose ab. »Das Rad ist ausgewechselt. Die Reifenreste und die kaputte Felge habe ich in Ihren Kofferraum gelegt.« Er kratzte sich am Kopf. »Das Reserverad sieht auch nicht wirklich gut aus. Weit sollten Sie damit nicht fahren. Am besten nur bis zur nächsten Werkstatt. Und bitte nicht zu schnell. Eine rasante Fahrt durch die Serpentinen könnte beim nächsten Mal weniger glimpflich enden.«

»Ich werde mich in Acht nehmen«, versprach ich. »Es war großes Glück für mich, dass Sie in der Nähe waren. Wo kommen Sie eigentlich her? Sind Sie hier stationiert?«

»Eigentlich kommen wir aus Rennerod im Westerwald, Sanitätsregiment 21. Wir sind zu einer übenden Truppe als SanBegleitung abgestellt und liegen im Wald oberhalb von Aremberg im Biwak«, erklärte Kappl.

»Im Biwak? Was ist das und was üben Ihre Kollegen denn dort? Angriff auf Kuhherden?«

Kappl lachte. »Es sind Kameraden, nicht Kollegen. Ein Biwak ist nichts anderes als ein Zeltlager. Geübt wird das Leben im Feld, tarnen, täuschen, Stellungsbau und orientieren. Was Soldaten halt so können müssen.«

»Pfadfinder für Große?« Ich grinste. »Na, ich will Sie nicht länger aufhalten.«

Oberfeldwebel Kappl hielt meine Hand etwas länger fest als notwendig. »Mir ist immer noch nicht ganz wohl bei dem Gedanken, Sie alleine weiterfahren zu lassen.«

»Ich denke, ich kann das ganz gut beurteilen, schätze aber Ihre Anteilnahme. Wie wäre es, wenn Sie mir Ihre dienstliche Adresse und Ihre Einheit aufschreiben, dann kann ich mich bei Ihnen melden.«

»Okay.«

Ich setzte mich in den Golf, Charlie legte sich wieder in den Fußraum. Für einen Moment holte ich tief Luft, meine Hände zitterten leicht. Aber wenn man von einem Pferd abgeworfen wurde, war das Beste, um die Angst zu überwinden, sich sofort wieder auf das Tier zu setzen, sagte ich mir und startete den Wagen. Vorsichtig fuhr ich aus dem Waldweg heraus. Ein dunkler Wagen kam langsam um die Kurve, stoppte, blinkte und bog neben mir auf den Weg.

Überrascht stieg ich aus. Es war Robert.

»Conny?«

»Was machst du denn hier?«

»Ich suche dich.«

Er nahm mich in den Arm, herzlicher, als ich es erwartet hatte. Es war mir nicht unangenehm. Im Gegenteil, ich war froh, nun doch nicht alleine zu sein.

Hinter uns hatte Huhn den Unimog angelassen, nun stellte

er den Motor wieder ab. Kappl sprang aus dem Führerhaus und trat zu uns.

»Ist etwas passiert, Conny?« Robert starrte auf das rote Kreuz am LKW.

»Mein Reifen ist geplatzt. Ich hatte Glück, und die Sanitätstruppe war gleich zur Stelle.«

»Bist du verletzt?«

»Kennen Sie sich?«, fragte Kappl. »Sie sollten dafür sorgen, dass Ihre Bekannte geröntgt wird. Oberfeldwebel Monika Kappl«, stellte sie sich vor. »Frau van Aken hat auf jeden Fall eine Gehirnerschütterung.«

»Nur eine leichte«, beschwichtigte ich.

»Mein Gott, Conny. Ich fahre dich sofort ins Krankenhaus, damit ist nicht zu spaßen.« Robert sah mich besorgt an. »Und überhaupt, was machst du hier?«

Ich verdrehte die Augen. »Bitte, Robert, übertreib nicht. Was machst du hier?«

»Das ist eine längere Geschichte.« Er zog die Stirn kraus.

»Nun ja, vielleicht können Sie beide das in Ruhe klären. Es wäre aber nett, wenn Sie uns eben vorbeifahren lassen würden. Mein Chef wartet schon. Wir sind nicht zum Freizeitausgleich hier.« Kappl grinste. »Ich fahre nun doch etwas beruhigter, jetzt, wo Sie nicht mehr alleine sind.« Sie berührte mich kurz an der Schulter, ging dann zurück zu dem Unimog.

»Ich wollte zu dem ehemaligen Kinderheim. Es muss da oben auf der anderen Seite des Hügels sein. Nur wenige hundert Meter von hier. Sollen wir uns dort treffen?«

»Gut.« Robert seufzte. »Du fährst vor, und ich folge dir.«

Langsam fuhr ich den Berg hoch, achtete auf ungewöhnliche Geräusche oder ein anderes Fahrverhalten des Wagens, doch der Golf schnurrte zuverlässig, fuhr einwandfrei. Ich bog in den kleinen Weg ein, der auf der Kuppe des Hügels zu dem Kinderheim führte. Die Sicht über das Tal war atemberaubend. Links führte eine Straße zu einer kleinen Ansammlung von Häusern, ein Schild wies auf die Burg Aremberg hin, deren Reste dort oben im Wald verborgen sein mussten.

Ich parkte meinen Wagen auf einem Stück Wiese unter einigen Lärchen. Der Boden war bedeckt mit den Nadeln, als ich ausstieg, federte der Untergrund unter meinen Füßen. Hier hatte schon lange kein Wagen mehr gestanden. Charlie sprang aus dem Wagen, hob schnüffelnd den Kopf, fiepte wieder leise.

Na gut, dachte, geh du mal stöbern. Nach dieser Fahrt hast du dir einen toten Hasen verdient.

»Los!« Er sah mich kurz fragend an, so als wollte er sicher gehen, dass ich es ernst meinte. Lächelnd gab ich ihm das Zeichen, und er stürmte davon. Robert hatte seinen Wagen neben meinem geparkt und war ausgestiegen. Er zog eine Schachtel Zigaretten aus der Hosentasche, zündete sich eine an. Seine Stirn war immer noch sorgengefurcht. Irgendwo in der Ferne bellte Charlie kurz. Der Weg führte links zu dem Kinderheim, das an den Hang gebaut worden war. Von hier aus konnte man nur Teile des Daches sehen. Holunderbüsche begrenzten das Grundstück zum Hanggipfel hin. Geradeaus führte ein Trampelpfad zu einem weißen Gebäude. Von hier aus wirkte es wie eine kleine Kapelle. Ich meinte, dort eine Bewegung zu erkennen, aber die Sonne blendete mich.

»Conny, warum bist du hierher gefahren?«

»Ach, ich musste mich irgendwie beschäftigen und habe einfach die Nummer des Kinderheims angerufen. Es gibt so eine Art Hausmeister hier. Er war sehr freundlich.«

»Ein Hausmeister? Das ist ja seltsam. Wer beschäftigt ihn denn? Das Gebäude gehört der Stadt Bonn, auch wenn wir hier in Rheinland-Pfalz sind. Ich habe keinen Hinweis darauf erhalten, dass es noch bewirtschaftet wird.«

»Es gab einen Wasserschaden, den er beseitigen soll. Er ist wohl weniger ein echter Hausmeister, klang für mich so, als müsste hier jemand einen Ein-Euro-Job ableisten. Eine junge Stimme.«

»Das ist natürlich möglich.« Er holte tief Luft. »Ich habe mehrfach versucht, dich zu erreichen. Aber du hast nicht reagiert. Nach deiner Nachricht bin ich auf gut Glück hierher gefahren. Ich habe mir Sorgen gemacht.«

»Hast du geahnt, dass mein Reifen platzen wird?« Ich versuchte, mir ein Grinsen zu verkneifen.

»Nein, das nicht. Aber wir arbeiten an Mordfällen, und der Täter ist immer noch auf freiem Fuß.«

»Hier wird er ja wohl nicht sein.« Ich schaute mich um, alles wirkte wunderbar friedlich. Ich lauschte kurz, konnte Charlie aber nicht mehr hören. Anscheinend hatte er den toten Hasen gefunden.

»Nein, hier ist er sicherlich nicht. Aber vielleicht weiß er inzwischen, dass wir ihm auf den Fersen sind, und du hast dich als Mitglied der OFA geoutet. Mir war einfach nicht wohl bei dem Gedanken, dass du alleine in der Pampa herumläufst. Zumal du gar keine rechtlichen Befugnisse hast.«

»Es gibt wohl alte Akten. Ich hatte die Schnapsidee, dass in ihnen ein Hinweis zu finden sei. Ich wollte dich anrufen, als ich den Unfall hatte, aber der Akku meines Handys ist leer.« Inzwischen war mir bewusst, wie idiotisch die Fahrt hierher gewesen war. Irgendeinen brauchbaren Hinweis würde ich sicherlich nicht finden.

»Es gibt Akten? Das ist ja interessant. Wir haben einiges herausgefunden.«

»Habt ihr eine Spur von Kluge?« Ich lehnte mich gegen meinen Wagen, immer noch pochte die Beule an meiner Schläfe.

»Nein, keine Spur von Kluge, er ist wie vom Erdboden verschluckt. Das erfüllt uns mit Sorge. Hoffentlich ist er nicht das nächste Opfer.« Robert rieb sich über die Stirn.

Ich glaubte, nicht richtig gehört zu haben. »Opfer?«

»Ja, er kann nicht der Täter sein. Deine Vermutung war richtig. Die Schnelltests der DNS aus Kluges Wohnung haben gezeigt, dass das Blut dort seines ist. Seine DNS unterscheidet sich gravierend von Sonjas. Sie sind nicht miteinander verwandt. Das hat auch das Jugendamt in Bonn bestätigt. Ich habe gestern noch einen Kollegen dort hingeschickt, heute Morgen wurde die Akte im Archiv gefunden. Sonja Kluge wurde im Alter von knapp sechs Wochen adoptiert.«

»Was?«

»Kluges haben sie adoptiert. Wenn das Kind noch so jung ist und die Mutter auf ihre Rechte verzichtet, wird die Adoptivmutter in die Geburtsurkunde eingetragen.«

»Das ist nicht zu fassen.« Ich schlug mit der rechten Faust in die linke Hand. »Es ist unglaublich. Da bringt die Adoptivmutter das erkrankte Kind in die Psychiatrie und verschweigt dieses kleine, aber doch immens wichtige Detail. Wir hätten einige Störungen damit erklären können. Sonjas Verlustängste zum Beispiel. Weißt du, weshalb sie zur Adoption freigegeben wurde?«

»Ich habe den Bericht jetzt nicht parat, aber die Mutter war psychisch krank, hörte wohl Stimmen. Sie hat sich kurz nach der Geburt umgebracht. Der Vater war ein Alkoholiker und Gelegenheitsdieb, er war mehr im Knast als draußen.«

»Klingt nach Schizophrenie. Vielleicht gepaart mit einer satten postnatalen Depression.« Ich stieß die Luft aus. »Verdammt, das stützt die Annahme, dass Sonja schizophren war. Wir hätten sie mit diesem Wissen sehr viel besser behandeln können. Schizophrenie ist erblich. Ich verstehe die Adoptivmutter nicht.«

»Vielleicht haben die Eltern verdrängt, dass es nicht das leibliche Kind ist, zumal sie sie ja als Säugling bekommen haben.«

»Eine sehr fadenscheinige Begründung, aber du könntest recht haben. Unverantwortlich ist es trotzdem.« Ich dachte nach. »Und wer ist dann der Täter? Sonjas leiblicher Vater?«

»Leider nicht, denn der starb vor einigen Jahren an Leberzirrhose.«

»Wer ist es dann?«

»Das wissen wir noch nicht. Die Ermittlungen laufen auf Hochtouren. Es muss jemand sein, der mit Sonja blutsverwandt ist. Aber die Aktenlage ist beschissen schlecht, die Archive zum Teil nach seltsamen Systemen geordnet. Nicht alles ist katalogisiert und das Wenigste auf Mikrofilm. Zwei Kollegen wühlen sich durch verstaubte Akten. Doch bisher haben wir nichts, was uns weiterhilft. Zumal der zuständige

Beamte von damals inzwischen in Rente ist. Momentan fährt er mit seinem Wohnwagen durch Norwegen und ist nicht erreichbar.«

»Blutsverwandt. Onkel oder Bruder?«

»Ja, es gab wohl einen Bruder. Ein paar Jahre älter als Sonja. Aber von ihm haben wir keine Spur. Wenn wir sein Aktenzeichen wüssten, wären wir vielleicht schon weiter. Vielleicht ist er auch adoptiert worden und hat nun einen ganz anderen Namen. Es ist zum Verzweifeln.«

»Wenn ein Blutsverwandter von Sonja der Täter ist, dann hängen die Taten mit ihr zusammen. Die Münzsammlungen sind nicht der Grund, es geht um persönliche Rache.«

»Was?«

»Überleg doch mal: Das eine Opfer war mit dem Heimleiter liiert und hat hier im Dorf gewohnt. Es hat etwas mit dem Heim zu tun. Diese Gerüchte um Mueskens, das sind vielleicht gar keine Gerüchte.«

Robert ging ein paar Schritte, starrte in das Tal, kam dann zu mir zurück. »Du könntest recht haben. Wir waren die ganze Zeit auf dem Holzweg. Aber würde jemand ein sechs Wochen altes Kind missbrauchen? Das ist doch unmöglich.«

»Nein, ist es nicht. Ich habe schon so furchtbare Fälle mit Neugeborenen gesehen. Dies Trauma, zusammen mit den Verlustängsten, denn Sonja wird gewusst oder gespürt haben, dass sie adoptiert wurde, und dann noch der Faktor Schizophrenie erklären ihr Krankheitsbild. Das nach ihrem Tod zu beweisen dürfte allerdings unmöglich sein.« Ich biss mir auf die Lippe, kaute daran. »Vielleicht war Kluge in den Pädophilenring verstrickt und ist deshalb untergetaucht. Er wird dann wissen, dass es irgendwann auffliegt. Mueskens und Sonja wurden in der Presse gemeinsam erwähnt – weil wir die DNS-Spuren hatten. Er wird die Verbindung zu damals hergestellt haben und ist geflohen.«

»Klingt logisch.« Robert holte sein Handy hervor. »Kein Empfang, verdammt.« Er ging ein paar Schritte Richtung Straße. »Schwacher Empfang, ich versuch es mal«, rief er mir zu.

Inzwischen hatte die Sonne den Zenit überschritten. Langsam wurde es kühler. Ich drehte mich um, aber von Charlie war nichts zu sehen.

»Charlie, hier«, rief ich laut. Vielleicht war er auf den Geschmack gekommen und hatte die Fährte einer läufigen Hündin gefunden. Ich seufzte, rief ihn wieder.

Der Wind frischte auf, fuhr durch die hohen Bäume, es raschelte und knisterte. Plötzlich sprang ein Eichhörnchen vor mir auf den Pfad und verschwand dann im Gebüsch. Für einen Moment fühlte ich mich beobachtet, eine Gänsehaut bildete sich auf meinem Rücken, doch weit und breit war außer Robert niemand zu sehen. Vermutlich eine Nachwirkung der Gehirnerschütterung, dachte ich und sehnte mich plötzlich nach meinem Bett und Schlaf.

»Sitte … Ermittlungen ausweiten … Kinderheim …« Der Wind trieb die Wortfetzen zu mir.

Vielleicht täuschten wir uns wieder, und auch diese Spur würde ins Nichts laufen, aber ich war mir sicher, dass wir diesmal auf der richtigen Fährte waren. Wo blieb nur mein Hund? Auf welcher Fährte war er?

»Charlie! Hier!« Ich lauschte, hörte immer noch nichts.

Robert kam zu mir zurück, steckte das Handy ein. Er blieb vor mir stehen, sah mich nachdenklich an.

»Du bist ziemlich blass. Dir geht es nicht besonders.« Es war eine Feststellung, keine Frage.

»Ich habe Kopfschmerzen, das ist alles.«

»Nun, lass uns nachsehen, ob wir etwas in den alten Akten finden. Ich weiß noch nicht einmal, ob Sonja wirklich in dem Heim war. Es wurde früher privat geführt, und ich konnte bisher noch nicht ermitteln, welche Kinder hier untergebracht waren. Auch da ist die Aktenlage eher bescheiden, aber die Kollegen sind an der Sache dran. Und dann bringe ich dich nach Hause.«

»Was ist mit meinem Wagen?«

»Ich habe die Polizei in Adenau um Amtshilfe gebeten. Sie werden ihn abholen und nach Aachen bringen.«

»Der Ersatzreifen ist auch nicht mehr die Wucht.«

»Dann werde ich sie darum bitten, ihn in eine Werkstatt zu bringen.«

Die Polizei, dein Freund und Helfer, dachte ich erleichtert. Der Gedanke mit dem Wagen heimfahren zu müssen, hatte mir Angst bereitet.

»Es kann allerdings eine Weile dauern, bei Breidscheid hat es gerade eben einen Unfall gegeben. Ein Motorrad ist unter einen Tanklastzug gekommen. Der Tanklaster hat abgebremst, ist ausgebrochen und droht nun, die Böschung hinunterzukippen. Alle Leute sind im Einsatz, wahrscheinlich müssen die Anwohner evakuiert werden. Da möchte ich nicht dabei sein.«

»Ich auch nicht. Aber Unfälle mit Motorradfahrern gibt es hier jede Woche.« Ich überlegte kurz. »Kannst du mich auch nach Hechelscheid bringen?«

»Den Kamin anzünden, dich davor ablegen, zudecken und dir einen Tee kochen und Pizza bestellen? Alles kein Problem.«

»Klingt bezaubernd.« Ich lachte leise.

»Aber jetzt sind wir einmal hier. Lass uns eben reingehen und nachschauen, ob wir etwas finden.«

»Geh du schon mal vor, ich suche Charlie. Es scheint mir, als würde er unter die Wilderer gehen.«

»Jagt er?«

»Eigentlich nur läufige Hündinnen. Ansonsten ist er auf Aas gedrillt. Vermutlich hat er einen toten Hasen gefunden.«

»Nun ja, für jeden ist etwas anderes verlockend. Ich geh schon mal.«

Robert strich mir leicht über den Arm, ging dann den Weg zum Kinderheim hinunter.

# Kapitel 27

Ich folgte ihm, sah ihm nach, wie er den Weg zum Heim ging, hinter der Hausecke verschwand. Er wirkte auf mich als Mann, das war mir deutlich bewusst. Ich fühlte mich bei ihm geborgen und aufgehoben. Es hatte Zeiten gegeben, da hatte ich das Gleiche für Martin empfunden. Wo war dieses Gefühl geblieben? Verschwunden, aufgerieben im Alltag? Zermürbt durch die vielen ungelösten Konflikte? War es möglich, so ein Gefühl wiederzufinden? Den Status zu erneuern? Ich wusste es nicht.

Langsam ging ich den Pfad entlang, blieb stehen und rief meinen Hund. Zur rechten Seite lag eine Wiese, die in den Wald überging. Dort führte die gewundene Straße entlang, auf der der Reifen meines Wagens geplatzt war. Zur Linken begrenzte eine Reihe Bäume die Sicht, doch hin und wieder konnte ich in das Tal sehen. Unterhalb des Kamms lag das Kinderheim, daneben ein Sportplatz oder Fußballfeld und zwei Tischtennisplatten aus Stein.

Ich ging weiter. Der Pfad führte zu einer kleinen Kapelle. Der Eingang schien durch ein Gittertor abgegrenzt zu sein. Immer wieder blieb ich stehen, rief meinen Hund. Der Wald warf meinen Ruf als Echo zurück. Ich lauschte, doch weder hörte ich das vertraute Knacken, wenn er durchs Unterholz brach, noch hörte ich ein Bellen. Dann entdeckte ich plötzlich etwas am Rande des Weges. Es sah aus wie ein großes Bündel oder ein brauner Sack … oder … Ich lief schneller. Mein Herz pochte, der Schmerz hinter meiner Schläfe hämmerte. Es sah aus wie ein Tier – wie ein Hund, mein Hund.

»Charlie!«, rief ich entsetzt und fiel vor ihm auf die Knie. Er atmete noch. Was war mit ihm geschehen? Vorsichtig strich ich über seinen Kopf, dann den Hals entlang. Ich spürte das warme, klebrige Blut, das an der Halsseite langsam aus ihm herauspulsierte.

»Grundgütiger, was ist mit dir passiert?« Vorsichtig zog ich das Fell auseinander und sah eine glatte Schnittwunde. Dann hörte ich es rascheln, spürte einen Lufthauch, als jemand hinter mich trat.

»Robert …?«

Das dumpfe Geräusch, als etwas meinen Kopf traf, war das Letzte, was ich vernahm. Dann umhüllte mich die Dunkelheit.

Mein Kopf schmerzte, ein dumpfes Pochen jetzt nicht nur an der Schläfe, sondern überall. Ich hatte das Gefühl, als würde sich mein Gehirn ausdehnen wie ein Luftballon und stieß drängend gegen die Knochen. Gleich würde mein Kopf platzen. Ich musste träumen, einer dieser fürchterlich realistischen Träume, in denen man Schmerzen zu spüren vermeint. Wach auf, Conny, sagte ich mir und versuchte mich zu bewegen. Es wollte mir nicht gelingen, und auch die Augen konnte ich nicht öffnen. Mein Mund war trocken, die Zunge angeschwollen, ich versuchte mit der Zunge über die Lippen zu fahren und schmeckte Blut.

Langsam kam die Erinnerung zurück. Du hast einen Unfall gehabt, Conny. Epidurales Hämatom. Es ist aufgeplatzt, du bist bewusstlos geworden, und nun liegst du irgendwo im Wald. Dein Gehirn füllt sich mit Blut, und bald bist du nur mehr Gemüse.

Verzweifelt riss ich die Augen auf, zwang mich, an die Oberfläche meines Bewusstseins zu kommen. Es roch grauenvoll nach Verwesung, süßlich und gleichzeitig ekelerregend nach Fäulnis, metallisch nach Blut und widerlich nach etwas anderem, das die Sinne betäubte. Erst kam ich nicht darauf, doch dann fiel es mir ein. Es war Weihrauch. Mir wurde schlecht, doch in meinem Magen war nur der Schluck Wasser, den ich vorhin getrunken hatte. Magensäure stieg auf, verätzte mir die Schleimhäute.

Ich öffnete den Mund, drehte mich zur Seite und würgte verzweifelt. Endlich konnte ich auch die Augen öffnen. Verwundert stellte ich fest, dass meine Gallenflüssigkeit nicht auf den Waldboden tropfte, sondern auf Steinboden. Wo war ich? Charlie! Wo war mein Hund? Erschrocken versuchte ich mich aufzusetzen, doch irgendetwas hielt mich am Boden. Ich sah an mir herunter. Meine Arme, das merkte ich jetzt, waren rechts und links von mir fixiert, ich lag auf dem Boden, die Beine gerade ausgestreckt und zusammengebunden. Eisige Kälte stieg in mir hoch. Wo war ich? Was war geschehen? Ich schaute nach links und erstarrte. Dort saß ein nackter Mann aufrecht an der Wand, das Kinn lag auf seiner Brust. Seine Arme waren seitlich von ihm festgebunden, dort waren Haken in die Wand eingelassen. Sein Körper war blutüberströmt, er hatte sich eingekotet. Der Boden um ihn herum war schwarz. Altes Blut.

Dies war der Tatort, wurde mir bewusst. Dies war der Ort, an dem all die Menschen gefoltert und gestorben waren. Sonja, Mueskens und wahrscheinlich auch Agnes Koschinski. Und der Mann dort war Rainer Kluge. Ich öffnete den Mund, wollte schreien, aber nur ein Röcheln kam heraus.

»Ein Ton«, sagte eine frostige Stimme rechts von mir, »und der Hund stirbt.«

Ich drehte den Kopf, nun wurde mir klar, wo ich war. Ein Mann hielt uns in der Kapelle gefangen. Das große Gittertor war verschlossen, der Wald und der Pfad lagen zum Greifen nahe, waren aber unerreichbar. Zu den Füßen des Mannes lag Charlie. Er musste ihn hierhin gezogen haben, eine breite, frische Blutspur zeugte davon. Und dennoch atmete mein Hund immer noch. Alles in mir zog sich zusammen.

»Ich steche ihn ab, damit habe ich kein Problem, sobald du aufmuckst.« Der Mann lächelte, ein fieses Grinsen.

Er würde uns sowieso töten, aber noch hatten wir eine Chance. Robert war im Kinderheim. Irgendwann würde die Polizei kommen, um meinen Wagen abzuschleppen.

»Ich mache alles, was Sie wollen«, flüsterte ich.

»Du bist die Psychotante?«

Ich versuchte zu nicken, doch mein Kopf tat bei jeder Bewegung entsetzlich weh.

»Ja«, brachte ich heraus. »Wir haben heute Morgen telefoniert.«

»Wer ist der Mann, der mit dir gekommen ist?«

»Robert?« Ich stockte. Was wollte der Kerl hören, was erfahren? Ein falsches Wort und mein Hund, Kluge oder ich wären tot. Vermutlich wir alle. Langsam drehte ich meinen Kopf wieder zu Kluge. Seine Brust hob und senkte sich noch, doch der Atem ging rasselnd. Er hatte eine Lungenentzündung.

»Wie er heißt, weiß ich nicht.« Der Mann trat nach mir. »Ihr seid zusammen gekommen, aber in zwei Wagen. Vorhin. Und dann habt ihr ewig geredet. Ich habe euch beobachtet. Du sagtest, die Polizei sei nicht eingeschaltet?« Er zündete sich eine Zigarette an, zog hektisch daran.

»Nein. Robert ist mein Kollege.«

»Ein Psychoheini?«

»Ja.« Ich log und versuchte überzeugend zu wirken.

»Was will er hier?«

»Er kam mit mir. Wir haben uns hier getroffen, um die Akten zu sichten.«

»Er arbeitet auch für die Polizei?«

Obwohl der Steinboden der Kapelle kalt war, schwitzte ich nun. »Nein. Ich hatte ihn gebeten, mich hier zu treffen und mit mir die Akten anzusehen. Hatte gedacht, zu zweit geht es schneller. Wir haben vorhin nur Eckdaten besprochen. Von dem Fall weiß er nichts.«

»Wirklich?« Der Mann grinste hämisch. »Sagst du die Wahrheit? Siehst du den hier?« Er stieß Kluge mit der Stiefelspitze an. »Der hat es schon fast hinter sich. Erstaunlich eigentlich. Den habe ich jetzt …«, er stockte, »seit gut einer Woche hier.« Kluge regte sich nicht, auch als der Mann ihn das zweite Mal trat. »Anfangs wusste ich nicht, dass sie nach zweiundsiebzig Stunden ohne Wasser krepieren, aber ich bin lernfähig.« Er zwinkerte mir zu, zog Kluges Kopf an den Haaren empor, griff nach einer Tasse mit einem Strohhalm. Jetzt erst sah ich, dass Rainer Kluges Mund mit Gewebeband zugeklebt war. Das silberne Panzertape hatte eine kleine Öffnung in der Mitte, da schob der Mann den Strohhalm hinein.

»Trink!«, befahl er, aber Kluge reagierte nicht. »Scheiße, der ist bald hinüber.« Er sah mich an, die Zigarette im Mundwinkel, lächelte eisig. Dann nahm er die Zigarette und drückte sie an dem sterbenden Mann aus. Es zischte leise und stank nach verbranntem Fleisch. Kluge zuckte nicht mal. Ich schloss die Augen.

»Willst du, dass ich das mit dir mache? Eigentlich hast du das nicht verdient. Du bist hier reingerutscht. So quasi zufällig, denke ich. Du wolltest nichts Böses, siehst eine Telefonnummer, rufst an. Ha.« Er lachte rau, es klang nicht lustig. »Und jetzt bist du hier. Wir können es schnell machen oder langsam.«

»Wer sind Sie, und weshalb bringen Sie all die Menschen um? Es hat mit dem Kinderheim zu tun, nicht wahr?« Ich versuchte ihn am Reden zu halten.

»Du weißt wirklich gar nichts, oder? Ein Schnellschuss? Eine Telefonnummer, und ich rufe mal doof an?«

»Nun ja, wir waren in einer Sackgasse.«

Er lachte auf. »Ist das zu fassen? Eine kleine Psychologin findet irgendwo eine Telefonnummer, ruft da an und fährt da auch noch alleine hin? Ruft nur einen Psychofuzzi zur Hilfe, um Akten zu sichten. Und die Polizei weiß ganz sicher nichts?«

»Nein.« Ich konnte das Wort nur hauchen, meine Kehle war wie zugeschnürt.

»Sicher?« Er zündete sich erneut eine Zigarette an, zog tief, behielt mich im Blick.

»Ja.«

»Ganz sicher?« Er beugte sich über mich, zog meinen Pullover hoch, das Unterhemd, drückte die Zigarette im weichen Fleisch meines Bauches aus. Zuerst brannte es nur, dann durchzuckte mich der Schmerz. Unwillkürlich wollte ich darüberreiben, aber meine Hände waren gefesselt. Ich riss an den Ketten, stöhnte auf, hatte immer noch nicht genug Kraft, um zu schreien. An der Peripherie meines Blickfeldes wurde es wieder dunkel.

»Ja, ganz sicher«, wimmerte ich.

»Was macht der Mann?«

»Ich vermute, er schaut nach den Akten«, presste ich hervor. »Gibt es Akten?«

»In der Tat, die gibt es.«

»Im Haus?«

»Ja.«

»Wer sind Sie?«

»Das weißt du wirklich nicht?« Er sah mich fassungslos an. »Das habt ihr noch nicht rausbekommen?«

»Nein.«

»Ich bin ein Opfer dieses Heims. Es war kein Kinderheim. Es war ein Umschlagplatz für frisches Fleisch. Der Forellenhof war die Lieferadresse. Dort wurden wir unseren Peinigern ausgeliefert.« Er steckte sich eine weitere Zigarette an, zog heftig daran, inhalierte tief. »Weißt du, wie es ist, wenn man vier, fünf, sechs, neun Jahre alt ist und eine Frau, eine ältere Frau, fasst dich an? Fasst dich überall an? Auch dort, wo du es nicht willst? Am Anus, am Penis? Kein Kind wird so angefasst? Es ist grausam, furchtbar.« Wieder zog er an der Zigarette. »Und weißt du wie es ist, wenn man lecken soll? Saugen? Lecken an einer stinkenden Muschi, saugen an verwelkten, hängenden Brüsten? Nein, das ahnst du nicht mal. Und wenn du nicht willst, tritt dich jemand.« Sein Fuß holte aus und trat mich in die Nieren.

Ich keuchte.

»Wenn du immer noch nicht willst«, fuhr er sachlich fort, »wirst du geschlagen.« Seine Faust landete überraschend schnell in meinem Gesicht. Ich hörte etwas Knacken, schmeckte Blut. Jetzt ist es vorbei, dachte ich und sank in die Bewusstlosigkeit. Ein Schwall kalten Wassers holte mich zurück.

»So einfach machen wir uns das aber nicht, Frauchen. Du willst doch sicher noch deinen Hund sterben sehen, oder?« Er lachte. Es klang grausam.

»Nein.« Ich zwang mich, meine Augen zu öffnen. Dies war ein Albtraum, aus dem ich in einen anderen, noch bizarreren erwacht war.

»Das war nicht alles. Wenn wir nicht wollten wie sie, dann wurden wir gestraft.« Diesmal drückte er die Zigarette in meiner Handinnenfläche aus. Ich wollte schreien, konnte aber nicht, mir fehlten die Luft und die Kraft. Keuchend lag ich da, alles brannte und tat weh.

»Du leidest, oder?« Seine Stimme klang sachlich. »Aber das ist gar nichts zu dem Schmerz einer Vergewaltigung. Ich war fünf, als ich in das Heim kam. Da hatte ich meine Milchzähne noch, aber nicht lange. Zum Glück wurde das Heim geschlossen, bevor ich meine festen Zähne bekam.« Er grinste mich breit an. Ein Zahnarztlächeln. »Zahnseide ist mir wichtig. Nie wieder wird mir jemand einen Zahn herausreißen, vorher sterbe ich oder er.«

»Der Wirt vom Gasthof …«, sagte ich leise.

»Mueskens. Ja, der hat uns vermittelt, die Sau. Er hat gut daran verdient. Übernachtung, Frühstück und Kind. Er und der Heimleiter Koschinski haben sich die Hände gerieben und das Geld eingesackt. Wir bekamen jedes Mal fünf Mark als Belohnung.« Er atmete hektisch, hatte das Gesicht zu einer hassvollen Fratze verzogen.

»Deshalb die fünf Mark. Ein Lohn des Todes.«

»Ja.« Er zog wieder an der Zigarette, schaute durch das Gittertor nach draußen, nahm einen weiteren Zug, trat neben mich. Ich schloss die Augen, er würde die Zigarette auf mir ausdrücken. Den Schmerz kannte ich nun schon und wartete mit flachem Atem, kniff die Augen zusammen. Ich würde in dieser Kapelle sterben, genauso wie Kluge, wie Sonja und die anderen.

»Warum Sonja?«, fragte ich. »Was hat sie getan?«

»Sonja?« Er hielt inne, wich zurück. Sonja, ja.« Er zog wieder an der Zigarette, verzweifelt, so erschien es mir, trat die Kippe dann aus. »Sie war meine Schwester.«

Hier schloss sich der Kreis, ich verstand. »Sie wurde adoptiert und du nicht.«

»Ja. Für zwei Wochen nahmen sie uns beide. Er und seine Frau.« Er zog den Rotz hoch und spuckte dann auf Kluge. »Dann kam ich wieder zurück in die Hölle. Zwei Wochen hoffen und dann wieder sterben in Raten die nächsten Jahre. Fünf Mark als Lohn.«

»Sie sollte leiden so wie du.«

»Ja. Sie und die anderen, die Fadenzieher, die schrecklichen Frauen und Männer. Kluges wussten, was hier passierte, er fand kleine Jungen auch spannend. Zu blöd, dass seine Rosette inzwischen gerissen ist. Er wird nie wieder normal scheißen können. Muss er auch nicht. Er ist so gut wie tot.« Nun lachte der Mann laut auf, hielt dann inne, lauschte. »Da kommen Autos. Sicher, dass die Polizei nicht Bescheid weiß?«

»Ich habe niemanden informiert!«, beteuerte ich.

»Wir werden sehen.« Er trat auf mich zu, beugte sich über mich und klebte mir mit einer blitzschnellen Bewegung Gewebeband über den Mund. Verzweifelt schnappte ich nach Luft, in meiner Nase brannte es. Vor Angst und Verzweiflung wurde mir schlecht. Sollte ich mich jetzt übergeben müssen, würde ich elendig ersticken.

»Sonja hatte alle Chancen der Welt«, sagte er und sah auf mich herab. »Ich nicht. Sie sollte erfahren, wie es ist zu leiden. Für sie waren es nur ein paar Tage, irgendwie hat sie mir auch leid getan, aber ganz vergeben konnte ich ihr nicht. Genauso wenig wie den anderen.«

Dann ging er, verschloss das Gittertor der Kapelle hinter sich. Wir waren gefangen, nur knapp von der Außenwelt entfernt. Weder dicke Mauern noch Türen trennten uns von ihr, und doch hatten wir keine Chance, uns bemerkbar zu machen. Gerade dies machte die Situation so unfassbar und unerträglich.

Quälende Angst ergriff mich. Ich sah zu Charlie. Er atmete immer noch, doch die Atmung wurde flacher. Eine Lache Blut sammelte sich um ihn. Wie viel Blut hatte ein Hund seiner Größe, und wie viel konnte er verlieren, ohne zu sterben? Ich wusste es nicht.

Kluge bewegte sich, zuckte. Es war nur ein Muskelzucken, vielleicht das letzte Aufbäumen vor dem Ende. Der Tod beherrschte die Kapelle. Schutzengelkapelle, las ich in einer Inschrift. Nichts hätte unpassender sein können. Tiefes Grauen erfasste mich. Ich zitterte. Vorsichtig versuchte ich, meine Hände und Beine zu bewegen, aber den Fesseln konnte ich nicht entkommen. Ich würde sterben. Schneller und schmerzloser wäre es gewesen, wenn mich der Unimog überfahren hätte. Einmal war ich heute dem Tod knapp entkommen, ein zweites Mal würde es mir bestimmt nicht gelingen. Verzweifelt schloss ich die Augen.

Nein, Constanze, die Hoffnung stirbt zuletzt. Robert ist da. Er ist die Hoffnung. Seine Kollegen kommen irgendwann. Jemand wird dich finden und befreien. Daran musst du glauben. Und doch wusste ich, dass ich mich belog. Robert ahnte nichts von der Gefahr.

Die Sonne ging unter, es wurde merklich kühler. Das Laub raschelte. Ich meinte, seltsame Geräusche zu hören. Der widerliche Verwesungsgeruch und das ganze Blut lockten sicherlich kleine Aasfresser an. Ratten und Mäuse, vielleicht auch Füchse oder Marder. Sie würden ohne Probleme durch das Gitter kommen können. Der Gedanke, bei lebendigem Leibe angefressen zu werden, versetzte mich in Panik.

Denk nicht darüber nach, befahl ich mir, denk an etwas Schönes! Ich stellte mir mein Haus in Hechelscheid vor, den prasselnden Kamin und eine Kanne mit heißem Tee. Meine Gedanken drifteten ab. Hatte Sonjas Bruder jemals ein richtiges Zuhause kennengelernt? Hatte er sich irgendwann einmal geborgen gefühlt? Die Verletzungen, die ihm zugefügt worden waren, hinterließen nicht nur am Körper, sondern auch auf der Seele Wunden. Wunden, die sich zum Teil nie schlossen und nie verheilten. Narben, die immer wieder aufbrachen.

Er hatte Furchtbares durchgemacht und nicht nur er, sondern viele andere auch. Was war mit all diesen verletzten Kinderseelen? Die Täter machten sich keine Vorstellung von dem, was sie anrichteten. Ich begann, Mitleid mit dem jungen Mann zu haben. Kluge röchelte. Zögernd sah ich zu dem geschundenen Körper. Egal, was er gemacht hatte, eine Strafe hatte er sicher verdient, doch nicht diesen grausamen Tod und diese Qualen. Es gibt immer viele Erklärungen für das Böse, aber nichts rechtfertigte diese Taten.

Die Kälte kroch aus den Steinen hoch in meinen Körper, bis in meine Knochen. Ich erschauerte.

Wieder schaute ich nach draußen. Die Freiheit war zum Greifen nahe, nur ein Gitter trennte mich von ihr und die Fesseln. Tränen stiegen in meine Augen, alles verschwamm und verwischte.

Die Wagen waren vorbeigefahren, ohne anzuhalten. Wohin der Täter gegangen war, wusste ich nicht, auch nicht, wann er wiederkommen würde.

# Kapitel 28

Plötzlich hörte ich Schritte. Ich öffnete die Augen und versuchte verzweifelt, Luft zu bekommen.

Langenfeld schloss das Tor auf, beugte sich über mich.

»Wo ist er?«, zischte er.

Ich schüttelte den Kopf, wusste nicht, was er meinte.

»Der Psychoheini, wo ist er? Im Haus ist er nicht.«

Mit einer raschen Bewegung zog er mir das Gewebeband vom Mund. Ich hatte das Gefühl, er hätte mir die Lippen mit abgerissen, und sog die Luft zwischen den Zähnen ein, versuchte gegen den Schmerz anzukämpfen.

»Einen Laut, einen Ton, und du bist tot.« Langenfeld hielt mir ein großes Messer unter die Nase. Es war blutverkrustet. »Wo ist der Kerl hin?«

»Ich habe keine Ahnung. Er wollte ins Haus«, sagte ich heiser.

»Dort ist er nicht.« Langenfeld richtete sich auf, starrte in die Dämmerung. »Er ist ein Psychoheini? Er ist nicht bewaffnet?«

»Nein, er ist nicht bewaffnet.« Ich dachte nach. Einmal hatte ich gesehen, wie Robert ein Schulterholster abgelegt hatte. Aber ob er für gewöhnlich eine Waffe trug, wusste ich nicht.

»Du kommst mit. Du bist meine Lebensversicherung. Wobei ich nicht so sehr am Leben hänge. Doch bevor ich sterbe, stirbst du auch.« Wieder beugte er sich über mich, das Messer fuhr an meiner rechten Hand entlang, durchschnitt die Fessel und ritzte die Haut, es brannte. Dann folgte die linke Hand, schließlich die Füße. Er packte meine Hände, band sie hinter meinem Rücken wieder zusammen, fasste in meine Haare und zog meinen Kopf nach hinten.

»Eine falsche Bewegung, ein Laut, und du bist tot. Es geht ganz schnell.« Mit dem Knie stieß er in meinen Rücken, zwang mich zu gehen. Ich warf einen letzten, verzweifelten Blick auf Charlie, konnte nicht erkennen, ob er noch atmete. Er sah meinen Blick, stieß mich nach vorne, hielt mich fest und verschloss das Tor wieder.

»Dein Köter lebt noch. Er hat Glück gehabt. Ich hatte mich hier hinten verborgen, für den Fall, dass du zuerst zur Kapelle gehst. Als zwei Wagen einbogen, war ich schon wütend, als dann aber noch ein Hund aus deiner Karre sprang, hätte ich euch alle am liebsten erschossen. Aber hier oben trägt der Schall zu weit.« Er hatte seinen Mund an meinem Ohr, ich konnte seinen warmen Atem spüren. Langsam gingen wir um die Kapelle herum, entfernten uns vom Heim und der Straße. »Dann sprang der Köter auch noch auf mich zu, blieb hier stehen und bellte. Ich dachte, mich trifft der Schlag. Also habe ich einen Stock genommen und ihm auf die Nasenwurzel gehauen. Das wirkt immer. Manchmal ist dann der Schädel zerschmettert, aber das wäre mir auch egal gewesen.«

Er führte mich einen Pfad entlang durch die hohen Bäume hindurch. Der Pfad führte steil nach unten. Da meine Hände hinter meinem Rücken gefesselt waren, fiel es mir schwer, das

Gleichgewicht zu halten. Ich strauchelte und wäre beinahe gefallen, Langenfeld riss mich mit einem Ruck am meinen Haaren wieder hoch. Ein Schmerzenslaut entfuhr mir.

»Still!« Er bohrte die Messerspitze in meinen Rücken. Ich spürte ein dünnes Rinnsal warmen Blutes. »Ich will nichts hören. Keinen Ton!«

Ich biss mir auf die Lippen, die durch das Tape aufgerissen waren. Langenfeld zwang mich, scharf nach links zu gehen. Brombeerbüsche begrenzten den Trampelpfad, rissen an meiner Kleidung. Ich stieß an Wurzeln, spürte Laub und Tannennadeln unter meinen Schuhen. Plötzlich sah ich rechts von mir schemenhafte Gebilde – die Tischtennisplatten, die ich vorhin von oben gesehen hatte. Wir näherten uns dem Heim. Nach ein paar weiteren Schritten hielt Langenfeld mich zurück. Er spähte über meine Schulter zu dem Haus. Die Holunderbüsche bewegten sich sacht in der Abendbrise, es rauschte in den Bäumen. Unten im Tal gingen nach und nach die Lichter an. Das Haus lag dunkel vor uns. Es wirkte wie ein großes Tier, das sich in den Hang schmiegte. Nichts rührte sich am und im Haus, keine Bewegung war zu erkennen, kein Licht zu sehen.

Wo war Robert? Was tat er? Hatte er mich im Stich gelassen? Ich merkte, dass ich anfing zu zittern. Entsetzen kroch in mir hoch, meine Kehle wurde eng.

»Weiter!«, flüsterte Langenfeld. Er roch nun deutlich nach Schweiß. Wir erreichten das Haus, wieder hielt er mich zurück, wartete, schaute sich um. »Wo ist der verdammte Kerl? Und warum ist er auf einmal verschwunden?«

Die Messerspitze bohrte sich noch ein Stück tiefer durch meine Haut in meinen Rücken. Ich zog die Luft ein.

»Wenn du irgendetwas weißt, dann sag es besser jetzt. Es ist quasi deine letzte Chance.« Er klang bedrohlich. Ich wusste nicht, was ich antworten sollte. Egal, was ich sagte, er hatte sowieso vor, mich umzubringen. Ich schloss die Augen. Dann, lieber Gott, dachte ich, lass es wenigstens schnell gehen. Bitte, erspar mir die Qualen.

»Ich weiß nicht, wo er ist«, flüsterte ich zurück. »Steht denn sein Wagen noch auf dem Parkplatz?«

Ruckartig schaute Langenfeld nach rechts. Doch von hier unten aus war der Bergkamm nicht zu erkennen. Er stieß mich vorwärts über ein Stück Wiese. Wir kamen zu einer kleinen Treppe, die vier oder fünf Stufen nach unten führten. An der Seite des Hauses war aus Glasbausteinen eine Art Gang gebaut worden, der zur Eingangstür führte. Davor blieben wir stehen. Immer noch hatte er mit der linken Hand meine Haare gefasst, in der rechten hielt er das Messer. Nun zog er die rechte Hand nach vorne, an meine Kehle. Ich spürte die kalte Klinge auf der Haut. So hatte ich schon einmal gestanden, doch da waren lauter Gefängniswärter in meiner Nähe gewesen. Mein Atem wurde flach, mein Puls beschleunigte sich. Hinter meinen Schläfen pochte das Blut, der Kopfschmerz wurde schier unerträglich.

Gleich wirst du ohnmächtig, Conny, sackst zusammen, und das Messer wird automatisch in deinen Hals fahren. Reiß dich zusammen, befahl ich mir. Atme, Conny, atme! Trotzdem konnte ich nur flach Luft holen. Wieder sah ich die gleißenden Lichtpunkte vor meinen Augen.

»Tritt die Tür auf!«, zischte er mir ins Ohr. Er war ganz dicht hinter mich getreten, ich konnte die Hitze seines Körpers spüren. Die Situation schien ihn zu erregen.

O Gott, bitte, nicht das!, dachte ich. Robert, wo bist du?

»Was?«, fragte ich.

»Tritt die Tür auf! Sie hat ein Schnappschloss, ich habe es aufgelassen. Wenn er es nicht verschlossen hat, springt die Tür auf. Nach innen.«

»Ich soll dagegen treten?«

»Mach!«

Was, wenn Robert nun hinter der Tür mit gezogener Waffe stand und schoss, sobald die Tür aufflog? Er konnte nicht wissen, dass Langenfeld mich als Schutzschild benutzte. Aber ich hatte keine Wahl. Zaghaft hob ich den Fuß.

»Mit aller Wucht! Mach! Los!« Seine Muskeln spannten sich

an. Mir wurde schlecht. Ich kniff die Augen zusammen, trat gegen die Tür. Sie flog auf, krachte gegen die Wand, schwang zurück.

»Noch mal – weniger heftig!« Er drückte das Messer fester gegen meinen Hals. Ich würgte, trat gegen die Tür. Sie blieb auf halbem Weg stehen. Aber hinter der Tür konnte niemand sein, so wie sie gegen die Wand geknallt war.

Langenfeld starrte in den Raum, zögerte einen Moment, stieß mich dann nach vorne.

»Geh. Langsam.«

Ich ging langsam, einen Schritt nach dem nächsten, ertastete die Schwelle, ging weiter. Es war finster und roch muffig, Staub, aber auch süßlich und faul. Ähnlich wie in der Kapelle, aber nicht so penetrant.

An der Tür hielt er mich wieder zurück, schien zu wittern, wie ein Jäger, der die Spur aufnimmt. Nur unser beider Atem war zu hören und der Wind, der draußen durch die Bäume fuhr. Irgendwo bellte plötzlich ein Hund. Ich fuhr zusammen. Es war nicht Charlie, er bellte anders.

Langenfeld verharrte eine Weile, stieß mich dann wieder an.

»Nach links. Da ist eine weitere Tür.« Wir tasteten uns weiter vor, ich setzte einen Fuß vor den anderen. Meine Blase war auf einmal prall gefüllt. Ich kniff die Muskeln zusammen, versuchte mich zu beherrschen. Ein Wimmern entfuhr mir, ohne dass ich es kontrollieren konnte. Abrupt riss Langenfeld mich zurück.

»Wovor hast du solche Angst?«

»Vor allem.« Mein Hirn raste, ich durfte ihm keinen Hinweis darauf geben, dass ich ahnte, dass Robert bewaffnet war. »Es ist dunkel. Und es ist ein altes Haus. Ich leide unter einer Spinnenphobie. Dagegen kann ich nichts tun«, zwang ich mich zu sagen. Es kam gepresst hervor, und ich lauschte auf seinen hektischen Atem. Würde er mir glauben?

»Du hast Angst vor Spinnen?«

»Todesangst.«

Er lachte leise, aber rau. »Gut zu wissen. Weiter. Es sind nur ein paar Schritte.«

Ich ging weiter. Stieß mit der Fußspitze gegen eine Schwelle.

»Hier?«

»Eine Tür.« Mit der rechten Hand tastete er nach vorne, fasste den Türgriff, drückte ihn herunter. Es war die Hand mit dem Messer, aber er agierte zu schnell, als dass ich hätte reagieren und mich aus seinem Griff befreien können. Kaum hatten wir den Raum betreten, spürte ich wieder den Stahl an meiner Kehle.

»Warte«, befahl er. Wir beide lauschten, hielten den Atem flach. Doch es war nichts zu hören. Schließlich drehte er mich grob nach rechts, zog derart an meinen Haaren, dass ich meinte, nach hinten zu kippen.

»Da ist ein Lichtschalter an der Wand neben der Tür. Betätige ihn!«

»Wie?«, spie ich heraus. »Mit dem Fuß? Dem Knie? Meine Hände sind gefesselt.«

Das erste Mal schien ich ihn verunsichert zu haben. Zwar hatte er das Szenario gut im Kopf, auch wie er mich bezwingen und beherrschen konnte, aber das erste Mal gab es den Faktor X – die unbekannte Größe. Damit hatte er bisher nicht zu tun gehabt. Bei all den anderen Fällen musste er nur seine Opfer bezwingen, doch es gab keine Bedrohung von außen. Dies war meine Chance, wurde mir klar.

»Du kannst meine Fesseln lösen, dann kann ich das Licht anschalten. Aber ist es sicher hier drin? Dringt kein Lichtschein nach außen?«, fragte ich.

»Schnauze!«, fuhr er mich an.

»Nicht so laut«, sagte ich spöttisch und hoffte, dass Robert irgendwo hier in der Nähe war. Ich versuchte in den Raum hineinzufühlen, zu spüren, ob da noch jemand anderes war. Aber für Schwingungen dieser Art war ich wohl nicht empfänglich.

»Werd nicht frech«, fuhr er mich an. Das Messer drückte

tiefer in meine Haut. Dann ließ der Druck nach. Er wandte sich um, tastete zielsicher nach dem Lichtschalter. Das Licht flammte auf. Zwei nackte Glühlampen in Fassungen. Ich kniff geblendet die Augen zusammen. Wir waren in einem kleinen Büro. Ein Schreibtisch stand an der einen Wand, Regale mit Akten füllten die andere, uns gegenüber war eine weitere Tür. Langenfeld bugsierte mich bis zur Tür, überprüfte sie, sie war verschlossen.

»Zurück!«, befahl er barsch. »Wo ist der Kerl?«, murmelte er leise. »Wo ist das Schwein, und was führt er im Schilde?«

»Vielleicht ist er schon längst gefahren?«, sagte ich und versuchte überzeugend zu klingen.

»Das hätte ich gehört. Ich kenne hier jedes Geräusch, jeden Hauch, jeden Luftzug.«

Ich glaubte ihm. »Wohin jetzt?«

»In den Eingangsbereich. Da habe ich alles im Überblick. Hier hätte er sich einen Hinterhalt schaffen können. Hat er nicht. Also zurück!«

Wieder gingen wir durch die Tür, er ließ sie offen und das Licht an. Der Lichtschein warf einen beleuchteten Korridor in die große Eingangshalle. Nach vorne heraus gab es eine Fensterfront zu der verglasten Veranda. Rechts neben der Tür standen mehrere Tische und Stühle. Mitten im Raum lagen einige Matratzen. Ich sah nur kurz hin, wandte dann den Blick ab. Die dunklen Flecken auf ihnen zeugten von Blut und Schlimmerem.

Langenfeld kontrollierte den Raum, musterte ihn lange und sorgfältig über meine Schulter. Dann stieß er den Atem aus. Er führte mich zu der kleinen Sitzgruppe links neben der Tür zum Büro. Daneben war eine weitere Tür. Für einen Moment zögerte er, dann stieß er mich dorthin, drückte den Türgriff. Die Tür war verschlossen. Erleichtert seufzte er auf, stieß mich in einen der Sessel, stellte sich hinter mich. Das Messer war nicht mehr an meinem Hals. Erleichtert atmete ich auf, schaute mich verstohlen um.

Wenn dies der erste Raum gewesen war, den Robert gesehen hatte, dann hätte er schnell seine Schlüsse gezogen. Aber wo war er jetzt? Was tat er? Holte er Hilfe? Oder hatte er mich wirklich alleine gelassen?

Langenfeld zog eine Packung Zigaretten aus der Hosentasche. Er setzte sich mir gegenüber in den Sessel der Sitzgruppe, die aus den ersten Ikea-Jahren stammen mochte. Kiefernholz mit abgesessenem Cordbezug, derartig durchgescheuert, dass man den Cord nur noch erahnen konnte.

»Nett hier, oder?«, sagte er zynisch und zündete sich eine Zigarette an, inhalierte tief. Dann griff er in die Tasche seiner Weste und zog eine Pistole hervor, richtete sie auf mich. »Messer sind leise Waffen. Subtiler. Damit kann man spielen. Schusswaffen sind effektiv.«

Ich sank in das abgesessene und ausgeleierte Polster zurück, beobachtete ihn wie hypnotisiert. Ich war die Maus vor der tanzenden Schlange. Immer noch rührte sich nichts, weder draußen noch hier drinnen. Wir waren alleine, auf uns gestellt. Robert schien tatsächlich verschwunden zu sein.

Langenfeld rauchte die Zigarette auf, betrachtete für einen Moment den glühenden Stummel. Die Wunden an meinem Bauch und in meiner Handinnenfläche begannen augenblicklich zu brennen und zu schmerzen. Er würde doch nicht …? Ich schloss die Augen, verspürte wieder den Druck auf der Blase, fühlte mich hilflos. Er schnippte den Zigarettenstummel achtlos zur Seite. Ich atmete hörbar aus. Sein Blick traf meinen.

»Angst?«, fragte er mich und lachte leise.

»Ich habe Ihnen nichts getan.«

»Ich heiße Björn. Björn.« Er zog den Namen lang. »Klingt wie ein Frosch, auf den man tritt. Meine Mutter hat mich so genannt. Möge sie in der Hölle schmoren.« Sein Gesicht verzog sich zu einer Fratze. »Steh auf!«

»Was machen wir jetzt?« Erstes Gebot für Geiseln war, die Täter in ein Gespräch vertiefen, Empathie herstellen. Empathie, das Gefühl, das er nicht kannte. Es war vermutlich zwecklos. Ich versuchte es trotzdem.

»Ich bring dich zurück«, sagte er und steckte die Pistole wieder ein.

»Zurück?«

»Zu den Schutzengeln.« Björn lachte hämisch. »Nun komm schon, steh auf!«

Mühsam kämpfte ich mich aus dem durchhängenden Polster hoch. Meine Hände waren immer noch hinter dem Rücken gefesselt. Inzwischen kribbelten meine Finger und die Unterarme.

»Wohin?«

»Nach draußen. Ich kenne die Umgebung wie kein anderer. Im Haus ist er nicht, er wäre schon längst aufgetaucht. Also ist er draußen. Ich habe den Heimvorteil, aber leichter ist es ohne dich. Du bist mir auch noch zu lebhaft.« Er packte mich wieder bei den Haaren, drehte mich mit dem Rücken zu ihm. »Mein Messer ist verdammt scharf.« Er ritzte leicht über meine Rippen, durchtrennte Pullover und T-Shirt ohne Probleme, fuhr in die Haut. Nur leicht und doch spürte ich das Blut warm an mir herunterrinnen. Die Wunde brannte nur wenig. Dann spürte ich das Messer wieder an meiner Kehle.

»Lieber Gott«, entfuhr mir.

»Du glaubst an Gott?«

»Manchmal ist es eine tröstliche Alternative.«

»Wirst du in den Himmel kommen?« Er wartete nicht auf meine Antwort, stieß sein Knie in mein Gesäß, zwang mich vorwärtszugehen.

Die Tür stand immer noch halb offen. Wir traten in den Gang, blieben stehen, lauschten. Nachtvögel schrien, es raschelte grunzend im Gebüsch. Ein Igel, dachte ich und versuchte, nicht an das zu denken, was folgen mochte.

Langsam zwang er mich vorwärts, Schritt für Schritt. Wir näherten uns dem Ende des Ganges, die Luft war hier deutlich kühler als drinnen, aber auch frischer, nicht so durchsetzt von grauenvollen Gerüchen nach Tod. Ich atmete tief ein. Es roch nach Tannen, Lärchen, Holunder, nach frischem Gras und dem ersten Flieder. Gerüche, die süchtig machten nach Leben. Doch wir befanden uns im luftleeren Raum zwischen Leben und Tod.

»Geh weiter!«

Ich ging. Fuß vor Fuß, Schritt für Schritt. War es so, damals, als die Menschen zum Schafott geführt wurden? Hatten sie sich so gefühlt? Ich suchte nach einem Gebet, fand keines. Das Vaterunser war zu profan. Der Psalm einundneunzig fiel mir ein. »Es wird dir kein Übel begegnen und keine Plage wird sich deiner Hütte nahen, denn er hat seinen Engeln befohlen über dir, dass sie dich behüten, auf allen deinen Wegen.« Das konnte nicht für mich gelten. Das Übel war mir begegnete, es schritt gerade hinter mir und drückte mir ein Messer an meinen Hals. »O Gott, warum hast du mich verlassen?« Als ich das dachte, sah ich eine flüchtige Bewegung in den Augenwinkeln. Es war mehr als der Abendwind, der durch das Unterholz strich, doch weniger als eine wirkliche Gestalt.

Ich ging weiter, hoffte, dass Langenfeld meine Unsicherheit nicht bemerkt hatte. Robert, dachte ich, Robert, bitte, rette mich! Ich hatte keine Vorstellung davon, wie er das schaffen könnte. Das Messer des Täters lag dicht an meinem Hals, er war mir so nahe, dass ich jeden seiner Muskel zucken spüren konnte.

Wir näherten uns dem Ende des Ganges. Dahinter führten die Stufen nach oben auf die Wiese. Und von da aus war es nicht weit zu dem Pfad, der uns zu der Kapelle bringen würde.

Langenfeld hielt mich zurück. »Warte!«

Hatte er etwas gehört? Gesehen? Ich hielt den Atem an, wagte nicht zu hoffen. War dort im Dunkeln die Rettung oder das Verhängnis? Es raschelte im Gebüsch.

»Scheiß Viechszeug. Weiter!« Der Stoß in meinem Rücken traf mich unerwartet schmerzhaft. Auch Langenfeld war angespannt, mehr noch als zuvor.

Rechts von uns am Ende des Ganges lag die kleine Steintreppe, die auf die Wiese führte.

»Los!« Er stieß mich an.

Ich stieg die erste Stufe empor.

»Halt. Keine Bewegung!« Es war Roberts Stimme. Sie klang kühl und sachlich und kam direkt rechts von uns. Er musste hinter der Glasbauwand gewartet haben.

Langenfeld erstarrte. »Ich schneide ihr die Kehle durch.«

»Spürst du das Kalte hier an deiner Schläfe? Das ist meine Waffe. Sie ist gezogen, entsichert. Du bist tot, wenn du dich regst. Und zwar augenblicklich.« Robert klang gelassen, aber er war es nicht. Er artikulierte zu deutlich, zu genau. Er stand genauso unter Strom wie Langenfeld und ich.

»Mein Messer ist an ihrem Hals, den Schnitt werde ich noch im Tod vollführen.« Es klang böse.

»Wenn du das tust, wird mein Blut spritzen«, sagte ich leise. »Es wird nicht aus mir herausströmen, sondern spritzen. Arterielles Blut aus den Pulsschlagadern am Hals. Auch wenn du hinter mir stehst, es wird dich treffen und besudeln.« Ich erinnerte mich an die anderen Fälle und meine Vermutung, dass er sich vor dem frischen sprudelnden Blut ekelte.

Langenfeld wich zurück, nur kurz, nur für einen Augenblick, löste das Messer von meiner Kehle, schien zu überlegen, ob er es mir in den Rücken rammen sollte.

Der Moment reichte Robert. Er griff Langenfelds rechte Hand, trat ihn in die Nieren, stieß mich auf die Wiese. Ein Schuss löste sich aus einer Waffe. Ich schloss die Augen. Die Melodie aus dem Elias erklang plötzlich in meinem Kopf – »Wer bis an das Ende beharrt«, und dann schwanden mir die Sinne.

## Kapitel 29

»Gelände sichern!«, vernahm ich eine barsche Stimme. Und dann: »Können Sie mich hören? Sprechen Sie mit mir.«

Die erste Stimme konnte ich nicht einordnen, die zweite hatte ich heute schon einmal gehört. Jemand klopfte mir sacht auf die Wangen, eine Hand, die penetrant nach Babylotion roch.

»Frau van Aken? Constanze? Hallo? Verstehen Sie mich?«

»Herr, höre unser Gebet« kam mir in den Sinn. War ich nun endlich tot? Hatte das Leiden ein Ende? Ich wollte mich in die warme Schwärze der Bewusstlosigkeit schmiegen, doch die Stimme ließ mich nicht.

»Öffnen Sie die Augen, schauen Sie mich an! Nun machen Sie schon! Oder habe ich mich so vertan und hätte Sie direkt in ein Krankenhaus bringen sollen? Zivilisten können die Pest sein.« Die Stimme stieß einen nicht jugendfreien Fluch aus. »Frau van Aken?«

»Oberfeldwebel Kappl.« Ich schüttelte meinen schmerzenden Kopf, setzte mich auf. »Was machen Sie denn hier? Ist das ein Sprung in der Matrix und ich bin wieder am Nachmittag angelangt?«, versuchte ich zu scherzen. Doch das war eher ein Wunschtraum. Meine Handinnenfläche brannte, der Rippenbogen schmerzte, und knapp unter meiner rechten Niere war eine blutende Wunde, die wehtat. Von der Stelle in der weichen Haut neben meinem Bauchnabel, die versengt worden war, ganz zu schweigen. Mein Kopf pochte, mir war übel. Die Angst und die Kälte saßen in meinen Knochen, hielten mich gefangen. »Wo ist er?«, fragte ich mit gepresster Stimme.

»Der Täter? In Gewahrsam. Machen Sie sich keine Sorgen. Alles wird gut.«

»Wie zum Teufel kommen Sie hierher?« Verwundert sah ich die Soldatin an.

»Ich habe sie gerufen, Conny.« Robert trat zu uns, setzte sich neben mich in das inzwischen taunasse Gras. »Wie geht es dir?«

»Vergiss das Vorspiel. Das Letzte, an das ich mich erinnere, ist, dass Langenfeld mir die Kehle durchschneiden wollte.« Ich sah Robert nicht an, konnte mich nicht dazu überwinden.

»Ich habe ihn entwaffnet und überwältigt. Das wäre mir so bestimmt nicht gelungen, hättest du ihn nicht verunsichert. Er schreckt vor Blut zurück.«

Die Erinnerungen kamen stückweise. Ich keuchte, sprang auf, taumelte. »Charlie!«

»Charlie?« Der Oberfeldwebel sah mich zweifelnd an. »Setzen Sie sich! Wir fahren Sie gleich ins Krankenhaus.«

»Nein.« Ich lief, ich strauchelte, ich schwankte den Pfad entlang, hoch zur Kapelle. »Charlie, er stirbt!«

Robert folgte mir, holte mich ein. »Conny, bitte … du brauchst ärztliche Versorgung.« Zaghaft griff er meinen Arm. Ich befreite mich aus seinem Griff.

»Er hat ihn bewusstlos geschlagen, dann mit dem Messer verletzt. Eine Wunde am Hals, die sehr blutet. Er stirbt. Wenn Charlie stirbt, werde ich mir das nie, nie, nie verzeihen«, keuchte ich.

»Halt! Stehenbleiben!« rief eine Stimme. Ein Sicherungsposten zielte mit seiner Waffe auf mich.

»Was zum Henker macht die Bundeswehr hier?«, fauchte ich Robert an.

»Es ist in Ordnung. Sie gehört zu mir.« Robert zückte seine Dienstmarke. »Als ich in das Heim kam, roch ich sofort den Verwesungsgeruch. Ein Blick auf die Matratzen, und mir war klar, dies muss ein Teil des Tatorts sein. Ich bin sofort wieder raus, aber du warst nicht mehr zu sehen. Also habe ich versucht, die Kollegen zu erreichen. In Adenau herrschte Chaos wegen des Unfalls. Mir war klar, dass es dauern würde. Ich habe in Köln angerufen, Verstärkung und die Spurensicherung angefordert. Ich dachte, du wärst im Wald auf der Suche nach dem Hund. Ich sah dich nicht wiederkommen. Dann versteckte ich mich im Gestrüpp, hoffte, du wärst weitab.« Robert blieb stehen, schluckte. »Aber plötzlich tauchte der Täter auf. Zusammen mit dir. Ich habe mich verflucht. Diese Fehleinschätzung. Grauenvoll! Ich konnte nichts tun, ohne dein Leben zu gefährden. Also bin ich zurück zu den Wagen. Der Notruf in Adenau war besetzt. In deinem Wagen lag der Zettel mit der Nummer der Bundeswehrsanitäter. In meiner Verzweiflung habe ich sie angerufen und um Amtshilfe gebeten. Du hattest gesagt, dass sie hier biwakieren. Sie kamen just in dem Moment, als ich Langenfeld überwältigt habe.« Er holte tief Luft.

»Das ist mir alles egal.« Ich ging weiter zur Kapelle. »Was ist mit Kluge?«, fragte ich keuchend.

»Kluge?«

»Jetzt sag nicht, ihr seid nicht bis zur Kapelle vorgedrungen?«

»Kapelle?«

»Robert!«

Ich lief zur Kapelle. Inzwischen war es stockfinster. »Charlie?«, rief ich verzweifelt und rüttelte an dem Gitter. Doch das Tor war verschlossen. »Um Himmels willen, öffnet das Tor!«, flehte ich.

»Was ist dort in dem Gebäude?«, fragte mich ein Soldat, der neben uns getreten war. Er leuchtete mit der Taschenlampe hinein. Der Lichtstrahl traf auf Kluge, der immer noch nackt und wie gekreuzigt an der Wand lehnte.

»Was zum Teufel …«, entfuhr es dem Soldaten. »Licht, wir brauchen Licht hier. Und Sanitäter«, rief er über seine Schulter.

Robert untersuchte das Schloss. »Es ist stabil. Und verschlossen. Wo ist der Schlüssel, Conny?«

»Den hat Langenfeld.«

»Langenfeld?«

»Björn Langenfeld, der Täter. Es ist Sonja Kluges Bruder«, sagte ich leise.

Robert drehte sich um. »Ich suche den Schlüssel.«

»Das dauert doch viel zu lange«, jammerte ich und nahm die Taschenlampe, suchte mit dem Strahl den Boden ab. Der Lichtschein traf auf meinen Hund. Er atmete noch, aber sehr flach. »Charlie!«

Ich kniete vor dem Gitter nieder, versuchte, hindurchzugreifen, schaffte es nicht.

»Ist das Ihr Hund?.« Der Soldat legte mir die Hand auf die Schulter. Ich nickte verzweifelt.

»Ist er verletzt oder vergiftet?« Er ließ den Strahl seiner Taschenlampe über den Boden gleiten. »Scheiße, frisches Blut. Ich habe auch einen Hund, weiß, wie Sie sich fühlen.« Er drehte sich um. »Jens, den KrKw hierher. Sofort!«

»Wohin?«, hörte ich den Hauptgefreiten Huhn fragen.

»Den Hang hoch, den Pfad entlang. Zu mir!« Der Soldat winkte mit der Taschenlampe.

Rumpelnd fuhr das massige Fahrzeug auf uns zu. Die starken Scheinwerfer leuchteten den kleinen Raum der Kapelle taghell aus, es war ein grausiger Anblick. Kluge röchelte immer noch, reagierte jedoch nicht auf das Licht. Vielleicht hatte er auch nicht mehr genug Kraft, um den Kopf zu heben. Der Soldat zog mich zur Seite, nur zögernd folgte ich ihm, hatte das Gefühl, Charlie wieder im Stich zu lassen.

Huhn setzte den Unimog dicht vor das Tor, sprang dann aus dem Führerhaus. Für einen Moment starrte er entsetzt in die Kapelle. »Was ist das?«

Dann öffnete er einen der Staukästen des Fahrzeuges und nahm ein stählernes Abschleppseil heraus. Er flocht es zwischen die schmiedeeisernen Gitterstäbe des Tores dicht um das Schloss und hängte die Enden in die Maulkupplung des Unimogs.

»Alle weg, zurücktreten!«, rief er und hastete ins Führerhaus. Der Unimog setzte langsam zurück, das Seil spannte sich, die Torflügel bogen sich ächzend zur Mitte hin durch, an dessen oberen Haltepunkten bildeten sich Risse im Mauerwerk, knirschend brach das Tor heraus, dessen oberer Teil mit einem dumpfen Krachen auf die Haube des Unimogs schlug. Unbeeindruckt setzte dieser weiter zurück, bis der Eingang zur Kapelle vollständig frei war.

Ich wartete nicht auf ein Zeichen, dass ich die Kapelle betreten durfte, sondern lief zu meinem Hund. Neben ihm kniete ich nieder, beugte mich über ihn, zog seinen Kopf in meinen Schoß. Er atmete flach. Ich ließ meinen Kopf in sein Fell sinken, roch den typischen Hundeduft, aber auch Blut. »Holt einen Tierarzt«, bat ich verzweifelt.

»Der Mann lebt noch!«, rief HG Huhn.

»Ich habe den Schlüssel!« Robert stürmte heran, blieb vor dem herausgerissenen Gitter stehen, starrte in die Kapelle. Sein Gesicht wirkte bleich.

Zu Kluge zu schauen brachte ich nicht über mich. Hektische Betriebsamkeit entwickelte sich. Irgendwann zog mich jemand zur Seite. Alles verschwamm und verwischte.

»Conny? Hörst du mich?« Ich hörte Robert, konnte aber meine Augen nicht öffnen.

»Sie schläft noch, und das ist auch gut so. Alle Werte sind stabil. Sie hat eine Gehirnerschütterung, die Wunden sind nicht lebensbedrohend. Sie braucht viel Ruhe, dann wird es schon wieder.« Die Stimme klang gelassen und zuversichtlich. Ich ließ mich wieder fallen, entschwand in die Tiefen meines Unterbewusstseins.

»Frühstück.« Die Stimme trällerte nicht, sie klang noch nicht einmal freundlich. Scheppernd wurde das Tablett auf den kleinen Tisch neben meinem Bett abgestellt.

Mühsam öffnete ich die Augen. Ich war in einem Krankenhaus irgendwo in der Eifel, wurde mir bewusst. Doch seit wann? Welcher Tag war heute, und wie viel Uhr war es? Vor dem Fenster zeigte sich das schüchterne erste Dämmerlicht des Tages. Die Schwester war inzwischen wieder gegangen, hatte jedoch die Tür zum Flur aufstehen lassen. Die üblichen Krankenhausgeräusche drangen zu mir, verstärkt durch das Klappern von Geschirr. Auf dem Nachttisch neben meinem Bett lag meine Uhr, daneben eine Schnabeltasse.

Grundgütiger, dachte ich entsetzt, eine Schnabeltasse. Hoffentlich haben sie dir keine Windeln angezogen, Conny. Ich griff nach der Uhr. Halb sechs morgens. Eine unchristliche Zeit, um zu frühstücken. Hunger verspürte ich keinen, also drehte ich mich zur Seite, versuchte wieder in den Schlaf zu kommen.

»Guten Morgen.« Jemand knipste die grellen Neonröhren an, die Decke schien zu strahlen. Ich kniff die Augen zusammen. Mehr als zehn Minuten hatte ich nicht gedöst.

»Ich muss putzen.« Die Frau schob einen Wagen mit Eimer und Schrubber herein. »Haben Sie gut geschlafen?«, fragte sie gutgelaunt.

Ich grunzte in mein Kissen, das konnte doch nicht wahr sein.

»Es dauert nicht lange, ich muss nur durchwischen.« Eifrig fuhr sie mit dem Mopp über den Linoleumboden. Neben meinem Bett blieb sie stehen. »Sie haben ja noch nicht gefrühstückt. Ihr Tee wird doch kalt, und gleich wird abgeräumt.« Die Frau schüttelte den Kopf.

Mit einem gräulichen Lappen wischte sie über die Ablagefläche des Krankenhausnachttisches. Der Lappen sah so aus, als würde er unzählige Keime beherbergen. Mit einem Griff hob sie mein Frühstückstablett an, wischte darunter, stellte es wieder ab. Wenn sie jetzt noch mit dem Lappen durch die Tasse wischt, würde ich aufstehen und gehen, dachte ich. Und das Krankenhaus verklagen.

Ein paar Stunden später war mein Bett neu bezogen, ich hatte endlich geduscht, und die Visite stand an. Nach ein paar Tagen im Krankenhaus fühlte ich mich elender als vorher, so erschien es mir. Die Kopfschmerzen hatten nachgelassen. Bis auf ein paar Narben, würde ich keine Folgen davon tragen. Doch diese Narben würden verblassen. Als die Tür sich wieder öffnete, wollte ich mich unter meine Decke verziehen. Temperatur war gemessen worden. Was wollten sie jetzt? Doch es war keine Schwester, die den Raum betrat, sondern Martin. Er blieb zögernd an der Tür stehen, kam dann zu mir. Obwohl er jeden Tag wenigstens kurz hier gewesen war, hatten wir noch nicht länger miteinander gesprochen.

»Conny? Wie geht es dir?« Martin zog sich den Stuhl heran, setzte sich neben das Bett. Keine Umarmung, kein Kuss, keine Berührung. Mein Brustkorb zog sich zusammen. Hatte Maria die Zeit genutzt? In den ersten Tagen im Krankenhaus fand ich es schwer, zwischen Wachsein und Traum zu unterscheiden. Mich jagten grauenvolle Bilder von gequälten Personen. Außerdem hatte ich vor einem halben Jahr auch schon im Krankenhaus gelegen. Danach hatte ich mich verändert. Diesmal war mein persönliches Trauma nicht so schlimm, aber konnte Martin das wissen? Vielleicht befürchtete er eine

Wiederholung der Situation von damals. Es wurde Zeit, dass wir miteinander redeten, aber ich wusste nicht, wie ich anfangen sollte.

»Wie geht es Charlie?«, fragte ich leise. Nach der Erstversorgung war mein Hund in eine Tierklinik gebracht worden.

»Gut. Sehr gut. Eine Hündin wurde gestern in die Klinik gebracht, Charlie scheint verliebt zu sein und nervt alle. Er ist soweit fit und kann entlassen werden. Braucht aber noch Ruhe.«

»Dem Himmel sei Dank. Und sonst? Was ist mit Kluge?«

Martin verschränkte die Hände, senkte den Blick. »Er ist gestern verstorben. Zweimal war er noch bei Bewusstsein und konnte aussagen.«

»Hat er etwas zu früher gesagt? Er hat wirklich Kinder missbraucht?«

»Ja.«

»Sonja auch?« Ich schöpfte nach Luft.

»Nein, sie nicht.« Immer noch sah Martin mich nicht an.

»Und Langenfeld?«

»Ist geständig. Alles passt. Du hattest in vielen Dingen recht. Die Fünfmarkstücke waren ein Symbol. Es war Rache, keine Sammelleidenschaft.«

»Es wird ein Gutachten geben, und er wird schuldunfähig sein.«

»Vermutlich.«

»Er wird lebenslang betreut werden müssen. Was für ein Schicksal! In seiner Kindheit wurde er missbraucht, scheußlich misshandelt. Er rächt sich, völlig von Sinnen, kann Gut von Böse nicht unterscheiden, weil es ihm nie beigebracht wurde. Er ist ein Opfer und wurde zum Täter.«

»Ja.« Martin schaute immer noch auf seine Hände.

»Er tut mir leid.«

»Wirklich?« Nun sah er mich an. »Ehrlich? Nach all dem, was du weißt? Nach all dem, was er dir angetan hat? Nach den Stunden, die du in der Kapelle verbracht hast?«

Diese Zeit zu Protokoll zu geben war mir schwergefallen, das Entsetzen war zu groß.

»Ja«, sagte ich trotzdem. »Er war mehr Opfer als Täter. Oder beides. Ich weiß nicht. Geht es Charlie wirklich gut?«

»Ein Themenwechsel?« Endlich sah er mich an, lächelte. »Charlie geht es gut. Ehrlich.«

»Ich möchte nach Hause. Ich möchte nach Hechelscheid, auf die Couch vor den prasselnden Kamin, eine Flasche Wein, den Hund zu Füßen und Pizza vom Bringdienst. Ich bin es hier so leid. Eine Woche Krankenhaus ist mehr, als genug für mich ist.«

»Das weiß ich.«

Ich fasste meinen Mut zusammen. »Diesmal ist es anders. Ich bin nicht traumatisiert. Es war sicherlich schrecklich, aber ich bin nicht so Opfer geworden wie im letzten Herbst. Mir geht es wirklich gut.«

Martin sah mich nachdenklich an.

»Ich weiß, dass es nicht leicht ist mit mir.« Ich schloss die Augen. »Ich werde mir jedoch Mühe geben.«

»Mit mir ist es auch nicht einfach, ich habe viele Fehler gemacht, Conny, dich sehr verletzt. Das war nicht fair.«

»Nein, das war es nicht.«

»Ich weiß nicht, wie es werden soll, was werden soll. Ich habe Angst vor der Zukunft, vor weiteren Fehlern. Ich wollte dich nie verletzen, habe es aber getan.«

»Du bist ein Mensch. Fehler zu machen steht dir zu. Genauso wie mir. Es wäre viel einfacher, wenn man wirklich einen Schlussstrich ziehen, alles vergessen und ganz neu anfangen könnte. Aber das ist uns leider nicht gegeben. Es gibt keine Taste mit Löschfunktion und Neustart.« Vorsichtig wagte ich einen Blick in seine Richtung, er lächelte zaghaft.

»Nein, es gibt keine Löschtaste. Das ist auch gut so, denn dann würden auch all diese wunderbaren Erinnerungen verloren gehen.«

»Die Erinnerungen an Maria?« Ich konnte die Frage nicht verkneifen, biss mir aber auf die Lippe, bis es wehtat.

Martin wurde rot. »Das war gemein«, sagte er leise. »Aber vermutlich gerechtfertigt. Maria ist Geschichte. Es war ein Fehler von mir, den ich sehr bereue. Aber Maria hat nichts mit unseren Problemen zu tun. Sie konnte nur deshalb an mich heran, weil die Beziehung zu dir seit geraumer Zeit sehr fragil ist. Ich will mich hier nicht entschuldigen, Conny, aber wir haben ganz andere Probleme als Maria.«

Ich dachte einen Moment über seine Worte nach. »Ja, und was machen wir nun?«

»Du stehst auf, wir packen deine Sachen, holen den Hund und fahren nach Hechelscheid. Hier ist deine Entlassung und der Arztbrief.« Er zog die Formulare aus der Tasche. »Ich habe Urlaub genommen. Wir können die Zeit nutzen, wieder zueinanderzufinden oder auch um festzustellen, dass es nicht mehr funktioniert. Das Ende ist noch offen, aber wenn wir uns nicht daran wagen, werden wir uns weiterhin im Kreis drehen. Was hältst du davon?« Unsicher sah er mich an.

»Du hast dir eine Woche Urlaub genommen? Wirklich? Keine Rufbereitschaft?«

»Nein, für Maria – verzeih, wenn ich sie noch mal erwähne – ist es die Feuerprobe. Sie hat sich auf eine Stelle in Duisburg beworben. Dort muss sie auch alleine klarkommen.«

»Das ist eine wunderbare Entscheidung von ihr. Lass uns meine Sachen packen.«

# Danksagung

Wie bei jedem Buch gibt es auch hier Leute, die mir geholfen haben und denen ich danken möchte.

Thomas ist und bleibt der weltbeste Testleser. Seine Informationsquellen haben unschätzbaren Wert. Vielen Dank für die Tour durch Aremberg, die Anekdoten und die militärischen Details. Ohne die sachdienliche Kritik wäre das Buch nicht halb so gut.

Mein Dank gilt auch der Rechtsmedizin in Köln.

Außerdem möchte ich meinen Mädels – Jaxy, Margit, Gudrun, Simone und Jennie – danken, ihr seid grandios. Euer Humor, eure sachliche Kritik und eure Anteilnahme sind einfach Gold wert.

Irmi – deine Sprüche, die Treffen und die Mails haben mich durch das Buch getragen.

Über die Sache mit dem Silikonschleudern reden wir noch …

Trotz aller Hinweise, Tipps und Infos mögen mir Fehler unterlaufen sein, die natürlich auf meinem Mist gewachsen sind.

Ohne meinen Agenten Dirk Meynecke und den Aufbau Verlag gäbe es dieses Buch nicht. Herzlichen Dank für die Zusammenarbeit.

Andrea und Claudia gebührt auch besonderer Dank. Freunde sind viel wert, vor allem in schweren Zeiten.

Christian, meinem Lieblingsbruder, verdanke ich sehr viel. Danke!

Natürlich hätte ich dieses Buch nicht schreiben können, wenn meine Familie mich nicht unterstützt hätte.
Herzlichen Dank an Mutti, Vati, Regina, Karl, Philipp, Lisa, Tim und Robin.

Und C.
I am to wait, I do not doubt I am to meet you again
I am to see to it that I do not lose you. (Walt Whitman)

**ULRIKE RENK**
**Echo des Todes**
Eifelthriller
295 Seiten
ISBN 978-3-7466-2549-2

# *Mörderische Eifel*

Die Psychologin Constanze van Aken und der Forensiker Martin Cornelissen, ihr Freund, haben plötzlich einen gemeinsamen Fall: Zwei Tote werden in der Nähe ihres Hause am Rursee gefunden. Zur selben Zeit wird ein ehemaliger Patient Constanzes entlassen. Zunächst will sie diese zeitliche Parallele nicht sehen, doch dann versucht jemand bei ihr einzudringen und schickt ihr eine erste Drohung.

*»Eifel-Spannung pur: Zwei Todesfälle geben Rätsel auf.«*

**Mehr Informationen erhalten Sie unter www.aufbau-verlag.de oder in Ihrer Buchhandlung**

atb aufbau taschenbuch

**MADELEINE GIESE**
**Der kleine Tod**
Kriminalroman
266 Seiten
ISBN 978-3-7466-2436-5

# *Mysteriöse Tode*

Aus einem Museum in Saarbrücken werden mehrere wertvolle Bilder gestohlen. Darunter ein Gemälde mit dem Titel »Der kleine Tod«. Gregor Büchner, der Kommissar mit einem Faible für teure Kleidung, beginnt zu ermitteln, ohne zu ahnen, dass es der spektakulärste Fall seines Lebens wird. Denn dieses Bild bringt allen, die es sehen, den Tod. Das will ihm jedenfalls die schöne Restauratorin des Museums weismachen. Wenig später wird ein erster Toter gefunden.

*»Madeleine Giese ist erstklassig.«* LITERATUREN

Mehr Informationen erhalten Sie unter www.aufbau-verlag.de oder in Ihrer Buchhandlung

atb aufbau taschenbuch